ЛЮКО ДАШВАР

СЕЛО НЕ ЛЮДИ
ДОБИТИ СВІДКА

Роман

ХАРКІВ
2022
КСД

УДК 821.161.2
Д12

У тексті присутня ненормативна лексика

Дизайнер обкладинки *Вікторія Дорошенко*

Літературно-художнє видання

ДАШВАР Люко
Село не люди. Добити свідка
Роман

Головний редактор *С. І. Мозгова*
Відповідальний за випуск *К. В. Озерова*
Редактор *І. М. Давидко*
Художній редактор *Ю. О. Дзекунова*
Технічний редактор *В. Г. Євлахов*
Коректор *А. М. Фурман*

Підписано до друку 27.01.2022. Формат 84x108/32. Друк офсетний. Гарнітура «Literaturnaya». Ум. друк. арк. 23,52. Дод. наклад 10 000 пр. Зам. № ЗК-003996.

Книжковий Клуб «Клуб Сімейного Дозвілля». Св. № ДК65 від 26.05.2000
61001, м. Харків, вул. Б. Хмельницького, буд. 24. E-mail: cop@bookclub.ua

Віддруковано у АТ «Харківська книжкова фабрика “Глобус”»
61011, м. Харків, вул. Різдвяна, 11.
Свідоцтво ДК № 7032 від 27.12.2019 р.
www.globus-book.com

ISBN 978-617-12-9072-3 (дод. наклад)

Частина перша

20 березня року 2020-го, коли, наганяючи жах на всіх забобонних, три двадцятки фатально поєдналися у неперечній даті весняного рівнодення, мешканці Килимівки до глибокої ночі ошелешено обговорювали містичне природне явище, яке розбурхало і без того тривожний плин високосного року.

Сталося ось що! Від ранку небо набралося води з хмар, і весь район у радіусі ста кілометрів накрив рясний енергійний безперервний дощ. Падав і падав!

— А в Шанівці сухо! — повідомила підприємиця Тамара, коли повернулася з сусіднього малого села за п'ять кілометрів від Килимівки, де й досі тримала кіоск з горілкою і бакалією. — Навкруги все заливає — чистий тобі потоп, а Шанівка наша — наче в центрі зачарованого кола. Чи то чорт над селом парасолю розкрив?..

Люди: та бути такого не може! Це ж не старі часи, коли відьми вилазили на дахи власних хат і давай труселями розмахувати, аби дощ відігнати. Та й де ті відьми наразі? Нема!

— А Катерина шанівська хіба не відьма?! — спитала якась із килимівських бабів.

Люди перелякалися чогось. Замовкли. Над ними чи то вітер, чи то шепіт: хтозна, хтозна...

Семикласниця Стаська Поливанова поночі попхалася у сусіднє село не природні дива роздивлятися. Важливішу справу мала. Щедро набрехала мамі з татом: терміново мчить до однокласниці Уляни Шамрай тест з математики розв'язувати, бо вчителька Маруся пригрозила колá поставити, якщо завтра на ранок не побачить виконаної роботи. Тому...

— В Ульки заночую! Будемо всю ніч із тестом мучитися! — гукнула вже від дверей. Скуйовдила різнобарвне рожево-фіолетове волосся, вхопила рюкзак — і гайда.

— От уже брехуха! — плюнув тато. — Завтра ж субота!

Стаська не чула. Гарно освітленою, блискучою від дощу килимівською вулицею вже крутила педалі велосипеда у бік Шанівки.

Виїхала з села, загальмувала: кінець цивілізації. Чорнота очі коле, дощ із вітром з ніг збивають, попереду замість дороги на Шанівку — п'ять кілометрів залишків нового хвилястого асфальту з ямами, і всі гуртом Стасьці: додому, мала!

— Однаково назад не поверну! — поправила рюкзак на плечах, щільніше насунула на лоба капюшон легкого дощовика. Очі напружила, щоби не завалитися на першій же ямі, кермом тим — праворуч-ліворуч. Велик рипів, але ніс.

За пів години нічної екстремальної їзди під дощем мокра як хлющ Стаська зупинилася біля крайньої шанівської хати, бо просто очам не повірила.

— Свята... мережа, — тільки й прошепотіла приголомшено.

Картинка вражала. Брудно-сіре від важких хмар дощове небо розривалося, утворюючи над Шанівкою чорну ясну діру, всіяну зірочками і навіть куцим серпиком спадаючого місяця. Майже не випромінював світла, але додавав небесному декору неперевершеності.

— Портал...

Стаська на мить забула про ціль нічної подорожі. Задивилася: між пагорбами під зірками на клаптику сухої землі причаїлося мале село, навколо нього по колу — суцільна вертикальна завіса дощу ворушиться-тремтить. Відрізає Шанівку від усього світу.

— Сфоткаю! Бо ж ніхто не повірить!

Вже дістала мобільний, та помітила рух на темній шанівській вулиці.

— Улько, ти? — гукнула. Крок уперед: з дощу на суху землю.

Із темряви виринула Стасьчина подружка Улянка: смуглява, чорноока, з густими кучерями і нетутешніми пухкими вустами.

— Думала, не приїдеш, — сказала. — Такий дощ у вас...

— Мені — по цимбалах! Я — *НечуваноДєрзкая*.

— Яка? *НечуваноДєрзкая*?! — розсміялася Улянка. — Прикалуєшся?

— У мене тепер нік такий.

— Корочє — ТупоЗухвала?!

— Улько, ти дурна? — розсердилася Стаська. — Тупо зухвалі — відморозки, усі, хто з бодуна, дуже бідні з відчаю. І Залусківський! А я — *НечуваноДєрзкая*! Невже не відчуваєш різниці?

— Та не психуй! Просто нік такий... конкретний!

— Нік — суть! Ходімо вже! Ще підготуватися треба, а часу — геть нема! Рівно опівночі маємо розпочати...

Улянка глянула на подружку винувато:

— Стась... Думаю, може, собі не ворожити?.. Просто з тобою побуду. За компанію.

Стаська роздратувалася:

— А чому? Зібралася відкладати життя на потім? Нам скоро — по чотирнадцять, Уль! Та я вже місяці три точно знаю, чого хочу. А тепер наворожу, щоби все здійснилося. А ти на що чекатимеш? Улько! Ти ж — не курка!

— Стась... Можна і без ворожіння.

— Та ясно, що можна! Бо ж не всі знають, що лише раз на рік... Один-єдиний раз на цілісінький рік! Тільки однієї ночі після дня весняного рівнодення є шанс наворожити, щоби всі мрії здійснилися. Інтернет же не бреше!

За пів години до півночі за балкою у глухому куті Шанівки, де за поваленими парканами посеред бур'яну і здичавілих садків ще хвалилися непровaленими дахами кілька порожніх хат, під розкидистим горіхом крайнього обійстя у свіжій весняній траві навпочіпки сиділи Стаська і Улянка. У чорній темряві Стаська акуратно розкладала на розстеленій хустині два яйця, порожні склянки, пляшку з водою, свічки, сірники, кілька аркушів паперу, олівці, кишенькове люстерко. Уляна спостерігала за подругою, намагалася вгамувати нервове тремтіння, та від того лиш сильніше хвилювалася.

— А як усе те буде? Що мені робити? — прошепотіла.

— Спершу загадай бажання, — Стаська їй.

— Яке?

— Уль, ти геть дурна?!

— А ти про що загадуватимеш?

— Щоби той, кого люблю, втратив від мене голову. Ну, і дрібниці. Щоби мама не плакала, як про все дізнається. І щоби мені паспорт раніше видали.

Улька усміхнулася знічено.

— Ти закохалася? Знову?

— Не «знову», а «по-справжньому»!

— У кого?

— Стиць, Улю! Знайшла час потеревенити. Скоріш загадуй нормальне круте бажання, а не дуркуй тут.

— Та признайся! Скажи лиш мені!

— Сама скажи! — прошепотіла Стаська. — Не забула? Після ворожіння ми до тебе йдемо.

— Стась, невже ти в інтернеті порнухи не надивилася?

— Хочу побачити справжній живий буденний секс! Без фільтрів. Твоя мамка щоночі цим займається?

Улянка усміхнулася гірко, кивнула.

— І щоночі, і вдень. У неї — чергове неземне кохання.

9

— А як ми все побачимо?

— Через вікно. Вони світла у спальні ніколи не вимикають.

— Чому? Не економлять?

— Не платять! Тому й не економлять.

Стаська на мить завмерла, задумалася.

— Улько, чуєш?! — зашепотіла. — Тільки не загадуй, щоби твоя мамка світло вимикала! Загадай світла у своє життя. Може, щоби твій тато знайшовся. Чи щоби якомусь крутому продюсеру спало на думку продивитися відео з твоїми піснями. Станеш як Jerry Heil чи Alyona Alyona. Що скажеш? Нормально я придумала?

Стаська замовкла. Напружила очі, щоби в темряві роздивитися подругу, бо — не відповідала. Закам'яніла. Не зводила очей з темного скупчення старих дерев біля крайньої покинутої хати. Навіть поночі Стаська побачила, як блищать перелякані Улянчині очі.

— Улю...

— Там хтось є! — хрипко від жаху видихнула Уляна.

Стаська повернула голову в бік нічного Улянчиного жаху. Не мала сумніву: подрузі привиділося...

— Тобі привиділося, — прошепотіла упевнено, бо нічого підозрілого не побачила.

Тільки вимовила, аж — ніби шурхіт ледь чутний. Стаська насупилася з досадою: та хіба? Улянку обійняла, як малу дитину, обома руками, на старі вишні-яблуні витріщається, аж очі пече. Та хіба?!

Аж бачить: серед дерев здичавілого саду чорна людська постать повільно рухається. Крок ступить, зупиниться. Нахиляється до землі, ніби шукає там щось. Потім розгинається і ще крок ступає. І знову до землі нахиляється, та стільки, здається, зловісного у кожному русі.

— Бачиш? — Улянка шепоче. А сама і не дивиться, у Стасьчине плече зарилася.

— Бачу, — Стаська їй.

— Біжімо?

— Тихо ти! Мовчи! І не рухайся!

— А хто там?

— Людина.

— Чоловік чи жінка?

— Не розібрати.

— Що робить?

— Іде.

— До нас?!

— Не бійся! Вже від нас рухається... До провулка! — Стаська спостерігала за чорною постаттю, коментувала. — Вже з провулка на вулицю вийшла і суне до центру Шанівки.

Улянка відірвалася від Стаськи, шию витягнула, хвилини зо дві вдивлялася в ніч.

— Це Катерина! — прошепотіла врешті. — Мамка каже: вона відьма!

Стаська дивилася Катерині вслід, аж поки чорна постать остаточно не розчинилася у темряві. Наче хотіла переконатися: жінка точно пішла, вже не повернеться. Вичекала ще хвилин кілька, дістала мобільний, зафіксувала час на екрані.

— За десять хвилин північ, — мовила тихо, підвелася. — Устигнемо.

— Що устигнемо? — Улянка знову перелякалася.

— Подивитися, що Катерина у садку шукала.

— Навіщо? Я не піду! Стасько! Чуєш? Побігли краще дивитися на секс! Благаю!

— Улько, ти не допетрала?! Відьма! У дивовижну ніч після весняного рівнодення! Коли все навкруги залили дощі, а тут наче спеціально для неї — зірки і місяць... У таку магічну ніч відьма щось шукає у старому садку, куди шанівці взагалі ніколи не заглядають. Та вона для того і розігнала дощ, аби з-під дерев щось чарівне забрати!

— А може, вона нічого не шукала! Може, вона, навпаки, там щось залишила!

— Тим паче! І тобі не цікаво, що саме?

— Геть нецікаво! Я хочу додому! Стасю! Ти куди?..

Стаська вже підхопила рюкзак, залишила у траві розстелену хустку, на якій лежали приготовані для ворожіння предмети, тихо посунула до дерев, посеред яких блукала Катерина.

— Повернися! — зойкнула Улянка. Зітхнула, приречено побрьохала за подружкою услід. — І що там? Що? — бубоніла. — Ніч! Темно! Ми — як сліпі. Однаково нічого не побачимо!

Стаська зупинилася приблизно там, де посеред дерев Катерина повсякчас нахилялася до землі. Увімкнула ліхтарик у мобільному, спрямувала промінь світла на землю, промацувала ним площину. Улянка тупцювала за Стасьчиною спиною.

— Що там? Що?.. — знай повторювала ледь чутно від жаху.

— Нічого... Трава нова, бур'яни старі. Сміття.

— Ходімо вже!

— Зачекай... — мовила Стаська, бо світло ліхтаря вихопило щось біле у невеликій порослій травою ямі з пів метра глибиною.

Підійшла ближче, аж розсміялася.

— Дивись, Улько! Тут компромат на пацанів із нашого класу, — спрямувала промінь на яму.

Уляна витягнула шию: у ямі посеред сміття і трави валяються якісь білі палички, здалеку схожі на сигарети.

— Що це?

— Людська рука. Частина пластикового скелета. Пам'ятаєш, минулого року хлопці його з кабінету біології стирили. «Хеловін, Хеловін». Йолопи! Давай візьмемо цю руку, а в понеділок підкладемо комусь із них у парту.

— Нащо?

— А що? Пробачати дебільні вибрики? Я — за справедливість. Накосячив? Отримай *отвєтку*! Тільки так має бути!

Стаська міцніше перехопила мобільний однією рукою, нахилилася до ями і вже простягнула руку до купи білих кісток, та раптом завмерла. Відсахнулася рвучко, ледь не впала. Вхопила Ульку за куртку, тягнула геть.

— Ти чого? Чого?! — белькотіла Улька. Від жаху ледь трималася на ногах, спотикалася, але разом зі Стаською дерлася геть від страшного місця.

Зупинилися, лиш коли добігли до першої на їхньому шляху живої шанівської хати. Захекана Стаська глянула на подругу.

— То був не пластик! — видушила. Язик не ворушився, звуку власних слів не почула.

— А що?..

— Справжня людська рука!

— Як це? Стасечко... Не жартуй так! — Улянка ледь не розревлася.

— Улько... У ямі мертва людина лежить... — Стаська розгублено роззирнулася. Світ навколо раптом зірвався, наче пес із прив'язі, закружляв, та все швидше, швидше, і вже не розібрати: де дівчата опинилися, хто ще тут є, крім них. І задля чого...

Стаська повернула голову в бік живої шанівської хати: з вікон м'яке світло ллється.

— Хто тут живе? — шепоче, а власного голосу так і не чує.

— Так вона ж... Катерина! — читає по Ульчиних вустах. — Стасю... Чому нас до її хати принесло?..

Тої ночі дружина головного килимівського поліціянта 28-річна Людмила не спала. Після півночі врубала праску! Розклала прасувальну дошку! Вивалила у крісло чималу купу випраної постільної білизни, одягу... Глянула на годинник: пів на першу. Закінчилися: і п'ятниця, і робочий тиждень. Субота!

— Суботник... — уточнила розбурхано.

Та як ушкварила танці біля прасувальної дошки із розпеченою праскою в руці! Прасує і прасує, начебто сил до біса, наче до того увесь день на дивані вилежувалася. Так — ні ж! Вранці першою підскочила, чоловіка Петра і двійко п'ятирічних синів-близнюків побудила, гарячим сніданком нагодувала, малих зібрала, вивела надвір і навіть усадовила їх на заднє сидіння чоловікового службового «пріуса». Петрові залишилося лише закинути дітлашню до дитячого садочка.

Тільки чоловік з малими від'їхав, зателефонував свекор, а він — таке цабе, що не відповісти неможливо: голова районного суду Георгій Іванович Нечитайло.

— Ти вдома, Людмилко? — питає бадьоро, наче зранку сто грамів віагри заковтнув. — Я тут поряд... Зараз заскочу. Розмова є!

— Ой... Георгію Івановичу! А я вже на порозі! Вже вибігаю з хати! — Людмила виматюкалася подумки, бо як почула голос свекра, так плани і змінилися. Вона ж хотіла перед роботою прийняти душ, зробити гарний макіяж, закрутити рідке волоссячко кучерями, укласти його гарно, щоби, дідько, не просто припхати на собі до сільради новий вовняний костюм з блискучою емблемою Chanel, який напередодні отримала через «AliExpress»! Ні! Гонориста юристка сільради сільської ОТГ з центром у Килимівці точно знала, чого хоче від життя! Жодна зараза не мала нявкнути, мовляв, дивіться, який гарний костюм у Людки-юристки! Всі у Килимівці повинні були констатувати лиш один беззаперечний факт: такій красуні пасує нове вбрання. А для цього — душ, вимити волосся, фен-плойка-лак. І макіяж з акцентом на уїдливі хитруваті очі.

— Георгію Івановичу, а ви заїжджайте до нас увечері, коли Петро і малі вдома будуть, — защебетала у мобільний. — Так усі зрадіють.

— І ти? — спитав свекор.

— А я вже зраділа! — видушила скупу брехню.

Відрубала дзвінок, гайда оперативно збиратися, тільки б скоріше вискочити з хати на вулицю. Останнім часом Людмила більш за все боялася залишитися із свекром сам на сам у замкненому просторі.

Прожогом вскочила у новий костюм, закинула у сумку косметичку, залізла у гумові чоботи і скільки йшла поспіхом до сільради, стільки відчувала, як щось коле у спину. Наче свекор, який сказав у слухавку «я тут поряд», ішов за невісткою услід, пропікав дірку у Людмилчиній спині.

— Людмило Миколаївно, у вас на жакеті етикетка залишилася. На спині! Відрізати? — обережно запропонувала юристці сільрадівська секретарка.

— А все оте падло! Наче сказився, старий козел! — Людмила зачинилася у сільрадівській вбиральні. Зняла жакет, відрізала етикетку. Намалювала лице, волосся трохи розпушила. Перевзулася у чорні шкіряні черевики на високих підборах. Глянула на себе у дзеркало — королева! І хай тільки хоч хтось не помітить!

— Людко! Ух ти сьогодні... Гориш, наче тебе підпалили! — сказав Тамарчин чоловік Федір, який саме прийшов до сільради розбиратися із переплатою земельного податку.

Юристка — долоні до лиця: горять щоки!

— А все оте падло! — знай бідкалася цілий день, бо хоч і королева, і з дитинства знала, що стане най-най-най, та розгубилася, бо геть не розуміла, що робити!

На перший погляд здавалося, ніякої проблеми взагалі не існує. Ну, обійме свекор час від часу. Ну, прошепоче невістці на вушко, яка вона... гаряча штучка. То він, певно, по-батьківському, бо одразу полюбив невістку, як дочку. Пику не кривив, коли єдиний син привів до багатої суддівської хати просту Людку Поливанову. А Людка тоді, до речі, у килимівській задрипаній перукарні бабам нігті лаком мазала, проклинала долю і батьків, які ніяк не бажали із Килимівки до міста переїжджати. Районний суддя Нечитайло не тільки пишне весілля зорганізував і оплатив, не тільки молодим міцну хату в центрі Килимівки подарував, а й прилаштував невістку на навчання. Домовився, аби зарахували Людмилу на заочне відділення юридичного факультету одного з вишів, а за чотири роки диплом їй подарував разом із посадою юристки у Килимівській сільраді. І як на такого свекра ображатися? За всі роки сімейного життя Людмила розсердилася на свекра лише раз: коли наполіг, щоби після весілля Людмила залишилася на дівочому прізвищі Поливанова, хоч молодій дружині сильно хотілося стати Нечитайло. Та це можна було пережити. Аби не Георгій Іванович, і Петро навряд би у свої 35 до підполковника поліції дослужився.

— Може, у мене ця... післяпологова депресія затягнулася, тому і лізуть у голову дурні думки?.. — спробувала поставити собі діагноз. — Не було ж нічого поганого. За груди не хапав! Цілуватися не ліз! Чи либонь я просто фантазерка? Як усі люди з високим IQ! А чи реально така гаряча, що до Петра вже звикла, от і вигадую собі нові емоції?

Аналітична співпраця з собою дала який-не-який результат. Заспокоїлася, в уяві поскладала полохливі страхи і підозри у сірникову коробку, закрила її, викинула світ за очі. Незважаючи на дощ, що усе падав і падав, додому ввечері повернулася спокійна, весела, а тому і красива. Бачить: у дворі суддівський «лексус» мокне. Насторожилася. До хати зайшла: за столом чоловік разом із батьком випивають. Навколо них малі гасають.

— О! Людочка наша! — вже п'яненький свекор першим відреагував на появу невістки. — А скажи, дорогенька! Хочеш, аби твій чоловік полковником став?

— Хіба можна так швидко? — здивувалася Людмила. — Петро лиш рік тому підполковника отримав.

— Можна, Людмилко! Я все можу для свого сина зробити! А тому і мені, невісточко, все можна! — пів годиною пізніше, коли малі побігли крутити кермо дідового «лексуса», а Петро вийшов покурити і глянути, щоби сини не розбомбили дорогу машину, районний суддя Георгій Іванович Нечитайло ухопив невістку однією рукою за груди, другою обхопив за тулуб і притиснув до себе так щільно, що бідолашна Людка відчула не тільки зловонне дихання старого свекра, а й твердиню його збудженого пеніса. — Все у тебе буде, невісточко! І чоловік-полковник, і Єгипти з Турціями, і посада, яку забажаєш, — бурмотів. — Тільки ж ти вдячною будь! Цінуй усе, що для тебе роблять! Давай уже! Ходімо до ванної! Поки всі надворі, зробиш мені той... міньєт...

— Георгію Івановичу... — Людмила вухам не повірила. Від огиди і приниження відсахнулася.

Свекор не зволікав. Ухопив невістку за зап'ясток, поволік до ванної.

— Що «Георгію Івановичу»?! Будеш стервом, не зважатиму, що маєте двійко пацанів, завтра ж розлучу вас із Петром! — розстібав штани, косував на ошелешену жінку. Притулилася у ванній до стіни, із жахом спостерігала за суддею.

— Тату! Ти де?! — раптом почули голос Петра.

Людмила від несподіванки сіпнулася, посковзнулася на кахельній підлозі, гепнулася щосили, підхопилася і відчула, як до горла підступає невідворотна нудота. Нахилилася до раковини, не змогла стримати судом, разом з якими назовні виривалися залишки їжі, жовч...

Коли підполковник поліції і поліцейський офіцер Килимівської ОТГ Петро Нечитайло увійшов до ванної кімнати, то побачив, як його турботливий тато у застібнутих штанях і з рушником стоїть поряд із його блідою дружиною, яка знай ригає прямісінько у білосніжну іспанську раковину і все намагається однією рукою відштовхнути рушник, який настирно простягає їй свекор.

— Дякую, тату, що до Люди моєї ставишся, як до рідної дочки, — проварнякав хмільний Петро, коли п'яний у димину суддя сідав за кермо «лексуса», щоби їхати додому, у райцентр.

— Як вона там?

— Малих вклала і лягла. Хай поспить. Завтра — субота, — відповів Петро.

Людмила не спала. Дочекалася, поки захропів чоловік, тихо встала з постелі, пішла до вітальні.

Було над чим подумати! Мала знайти вихід із безвиході, в яку загнав її старий хтивий свекор. Та думати, сидячи каменем, Людмила не вміла ще з тих часів, коли була звичайною шанівською Людкою.

17

Згадала події чотирнадцятирічної давнини. Мала Шанівка згоріла, Людчині батьки перебралися у велику Килимівку. Школярка Людка сподівалася: вони тут тимчасово. Сім'я обов'язково переїде до міста. Ох же сильно Людка тоді мріяла стати *городською*! Та виявилося, що Людчина мати замість збирати гроші на переїзд стала збиратися на пологи... Отакий сюрприз на гонористу Людку чекав: батьки їй замість міста малу сестру Анастасію подарували. Стаську! А з малою хіба до того, аби все спочатку у місті починати?..

То тепер Людмила вважає, що вхопила-таки Бога за бороду, а в ті часи здавалося: поява малої Стаськи перекреслює її власне життя. Отоді-то вперше і вхопилася за праску. Зачинилася у своїй кімнатці, знай прасувала свої сукенки-спіднички і все думала, думала: як не здатися, коли у тебе з-під ніг ґрунт іде?! Куди бігти? У чому і кому шукати опори?!

От і сьогодні праска згодилася... Руки працюють, мізки крутяться. Як старого козла втихомирити?.. Петрові розповісти? Не повірить, ще й дружину інтриганкою назве! Треба щось інше вигадати!

Задумалася, аж чує: надворі собаки затривожилися — ланцюгами дзвенять, гарчать. Вимкнула праску, глянула на годинник: майже друга ночі.

— Хіба добрі люди у такий час по вулиці швендяють?

Роззирнулася. На дивані Петрове службове спорядження валяється: і пістолет «Форт-17», і газовий балончик, і гумова палиця. Бери, жінко, що в око впаде!

Взяла балончик, сховала в кишеню халата, вийшла на ґанок: у мряку, у дощ.

— Кого чорти носять?! — гукнула.

— Люсь! Це я! — почула з вулиці Стасьчин голос. — Швидше відчиняй! Чуєш?!

— Подумай про гімно — ось і воно, — без злоби буркнула Людмила.

Хвіртку відчинила, молодша сестра увірвалася: мокра, розхристана, збуджена.

— Люсь, я труп знайшла! — випалила. — У Шанівці! У саду закопаний!

— Що ти верзеш, мала?!

— Та чесно! Ледь за руку його не взяла! Уявляєш?

— Та-а-ак... — тільки й констатувала Людмила, коли на кухні Стаська вихлюпнула плутану розповідь про чарівну ніч, природні дива, ворожіння, Катерину і мертве тіло посеред здичавілого садка.

Глянула на малу: скинула мокрий одяг, куталася у теплий сестрин халат, гріла долоньки об чашку з гарячим чаєм, насторожено дивилася на старшу сестру.

— Люсь. Що робитимемо? — спитала. — Петра побудимо? Тільки не кажи йому, що я ворожити до Шанівки бігала, бо як мама дізнається...

— Отож-бо! А ти кажеш: буди Петра! Зачекай...

— Люсь, а чого чекати? Однаково доведеться Петрові все розповісти! Він же — головний поліцейський у громаді.

— Та ти шо! Серйозно?! А хто командує головним поліцейським громади?

— Хто?

— Я! — відповіла старша. — Тому дай спочатку подумати...

— Як усе те... апгрейдити? — уточнила Стаська.

Людмила не відповіла. У зв'язку із відсутністю на кухні праски знайшла інший думкоприскорювальний пристрій: терла кухонним рушником і без того сухий таріль, дивилася крізь нього. Врешті відклала.

— Так зробимо, — постановила. — Ти у Шанівці не була. Збиралася, але потім забігла до мене і залишилася... допомогти постільну білизну і дитячі речі прасувати! — Людмила говорила і прозрівала. — І взагалі... Поживеш трохи у мене!

— Нащо?

— Треба, Стасю!

— Кому?

19

— Мені! — Людмила уявила роздратовану пику свекра, який наштовхується на Стаську у синовій оселі.

— Прикалуєшся? Хоч розкажи, у чому фішка!

— Підростеш, я тобі таке розкажу... Вуха у трубку скрутяться!

— Я вже доросла!

— Та бачу! Ворожити на кого збиралася? Хто такий?

— Люсь! Не порушуй мого особистого простору!

— Серйозно?! Твій простір, дідько, рятувати треба! Бо як хтось дізнається, що ти тиняєшся по чужих обійстях у Шанівці, так усе пригадають: і як у когось курку вкрали, і як комусь кролів потруїли, і як під паркан сміття підкинули. І поліція почне допитувати.

— Так я не одна там була! З Уляною!

— Дзвони їй. Хай бреше, що увесь вечір вдома тирлувалася, аж поки спати не лягла. І сама... Йди у вітальню, вкладайся вже на дивані.

— Та не засну! І хто Петрові про мертву людину скаже?

— Я скажу.

— А ти звідки дізналася?

— А я... — Людмила задумалася. — Сон побачила!

— Люсь! А давай краще скажемо, що мені наснилося!

Людмила на мить задумалася. Кивнула.

— Тільки щоби про Катерину — ані пари з вуст, — наказала.

— Чому?

— Тобі однієї халепи мало? Хочеш одразу дві?! — відповіла старша.

Петро не одразу прокинувся. Людмилі довелося сіпати чоловіка кілька хвилин, перш ніж врешті очі продер. Сів на постелі, примружився: що за делегація?! Біля ліжка дружина стоїть, а з-за її спини Стаська визирає.

— Вставай, Петю! Їхати треба, — чує жінчин голос. — У Шанівці... труп об'явився.

— Хто об'явився?! — Петро ще спав із розплющеними очима.

— Труп, кажу! Чи ти геть оглух?

Петро на дружину вирячився: хто, хто?!

— А... що тут мала робить? — на Стаську кивнув.

— От прям це зараз — головне з найголовніших, мать твою! — психонула Людмила. — Я Стасю гукнула! Щоби допомогла мені!

— Нащо тобі допомога?

— А ти не бачив, як учора ввечері у мене це... здоров'я похитнулося у поганий бік? Блювала у ванній, аж кишки потомилися! Може, у мене вже цей... коронавірус! А випраного — гора! — завелася, аж ногою тупнула. — Петю, годі дурні запитання ставити! Чи не чув? Кажу: у Шанівці на покинутому обійсті труп лежить!

Петро вирячився на дружину ошелешено: справді? Людмила зі Стаською — на нього з надією: вже дій, поліціє!

— Котра година? — Петро їм.

— Та ж мать твою! — Людмила спересердя — лясь себе по стегнах. — Шоста скоро! Вмивайся, до Шанівки тре їхати!

— Бо там труп?

— Точно!

— Так от тепер питання! — Петро остаточно прокинувся. — А звідки ти, Людо, посеред ночі дізналася, що у Шанівці нині хтось когось убив?

— Та не нині! Колись! — Стаська йому. — Труп старий!

— А ти тут взагалі до чого? — Петро на малу здивовано.

— Сон бачила! — Стаська бреше.

Людмила підспівує:

— Дуже страшний сон! Сам жах! Ніби на покинутому обійсті, біля якого горіх росте, посеред дерев мертвяк лежить...

— Так! У ямі! — Стаська вклинюється. — А земля просіла, і руку вже видно. Самі кістки! Це ж значить, що давно лежить, так?

Стаська замовкла. Дивиться на Петра зі сподіванням. Петро з постелі встав. По спальні у самих трусах і майці ходить — туди-сюди, туди-сюди. Врешті зупинився. Уп'явся у Людмилу і Стаську недовірливим поглядом.

— Одного втямити не можу! Так кому з вас, дівки, аж такий страшний сон приснився, що ви мені навіть виспатися не дали?!

Сестри перезирнулися. Стаська вже рота відкрила, щоби запевнити Петра: мені!

— Обом! — ляпнула Людмила. Говорила і прозрівала. — У тому-то й справа, Петюню! Це ж щось моторошне! Спочатку дощ увесь день у землю стукає, а всі кажуть: Шанівка — суха, наче їй пороблено. Потім під вечір я ригати починаю, а раніше ж — ніколи! Навіть коли одночасно двох пацанів дев'ять місяців носила! Щось тут не так, думаю. Кличу Стасю на поміч, оце ми пів ночі прасуємо, як ті дурні, під ранок засинаємо, а потім — трах! Просинаємося одночасно від жаху, бо бачимо один і той самий сон... — Людмила замовкла, бо поки говорила, вже й сама повірила у непересічний збіг обставин, які перерахувала тільки-но.

— ...Що у Шанівці — труп! — закінчила оповідь Стаська.

— Тре перевірити, бо не матимемо спокою, — додала Людмила.

Петро довго мовчав. Потім маківку почухав:

— А малих на кого?

Людмила зірвалася, подає Петрові штани, сорочку:

— Я мамі вже зателефонувала. Зараз прибіжить. Побуде з малими, а потім до садка їх закине, якщо ми раптом затримаємося.

Петро на сестер із здивуванням глянув:

— Ви обидві зібралися зі мною до Шанівки їхати?

— Та ми нанівець зійдемо від хвилювання, якщо отут на тебе чекатимемо! — Людмила не стоїть. Вже дістала собі з шафи светрик, джинси. — Та й маємо показати тобі місце, де ми те мертве тіло побачили. Так, Стасю?

***

Шанівці помітили поліцейський «пріус» ще на під'їзді до села, тому хоч Петро і сподівався по-тихому перевірити дурні бабські сни, нічого з того не вийшло.

— Проводжу профілактичні заходи по запобіганню злочинів! — бовкнув бабі Аді перше, що сплило на думку, коли та вийшла зі свого двору на вулицю.

— А я думала, по мою душу... — прошамкала стара поліцейському услід. На подвір'я не повернулася. Стояла біля хвіртки, спостерігала за Петром.

Поліцейський офіцер Килимівської сільської ОТГ Петро Нечитайло залишив службову автівку посеред живої шанівської вулиці, подерся провулком на пагорб за балку, до покинутих обійсть. Людмила і Стаська — за ним. «Невже Стасьці не привиділося зі страху? Невже реально мертву людину знайдемо?» — думала старша. «Хоч би ніхто за ніч не відкопав труп, не переховав у іншому місці, бо подумають, що брешу!» — бідкалася молодша.

— Ма...тері твоїй ковінька! — мовив Петро, коли посеред здичавілого саду у ямі побачив білі кістки людської руки. До Людмили і Стаськи обернувся. — Оце ви утнули!

— Ми? — Людмила.

— А ми при чому? — Стаська.

— Біжи до машини, — наказав Петро Стасьці. — У багажнику стрічка смугаста є. Неси скоріше, обгородимо місце злочину!

Стаська побігла до «пріуса». Петро підхопив із землі міцну палицю, обережно розгріб сміття у ямі, придивився: упереміш із землю — залишки одягу, малі кістки п'ястя, зап'ястя, фаланг, і більші — променева, ліктьова. Дідько! Дістав мобільний, обернувся до дружини, яка ошелешено тупцювала за п'ять метрів від страшної ями.

— У район тре доповісти, — сказав. — І що я керівництву скажу? Що моя дружина і її сестра уві сні труп побачили?!

— Скажи: отримав анонімний сигнал від громадян. Майже не збрешеш! Ми зі Стаською — теж громадяни, але краще не вплутуй нас, Петю. Добре?

— Та ясно, що не вплутуватиму, — Петро зітхнув. — Зараз до райуправління подзвоню, місце злочину виокремлю смугастою стрічкою, а потім доведеться слідчо-оперативну групу чекати.

— Не біда! Ми зі Стаською пішки до Килимівки дістанемося.

— Краще допоможіть, Людо! — попросив підполковник поліції.

— Звичайно, Петю! Що робити?

— Труп давнішній. Багато років тут пролежав, тому треба поговорити з шанівцями, які тут давно живуть. Може, хтось і згадає якісь події незвичайні. І ти ж сама — шанівська, Людо! Походи поміж люди, попитай... І Стаська хай попитає. Вам більше, ніж мені, розкажуть.

— Ми попитаємо, але то дохлий номер! — відповіла Людмила гірко. — Не лишилося у Шанівці шанівських, Петю, самі ДНК.

Шанівка вперто відмовлялася помирати. Трималася за фетиші, курганом нагадувала: люди тут жили з давніх-давен, то хай би і далі...

Початок нового тисячоліття у колись великому селі відмітився розваленим корівником, постаментом від пам'ятника і десятками порожніх покинутих людьми обійсть. Здавалося, ось він, кінець. Помруть останні старі баби і — фініта! Та розпайована земля не відпускала: хтось пропив свій пай, хтось здав в оренду, хтось продав за безцінь через підставні договори і тіньові схеми, а хтось повернувся, щоби дати раду своєму гектару, двом, десяти. А хтось і не покидав села! Задихала Шанівка. Запрацювала.

Та розпайована земля кликала до себе не тільки трударів. Багаті теж захотіли землі, та не за законом і не клаптик —

всю і задарма! Нічим не гребували. Чотирнадцять років тому вистачило інтриг і підлості лише одного зухвальця, Івана Залусківського, щоби мала Шанівка вигоріла вщент. Ох і чорна та біда була... Хто із шанівців не помер і не загинув, ті виїхали — до сусідньої Килимівки, до міста. Вже цього разу, здавалося, не відродитися Шанівці. Та вистачило сили лише однієї згорьованої дівчинки, щоби село знову захотіло жити: дитина, яка втратила у тій біді всіх, кого любила, стала з дня у день збирати каміння на його спорожнілій вулиці.

— Люди, ви чули? — пліткували шанівські баби, які перебралися до Килимівки. — Кажуть, мала Катька Кохан, яка за селом у мазанці ворожки оселилася, шанівську вулицю розчищає. А дружина Залусківського Алка і вдова Раїса, яка чоловіка і сина поховала, їй помагають. І от нащо те все, га?! Хіба Шанівку відродити? Та нізащо!

За рік після пожежі у вигорілій Шанівці лишилася одна людина: удова Раїса.

— Отепер вже кінець селу, — казали люди. — Раїсу поховаємо, і крапка.

Раїса все не помирала, довгих вісім років лишалася єдиною жителькою Шанівки.

Все змінилося у 2014-му, коли переселенці з Донбасу розтеклися країною у пошуках місць, де можна розпочати життя наново. До Шанівки тоді приїхали шість родин, та за рік лишилися дві: Поліщуки і Козлови. Артем і Неля Поліщуки мали 60 років на двох і маленьку донечку, виявилися кмітливими і нелінивими. За все бралися: і городину пробували вирощувати, і сири робити, і кекси пекти, і халати для медиків шити. Інтелігентні інженери Віра і Борис Козлови мали по 60 років на кожного, стару іномарку і кота Черчилля, якого вивезли з Горлівки.

У 2017-му ще дві порожні шанівські хати окупували приїжджі. Не донецькі. Бозна-звідки! Перекотиполе. В одній хаті розмістила свій табір багатодітна мати-одиначка Валька Шамрай. Звідки приїхала? Де блукала? Нащо виводок бідних дітей за собою по всій країні тягала? Хтозна! У другій поселилася стара баба Ада. Біографії своєї не приховувала. Шамкала беззубим ротом, розповідала:

— Ада я лише для своїх. У паспорті записано: Аделаїда. Де раніше жила? У тюрмі. Останній раз на п'ятнадцять років сіла, бо чоловіка зарізала! Та не лякайтеся! Не чужого. Свого. Я тоді саме тільки вийшла на волю...

За два роки, у 2019-му, ще одне шанівське обійстя ожило — киянка Оля Торбенко, спортивна жінка за п'ятдесят, разом із тридцятирічним сином Ярославом вирішили купити у селі хату, відремонтувати її власноруч і влаштувати мініготель для любителів зеленого туризму.

— Трясця матері! Це ж що виходить?! Що у Шанівці селян уже нема, якщо бідну Раїсу не рахувати? Лише донецькі, неблагополучні і кияни? — здивувався голова Килимівської сільради Косюк, продивляючись перелік нових шанівських житців. — ДНК якесь!

Вислів прижився. Про шанівців тепер тільки так і казали: ДНК! Донецькі, неблагополучні і кияни. Кияни були у меншості. Рулювали донецькі, бо відмовлялися почуватися тут чужими і тимчасовими. Одного дня Артем Поліщук зібрав житців Шанівки біля постаменту, на який чиясь добра рука прилаштувала велику фаянсову вазу для квітів, запропонував:

— Люди, давайте я старостою села попрацюю. Зараз же проголосуємо, складемо протокол і я відвезу його до Килимівки, у сільраду.

— Артемчику, а воно нам треба? — спитала баба Ада.

— Шанівку вже до складу Килимівської сільської ОТГ включили, а нас ніхто і не спитав. Завтра нам електрику відріжуть! Чи газ! Скажуть: ви нерентабельні! Шукайте собі інше місце на життя чи паліть свічки, а грійтеся дровами.

— А я на власні очі бачила, як хтось із килимівських сміття біля шанівських хат викидає! — додала Валька Шамрай. — За крайньою хатою скоро справжнє сміттєзвалище виросте.

— І про субсидії нас ніхто не питав, — сказала Віра Козлова.

— Нас узагалі ніхто і ні про що не питає. І хіба це справедливо? — додала Неля Поліщук. — Наче нас нема!

— А ми, до речі, громадяни України і маємо право кожний на два гектари землі, — нагадав Артем. — Ви в курсі, чиї землі навколо Шанівки, чи є вільні і коли нам землю виділять? Не знаєте?! Воно й зрозуміло! Бо хтось має у тій ОТГ за наші права дерти горлянку! Так я візьмуся за це!

Вранці 21 березня Артем Поліщук якраз і збирався до Килимівки у справах малої Шанівки. Несподівана поява поліцейського з ріднею поруйнувала плани, бо Петро Нечитайло наказав старості «попрацювати з місцевим населенням, аби під ногами не крутилося і дурними запитаннями не відволікало».

— Хоч мені скажи, що сталося, — попросив Артем.

— Вбивство...

— Вбивство? Нефартовий день для Петра, — мовив Тарас Гордієнко, молодший син підприємиці Тамари. Приїхав того ранку до Шанівки на переробленій під ручне керування напіввантажній «Toyota ProAce City Verso Long», побачив практично усе населення села біля постаменту і навіть припустив: бунтуєте?..

— Тарасе, якщо ти товар до кіоску привіз, то зараз не зможу його прийняти, — відказав йому Поліщук, який, крім усього іншого, тричі на тиждень не тільки торгував у Тамарчиному кіоску, а й зробив там громадську приймальню.

— Та ні! Я не з товаром. Інше діло є. — Тарас роззирнувся, побачив Петра Нечитайла на пагорбі біля покинутого обійстя, огородженого смугастою біло-червоною стрічкою: поліцейський офіцер тупцював під горіхом, жваво щось пояснював комусь у мобільний.

— Мені би з Петром побалакати, — додав.

— Не зараз! — відповів Артем.

— А з Людкою можу? Петро ж з дружиною приїхав?

— Тут вона десь...

Староста роззирнувся, та замість дружини Нечитайла наштовхнувся поглядом на збуджені сяючі очі її молодшої сестри: посеред вулиці Стаська Поливанова товклася разом із Уляною, старшою дочкою неблагополучної Шамраїхи, прислухалася до розмови старости з Тарасом. І таки все чисто чула, бо раптом рвучко випростала руку, як школярка на уроці, що дуже хоче, аби її помітили.

— Я знаю, де Люся! — вигукнула.

І вже йде до чоловіків. Старости Поліщука наче не бачить, з Тараса очей не зводить.

— Ходімо, Тарасе! Проведу тебе, — сказала аж надто голосно, ніби намагалася приховати хвилювання під покривом упевненості.

Тарас глянув на дівча здивовано: хто така? Погляд із викликом, волосся рожево-фіолетове на всі боки стирчить, з-під розстебнутого дощовика пуп видно, бо короткий топ лиш груди прикриває — вже доросла? А шкіра така чиста-оксамитова, очі наївні. Ще дитина.

— Я Анастасія! Люсіна молодша сестра, — Стаська читала Тарасові думки. — Ми теж із шанівських. Як і ви! Моя Люся з твоїм старшим братом Сергієм колись...

— Дружили?

— Типу того.

Тарас усміхнувся:

— Показуй, де тут твоя сестра, Анастасіє.

— Стася! Мене всі Стасею звуть. Але мені більше подобається так, як ти кажеш: Анастасія.

Шанівською вулицею Стаська закрокувала поряд із Тарасом. Все косувала на хлопця, наче вимірювала відстань між ними, бо боялася випадково торкнутися його руки. Не витримала градусу емоцій, швидко озирнулася до Улянки, усміхнулася їй так щасливо і задьористо — аж усі квіти по всьому світові від тої посмішки розцвіли. До Тараса повернулася.

— Он у ту хату Люся зайшла! — вказала на акуратне причепурене обійстя.

Людмила від усього серця хотіла допомогти чоловікові, але собі — більше, тому й Петрове завдання побалакати з шанівцями виконала з урахуванням власних інтересів. Перекинулася кількома словами з ДНК, із подивом з'ясувала: виявляється, давня її шанівська подружка Катерина вже не перший рік живе не у мазанці за селом, а у Шанівці, у хаті удови Раїси.

— Так це ж мені підходить!

Роззирнулася похапцем, наче сеї ж миті мала уздріти Катерину біля постаменту, де зібралися люди. Аж ні — не видно! І вже цікавість Людмилу бере, бо сто років не бачила подругу. Якою стала?

— Не проблема! Сама до неї піду. Корона з мене не впаде!

Рішучо подалася до Раїсиної хати, на подвір'я зайшла, зупинилася, аби дух перевести і запитання сформулювати, бо мала якось випитати у Катерини про її нічні походеньки.

— Хіба це головне?! — раптом призналася собі.

Двір уважніше оглянула, аж жахнулася: геть нічого не змінилося на знайомому з дитинства сусідському подвір'ї! Тут колись малою гралася з Сашком, Людмилчин тато разом із Сашковим татом дядьком Романом разом колупалися у старому їхньому «жигулі», а Людмилчина мати разом із Сашковою матір'ю тіткою Раїсою ліпили вареники на всю компанію. І співали.

Спогади накрили: Сашко загинув, дядько Роман згорів, а потім і рідне село. Їм із Катькою тоді по скільки було? Тринадцять? Чотирнадцять? Як Стасьці нині! Людці пощастило: з батьками лишилася, життя склалося, а Катька... Тій — особливі дари, бо ж нічого не буває безплатного. Людмила тепер це точно знає.

Тільки подумала, аж бачить: з-за хати на подвір'я молода жінка йде.

— Катя? — роздивлялася, не приховуючи цікавості. — Катю, ти?

Катерина зупинилася. Дивилася на Людмилу ошелешено, наче інше своє життя згадувала. Та така... гарна стала! Тоненька, наче травинка, коси густі-хвилясті — аж розкіш, лице як з ікони, коли все є на тому лиці — і шкіра матово-молочна, і ніс витончений, і брови виразні, і вуста, та всю увагу забирають на себе невимовно сумні світлі очі. Та така, дідько, молода! Наче й не двадцять вісім — вісімнадцять! «Я б подивилася на неї, коли б вона двійню виносила!» — подумки психонула Людмила. Вище підсмикнула джинси на дебелій дупці.

— Ти красивою стала! Чесно! А мене не впізнала? — спитала обережно. Напружилася: ще пам'ятала останню зустріч із подругою після пожежі у Шанівці. «Прощавай», — сказала тоді Катерина, зачинивши перед носом подружки двері.

— Упізнала, — м'яко усміхнулася Катерина. — І чогось захотілося гукнути: Людка! Як колись.

Людмила так зраділа неочікуваній Катерининій привітності, аж видихнула з полегшенням:

— Ото біда! Хочеш казати «Людка», то й кажи! Чи ми чужі? Все дитинство — нерозлучні були.

— А ти... чого тут? — спитала Катерина.

— А ти не знаєш? У вас тут — надзвичайна подія!

— Не виходила сьогодні з двору. Тітці Раїсі геть погано. Я вночі навіть для неї одну траву відшукати намагалася, та все марно. Значить, до похорону слід готуватися.

Людмила пожвавішала, наче новина про те, що бідолашній Раїсі недовго залишилося, неабияк тішила.

— Так ти усе ясно бачиш, Катю! Аж страх бере!

— Не бійся, Людко.

— От легко тобі казати! А я боюся! Так сильно боюся, аж ригаю іноді! Чесно!

— І чого боїшся?

— Один козел примушує мене до цього... Коротше кажучи, щоби я з ним трахалася. І він до дідька впливовий: просто так послати його під три чорти не вийде. А в мене ж — сім'я! Чоловік, сини. Та й, якщо вже чесно, гидую я зі старим! Допоможи, подружко!

— Усім допомагаю, чим можу.

— Оце гарно! Оце діло!

Людмила заметушилася, стрільнула очима: нікого поблизу нема?

— Чуєш, Катю! А давай до хати зайдемо, бо щось я... ніби замерзла! — збрехала.

На чепурній кухні швидко дістала клаптик старої квитанції за газ, що завалялася у кишені, ручку.

— Я тобі на папері прізвище і посаду покидька напишу, а ти... наворожи, щоби те падло вже... сконало.

— Людко! Не займаюся я таким!

— Добре! Хай живе, але щоби посаду втратив. Бо при посаді він і з інвалідного візка мене тероризуватиме. А от коли дадуть копняка під зад, отоді я йому все пригадаю!

Людмила швидко написала прізвище і посаду свекра, поклала папірчик на стіл, насторожено глянула на Катерину: стояла біля столу, закинула голову вверх, очима — у стелю так, наче й немає зовсім стелі, лиш небеса. А Катеринині думки, як і очі, туди і спрямовані, до небес. «Чи вже ворожить?» — Людмила напружилася. Підсунула папірчик ближче до Катерини.

— Кать, чуєш! Я ж — не на халяву! — прошепотіла. — Гроші заплачу, як тільки цей... результат буде.

Катерина повернулася до Людмили і раптом усміхнулася так незрозуміло і дивно: хоч як нагороду розцінюй, хоч як ляпас.

— Та чесно! — запевнила Людмила.

Вже хотіла додати, що може сьогодні ж змотатися додому, у Килимівку, по аванс, та знадвору хтось застукав у хвіртку.

— Люсь! Ти тут? — почула голос Стаськи.

***

Стаська не наважилася заходити на подвір'я, біля якого вони з Улянкою опинилися напередодні вночі. Стовбичила на вулиці, заглядала у двір через невисокий паркан. Усміхалася: диво таки сталося! Хоч і не вдалося поворожити вночі, результат отримала. Не тільки привернула увагу Тараса, а й поспілкувалася з ним. Хіба він після цього Стаську забуде?.. Та це ж геть неможливо!

Витягнула шию: цікаво, про що хлопець із Люсею говоритиме?..

Тарас чекав на сільрадівську юристку посеред двору. Роззирався, крутив у руці ключі від «тойоти». Людмила не одразу вийшла, здивовано знизала плечима, побачивши Тараса: а ти тут якого біса?

— Тут же колись Сашко жив, так? Мій Серьога з ним товаришував... — раптом мовив Тарас.

— Ми усі тут колись жили, тільки ти тоді геть малим був, — відповіла Людмила.

— Не таким уже й малим! У перший клас пішов, коли Шанівка згоріла.

Людмила око примружила, глянула на Тараса з досадою: від такого важливого діла відірвав, трясця матері!

— Тарасе! Ти отут нащо?! — гукнула сердито. — Спогадами ділитися?

Тарас головою мотнув: аби ж!

— Ходи ближче, — відповів. Коли Людмила підійшла, мовив тихо: — Мамка мене до Петра послала, та він нині — як іноді мобільний зв'язок у Килимівці — недоступний. Оце рішив тобі все розповісти.

Людмила відчула, як руки, ноги, хребет і навіть язик у роті стали холодними.

— З малими щось? — прошепотіла.

— Та ні! З цим... Із суддею! Свекром твоїм.

Людмила вухам не повірила! Зиркнула на Тараса з підозрою, думки метушаться. Та хіба? Вона онде тільки-но...

старому пердуну фатальних проблем замовила, а вони на нього вже і звалилися?.. Невже помер?! Оце була би радість!

— Що з ним? — мовила обережно.

— Під ранок на об'їзній неподалік райцентру знайшли його «лексус» пом'ятий. І чоловіка збитого.

— Свекра хтось збив? — заплуталася Людмила.

— Ніхто його не збивав. Суддівський «лексус» збив дядька. Його до лікарні доправили. А суддю знайти не можуть. Дзвонять йому, але він не відповідає. Оце все мамка і звеліла Петрові переказати.

— А мамка твоя звідки дізналася?

— З району їй хтось подзвонив. З поліції. Попросили Петра попередити по-тихому. Типу — не дзвонити, а особисто з ним поспілкуватися. Мамка — до вас, а ви з Петром вже на Шанівку дременули.

— Гім-мно собаче... — прошепотіла Людмила. — Оце ми діждали «радості»...

— Реально нефартовий день для Петра.

Людмила глянула на Тараса насторожено.

— Не кажи ж нікому!

— До вечора однаково всі знатимуть. Особливо якщо той дядько помре.

Людмила завмерла, дивилася крізь Тараса. «Катька, певно, вже знала про свекра, коли я прийшла, — плигали думки. — І хіба я тепер маю їй платити? Чи заплатити, аби вона добила своїми ворожіннями покидька, де б він зараз не був? Чи таки не платити? Ой... Оце мені є над чим думати...»

— А куди ж старий... подівся? — ледь не ляпнула «козел», та вчасно відкоригувала фразу.

Відповіді не чекала. Зірвалася: швидко йшла з двору. Вискочила на вулицю, смикнула молодшу сестру: зі мною ходи! Не бачила, як Стаську на шмаття рве: за Людмилою йде, до обійстя озирається, щоби на Тараса ще хоч раз глянути. Він чому на відьминому подвір'ї залишився?

***

Тарас впустив ключі від «тойоти». Вже збирався йти з чужого обійстя за сільрадівською юристкою услід, крутонув на пальці кільце з ключами, кільце зірвалося з пальця, ключі — дзень! І відлетіли до ґанку.

«Добре, що ніхто не бачить», — подумав. Не любив на людях демонструвати рухи, які ще давалися йому важко. Ходив без кульгання. Ніхто б і не здогадався, що на протезі. А от присісти не міг. І нахилятися без напруги ще не навчився.

Ступив крок до ґанку і побачив у отворі прочинених дверей дівчину: тоненьку, сумнооку... «Хіба у Сашка була сестра?..» — спробував пригадати.

Дівчина усміхнулася, легко спустилася з ґанку, підняла ключі. Простягнула їх Тарасові. Знітився чогось, ключі взяв, та все не міг відірвати очей від незнайомки. Війнула косами — і нема. Не встиг навіть «дякую» сказати. Хто така?..

Петро Нечитайло страшенно хотів спати. Тупцював біля ями, яка вже давненько стала могилою невідомій людині, мріяв тільки про одне: хоч би швидше до місця злочину дісталася слідчо-оперативна група з району. Він членам СОГ картину докладно опише, бо у Петра — все по поличках. Про те, що учора до ночі пиячив із татом-суддею, не скаже. І про те, що уклався ближче до півночі, а висмикнули із постелі ще до шостої. Отак почне: о 6:40 ранку — отримав анонімний сигнал про закопане людське тіло, одразу відреагував, тобто виїхав на місце ймовірного злочину. 6:50 — в'їхав у Шанівку. 7:00 — вже був у садку, де анонімний сигнал підтвердився, бо Петро знайшов несвіже мертве тіло. 7:20 — зателефонував до райвідділу, повідомив про злочин. Огородив місце злочину смугастою стрічкою і власною персоною забезпечив недопущення до нього сторонніх осіб. Паралельно з допомогою свідомих громадян з числа власної родини провів ретельне опитування місцевого населення для отримання інформації, яка могла би допомогти слідству. І от тепер... Дві години поспіль, бо на годиннику вже дев'ята ранку, геть нічого не робить, а лише все чекає і чекає на ту СОГ, а вона наче не на авто, а на кривій коняці сюди їде-їде, бо ніяк доїхати не може!

— Дідько, а звідки я анонімний сигнал отримав? — згадав про проблему. За усією тією метушнею забув про головне. Забігав навколо ями. — Думай, Петре, думай!

А воно — не думається! Психонув: та ма-атері твоїй ковінька! Аж бачить: розбитим новим асфальтом до Шанівки слідчо-оперативна група на бусику наближається.

— Хіба не засідка?! Не могли десь на півдорозі зламатися? — ще більше психонув. — І що тепер робити? Нащо я жінку послухав?! Йолоп! Захотів він розвіяти дружинині страхи!

І вже зібрався кричати: Людо! Людо, скоріш сюди! А дружина сама до нього чеше: ракета, не дружина. Очі блищать, щоки горять. Він їй:

— Он вже, бачиш?! Їдуть! І що казати? Хто той анонім? Звідки він, холєра, взагалі взявся!

— Та придумай щось! Хіба до того? — Людмила йому.

— Стиць, Людо! А до чого? У нас цього ранку з'явилася більш важлива справа?!

— Петю! Тільки спокійно, — жінка раптом відчула величезну свою значущість навіть у масштабах Всесвіту. — Я — з тобою!

Петро вирячився на дружину ошелешено.

— Мені мало полегшати?

— Знаєш що, Петю! Якби мій тато розбив свого старого «жигуля» об чужу людину і та людина отримала тяжкі ушкодження, а сам тато пропав би... Я би раділа від того, що ти поряд.

— Твій тато... устряг у халепу?

— Мій? Твій, Петю!

— У мого тата немає «жигуля»!

— Тому розбив, що мав: «лексус»! І збив якогось дядька! Чи не так? Чекай! Дядька збив «лексус», а де твій тато — ніхто не знає. Кажись, так... Дядька знайшли, «лексус» є, а твого тата — немає! Йому дзвонили, та він не відповідає. Оце все тобі попросили переказати особисто.

— Хто?..

— Певно, твої колеги з району, — Людмила замовкла на мить, усміхнулася приголомшеному чоловікові. — І от скажи тепер! Хіба ти не радий, що я — з тобою?!

Петро смикнувся. Кинув зацькований погляд у бік бусика зі СОГ, який невідворотно наближався, заметушився, дістаючи з кишені мобільний.

— Аж всираюся, такий радий! І вже помовч, Людо! Татові дзвонитиму!

— Петю, не забув? Твій тато від нас учора п'яним поїхав! За кермом!

Петро опустив руку з мобільним, зиркнув на дружину розгублено: що робити?..

— Маємо швидко домовитися! — вже рулювала дружина. — Ви вчора не пили! Зрозумів? Бо твій тато і тебе за собою услід на лаву підсудних потягне!

— Добре! Не пили! — Петро дмухнув на дружину. — Від мене не тхне?

— Та є... — Людмила — по кишенях. Дістала м'ятну цукерку. — На! Тільки ж смокчи, не ковтай! І скажи «спасибі», що сільрада вирішила стати ближчою до людей, тому в коридорі для відвідувачів вазочку з цукерками поставили.

— Людо, якщо з татом щось сталося...

— Петю, геть не про те ти зараз думаєш! Тебе одразу спитають: куди Георгій Іванович від вас поїхав?

— Додому?

— Ні!

— А куди?

— Ми не знаємо. Він нам не доповідає. Ми не в курсі. Поїхав тверезий у невідомому напрямку. Запам'ятав?

— Та не дзижчи! Запам'ятав! Дідько! Але якщо з татом щось станеться... — Петро знову вхопив мобільний, набирав номер судді, одночасно питав: — І про аноніма того незрозуміло, що казати!

— От дався він тобі! Скажи, повідомив, що нетутешні покидьки призвичаїлися біля Шанівки сміття викидати, а ти їх підстерегти хотів, бо ти — за екологію і довкілля. Натомість на мертвяка натрапив.

— Нормальна версія! — кивнув Петро. Тримав мобільний біля вуха, прислухався до довгих гудків. — І анонім не потрібний! Мені ДНК про чуже сміття вже дірку в голові прогризли. От і скажу... — Петро раптом почув, як на іншому кінці дроту припинилися гудки. Напружився. — Тату?.. — мовив обережно.

Людмила витріщила очі: живий?

— Сину, ти? — почули у слухавці млявий, ніби спросоння, голос судді. — Якого біса так рано дзвониш? Робити нема чого?! У мене субота, Петре! Все! Відбій!

— Тату, прошу! Не клади слухавку! Чуєш?! — Петро так розхвилювався, ледь м'ятною цукеркою не вдавився. — Що з тобою сталося? Ти де?..

Якби голова районного суду Георгій Іванович Нечитайло раптом увірував у невідворотність покарання і втямив, що за співпрацю із неупередженим об'єктивним слідством зможе отримати менший строк, він неодмінно розповів би правду. Як вчора близько півночі, п'яний мов свиня, за кермом свого «лексуса» виїхав із Килимівки, де трохи невдало погостював у сина, бо не зміг покористуватися невісткою, тому роздратувався і вирішив їхати не додому, у райцентр, де у триповерхових хоромах дотлівала від самотності його стара суха дружина, а до одного цікавого генделика з лазнею на об'їзній. Хазяйка того генделика була не тільки молода й ловка, а й недвозначно практична: за триста гривень окремим впливовим гостям дозволяла робити з собою всяке, та лише п'ять хвилин, задля чого тягала за собою справжній пісочний годинничок. Спливли п'ять хвилин — знову давай їй триста гривень. Отаке стерво! Аж завжди цікаво, скільки разів по триста вона витримає, і, кажуть, дехто пробував з'ясувати, та завжди чоловіки першими здавалися, а тій пані — хоч би що!

Та того вечора до цікавого генделика з лазнею Георгій Іванович не доїхав. Вже повернув на об'їзну, додав швидкості, бо чому би не мчати на максимумі, коли траса порожня. Розігнався до двохсот, аж уявив, що він — не старий суддя Нечитайло, а оцей стрімкий потужний «лексус».

— А на тобі, корово ти невдячна! На! — тиснув на газ, кричав не лише конкретній Людці, яка так безславно обригалася у ту мить, коли мала задовольнити сексуальні потреби свекра, а всім жінкам!

— На! На! — горлав і трахав уже не всіх жінок, а увесь білий світ.

Де вже тут побачити дядька, який бреде узбіччям? Бідаха вижив лише тому, що за хвилину до того, як автівка скосила його, суддя прибрав з педалі газу ногу, бо її судомами звело. «Лексус» уповільнив хід... Бах: пом'ята автівка на узбіччі, недвижний дядько на дорозі. І вишенька на торті: неушкоджений п'яний суддя за кермом мордякою у подушку безпеки.

Сказати «миттєво протверезів» — нічого не сказати. Нечитайло старший не просто протверезів, а й абсолютно чітко побачив своє майбутнє: тюрма, нелюдські страждання, скора смерть! Мав уже зараз щось робити, аби забезпечити альтернативу. А що?! Заметушився-засіпався, не полишаючи водійського місця: вихопив із бардачка паперові салфетки, витирав ними кермо, подушку безпеки, передню панель, дверні ручки, хоч і розумів, що все те — повна дурня! Все косував на недвижного дядька. Вимкнув фари, вискочив з автівки: куди бігти? Ліворуч об'їзною до райцентру шлях веде, праворуч за сорок кілометрів Килимівка, син, клята невістка — всі біди через неї.

— Може, тіло сховати? — промайнула найдурніша з думок. Підбіг до недвижного тіла, вхопив дядька за руки... А ти Боже! Дядько важкий, з місця його не зрушити, а руки суддівські тепер — всі у крові жертви.

— Зараза! Зараза! — закривавлені руки об піджак витирає, роззирається. Що робити?

— Син допоможе! Хай тільки спробує не допомогти! — покинув автівку, побіг, як міг, порожньою трасою у бік Килимівки.

Скоро знесилився. Зупинився. Руки трусилися. Ледь дістав із кишені мобільний, і вже зібрався мобілізувати собі на допомогу Петра, та побачив на екрані пропущений дзвінок від давнішнього приятеля Івана Залусківського. Колись і дня не минало, щоби не зідзвонювалися. Дружба в минулому, але й ворогами нібито ще не стали. План виник миттєво. Лиш набирав Івана, вже знав, що казати.

— Вчасно нагадав про себе, Іване! Серйозна розмова є! Невідкладна, — голос твердий-суворий. — Ти де є? — спитав, бо Залусківський наплодив нерухомості по всьому району: у Килимівці хату мав, у райцентрі, навіть у малій Шанівці, а між райцентром і Килимівкою у лісі ще й двоповерхову дерев'яну халабуду на 200 квадратних метрів побудував, яку скромно називав мисливським будиночком.

— У мисливському будиночку, — підтвердив Іван відчайдушні суддівські сподівання. — Заїдеш? — запитав.

— Краще сам заїдь по мене! — суддя відновив дихання, знову сунувся подалі від місця ДТП. — Повір — це у твоїх інтересах.

— Куди заїхати? — без ентузіазму запитав Залусківський.

Нечитайло вдивився у темний шлях попереду: ліс, чорнота, тільки на узбіччі білборд «Бережіть ліс».

— На об'їзній бігборд дурний про ліс знаєш? Біля нього чекатиму! І давай без запитань! Їдь уже швидко, бо справа термінова! — не дав Іванові змоги відповісти, відрубав зв'язок.

39

— Бережіть... Бережіть... Бережіть... — знай бурмотів, чекаючи Залусківського, як останню надію.

— Оце ти, Жоро, мене підставляєш! — Залусківський навіть не намагався приховати обурення. Всякого бувало у їхньому житті, не пацани давно, обом — за шістдесят! Не раз допомагали один одному обійти закон чи мати від нього особистий зиск, але щоби робити приятеля співучасником свого косяка — такого ще не бувало!

Якби ж Іван наперед знав, нащо пхається поночі на об'їзну! Побачив суддю без «лексуса»: тупцював на своїх двох, як проста людина, під «Бережіть ліс». Костюм пожмаканий, піджак і руки у крові! Ускочив в автівку Залусківського, наказав: жени до свого мисливського будиночка, там усе розповім. Але й у файному зрубі, що заховався посеред лісу далеченько і від об'їзної взагалі, і від місця нічної пригоди конкретно, спочатку заковтнув дозу горілки, виматюкався так брудно, що навіть Залусківський скривився, і тільки потім признався:

— Я тільки-но якогось козла збив. Ти — моє алібі!

— Яке алібі?

— Залізобетонне! — роздратовано відповів суддя. — Чи я «лексус» отам покинув, щоби отут твої скиглення слухати?! Не сци, Іване! Прорвемося! Усім маєш казати, що я приїхав до тебе на своїй автівці десь перед північчю, що відпочивали усю ніч із горілочкою...

— А «лексус» твій?

— А «лексус» мій уночі якесь дурне падло вкрало. Бач, захотілося йому покататися на крутій автівці і людиною себе відчути. Ну, і наїхав на ще одного такого ж барана. Перелякався, автівку покинув і втік. Отак справа виглядатиме. А далі ми дамо їй хід саме у цьому напрямку.

— Жоро, я вже не кажу про те, що у мене паркан три метри заввишки, собаки і камери...

— Камери повимикаєш, а «лексус» я... нібито на під'їзді до твоєї фортеці залишив!

— Припустимо! Але ж доведеться знайти, кого за кермо «лексуса» посадити?

— Воно тобі треба, Іване? То — не твої *діла*. Є люди: знайдуть, посадять... Ти затям: ми з тобою геть нічого про все те не знаємо. Що мій «лексус» вкрали, що ДТП сталося. Ми оце від півночі бухаємо, як молоді, бухатимемо до ранку, а щоби нам ніхто не заважав, зараз же вимкнемо мобільні.

Суддя вимкнув свій мобільний, уп'явся недобрим поглядом у Залусківського.

— Вимикай! Чи спочатку хочеш знати, що матимеш за свою маленьку дружню послугу?..

— А чим ти, Жоро, таку підставу зможеш мені компенсувати? — відповів Залусківський зверхньо. Минули ті часи, коли він услід за олійнею і кролятником, що згоріли разом із Шанівкою, втратив землі, за які заплатив хоч і незаконно, хоч і копійки, але ж — свої копійки! Надолужив... Та так надолужив — хоч хазяїном району називайся, хоч королем — у брехні не звинуватять.

— Ти, Іване, дивлюся, перестав закон поважати, — набундючився Нечитайло. — Така позиція завжди боком вилізала!

— Не заводься, Жоро! Поможу! Але ти про це не забудь! — відповів Залусківський, вимкнув мобільний, бо, дідько, куди подітися?

— А ти так поможи, щоби я ніколи не зміг того забути! — суддя став стягувати закривавлений костюм. — Перевдягтися знайдеш? А моє лахміття спалити треба! Зробиш?

— Звісно, спалю! Мені ще тут тільки твого закривавленого одягу не вистачало!

— За це і вип'ємо! — резюмував суддя.

Насправді, всю ніч пили. Чи від того, що відверто дратували один одного, чи від того, що обоє відчували однаковий прихований страх, на ранок ще усвідомлювали дійсність і пам'ятали причину нічного запою.

41

Суддя оцінював ситуацію більш адекватно, тому запропонував збадьоритися під прохолодним душем перед тим, як увімкнути мобільні. Залусківський з ідеєю погодився, та реалізувати її делікатно не зумів — запхався до душової кабінки разом із суддею... А раніше ж дружбана Жорку Нечитайла абсолютно голим ніколи не бачив! Навіть у лазні простирадлами прикривалися. І так вразили старого пузатого Залусківського зів'яла обвисла шкіра судді, сальні боки, кривуваті волосаті ноги і живіт-гарбуз, з-під якого чоловічі причиндали й не роздивитися, аж засмутився: сильно здав Жорка...

— Сильно ти здав, Іване, — почув голос судді. Очі підвів: Жорка Нечитайло із відвертим співчуттям роздивлявся голого приятеля.

— Ти хвилюйся за те, аби я тебе, Жоро, не здав! — психонув Залусківський.

Вискочив із ванної кімнати, і хоч мріяв, аби суддя забирався вже світ за очі разом зі своїми косяками, втямив врешті: нічним застіллям забезпечення Жорці алібі не обмежиться — мінімум до обіду тирлуватиметься у мисливській хатинці Івана.

Роздратувався ще більше: якого він має судді допомагати? Цей козел Нечитайло останнім часом знахабнів, став заходити на Іванове поле впливу. Таке враження, що хоче посунути Залусківського. «Дідько, гнати його треба! Бо чим заплатить мені за поміч? — подумав. — Нічим! Наразі мені Жорині послуги — геть зайві...»

Та один вранішній дзвінок змусив Івана Залусківського оперативно переглянути пріоритети, навіть повірити: суддя вляпався у лайно не випадково, а лише для того, аби стати у пригоді йому, Іванові.

Тільки увімкнув мобільний. Продивлявся пропущені, спостерігав за суддею, який уже збрехав синові, як приїхав до Івана погостювати, і тепер дуже натурально обурювався тому, що «його “лексус” вкрали якісь покидьки, ще й людину на ньому збили, а що поліція робить?!» І тут задзвонив мобільний Івана. Телефонував Василь, моторний секретар і помічник Залусківського, який уже готував для шефа ґрунт на осінні вибори.

— Іване Миколайовичу, вибачте, що турбую у вихідний, але ви...

— Хлопче! *Короче!*

— Шанівка — це ж ваш майбутній виборчий округ...

— Ще *корочє*!

— Там нині вранці труп невідомого чоловіка знайшли. На покинутому обійсті у саду за балкою. Кажуть, багато років пролежав. Ніхто не знає, що там сталося...

«Я знаю!» — подумав Залусківський. Василь продовжував торохтіти у слухавку, а перед очима Івана вже стояла картинка чотирнадцятирічної давнини. Струсив спогади.

— І нащо ти оце все мені розказуєш? — помічникові.

— Подумав... Може, на цьому активізуватися перед виборами. Заявити позицію, взяти участь... — вже не так упевнено відповів Василь.

— Щоби я на мертвих популярність завойовував? Та ти дурний? Я заради живих у політику пхаюся, мать твою!

Зв'язок відрубав і раптом відчув... полегшення. «А на що я сподівався? — подумав. — Що з роками усе саме по собі розсмокчеться? Давно ясно було: проблему доведеться вирішувати. І отут, трясця матері, Жора мені згодиться!»

Суддя строчив смс-ки у район із вимогою «терміново знайти викрадачів "лексуса", бо сам знайде...», коли Іван поставив перед ним склянку розсолу і сказав:

— Я тобі допоміг, Жоро, тепер твоя черга.

— Скоро ти... зорієнтувався, — здивувався суддя.

— Карта так лягла.

— Яка карта?

— Сьогодні у Шанівці старий труп знайшли. Так хай його якнайшвидше до району заберуть, типу для розслідування, і там тихо прикриють справу. Зможеш організувати?

Суддя кинув на Залусківського чіпкий погляд.

— Ти його?

— Ні, — збрехав Залусківський. — Одній шанованій людині маю допомогти.

— Не роби з мене йолопа, Ваню!

— Не став дурних запитань, Жоро!

— Хіба заради цікавості питаю? Заради справи! Ми ж маємо приземлитися на унітаз, не поряд із ним! Свідки... події були?

Залусківський згадав, як чотирнадцять років тому батько малої Катерини, нині покійний Льонька Кохан, кричав йому на шанівському згарищі: «Чужого покидька найняв копу підпалити? Найняв! Потім убив його за балкою! А Катька моя це бачила! Усе чисто бачила! От ти і злякався! Село на нас нацькував! Усіх чисто попалив, сволото...»

— Воно тобі треба, Жоро? То — не твої *діла*, — відповів судді його ж словами. — Є люди... Розберуться зі свідками, — додав демонстративно-зухвало, тільки впевненості у голос забув додати.

Суддя відчув слабину.

— Чому ж раніше не розібралися? — запитав нахабно.

За роки, що спливли, Залусківський не раз пробував дотягнутися до Катерини. Застрягла в його долі, як кістка у горлі, самим своїм існуванням колола-нагадувала: все бачила! Одразу після пожежі у Шанівці відчував нестерпне стремління терміново знайти чотирнадцятирічне дурне дівча, навіки заткнути їй пельку, та на той час несподівано виникла серйозніша проблема — дружина Алла.

— Аллуня-гарнюня, пічка розпечена, — згадував її тільки так, сам собі зізнавався ошелешено: і дотепер страшенно сумує за жінкою.

Вже не зігріє, а скільки разом жили — ох і гаряча! Та красива: велика, не груба-товста, розкішна, пишнотіла. З характером: гордовита, щедра. Ніколи терплячою не була, а чоловікові вірила, тому проти нього ніколи не йшла, допомагала у всьому. У собі причини шукала, коли Залусківський вперше у гречку скочив, потім ще, ще; не зважала, коли люди почали перешіптуватися, що підприємиця Тамара свого молодшого сина Тараса від Залусківського народила. Та у страшній шанівській пожежі дружинина віра у чоловіка вигоріла до денця, наче й не було її ніколи. Плюнула Іванові поміж очі, залишила у райцентрі самого, повернулася у Шанівку. Лиш попередила:

— Катерину зачепиш — уб'ю.

Й сумніву не мав: не жартує. На той час уже знав: дівчинка-свідок його злочинів, яка до того блукала невідомо де, повернулася і оселилася біля вигорілого села у спорожнілій мазанці старої ворожки баби Килини. От тут би Залусківському і навідатися до малої, та бунт дружини кардинально змінював пріоритети. Надто багато знала Алка про чоловікові махінації. Варто було їй рота відкрити — кінець Залусківському, тож дратувати жінку сіканнями до Катерини ніяк не міг.

Натомість настирливо намагався повернути Аллу до сім'ї й покори. Спочатку нахрапом, потім умовляннями і навіть грошима. Алла у корінь дивилася.

— Так боїшся, що про темні справи твої розбазікаю?..

— А тобі більше нема чого робити, тільки базікати? — роз'ярився. Вколов жінку у найболючішу рану. — Тоді краще піди і віддайся хоч чорту кульгавому, хоч першому-ліпшому, хоч кому! Може, врешті дитинку народиш! Ото й буде тобі чим займатися до кінця життя!

Й на слово у відповідь не розщедрилася. Таким гірким поглядом пропекла: навіки на серці Івановім опік лишила. Пішла, наче у воду впала і пропала. Де була? Залусківський намагався не думати про те, заспокоював себе:

— Доки не чіпатиму Катерину, Алка про мої *діла* мовчатиме. Та й повернеться ж до мене колись...

Не повернулася. Живою вже не побачив. За рік після їхньої останньої розмови у віці 39 років Алка померла від критичної крововтрати після гінекологічної операції в одній зі столичних приватних клінік. Залусківський зачинився у новій файній хаті у Килимівці: не їв, не пив горілки, як би хтось міг подумати, лиш тихо і відчайдушно вив кілька годин поспіль. Припинив лише задля того, аби із сухими очима вийти до людей і сказати:

— Сам поховаю.

Все — сам! Тіло з моргу забрав. Обмив, вдягнув, у труну поклав, найкраще місце на старому шанівському цвинтарі вибрав, бо там хотіла спочивати, собі поряд місце залишив. Рвав пуп, навіки надірватися намагався, та пам'ять не відбило, легше не стало.

— І тебе я вбив, Аллуню... — прошепотів мертвій дружині у вушко перед тим, як труну стали забивати великими цвяхами.

Мертва красуня Алка Залусківська ще довго Катерину охороняла, бо варто було Залусківському лиш подумати про те, щоби врешті дівчині шию скрутити, як згадував свою Аллуню. Серце стискалося, плив споминами, згадував жінчине застереження, признавався: дістане і з того світу, як захоче. І була то не тупа забобонність, а скоріше данина пам'яті жінці, яку Залусківський, як виявилося, сильно любив.

Та реальні загрози страшать більше кари небесної, а Катерина залишалася загрозою.

— Чому мовчить? — не переставав дивуватися.

Від знайомих знав: дівчина хоч і залишилася у мазанці баби Килини, геть непростою стала — лікує людей, бачить їхні хвороби, проблеми.

— Чому ж нікому про мене не признається?! — мордувався. — Не просто ж так!

А час собі біг. Коли від пожежі у Шанівці сплив не один рік і вже мало хто пам'ятав, з чого біди почалися... Коли спомини про покійну Алку вже не зв'язували Іванові руки так міцно, як раніше, вирішив врешті остаточно розібратися з дівчиною. Одного літнього вечора, коли сутінки напилися чорного чаю і стали духмяною ніччю, поїхав до мазанки. Плану не мав, на зухвалості рухався.

— Може, поговорю з нею спочатку, грошима пельку заткну. А якщо вже побачу повне небажання контактувати конструктивно... перейду до більш радикальних дій, — бурмотів, скеровував у бік Шанівки недавно придбаний дворічний «джип гранд чирокі».

Повернув з дороги між Килимівкою і Шанівкою на ґрунтівку: вела до старого кургану. Поряд із ним на горбочку поміж вишневих дерев і причаїлася мазанка. Побачив у темряві миготливе світло у вікні хатинки. Плани раптом з'явилися і виструнчилися.

— А про що розмовляти? Менше слів, дешевша ця... телеграма, — прошепотів глухо і тої ж миті ледь не врізався носом у кермо, бо джип раптом заглух і зупинився.

Залусківський виматюкався, завів двигун. Скерував вперед — не їде автівка, на місці буксує. Назад скерував — їде. Що за чортівня?! Знову вперед, до мазанки — не реагує, двигун гарчить, автівка стоїть, колеса не крутяться. Заглушив двигун. Вийшов, обійшов джип, під колеса зазирнув: ніщо не заважає? Не виявив нічого підозрілого, дістав мобільний, аби зателефонувати механіку, який постійно обслуговував автомобільні придбання Залусківського, та мобільний вислизнув з рук, впав у чорну пилюку ґрунтівки. А вже ніч, нічого не видно!

— Ну це вже *воощє*! — психонув Іван.

Лазив на карачках по ґрунтівці, мацав землю, намагаючись відшукати мобільний: він же десь тут має бути! Телефон — як крізь землю! Та на тому пригоди не закінчилися, бо коли плазував, з кишені випали ключі від файного «джипа гранд чирокі».

— Що?! Ні, дідько, тільки не це! — брудними руками вивертав кишені світлих лляних штанів, знову впав на коліна і заприсягся: не розігнеться, поки ключі не знайде.

Та на шляху дотримання слова ділом Залусківського спіткала нова біда: у пошуках ключів і мобільного розворушив мурашник: тисячі розлючених мурах атакували людину миттєво і одночасно.

Не дай Боже нікому... Як підскочив! Відбіг подалі, штани-сорочку скинув, з ніг-рук-тулуба мурах струшує, стогне.

А мурахи — всюди! Та кусючі! Залусківський про все на світі забув. Як рвонув до дороги, яка з'єднувала Килимівку з Шанівкою. До Шанівки — рукою подати, та тільки допомоги не дочекатися, бо на той час нікого, крім напівбожевільної Раїси, у вигорілому селі не лишилося: темне, мертве. Ошелешений, напівголий рвонув до Килимівки...

Вже за годину, умитий, перевдягнений у чуже, та все ще збурений несподіваною навалою дивних подій повертався до місця, де залишив своє майно, з чоловіком килимівської вчительки Степаном, який прихопив потужний переносний китайський ліхтар, завів свого старого «жигуля» і повіз Івана джип визволяти. І тут сталося найдивніше: на ґрунтівці, яка вела до старого кургану і мазанки, чоловіки не побачили файного «джипа гранд чирокі».

— Іване, може, ти не тут його кинув, а в іншому місці? — обережно спитав Степан.

— Я схожий на дебіла? — ошелешений Залусківський вихопив у Степана ліхтар. Спрямовував його у різні боки, вдивлявся у світлові діри, наче позашляховик — голка мала. Очам не вірив: та тут же десь автівка лишалася! Тут!

Підтвердження отримав несподівано. У бур'янах обіч шляху раптом заголосила істерична мелодія, яку Іван поставив на вхідні дзвінки.

— Мій мобільний! Все правильно! Тут усе сталося! — світив ліхтарем у бік звуку, дерся бур'янами до гаджета. Вхопив його, відключив вхідний дзвінок, як зайвий тут і зараз, крутив головою. — А джип де?

Автівку так і не знайшли.

Залусківський довго складав два плюс два. Версію про випадковий збіг обставин відкинув одразу.

— Ти? Ти?.. — питав чи то в уявної Катерини, чи то у покійної Алки. — Відьмою стала? Ворожиш, щоби і наблизитися не міг? Думаєш, мене це зупинить?..

До наступної спроби підготувався більш ретельно. Перш за все від п'ят до маківки облився спреєм проти комах, та й того здалося недостатньо, тому прихопив ще й гель, який притишував запалення при укусах мурах. Потім поклав до кишень два мобільних! Стосик грошей. Хотів прихопити шкіряний собачий поводок: довгий, міцний. Подумав і відклав. «Мій ремінь спрацює не гірше», — вирішив. Нову «субару форестер», придбану на заміну «джипу гранд чирокі», який так драматично і передчасно пішов з життя Залусківського, залишив на подвір'ї своєї килимівської хати. Фантазії підказували мати при собі ще й великий чорний пластиковий мішок з лопатою, та Залусківський відкинув їх тільки тому, що вважав за краще залишити руки вільними, а не займати їх важкими предметами.

Коли ніч упала на ще теплу осінню землю, перехрестився затято, наче на подвиг збирався, пішки попхався до мазанки. Насторожено йшов. Прислухався до кожного шурхоту. Вдивлявся у чорне на чорному, весь час спотикався, та про те, що пішов без ліхтаря, не шкодував. Виказати себе поночі Залусківському здавалося першим кроком до провалу. А так і сам — чорний у чорному! Хто побачить?

Ніхто й не побачив. Відчув. Залусківський вже повернув з дороги між Килимівкою і Шанівкою на ґрунтівку, яка вела до мазанки, вже здолав третину шляху, вже бачив у темряві миготливі вогники світла: лилися, певно, з вікон мазанки. А звідки ще?

Аж зупинився. Очі примружив: це ж від мазанки вогники? Чи не забагато? Один, два... Чотири? Несподівано два вогники зрушили з місця, попливли у бік Залусківського.

— Та звичайно! НЛО! Що ж іще?! Це ж місце зачароване! — спробував жартувати. — А чому ж — пузом по землі? Літай! Ти ж — літаючий об'єкт!

За мить стало не смішно, бо вогники продовжувати невпинно наближатися. Пливли швидко на висоті приблизно метр від поверхні землі. І тільки тепер Залусківський усвідомив, що стоїть саме на тому місці, де минулого разу його файний «джип гранд чирокі» заглух, а потім і щезнув назавжди.

— Та що за фігня? — пробурмотів уперто. Насупився. Вдивлявся у вогники, які продовжували стрімко наближатися.

«Чого ж я лопату не взяв?!» — тільки й устиг подумати, коли з чорноти почув грізний рик, і тої ж миті на нього плигнув великий, страшний, як наймоторошніше нічне видіння, вовк.

Залусківський повалився спиною назад, встигнув інстинктивно виставити вперед зігнуту в лікті руку: намагався прикрити лице. Вовчі зуби уп'ялися у передпліччя. Чоловік не відчув нічого, крім сухого факту проникнення чужорідного тіла у його власне. І хоч болю не було, заволав так відчайдушно, аж ніч прислухалася, хоч насправді видушив із себе лише тоненький мишачий писк. Паморочилося. Усі відчуття забивав сморід, який ішов від тварини. Мозок ідентифікував його, як запах смерті.

— Прости! Прости! — забелькотів переляканo.

Вовк розтиснув зуби, та з місця не зрушив. Стояв над поваленою людиною, дивився в очі. І той сморід...

— Прости... — мозок підказував Залусківському: треба повторювати саме те, що вирвалося у мить безнадії. — Благаю... Прости, прости...

Вовк відступив на крок. Ще... Зник у ночі.

— Мамо рідна... Мамо моя... Мамо... — Залусківський не підвівся, не підскочив. Задкував, сидячи на землі, спирався на зранену руку і тільки тепер відчув пронизливий гострий біль. — Мамо, мамо... — знай повторював.

Чергова невдала спроба не породила у душі Залусківського милосердя. Зарядила люттю, намалювала наступний план — простий і безпечний для виконавця особисто: підпалити мазанку Катерини здалеку з військової сигнальної ракетниці.

Що могло піти не так? Хата не загориться? То він двічі стрільне. Тричі, як треба. Не вб'є, не знищить мазанку на попіл, то хоч налякає дівча до усрачки, і хай потім кумекає: чи є їй сенс Залусківського чіпати?.. Те, що увесь цей час ніхто його не чіпав, ще більше ятрило душу. Хоч і сумнівався у тому, чи причетна Катерина до дивних подій, які відбулися із ним на підступах до мазанки, від нападу не відмовився. Навпаки: чергова спроба мала підтвердити чи розвіяти сумніви.

Ракетницю купив узимку. Дочекався відлиги, щоби сніг зійшов, вирядився у камуфляж...

— На вовка полюватиму! — ляпнув п'яному в лахміття Федору, чоловікові підприємиці Тамарки, якого перестрів за селом.

— А ружжо де? Знову у штанях? — проварнякав той.

— За своїм слідкуй, бо усцишся, поки додому дійдеш! — Іван проводив Федора роздратованим поглядом, посунув до кургану.

Шлях і години не забрав, хоч чимчикував тихо, роззирався настороженно. Дійшов до того місця на ґрунтівці, де двічі його спіткали цілком конкретні біди. Зупинився. Перехрестився.

— Допоможи, Боже! — попросив душевно.

Завмер, очима: стріль! Спрацювало? Бачить: земля під ногами не провалюється, вовки з кущів не вискакують, не гиркають погрозливо, навіть мурахи, суки, сплять!

— То я далі йду. Добре?.. — потроху продовжив шлях до кургану.

На верхівці заліг. Вже ракетницю дістав, а душу сумніви муляють. Щось не так... Надто просто! Надто легко і без проблем!

— Чого я метушуся, як та целка перед першим сексом! Все пучком! — зарядив сигнальну ракету у ракетницю, на мазанку глянув. — Ну що, мала? Зустрічай даруночок від Діда Мороза...

Прицілився... І тут задзвонив мобільний.

Залусківський ще тільки діставав гаджет із кишені, але вже знав: ось і воно! Те, чого так боявся і так чекав: *ответочка*... Чи то від Алки покійної, чи то від малої Катерини, чи то від Господа Бога...

51

— Залусківський слухає! — буркнув у слухавку.

— Іване Миколайовичу! А ви де?! Швидше додому їдьте! — кричав у слухавку килимівський сусід Залусківського. — У вас на подвір'ї гараж зайнявся...

— Суки! Суки кляті! Суки! — знай повторював Залусківський, плутався під ногами у пожежників, намагався власноруч відтягти обгорілі балки гаражного даху: провалилися прямісінько на нову «субару форестер». Автівка від вогню теж отримала чималі опіки — фарба взялася пухирями, деякі з них полопалися, окремі пластикові деталі поплавилися. Добре, хоч не вибухнула, бо бак повний.

То була остання спроба Залусківського зашкодити Катерині.

— Все! Крапка! Досить з мене! — вирішив. — Мовчить дівка — і слава Богу! Хай так і буде! Не чіпатиму її!

Голову до небес задер, гукнув:

— Чуєш, Аллуню? Не чіпатиму!

Не заспокоївся — затихнув, спробував викреслити минуле разом із малою Катериною, а коли згадував, лиш одне не давало спокою: ніяк не міг зрозуміти її мовчання. Може, так збиткується з нього? Чи вичікує... А чого саме? Може, має статися щось надзвичайне, аби вона заговорила?..

— От і сталося! — буркнув після дзвінка помічника. Хтось таки знайшов чужака, якого чотирнадцять років тому вбив Залусківський.

Ледь дочекався, поки до мисливської хатинки по тата-суддю приїде Петро Нечитайло на своєму «пріусі», випроводив їх. Не забув Жорці нагадати вже на порозі:

— Подзвони, коли з моїм ділом розберешся.

— Сам, дивись, мене не підведи! — відповів суддя, поїхав шукати цапа-відбувайла, щоби звинуватити його у викраденні автівки і ДТП.

Іван Залусківський врешті залишився один, спробував зосередитися, проаналізувати, які конкретні проблеми може принести йому страшна знахідка у шанівському саду. Та, як і колись, логіку і здоровий глузд заступило одне невтримне бажання: розгорілося з новою силою...

— Добити свідка... — прошепотів.

Та спершу дівчину потрібно було знайти. Задумався.

— Вона десь тут чи поїхала подалі від проблем? — мовив, бо усвідомив: розслабився, втратив контроль, навіть не знає, де дівчина зараз, якою стала. Певно, і не впізнає її, як десь перестріне!

Спробував уявити Катерину. Не вийшло.

Дістав мобільний, набрав номер Тамари.

— За годину у Килимівці буду, — повідомив. — Щоби вже біля офісу мене чекала. Побалакати треба.

Бізнесменша Тамара Гордієнко, яка мала магазин у великій Килимівці і кіоск у малій Шанівці, з деяких пір не наважувалася ігнорувати прохання Івана Залусківського. Життя показало: навіть із найбруднішої калюжі Залусківський випливає не тільки без втрат, а навіть із матеріальними прибутками. Тож сваритися з ним — справа невдячна і небезпечна.

Як усяка амбітна людина, свого часу Тамара намагалася зрівнятися із Залусківським і навіть обскакати його у справах бізнесових. Заради цього при живому чоловікові віддавалася Іванові у різних не дуже пристосованих для сексу місцях, а потім і молодшого сина Тараса від коханця народила, та це не допомогло. Як і її фатальна змова з конкурентами Залусківського, на яку Тамара наважилася, аби випередити Івана. Все закінчилося геть погано: втратила не тільки столичних покровителів, а й довіру колишнього коханця. Він швидко відновив статус і вплив, як просіку у хащах, прорубав собі шлях до ще більшого багатства, а Тамара ледь спромоглася орендувати у Килимівці приміщення старого ФАПу, відремонтувати його і відкрити магазин.

Та все ж в одному жінка вважала себе спритнішою за коханця, бо ризикнула народити від нього хлопця, тож сподівалася — Тарас не тільки помирить їх, а й змусить Залусківського поділитися багатством, впливом. Залусківський і тут поламав Тамарчині плани: навідріз відмовлявся визнавати Тараса.

— Брешеш, жінко! З якого доброго дива він мій? — одне на язиці.

Тамара не здалася.

— Нічого... Трохи потерплю! — заспокоювала себе. — Тарас виросте, стане таким же хватким до бізнесу, як і Залусківський. Іван побачить — хлопець весь у нього, сам прибіжить! Сам признається синові: я — твій тато. А як інакше? Вже старий! Та — сам-один! Жінка померла, поряд нікого! А у немочі кожному хочеться поряд живу душу мати. І от тоді я йому такий рахунок виставлю — за кожен день усіх цих років заплатить, падло!

Тарас геть не допомагав матері розкуркулити Залусківського. Таким відчайдушним шибеником ріс — самі проблеми від нього. Всюди свого носа устромить! То двох сусідських курок «поженив»: прив'язав їм до хвостів порожні бляшанки з камінцями всередині — бігали селом, як навіжені, бляшанками дзеленьчали, хоч вуха затуляй. У шість років спробував сигарету підпалити, а підпалив сарай за хатою. Навіть коли Шанівка ледь не збожеволіла від жаху після загибелі Сашка і скалічення Тамарчиного старшого сина Сергія, малий відзначився.

— Катька — бля! Катька — бля! — горлав на всю вулицю, поки Тамарчин чоловік Федір Гордієнко його у хаті не зачинив.

— Ану, ділом займися, бо як вріжу по сраці, тиждень сісти не зможеш! — пригрозив.

Слова батька дивним чином трансформувалися у голові малого. Коли у школі діти почали перешіптуватися і казати, що Тарасова мамка — шльондра, а тато Федір хлопцеві і не батько зовсім, бо мамка Тараса бозна від кого народила, на слова часу не витрачав. Одразу за діло брався:

товк сміливцям пики, та так продуктивно, що плітки швидко припинилися, а за Тарасом Гордієнком закріпилася слава ще того зухвальця.

Перший світоглядний конфлікт між сином і матір'ю стався у 2014-му, коли Тарасові виповнилося шістнадцять років: закінчив дев'ять класів, зазбирався у райцентр.

— До сільськогосподарського технікуму вступатиму, — сказав батькам. — На тракториста-механіка вивчуся. Житиму в гуртожитку.

Тато кивнув: нормально. Мати у крик:

— Не пущу! Закінчиш одинадцять класів, в інститут прилаштую. Потім бізнесом займешся. А поки допомагатимеш мені у магазині. Я тобі навіть платитиму!

— Нецікаво, — відказав.

Як поїхав з села на навчання, повернувся майже за п'ять років. Наприкінці 2019-го... Замість своїх двох — одна нога і один протез.

— Хронологія така, — сам розповідав. — У 2016-му технікум закінчив і одразу до армії забрали. Рік прослужив на Заході, а потім контракт підписав і поїхав на Схід. На війну. Тепер ясно, де ногу залишив, чи ще є запитання?..

Ох же Тамарка ридала, коли син тільки збирався після підписання контракту у розташування своєї частини в район Горлівки.

— Синочку, Тарасику... Не їдь, якщо маму любиш! Один ти у мене залишився. Сам знаєш! Тато п'є, ніякої помочі від нього, Сєрьожа вже стільки років додому — ні ногою! Хіба витримаю, якщо і з тобою щось станеться?

Як зустрічала Тараса з війни, й сльозинки не зронила: дізналася, що синові ногу ампутували, заприсяглася підтримкою і опорою йому стати, не тягарем. Тільки й сказала чоловікові гірко:

— Отакі у нас діти, Федю. Один без члена, другий — без ноги.

— Аби голова працювала, — відказав.

— Тільки би Тарас знову не поїхав нікуди, поряд лишився. Бо інакше — нащо те все: магазин, бізнес...

— У містах іще на тракторах не їздять, — усміхнувся Федір, бо після повернення з війни Тарас і дня без діла не просидів: улаштувався механіком до транспортного підприємства, яке обслуговувало навколишніх дрібних фермерів і великий агрохолдинг.

Тамара слово тримала: не дорікала синові, не сердилася. А якби можна було Тарасові ногу повернути — заради того всіх і за все простила би... Всіх! Отак розраджувала себе мріями, та й у реальності не байдикувала. Переробила напіввантажну «тойоту» під ручне керування, аби Тарасові стало зручніше її водити, подарувала синові.

— Допомагатиму тобі товар розвозити, — сказав замість «дякую».

От і двадцять першого березня допоміг. Змотався до Шанівки на материне прохання.

Тамара чекала на сина: дуже вже інтересно жінці було, як Нечитайло-молодший зустрів новину про проблеми Нечитайла-старшого.

— Не знаю, — сказав Тарас. — Людці його усе переказав, бо Петро саме труп охороняв.

— Який труп?! — у Тамари очі на лоба.

— У Шанівці труп знайшли. Кажуть, давно лежить. — Тарас глянув на матір. — Мамо, чуєш! А що за дівчина у тітки Раїси живе?

— У матері Сашка, який з нашим Сергієм товаришував?

Тарас кивнув:

— Хіба у нього була сестра?

— Ні! Не було! — Тамарка заперечливо хитнула головою, дивилася на сина прискіпливо. — А тебе чого до тітки Раїси занесло?

— Петрову Людку шукав.

— Ясно. І як Раїса? Кажуть, геть слаба.

— Мамо! Так що за дівчина?!

— Не впізнав? А як малим був, матюкав її так, що все село чуло.

Тарас ошелешено глянув на матір:

— Катька? Це Катька такою стала?

— Якою «такою»?

— Дорослою...

— Тарасе, тобі вже двадцять два! А вона за нашого Сергія трохи молодша. Певно, вже років двадцять сім має.

— А чого вона у тітки Раїси живе?

— А чого тебе це так цікавить? Тримайся подалі від тої Катерини! Через неї і Серьожка наш покалічився, і Сашко помер!

— Вона ж тоді без батьків залишилася, так?

— І що?

— Знаєш, скільки людей щодня втрачають рідних на Донбасі?

— Тарасе, ти тепер про свій Донбас будеш щодня згадувати?

— Може, їй допомога потрібна. Треба буде попитати, — сказав, бо вже все вирішив. Завжди таким був! Лиш те робив, у чому вбачав власні сенси.

— Чисто Іван! — прошепотіла мати розбурхано.

Лиш вимовила, а тут і Залусківський: стиць, моя радосте! Кличе до офісу, тільки спробуй, Тамарочко, не прийти!

— Як життя, Іване?! — жінка перетнулася із колишнім коханцем біля контори агрохолдингу в центрі Килимівки.

Давно не бачилися! Бізнесові інтереси вже кілька років як пришили Івана до райцентру, у Килимівці зрідка бував.

— Нормально, Тамаро! Не жаліюся.

— Нащо я знадобилася? Невже знову мене захотів? — спитала глузливо.

— Не наривайся! Бо розкажу, як чоловічий і жіночий вік рахують!

— Просвіти, бо я ж дрімуча!

— Сама попросила! — попередив. — Твій вік — роки! Мій — гроші! Допетрала? Тобі скільки? За п'ятдесят? А мені, Томко, давно більше... мільйона! Доларів! І можу я після того тебе хотіти?

— Так ти все життя багатів, щоби тепер секс купувати?

— Прикуси язика, жінко, і досить уже за пусте! Чи ти думаєш, я тебе покликав про секс побалакати? Краще скажи! Пам'ятаєш, у Шанівці такі Льонька з Дариною жили?

— Та й ти, Іване, думаю, їх не забув!

— Донька у них була...

— І є! Катерина. А тобі вона нащо?

— Є діло. Не знаєш, де її знайти можна? Часом не виїхала?

— У Шанівці живе.

— У Шанівці?

— Уявляєш? В удови Раїси. Та така популярна раптом стала! Ти вже другий сьогодні про неї питаєш!

— Хто ще? — Залусківський глянув на жінку насторожено.

— Син твій! Тарас! Теж йому Катерину дай!

Катерина розплющила очі.

— Бабо, я сплю?..

Довго жила, ніби спала. Гадки не мала, як відчайдушно боролися за неї і мертві, і живі. Чотирнадцять років тому ще не знала про знищення Шанівки, загибель батьків, замерзала під Києвом у склянім рожевім пальті, а мамка на небі вже так гірко побивалася за донею — всі почули!

— Я ж свою дитину знаю... Не вживе. Не захоче жити! — плакала. — Та й не зможе, бо хіба витримати стільки лиха одній малій дівчинці?..

— У білім світі — не виживе. Заклюють, — подала голос баба Килина. — У мазанці моїй виживе. Тільки би дійшла до неї...

— Чим же мазанка допоможе? — допитувалася мамка.

— Від світу захистить, заспокоїть, силу дасть. Із нами розмовлятиме. Підтримаємо дівча.

— І мене побачить?

— І побачить, і почує, — відповіла баба Килина. — Готуй мудрі слова, Дарино, бо не завжди так буде.

— А доки?

— Доки не стане такою сильною, аби далі у білім світі жити.

— А як не відчуває сил повернутися до звичайного життя?.. Навіки у мазанці замурованою лишиться?.. — бідкалася мамка.

Хто знає, що би стало з дівчинкою, коли б одразу по поверненні до згорілого села не відчула силу дарів, які лишила їй у мазанці мудра баба Килина: лиш переступила поріг, лиш збентежилася від золотавого світла всередині, як те світло наповнило її по вінця, забрало із реального світу, від усіх його бід і журби, заколихало, та не приспало, надало упевненості, натхнення. Все навкруги стало іншим, люди — геть прозорі, нічого не приховати. І біди, і радості — як на долоні. Лікуй їх, мала. Тим і жила, що віддавала — кому ліки, кому пораду, кому... чаю та змогу виплакатися. Пестила двох молодих псів, а ті стерегли її.

Світ не забув про малу Катерину. Невдовзі соціальні служби району категорично намірилися відправити дівчину до інтернату. Першою про це дізналася килимівська учителька Маруся, кинулася по допомогу до Алки Залусківської. Удвох пресували інспекторку, а та — як скеля.

— Чого сиротам без нагляду вештатися? Хай сидять у спеціалізованому навчально-виховному закладі! — викладала принципову позицію. — І годі вмовляти! Не допоможе!

Допомогли заяви Марусі й Алки про опікунство над Катериною, тисяча баксів і оплачений тур «все включено» на два тижні до Анталії, який Алка придбала для принципової інспекторки.

— Пару років спокою маємо, а там, дивись, уже й виросте пташка наша, — казала.

Катерина й не здогадувалася про бої, що точилися за периметром мазанки. Наповнена дивовижною силою, існувала в іншому вимірі. Візит кожної нової людини додавав сил, знань. Вже безпомилково орієнтувалася у добрій сотні лікарських рослин, знала, що кожна лікує, коли і де збирати, як використовувати.

— До смерті так житиму, — не бачила інших гармоній. Зачинилася у власному світі, наче досягла головної мети.

Перший страшний удар отримала вже за рік. Дізналася від учительки Марусі — красива дужа Алка Залусківська померла...

— Мамо... Мамо золота! Чуєш мене?! — очі у небо, тремтіла. — Як же так? Чому я не знала? Чому не зуміла допомогти?

Замість мамки — баба Килина дівчині перед очі.

— Ти хіба Бог, Катерино?

— Не Бог. Та ж — силу маю! Бачу ясно.

— Лиш у мазанці. Тут сила, у цьому місці.

— Он як... Тоді нащо те все, як не можу дати добра тим, хто до мене добрий.

— А може, то тобі кара за те, що ділиш людей на добрих і злих?

— Так є злі!

— А ти прости їх...

— Всіх? І Залусківського?

— І Залусківського. Простити по-різному можна.

— Як це, бабо Килино?

— А так, Катрусю, забудь про нього. Відпусти. Про злочини його мовчи, нікому ані слова. Він чекатиме твоїх слів, а ти мовчи. Хай відчує твою зневагу.

— І так мовчу. Бо й Алла просила. І мамка щоразу благає: не чіпай Залусківського, бо він тебе знищить. І після того — прощати?.. А нащо?..

— Щоби насправді сильною стати.

— А нащо сильною бути? Однаково всіх не врятую.

— Себе врятуєш.

Розплакалася дівчина.

— Так ви мене, бабо, заплутали, аж більше горя стало. Тепер хоч з мазанки не виходь.

— І мазанка не вічно силу даруватиме, — прошепотіла баба Килина і зникла.

— Бабо, може, я просто сплю? — тільки й прошепотіла дівчина.

Життя — сон. Смерть Алки вибила перше скельце з гармонійного вітражу, який виклала Катерина із уявлень про нинішнє своє існування. Стара Килина додала в душу сумнівів. Противилася. Придивлялася до білих стін, наче би ті на її очах могли розтанути, зникнути. Не хотіла вірити.

— Брешете, бабо, ой, брешете! Маю силу! Такою цілителькою стану — кращою за вас! От зможу! — знову заглибилася у бабині книжки, записи. По трави у луки — удосвіта. Та затята, наче тільки тим і мріяла займатися все життя.

До справ реальних Маруся повертала. Не забула Катерину, не кинула. Після смерті Алли залишилася єдиною опікункою сироти. Якось сьомого грудня постукала у двері мазанки.

— З днем народження, хоробра дівчинко! Завтра поїдемо фотографуватися.

— Нащо?

— Паспорт отримаєш.

— Паспорт? Добре! — І так сонячно усміхнулася раптом, аж Маруся перехрестилася подумки: слава тобі, Господи, потроху повертається дівчинка до життя.

Катерина зраділа, бо побачила: темна пляма у жовчному вчительки — звичайна холестеринова бляха, життю не загрожує. Не втратила силу, бачить! Ще затятіше намагалася помагати усім, хто до неї звертався.

— Не ділитиму людей! Усіх зможу простити колись, усіх... — знай навіювала собі.

Маруся нагадувала: добре би до школи повернутися, атестат отримати. Катерина лиш усміхалася: іншими знаннями і лікує, і лікується.

Час плив. Кожний новий рік відбирав у спогадів дещицю болю і гіркоти. Здавалося, разом із ними потроху витікає із Катерини дивовижна магічна сила бачити людей наскрізь. Спочатку не помічала того, бо інше хвилювало: дорогі померлі стали ввижатися все рідше. Першим перестав приходити Роман.

— Дядьку Романе, — Катерина лягала на постіль, вглядалася у ніч. — Так давно не приходили до мене...

— Втомився, Русалонько, — чула голос сумний. — Спокою хочу. Відпусти мене.

— Як же я без вас?..

— Нащо себе обманювати? Давно ти вже без мене, Катрусю. А я приходжу і щоразу відбираю у тебе ще один день живого життя. Хіба маю право?

— А я сама так хочу!

— Бо ще мала! Виростеш, усе зрозумієш, — відказав, більше вже не являвся дівчині, скільки б не кликала.

Потім тато і Сашко попрощалися. І тільки мамка з бабою Килиною все ще кружляли над бідахою зрідка.

— Мамо золота, хоч ти не йди, — просила Катерина.

— Не піду, не бійся! Назавжди з тобою, дитино! Я ж — твоя мама, — вітерцем тихим. — Відпочивай, люба.

— Зачекай! Бабі Килині перекажи: розгадала я, чому побрехеньками мене нагодувала. Про те, що сила у мазанці, що скоро зникне. Боїться баба, що я стану кращою цілителькою, ніж вона була.

Невдовзі в одну мить усвідомила, як мало сили залишилося. У день Катерининого двадцятиліття вчителька Маруся прийшла до мазанки із подарунком, а дівчина не нові джинси і куртку роздивлялася, а важкі темні кола під очима гості. Напружилася. Силкувалася побачити, що за хвороба гризе жінку, та наштовхнулася поглядом лише на смішні дерев'яні ґудзики її теплого пальта.

Маруся помітила, як розтривожилася Катерина.

— Щось сталося? — спитала.

— Ні, все нормально. То я думаю, що ви праві, Маріє Іванівно, — заговорила швидко, розгублено. — Треба якось школу закінчити. Можна, ходитиму до вас? Підтягнете мене з усіх предметів? Бо не сидіти ж мені за партою з дітьми...

— Ти в якому класі школу покинула? У сьомому?

— У сьомому.

— Як старатимешся, за півтора року неповну середню освіту матимеш.

— Старатимуся. А ви... до лікарні сходіть. Хай там жовчний просвітять, добре? А я вам зараз зберу трави на допомогу.

— Катю, скажи правду! — попросила Маруся. — Побачила щось погане?

— У тому-то й річ... Геть нічого не побачила, наче осліпла, — призналася собі, коли заспокоїла вчительку і та пішла додому заварювати трав'яний збір, який дала їй Катерина.

Пророцтво баби Килини потроху збувалося. Та що стрімкіше дівчина втрачала чудодійний дар бачити проблеми і хвороби людини, то відчайдушніше намагалася надолужити його іншим шляхом: уважніше придивлялася до очей людини, стану шкіри-волосся, навчилася аналізувати зміни у ході, рухах, прислухалася до манери говорити, ритму дихання...

— Бачиш, Дарино, якою сильною твоя доня стає. А ти боялася, що вона власної сили не відчує, все на чужу сподіватиметься, — у далеких небесах казала баба Килина Катерининій матері.

— А щасливою стати та сила їй допоможе? — із гіркотою питала мамка.

— Щоби щастя прийняти, треба не силу, а серце мати, — відказувала баба Килина. — А поки люди своє щастя шукають — всі сліпі...

Катерина вперто продовжувала сподіватися, що зуміє повернути чудодійний дар. До вчительки додому попервах ходила лише для того, аби бути поряд, якщо Марусі раптом стане зле.

— Я ж побачу те заздалегідь, зумію допомогти?.. — згадувала покійну Алку. — Не маю права пропустити біди! Не хочу втрачати останню на всій землі людину, якій до мене діло є.

Вже немолода Маруся й відволікла дівчину від мордувань. Тричі на тиждень увечері Катерина приходила до затишної вчительської хати, Марусин чоловік Степан із безбожним сарказмом щоразу пропонував:

— Хильнемо по одній, Катю? Краще навчальний матеріал засвоюватимеш.

Маруся на те гучно лаялася без злоби, лупила Степана рушником по спині: йди вже з вітальні, у нас тут уроки починаються.

Як же скучила Катерина за підручниками, домашніми завданнями... Розв'язувала математичні задачки, повторювала фізичні, хімічні формули, заучувала географічні назви і біологічні поняття з таким натхненням, наче заново занурювалася у реальний світ із найкращого його боку, де є лиш краса природи і досягнення людського розуму та нема жодної емоції людського негативу: ані жадібності, ані хтивості, ані підлості і ненависті. І від того здавалося, що звичайні шкільні знання наповнюють душу таким самим золотавим світлом, що і надзвичайні дари старої мазанки. «Чому раніше мені це було нецікаво?» — дивувалася.

У 22 роки отримала свідоцтво про неповну середню освіту.

— Тепер до медичного коледжу тобі — пряма дорога. У райцентрі є такий, — Маруся щоразу, коли забігала до Катерининої мазанки, настирливо повертала дівчину до теми подальшої освіти.

Та саме тоді людей ламав рік 2014-й: кого з голови на ноги врешті поставив, кого з ніг на голову перевернув. Усіх зачепив, навіть тих, хто не хотів, намагався не помічати, пручався. І Катерину. І Шанівку...

— Моє місце — тут, — відповідала Марусі. Так відчувала.

Із хвилюванням придивлялася до нових житців: з'явилися на вулиці, якою бігала з дитинства. Намагалася зрозуміти: кого біда до Шанівки з Донбасу загнала? Лузерів-невдах? Боягузів? Чи — відданих і сильних патріотів?

— Звичайні люди...

Мізки відмовлялися сортувати приїжджих згідно із пропагандистськими гаслами. Кожен із нових мешканців привіз до тихої Шанівки разом зі своїм мотлохом свою долю і свій світ — грандіозний і неосяжний.

— Незвичайні люди, — підсумувала. — Як усі...

За рік, у 2015-му, все ще жила у мазанці, лікувала людей травами, та відчувала: від білих стін, які колись зігрівали і наповнювали незвичайним золотавим світлом, віє все більшим холодом. Наче втомилися стіни. І померли.

— Хочу далі вчитися, — збрехала Марусі, бо насправді іншого прагнула: вириватися з полону чотирьох стін хоч зрідка.

Маруся знову — про медичний коледж, та Катерина і тут її здивувала.

— Краще до педагогічного училища вступатиму.

— Чому?

— Вивчуся і вам на допомогу стану, — відповіла. — У килимівській школі зовсім мало вчителів лишилося.

— Моя ж ти нагородо... — Маруся схлипнула, обійняла дівчину, лиш ніяк не могла змиритися із дивною логікою буття: аби Катерина стала бездітній старій вчительці за дочку, Всесвіту знадобилося не тільки помордувати малу, а й згубити її батьків, усіх близьких, спалити село і навіть перервати життя красуні Алки Залусківської.

— І отаке, хай йому грець, весь час: один плаче, другий скаче, — мовила.

У 2019-му Катерина закінчила заочне відділення педагогічного училища за спеціальністю «учитель початкових класів», запам'яталася викладачам і одногрупникам як дівчина старанна, розумна, але й трохи дивакувата: цуралася вечірок і посиденьок з одногрупниками, відсторонено і здивовано, наче з іншого виміру, спостерігала за всім навкруги. А як хто звертався до неї із запитанням, то спершу підіймала очі до неба, наче там відповіді шукала. І посміхалася, наче захищалася. «Ідеальною училкою стане», — перешіптувалися одногрупники.

Катерина вчителювання відклала.

— Не журіться, — попросила Марусю. — Самі знаєте, не можу зараз.

Плани змінилися в один день. За рік, до закінчення училища, восени 2018-го. Раз у двері мазанки стукнула стара зечка баба Ада.

— Катю, дай хоч отрути, хоч снодійне яке!

— Нащо?

— Треба допомогти одній людині померти! — буркнула стара. — Мені вже набридло у вікно спостерігати, як та Рая щодня мотузку до стелі чіпляє і геть нічого у неї не виходить.

— Тітко Раїсо... Це я. Катя, — серце так стукало, миші по кутах завмерли. Бігла, як навіжена, знову запізнитися боялася. Сто думок казяться: чому ж вона так рідко про тітку Раїсу згадувала? Чому сама до неї не заглядала? Як могла? Мертві ж з неба усе бачать: і дядько Роман, і Сашко, і мамка з татом, і баба Килина... Що думають? Що вона покинула нечужу людину?

— Ви мені — геть нечужа, чуєте? — стояла посеред захаращеної, давно не митої хати, перед звичайним ліжком із дерев'яними бильцями, на якому колись лежав мертвий Раїсин син Сашко, потім мертвий Раїсин чоловік Роман, а тепер, як важка каменюка, завмерла сама Раїса. Ох же колись весела і швидка до роботи була. Мабуть, в іншому житті, бо нині про все своє життя лиш одне знала: що досить жити...

Очі на гостю підвела, прошепотіла:

— Досить...

— Біля вас буду, — відповіла дівчина. — Може, ви би хтіли бачити когось приємнішого для вас, та більше нема нікого.

Заходилася: трохи відчистила хату, прання повну миску замочила, провела ревізію комор, аби зрозуміти, що слід купити у першу чергу. Знайшла суху шипшину, розтовкла, заварила тітці чаю.

— Скоро повернуся, — пообіцяла.

Бігом до мазанки. Подумки складала перелік найнеобхіднішого, що треба взяти з собою: продукти, трави. Вже сутеніло. Раптом на сіро-синьому тлі пагорба Катерина побачила золотаве світло: як колись, лилося з вікон мазанки, кликало до себе.

Перелякалася чогось. Зупинилася.

— Електрику забула вимкнути чи, може, Маруся забігла?

Потиху пішла. Та що ближче підходила, то впевненіше констатувала:

— Щось погане сталося...

Метрів за двадцять картинка прояснилася: ніякого дива. Сонце падало за обрій, кидало вогняні промені: віддзеркалювалися у темних вікнах мазанки, навіть освітлювали двір.

— На дворі щось не те... — тривога не відпускала.

Не встигла розгледіти: сонце впало, двір перед мазанкою густо посірішав. Підійшла, вдивилася: перед мазанкою лежать пси, які охороняли її всі роки життя тут. Гукнула. І не ворухнулися.

— Що ж це? — присіла біля мертвих псів, гладила, сльози горохом. Ані слідів насильства, ані ран на тваринах. Що ж це? Знак для неї? Хіба у Бога, Всесвіту чи хто там усе те робить немає більш гуманних способів показати людині, що час змін настав? Тварини чим завинили?!

Та довго бідкатися і все думати, що би то могло значити, часу не мала: у шанівській облізлій хаті дотлівала жива душа, яку ще можна було зігріти.

Викопала під вишнею яму, поховала псів, сльози втерла, посунула до мазанки, а та — геть холодна, зимна, наче смерть псів забрала останнє, заради чого мазанка ще трималася.

— Гониш мене, бачу, — сказала.

Зібрала лахи, продукти, посклала у великі пластикові пакети трави, баби Килинині книжки і записи, спробувала все те підняти — куди там! Два дні поспіль тягала свої речі з мазанки до хати тітки Раїси. Коли підхопила останню торбу з травами і книжками, вийшла з ними на поріг старої мазанки, то хотіла сказати «прощавай», та сказала «прости».

— Приходитиму, — пообіцяла.

У відповідь мазанка рипнула, наче зітхнула, і завалилася.

Отак з осені 2018-го Катерина опинилася у хаті Раїси. І далі лікувала людей, їздила до училища на сесії, та головним своїм ділом вважала напівбожевільну хвору дружину чоловіка, якого любила.

— Доглядатиму її до смерті, — сказала Марусі.

Раїса все не вмирала. Вимотувала дівчину страшними фантазіями, тихим моторошним бурчанням, дикими вибриками. То розповідала, що чоловік її Роман відрізав собі чоловічий дітородний орган і віддав синові, Сашкові, бо хлопцю ж він потрібніший, ніж дорослому дядькові.

— Так, Катю? Скажи ж! Так? — хапала за руки, заглядала дівчині в очі.

Катерина чекала ночі, щоби хоч трохи відпочити, та й вночі іноді хвора Раїса влаштовувала такі вистави: будь-хто втік би світ за очі. Сиділа на постелі у темній кімнаті, тихо вила, все намагалася посунутися на край ліжка, не падала з нього лиш тому, що Катерина встигала її підхопити.

— На край треба! На край! Щоби Романові і Сашкові на ліжку місця вистачило, — бурмотіла.

Катерина не жалілася. Лиш коли відчайдушні страждання бідолашної жінки забирали у дівчини останні краплі сил і терпіння, підіймала очі до неба.

— Бабо, я сплю? — питала змучено, та покійна ворожка мовчала, наче не хотіла забирати у дівчини і миті відпочинку чи сну на пусті розмови.

Та якось, коли хвора Раїса спала, Катерина прала у мисці простирадло, так натрудила бідні рученята, аж кинула білизну у мисці, присіла на табуретку, притиснула руки до грудей: хай хоч трохи перепочинуть.

— Бабо, я сплю... — прошепотіла.

— Та ні, люба, то не сон. То твоє життя, — почула від ліжка, на якому лежала Раїса, тихий спокійний голос.

Катерина завмерла. Повільно повернула голову до Раїси: так і лежала із заплющеними очима. Тільки на лиці — ані тіні страждання. Лиш спокій і ледь помітна легка посмішка.

— Що робити? — вирвалося. Не про себе питала. Розгубилася, розмірковувала, чи варто подзвонити до Килимівки і викликати лікаря.

— Малюй на тому, що маєш, — не розплющуючи очей, тихо і спокійно відповіла Раїса. — Не чекай, що хтось і колись принесе тобі нові фарби чи чисте полотно.

Катерина усміхнулася тим словам зачудовано, підняла очі до небес: до мамки, баби Килини... Чуєте? А на небесах баба Килина суворо дивилася на схвильовану Катеринину мамку.

— Мовчи, Дарино, — наказала. — Хіба не бачиш? Твоя дитина врешті повернулася у реальне життя. Далі — сама!

— Без нашої допомоги?

— Як усі, — відповіла ворожка.

Частина друга

Людмила фізично відчувала королівську тіару у зачісці. Завжди знала, що красива і розумна, та віднедавна почувалася ще й головною, відповідальною за близьких — така собі хрещена мамка сімейного мафіозного клану, а не Людка. Петро після татового косяка у рота заглядає: як вчинимо, жінко? Мама з татом до неї за порадами: без тебе не розберемося, доню. Навіть гонориста Стаська після інциденту з мертвяком визнала: яка ж крута старша сестра у неї!

— Люсь, умов тата з мамою мені мопед купити, — просила. — Дуже треба!

— А на *лісапеді* за своєю любов'ю не вженешся? — Людмила дивилась у корінь.

— Нащо мені ганятися? Хай за мною бігають!

— Не зарано?

— Хто б казав?! Сама розповідала... Сергій Гордієнків за тобою колись так упадав, аж члена собі попсував, щоби тобі сподобатися. А я — теж...

— Що? Хочеш, аби хтось себе скалічив заради тебе? Чи вже скаліченого шукатимеш?!

Стаська почервоніла, вибухнула:

— Ти дурна? Геть дурна?!

— Ти чого? — здивувалася старша. — Сама дурна! Мелеш аби шо...

— Я хотіла сказати, що така ж гарна, як ти! Тільки мені ще мопед потрібний!

— Стасю, ходи собі лісом! Не до тебе зараз! — відгавкувалася старша.

— А як тобі була потрібна допомога, так я на все погоджувалася. І пожити у тебе, і постіль твою прасувати, — образилася мала.

— Не мороч мізки! Ти хіба у мене жила? Лиш погодилася! Але обставини змінилися, потреба відпала. Так що... відчепися! І без тебе є мені над чим голову ламати.

Обставини, дійсно, змінилися, та небезпека не відступила. Людмила бачила перспективу ясно: якщо обережно і вигадливо, не кидаючи тіні на себе, не зупинить підлого суддю, весь її світ зруйнується — сім'я розвалиться, роботи позбудеться, діти без батька лишаться, мама з татом сльозами умиються, бо суддя і їм мститиметься, навіть Стасьці дістанеться. Хіба Людка-мамка могла те допустити?!

— Та я краще всеруся!

Настирливо аналізувала останні події. Все виглядало дуже підозріло. Після того, як свекор примушував її до інтиму, вперше побачила його за тиждень. На лікарняному ліжку. Валявся у ВІП-палаті районної лікарні, курив прямо на подушках, матюкав медсестру, яка вчасно чисту попільничку на тумбочку не поставила, демонстративно твердим голосом описував ситуацію синові з невісткою, які приїхали його провідати, тупцювали біля ліжка — Петро ближче, Людмила визирала з-за його спини насторожено.

— Все — сам! — нарікав. — Поки у райвідділі всім хвости не понакручував, ніхто не чухався, не шукав покидьків, які мого «лексуса» викрали і пошкрябали.

— Тату, чого ж мене не гукнув? Я ж збирався долучитися до пошуків. А ти: не треба, не треба!

— Бо — не треба! І без тебе падлюк вирахуємо!

— Їх хіба кілька було? — спитав Петро обережно.

— Звідки я знаю, скільки їх було?! Одного спіймали, і те добре. Захоче жити, все розкаже: і скільки їх було, і хто кермував, і хто, дідько, збитки мені відшкодовуватиме!

— І що за один?

— Та якийсь козел із сусіднього району. Їх тут ціла бригада, дім комусь у райцентрі будують. А вечорами, бач, отак розважаються, суки. Добре, що свідка знайшли. Бачив, як близько півночі, коли ми з Іваном у його мисливському будиночку за одне серйозне діло балакали, оцей козел на моєму «лексусі» мчав по об'їзній.

— А що він робив так далеко від райцентру? — здивувався Петро.

— От саме цю інформацію з нього наразі вибивають, — відказав суддя.

— А що з тим дядьком, якого збили?

— Петю, воно мені треба?! Хай за здоров'я того дядька хвилюється той, хто його збив! А мені своїх болячок вистачає.

— Вибач, тату, — знітився Петро. — Навіть не спитав. А що у тебе болить?..

— Синку, у мене серце болить! За Батьківщину!

— Тепер і таке лікують?

— А для чого, по-твоєму, я отут є?! — розсердився суддя. — Петю, ти прийшов мене запитаннями мордувати?! Де твоя совість? Я спеціально собі реабілітацію прописав, щоби кожне дурне мені допити не влаштовувало, так — на тобі! Син прийшов батька добити.

— Та добре, мовчу... — Петро замовк.

Суддя насупився, зиркнув на сина набундючено.

— Йди спитай, коли мені вже масаж робитимуть, а то у хребті щось коле.

— Я збігаю! — Людмила. І вже — до дверей.

— А ти, невісточко, зі мною залишишся! — як батогом по спині.

Петро махнув дружині: я швидко. Вийшов з палати.

— Що, гаряча штучко? Забути мене не можеш? Тільки про мене тепер і думаєш? — суддя гидливо вишкірився, роздивлявся заклякли невістку, як близьку здобич. — Потерпи, Людмилко! Я свої косяки швидко розгребу, одразу до тебе повернуся. Ще награємося. Правильно я кажу?

— Ви... одужуйте, Георгію Івановичу. Ми всі дуже хвилюємося за вас. Мене у сільраді всі питають: що з Георгієм Івановичем, чому у лікарні?!

— Георгій Іванович ще всіх сук, які йому погибелі бажають, на один великий... шампур насадить, а смажити не стане! Живими зжере! Отак усім у сільраді й перекажи.

— Добре... — ні жива ні мертва від страху. Аж Петро помітив, як зайшов до палати із масажисткою: зблідла дружина.

— Людо, що з тобою?! — допитувався, коли поверталися до Килимівки на службовому «пріусі».

— Зупини автівку, Петю, бо щось мені зле. Ще обблюю тут усе, — з трагічними нотками у голосі слабко прошепотіла королева.

Стали на об'їзній між Килимівкою і райцентром, якраз під білбордом «Бережіть ліс!». Жінка з автівки вийшла, руки до живота приклала, скривилася. Дихала глибоко, аби втримати нудоту.

— Тобі би до лікаря, Людо, — зі співчуттям мовив Петро.

— До Шанівки змотаюся. До Катерини по трави, — говорила і прозрівала, думки з'єдналися у стрункий план. — Одразу краще стане.

— Без обстеження, діагнозу? Лиш трави. Хіба допоможе?

— Одразу краще стане! — повторила упевнено. Крила вже відросли.

Катерина зустріла Людку так щиро, наче дочекатися на неї не могла.

— Вибач, що на кухні чай пропоную, — усміхнулася щиро. — У кімнаті тітка Раїса, а їй спокій потрібний.

— Як вона?

— Вже лагідна, — відповіла Катерина, знітилася. — Людо, хотіла у тебе спитати...

— Катю, прошу! Спершу я! — Людмилу притягнула до Шанівки бурхлива енергія дії, та спершу їй конче необхідно було з'ясувати певні аспекти останніх подій. — Подружко, признайся! Ти моєму свекрові проблеми влаштувала? Я тобі щось заборгувала за це? Говори, не соромся! Я гроші прихопила. Скільки я тобі...

— Людо. Ти мені нічого не заборгувала.

Людмила завмерла. Дивилася на Катерину настороженo.

— Стривай! Тобто ти... нічого не робила?

— Давно лиш травами лікую. До доль людських більше не заглядаю.

— Чому?

Катерина усміхнулася ніяково, плечима знизала.

— Інший шлях обрала. Хочу вперед дивитися і лиш свою долю шукати.

— Але ж травами лікуєш! — Людмила вчепилася у цей факт, як в останню надію.

— Звісно. Лиш розкажи, що тебе турбує?

— Не мене. Іншу людину.

— Хай би приїхала. Чи я сама можу до неї з'їздити. Подивлюся на неї.

— Ні, не вийде, — збрехала Людмила. — Надто далеко.

— А в чому проблема?

— Старий чоловік. Розумієш, геть старий. Нерви у лахміття, а ще бухає, як кінь, і пнеться трахнути усе, що бачить.

— Свекор твій?

— Ні, інший чоловік! Свекор наразі у лікарні, його там підшаманять, сподіваюся.

— Якої ж допомоги хочеш для того чоловіка?

— Щоби не психував, не пив і трахатися не хотів.

— І жити?

— А хіба життя — це психи, бухло і секс?

— Дехто бачить лиш такий шлях до емоцій, почуттів. Бо без емоцій життя немає.

— Оце ти, Катю, мені правду відкрила!

— Не ображайся! Важко визначити, яка допомога людині потрібна, коли не бачиш її, не відчуваєш. Та й неможливо одразу все змінити. Щось одне варто лікувати, але найважливіше на цей час. І так, щоби іншим системам і органам не зашкодити.

— Справді? — Людмила задумалася, і так шкода себе стало. — А й дідько з ним! Чого я за когось душу рву? Проїхали! Скажи, яка допомога мені потрібна, бо відчуваю — потрібна! Зможеш?

Катерина глянула на подругу уважно, за руку взяла, по шкірі долонею провела, в очі зазирнула. Кивнула, пішла до великого дерев'яного серванта із засклениими верхніми шафками і глухими нижніми, які одразу після Другої світової у моді були. Розчахнула нижні дерев'яні дверцята: всередині повно трав, настоянок, порошків. Відібрала кілька.

— Збір тобі зроблю.

— А що зі мною не так?

— У напрузі весь час. Не розслабляєшся, не дозволяєш собі почуватися вільною.

— Хіба із цим клятим життям розслабишся?! Оце нас коронавірусом лякають, а я собі думаю: та який коронавірус?! У нас життя — гірше за коронавірус! Дихати ж неможливо з цим життям! — ледь не розревлася королева. — Тільки повіриш у те, що врешті все по своїх місцях розкладено, як таке вилізе — хоч у петлю!

— Не засмучуйся, все стане краще.

— Все?

— Все! — підтвердила Катерина. — Коли заспокоїшся і розслабишся, думки і бажання яснішими стануть, бо залишаться лиш слушні і потрібні.

Поєднала добрих два десятки трав у великій мисці, перемішала їх ретельно, вже розкладала збір дозовано по окремих паперових пакетиках, підписувала кожний...

— Тільки будь обережною, — додала. — Збір дуже активний. Передозування може призвести до кровотеч, якщо судини слабкі. Дітям і літнім людям такий збір узагалі категорично заборонений, бо може сильно зашкодити. Приймай лише так, як я написала. І лише вранці.

— Хіба я собі ворог? — Людмила раптом відчула неймовірне натхнення. Картинка перед очі: клятий свекор після кількох доз активного збору кров'ю, сука, харкає і вибачення у невістки просить. Та хіба паскудство прощається?..

Пакет із травами вхопила, до дверей: не час чаї розпивати. Тре діяти!

— Людко, зачекай!

— Що? Гроші? Дідько, вибач! Скільки? А — не кажи! Сама! — без сумнівів лишила п'ятсот гривень на столі. — Катю, дякую! Побіжу! Бо у мене це... перше слушне бажання тільки-то несподівано сформувалося!

— Людко, стривай! Спитати хотіла: а що за хлопець по тебе прибігав сюди?

— Коли труп знайшли?

— Який труп? — насторожилася Катерина.

— А ти й досі не знаєш?

— Не виходжу зараз! Тітку Раїсу покинути не можу. А що сталося?

— За балкою на покинутому обійсті труп старий був закопаний. Старий, бо його колись давно хтось вбив і в садку закопав.

Катерина завмерла: сто думок у голові, сто картинок перед очима, і на всіх — мама золота. Головою хитає заперечливо: ні, доню, ані слова, забудь!

— Он чого ґвалт, — видушила. Не здалася. — Так що за хлопець по тебе тоді прибігав? Хіба у Шанівці нові житці з'явилися?

— Не впізнала? То ж Тарас, Серьоги Гордієнка молодший брат.

— Тарас? Такий став...

— Який?

— Дорослий...

От і — не шукайте сил, шукайте натхнення. Людмила прилетіла від Катерини додому, та замість травичку собі заварити як ушкварила танці з каструлями-тарілками. Борщу, голубців, сирників наготувала, малим ще окремо котлет курячих, бо любили бігати собі, а потім котлету зі столу вхопити і далі ганяти. Руки працюють, мізки теж не відпочивають.

— Гарно придумала. У десяточку! — бурмоче і вже уявляє, як готує для свекра активний збір, а натхнення однаково переповнює, натхненню вихід потрібний.

— Петюню... Змирися! Сьогодні я — твій поганий поліцейський! Пред'яви свій цей... головний твердий аргумент! — сказала, коли повкладала малих, змоталася у душ і вийшла звідти — гола, мокра і в чоловіковому кашкеті.

— А-а-а... — тільки й стогнав Петюня від задоволення, коли спритна дружина робила йому те, чого так сильно хотів отримати від неї хтивий свекор. Уявляла старого поряд: із перекошеною від безсильної ненависті пикою, і теж чомусь голого.

— Жінко, ти — королева, — признався Петро, коли нагоцалися до сказу, повтомлювалися, попітніли, та все ще пашіли — лежали на постелі голі, повідкидали ковдри.

— Петю, чуєш?! — сказала Людмила. — Нову «хонду» за тисячу доларів можна купити?

— Мопед?

— Мопед.

— Мені і за п'ятсот продадуть, якщо попрошу. Всі ж хочуть і далі працювати.

— Така у тебе вигідна посада!

— Я для сім'ї стараюся.

— А я тебе за це дуже люблю! — поцілувала у губи пристрасно.

Петро знов поплив.

— Зачекай трохи. Таке красиве життя тобі дам, всі повиздихають від заздрощів! Про мопед забувай! Нащо тобі мопед, Людо? Здавай уже на права, автівку тобі купимо.

— Гарно вирішив, Петю. Дуже гарно. Точно слід на курси піти. А мопед Стасьці подарую. Ти ж не проти?

— Як знала, що червоний хочу?! — Стаська обціловувала старшу сестру, розглядала-обмацувала новий японський скутер «Хонда». — Який крутий! Без прав зможу ганяти?

— Стасю, тільки у межах ОТГ! Обіцяєш?

— Люсь, ти...

«Та ясно, що я! Хто ж іще?!» — подумала королева. Вже спішила додому: Петро саме збирався до лікарні хворого тата провідати, тож мала встигнути термос із трав'яним чайком для свекра приготувати.

Стаська осідлала «хонду»: живи тут і зараз! До цього дня керувала лиш велосипедом, але ж з ве́лика не падала.

— Упораюся! — хотіла одразу на максимальній швидкості рвонути, та надто вже боялася у перший же день попсувати новий мопед, тож потроху зрушила.

Три дні з ранку до вечора нарізала кола Килимівкою і околицями. Школу — в дупу! Руки-плечі-хребет просилися відпочити, куприк випромінював відчайдушний біль, бензину у бак — хлюпай і хлюпай, та як зупинитися, коли красиву *НечуваноДєрзкую* Анастасію на червоній «хонді» вже побачили всі, кому треба і не треба, тільки не Тарас.

— І де він є? — бідкалася.

Може, вдома? Щоранку проїжджала повз обійстя Гордієнків, косувала на двір: нікого. У мамчиному магазині? І туди зазирала. На роботі? Кілька разів зупинялася неподалік великого, як футбольне поле, гаража транспортного підприємства, де Тарас працював механіком, фільтрувала поглядом чоловіків, які виходили з нього, та хлопець — як крізь землю.

На четвертий день батьки усвідомили: самостійно молодшу доньку не втихомирять, тре викликати важку артилерію.

— Сиди вдома і чекай! Зараз Люся по твою душу прийде! — наказав тато, коли Стаська лиш прокинулася.

Стаська — ага! Сама — скік з постелі, одежу вхопила, чимскоріш у гараж по «хонду». А на гаражних воротах ота-а-акений навісний замок!

— Та пішли ви всі... — побігла за хату, сяк-так вдяглася, городами на край села, до кількох розвалених адміністративних будівель давно ліквідованого колгоспу, який за радянських часів давав роботу всім килимівцям. — Шукайте, хоч обшукайтеся!

Неподалік руїн під старою вербою присіла, плакати не хоче, а сльози ллються. Якого батьки причепилися? Дратуються, що школу пропустила? Та яка в біса школа? Ще би пандемію пригадали, робити їм нема чого! Стаська без Тараса дихати не хоче, а батьки її через якісь дрібниці на шмаття рвуть?! Чому її ніхто не розуміє?..

— Хіба це життя? — прошепотіла.

Сльози втерла, роззирнулася і побачила у руїнах... Тараса.

Недвижно сидів на землі серед уламків цегли, спирався спиною на напівзруйновану стіну колгоспної контори. Дивився перед собою в одну точку. Стаська завмерла. Дивилася, очей відвести не могла. Тарас раптом ворухнувся. Видихнув. Підняв порожні руки так, ніби тримав зброю. Прицілився...

«Стріляй!» — подумки підхльоснула хлопця Стаська.

Тарас опустив руки.

— Живіть... — прошепотів у простір, спробував підвестися. Одразу не вийшло.

Стаська знала: треба відвернутися! Не могла. Бачила, як Тарас незграбно намагається стати на ноги, як з другої спроби підводиться важко.

Перелякалася. Повернулася спиною до хлопця, обхопила руками коліна, голову на них поклала. Завмерла, а сльози знову на щоки просяться. «Ні! Ні! — вмовляла себе подумки. — Що Тарас подумає? Що я типу із тих дуреп, які ревуть, коли їх жирними називають?..»

За спиною — кроки. Голову підняла. Хлопець стояв за метр від неї. «Такий зморений...» — подумала, і хоч сильно хотіла глянути у його очі, знітилася, відвела погляд.

— Плакала? — спитав.

Стаська зашарілася. Підвелася так само незграбно, як Тарас миттю тому. Плечима знизала. Хотіла сказати «не зважай, пусте» чи щось на кшталт того.

— У мене є мопед, — раптом ляпнула.

Не здивувався.

— Даси покататися? — спитав без глузливості.

Кивнула. Врешті стрільнула на хлопця очима.

— А ти хіба... — хотіла спитати «хіба зможеш з однією ногою з мопедом упоратися?», і хоч замовкла на половині фрази, зрозуміла, як фатально зганьбилася. «Дурепа! Ідіотка довбана!» — лаяла себе подумки.

— Все можу! — відповів, пішов геть. Майже не шкутильгав.

Стаська увірвалася до рідної хати за десять хвилин після зустрічі з Тарасом. Сміялася, обіймала розбурхану Людмилу. Старша відштовхувала малу, сердилася:

— Ану кинь мені ці обійми! Ти бач, що вона витворяє?! Ти якого маму з татом доводиш до сказу? Ляпаса захотіла?! Чи щоби я твоєму новому мопеду оце просто зараз колеса повідривала?!

— Люсіндро! Ти прекрасна! Я тебе люблю дуже! Чесно! І маму з татом! Можна, я вже до школи побіжу? На другий урок ще встигаю! — рюкзак підхопила, до дверей. — Після школи візьму мопед, Уляну до Шанівки підкину. Ну, і займемося цим...

— Ще скажи «математикою»! — зіронізувала Людмила.

— Точно! Математикою! — розсміялася Стаська, чкурнула до школи.

Мати — до старшої.

— Люсю, що з нею? Як сказилася!

— Любов у неї!

Мати знизала плечима розгублено.

— Яка любов? Їй ще й чотирнадцяти немає!

— Чотирнадцяти нема, а любов є. Отакі парадокси і правда життя, мамо.

Мати опустилася на табуретку, задумалася.

— Мамо, не хвилюйся. Я її проконтролюю, — пообіцяла ділова доня.

— І до Шанівки так часто стала мотатися. А чого?..

— Нині хто тільки до Шанівки не пхається. Навіть Залусківського там перестріла, — відповіла Людмила.

Іван Залусківський замислив неможливе — двічі увійти в одну й ту саму річку, тому протягом квітня кілька разів навідувався до Шанівки. Не чужий, їй-богу! Іванового майна у селі, як дерев у лісі: і обійстя, яке покійна дружина встигла до ладу привести, і олійня, і залишки кролятника, і госпдвір. Все тепер — лиш Іванове, ні з ким ділити не потрібно. Та найголовніше — земля. На початок року 2020-го, перед впровадженням ринку землі, Залусківський по факту мав більш як 100 гектарів чорнозему, з яких власний Іванів пай становив 7 га, пай Алли — 50 га, бо отримала і за себе, і за поважних батьків; ще одну ділянку у 50 га Залусківські отримали в натурі через рішення сільради для фермерства і повністю оформили на Аллу. Після смерті дружини у зв'язку з відсутністю заповіту та інших спадкоємців вся земля дружини стала Івановою.

От — і чого тобі ще, Іване?

— Землі! — казав. Не міг забути, як чотирнадцять років тому скупив у односельців паї за копійки, потім утратив. Тоді не здався, став районним депутатом і... «блискавично розкрив аферу столичних ділків, які нахабно і цинічно обдурили шанівців, незаконно позбавивши їх права на святе — на землю!» — коментувала дії депутата Залусківського преса, хоча насправді допоміг конкуруючому агрохолдингу закріпитися на землях району. Публічність тоді фатально завадила Іванові повторно забрати паї у односельців, та з часом до України докотилася децентралізація, райони укрупнили і перекроїли, а новостворені ОТГ отримали стільки майна, землі і повноважень, що просто гріх було не скористатися тим. Особливо напередодні офіційного відкриття ринку землі. Та тепер Залусківський захотів собі землі не за безцінь. Задарма. І назавжди.

З осені 2019-го почав методичну роботу в цьому напрямку. Завіз до будівлі недіючої олійні у Шанівці пару будівельників — мляво фарбували фасад яскравою, помаранчевою фарбою, а Залусківський на тлі того зібрав пресконференцію, представив громадськості «Соціальний проєкт розвитку Килимівської ОТГ і створення робочих місць».

— Переобладнаю олійню у консервний завод, — заявив, — бо бачу справжні, а не примарні перспективи громади. Місцеві працюватимуть на заводі, а також зможуть здавати на переробку овочі і фрукти зі своїх присадибних ділянок.

Народ Залусківському не повірив. Крутили пальцями біля скронь: що верзе, які в біса консерви можна виробляти у старій розбитій олійні?! І хіба то проблема, коли голова сільради Косюк — обома руками «за», бо Залусківський йому в кожну руку по тугенькому конверту поклав.

— Новий консервний завод стане запорукою фінансової незалежності громади! — кричав голова у народ.

Коли врешті надірвав голос, Іван повіз його вечеряти у цікавий генделик на об'їзній.

— Я тут бізнесплан прикинув, — рухав ідею до реалізації. — Аби вийти на самоокупність, краще за все консервований горошок виробляти. А для цього мені треба гектарів двісті горохом засіяти. Сто маю, мені би ще сотню...

— Щось викрутимо, — пообіцяв лідер громади.

Ближче до нового року його упевненість похитнулася.

— Іване, спробую вісімдесят гектарів тобі виділити. Бо якщо більше, депутати не пропустять.

Після нового року признався:

— Можу гарантувати лише шістдесят гектарів.

— Може, тебе вбити? — спитав Залусківський.

— Аргументів замало, аби виділити більше, — оборонявся голова. — У горошок не всі вірять.

Навесні, коли дерева вже відцвіли, а у Шанівці знайшли труп, остаточно засмутив Залусківського:

— Шанівські ДНК заяви про виділення земельних ділянок подали. Килимівці не відстають. Тамара Гордієнко для сина землю просить, бо він — воїн. З АТО. І що робити? Вибивають у мене землю з-під ніг, падли! А ще з Києва дзвінок був. Із Офісу Президента.

— І що кажуть?

— Наказали виділити сорок гектарів землі якомусь Капелану. За заслуги перед Україною.

— І що за Капелан?

— А капелан його знає. Я ж ці землі для тебе беріг, а тепер — що робити?

Залусківський насупився.

— Упевнений, що з Офісу Президента дзвонили?

— Не впевнений. А як перевірити?

— А капелан... його знає, — процідив Залусківський.

Хотів було повернутися до мисливського будиночка і напитися без компанії, та спрямував авто на Шанівку.

— Час розгрібати косяки! — бурмотів, бо підозрював: двійко будівельників на старій олійні замість фарбувати і фарбувати без передиху розтягнуть усе, що там ще лишилося.

«Сране життя! — думав. — Чому все в одну мить навалилося? Зараз треба бити в одну ціль — землю забирати, а із землі труп вилазить, сука! Не міг ще кілька років полежати! Дівка знову стає небезпекою! А мені що з тим усім — хоч розірвися!»

Часу не гаяв. Поки їхав до Шанівки, набрав Нечитайла.

— Як наші справи, Жоро?

— Що вас конкретно цікавить, Іване Миколайовичу? — почув зухвалий голос судді.

Здивувався:

— У тебе засідання? Говорити не можеш?

— Дякую. Ми завжди прислухаємося до слушних порад, — відповів Нечитайло-старший і відключив дзвінок.

— От козел! — роз'ярився Залусківський.

Негайно хотів знову набрати суддю і матюкати, аж поки той не кине слухавку, та побачив на під'їзді до Шанівки поліцейський «пріус» Нечитайла-молодшого.

Зупинив автівку, опустив скло, дивився на Петра, який курив біля «пріуса».

— Як там у батька справи? — спитав.

— Та як. Хотів було вже здриснути з лікарні, та раптом серце прихопило.

— Жора — дуже емоційний. Ти скажи йому! Хай серце не рве через те, що «лексус» тепер попсутий. Хай краще сам відновлюється.

— Ви тата не знаєте? Він же — трудоголік! Без роботи не може.

— Ти у нього вдався, Петре, — закинув вудку Залусківський. — Кажуть, сам трупа у Шанівці відкопав.

— Було таке.

— І що за труп?

— Не нашенський. З-під Києва. Гицель якийсь. Це у нього прізвище таке.

— Як же ти, Петре, його прізвище вирахував? — настоножився Залусківський.

— Не я! Криміналіст знайшов у кишені його штанів якийсь папірець напівзітлілий. Із прізвищем.

— Значить, розслідування буде?

Петро скривився, наче від зубного болю. Заперечливо хитнув головою.

— Колеги кажуть: а який сенс? Стільки років ніхто його не шукав, тіла ніхто не забрав, за рахунок держави вже поховали. Нікому не потрібна людина. Та й до моєї думки прислухалися.

— І яка твоя думка, офіцере? — Залусківський око примружив, уп'явся у Петра прискіпливим поглядом.

— Історію села у районному управлінні розповів, бо там багато нових людей. Місцевих особливостей не знають. Кажу, якщо тому Гицелю років десять тому башку проломили, то не у Шанівці, бо в селі тоді ніхто не жив. Виходить, хтось десь бомжару прибив, а до нас привіз і прикопав. Висяк стовідсотковий.

— Схоже на те, — мовив Залусківський, додав: — Ти шанівцям оце все розкажи, бо ж, певно, хвилюються, розпитують.

— Хіба їм до трупа? Вже й забули! Всі тільки про землю говорять. Скоро ж сільрада земельні питання розглядатиме. Ми теж заяви подали. А чого? Хай буде собі! Так же?

— Так, Петю, — відказав Іван.

Не бажав обговорювати із суддівським сином земельні питання, хоча й відмітив про себе із здивуванням: Нечитайли теж мріють клаптик собі відірвати?.. «Жорка процесом керує? Конкуренцію мені скласти вирішив? Сука! Значить, із трупом і не збирався допомагати. І поводиться, як останній козел, — розмірковував. — А чому? Невже щось проти мене задумав?..»

— А чого посеред поля біля Шанівки стоїш? — перевів розмову.

— «Пріус» зламався. У Килимівку подзвонив, викликав евакуатора.

— А в Шанівку чого їхав?

— Так теє... Дружина попросила підвезти. Та й згідно із законом маю зафіксувати факт смерті.

Залусківський вухам не повірив.

— Ще один труп у Шанівці?

Петро кивнув.

— Тітка Раїса померла.

— Ну, померла! І що? Ти якого біса туди пхаєшся?! — обурено вигукувала Стасьчина мати, намагалася заступити дорогу доньці на мопеді. — Ти дивись, яка подія! Раїса відмучилася врешті, хвала Богові, а на селі з того цілу сенсацію зробили.

— Та як ти не розумієш, мамо! Я знаю, що роблю! Мені там дуже тре бути! — Стасьці хотілося додати: бо він там...

— Бо він там?! У Шанівці? — мати глянула доні у вічі.

— Хто? Мамо, досить уже! — зашарілася.

Події останніх днів перетворили кров на гарячу ріку — вирувала-палала, аж дихати важко. І хотіла би доня признатися мамі — слів би не знайшла.

Що казати? Чекала його з мопедом біля гаража. Він вийшов. Побачив її. І мопед.

— Нормальний апарат, — сказав. Сів на мопед і поїхав. А вона стояла і гарячково шукала слова, якими би могла затримати його після того, як повернеться.

Він зробив коло навколо гаража. Загальмував біля Стаськи.

— Сідай, Анастасіє, — сказав. — Покатаю.

Матінко... Йшла до мопеда, рухала руками-ногами, однаково не вірила, що це не сон. Усміхалася зухвало, аби виглядати старшою, обізнанішою: та для неї з хлопцем кататися — звичайна річ! Опустилася на сидіння позаду Тараса, обійняла його за тулуб, притулилася щокою до його спини і ледь не втратила свідомість від хвилювання. Що далі було — не пам'ятала! Не могла відновити у пам'яті, хоч силкувалася, бо лиш одне...

«Люблю героя! — било у скроні, коли мчали Килимівкою, потім зупинилися біля гаража, вона легко зіскочила з мопеда, спостерігала за хлопцем спантеличено, а в голові колотилося лиш одне: — Люблю героя...»

Він повторив: нормальний апарат. Пішов геть. Стаська дивилася услід, аж поки не повернув за ріг. Осідлала мопед, помчала до школи. На перерві відізвала Уляну вбік.

— Улю, терміново потрібний крутий реп! Головні слова: люблю героя!

— Ти запала на Тараса АТОвця? — Уляна за мить розгадала таємницю. — Він же... йо — мужчина! Шукає причину! Щоб спустити сперму! У чиюсь щілину! — зарепувала. — А ти хочеш того? Хочеш, скажи?! Заповниш собою його косяки! Станеш одною з десятків дівок! Які завжди пацикам відповідають «ок»!

Стаська задихнулася і кинулася на подругу.

— Ти тупа! — лупцювала щосили. — Тупа, і реп твій тупий!

— Сама тупа! — Улька виставляла лікті, відштовхувала Стаську.

Навколо дівчат уже юрба. Хвала Богові, вчителька Маруся вийшла у коридор. Розтягла подружок.

— Через що зчепилися?

— Через математику... — в один голос.

— Господи... Ще й брешуть! — обурилася Маруся.

Після уроків Стаська й Улька перетнулися біля школи.

— Вибачайся! — вигукнула Стаська.

— За що?!

— За те, що назвала Тараса «пациком»! Він — справжній герой, втямила? Він нашу землю захищав! І він — не такий...

— Стасько, він для тебе — старий! Таким тільки секс потрібний! Я знаю, про що кажу!

— І що тут протиприродного?! Секс — це ж нормально! Хіба ні?

— Якщо по любові...

— А я хіба за гроші?!

Уляна глянула на Стаську ошелешено.

— Ти би йому віддалася? Серйозно?

Стаська закусила губку. Кивнула. Улянка дивилася на подругу приголомшено.

— Стась! Ти хочеш сексу?

— Та ні. Але ж він — дорослий. А у дорослих — тільки так.

— Спочатку хай признається у коханні! — вигукнула Улянка.

— Та ясно! Я ж не дурна.

Замовкли.

— Вже не ображаєшся? — врешті спитала Улянка.

— Проїхали, — відповіла Стаська. — Давай я тебе додому відвезу, і трохи біля вашої хати потирлуємося.

— Нащо? Все ще хочеш побачити буденний секс?

— Уль, не дуже й хочу! Але мені треба!

— У мамки розпитай, — порадила Улянка.

— Ага! Зараз! Мамка і так уже щось підозрює. Щоразу випитує: ти куди, нащо... А що я їй скажу? Вона ж не зрозуміє!

От і того дня, коли Бог врешті забрав до себе змучену Раїсу, Стаська узнала, що Тарас поїхав до Шанівки, намірилася їхати за ним услід, не втрималася, кричала на матір:

— Пропусти вже, бо як не пропустиш, взагалі з дому піду! Така стала... Як та монстриха! Кров мою п'єш! Все маю тобі доповідати: куди я йду, де була...

— Доню... — прошепотіла ошелешена мати. — Що ти мелеш?

— А що? Я вже доросла, особистість, а ти мене сіпаєш увесь час! — вигукнула ображено. Осідлала мопед, помчала у Шанівку. Бо там він.

Катерина ніколи нікого не готувала в останню путь. Вранці Раїса перестала дихати, а дівчина ніяк не могла повірити, що жінка померла.

— Оце і все? — шепотіла вражено. Прислухалася: може, просто не чує тітчиного дихання.

Маму з татом згадала. І вони — так? Перестали дихати, і життя скінчилося?.. Не встигла ані поплакати, ані розгубитися. Набігли нові шанівці: усі донецькі, киянка Оля Торбенко, з неблагополучних баба Ада пришкандибала.

— Обмию, — пообіцяла. — Я у тюрмі таке робила.

До полудня людей додалося: Людка з Килимівки приїхала, Тарас «тойотою».

— Подумав, транспорт згодиться, — сказав.

І всі знали, що робити, наче щодня збирали небіжчиків. Тільки Катерина не знала.

— Присядь, відпочинь, — попросив її Тарас.

Глянула на хлопця, знітилася, відвела погляд, бо здивувалася власним думкам: хотіла би зустрітися з Тарасом за інших обставин. Без горя. Без зайвого галасу і зайвих людей. А нині — пішла з життя остання людина, яка була безпосередньо причетна до тих подій, які колись назавжди перевернули і її життя, і життя села. Раїса померла, наче відрізала минуле, забрала з собою.

— Нікого не лишилося, — прошепотіла.

Роззирнулася і побачила... Івана Залусківського. Стояв у отворі прочинених дверей, з-під лоба дивився у бік Катерини. І не розібрати: на дівчину чи крізь неї. Як же вона могла забути, що лишився ще один... З якого і почалися її біди.

Жодного разу не перетиналися після подій чотирнадцятирічної давнини, та не помилилися, впізнали одне одного. Катерина закам'яніла: не могла ані ворухнутися, ані відвести від Залусківського очей. Він насупився роздратовано, переступив поріг, увійшов всередину.

— Хто тут парадом командує? — до Людки обернувся. — Ти, Людмило?

— Роблю, що можу, — озвалася та.

Залусківський повільно дістав портмоне, витягнув з нього дві тисячі гривень, кинув на ліжко, на якому лежала мертва, вже обмита і вдягнена Раїса.

— На похорон. Якщо ще щось знадобиться, дзвоніть, допоможу, — сказав. — Я про своїх, про шанівських, ніколи не забуваю. Всім поможу померти заради відродження рідного села.

Підійшов ближче до ліжка, кілька секунд дивився на мертву жінку. Катерина так і не зводила очей із Залусківського, наче боялася: нападе на неї прямо тут і зараз.

Залусківський перехрестився, вже попрямував до розчахнутих дверей, та не втримався. Кинув на Катерину ще один швидкий гострий погляд. Про все забула: про мертву Раїсу, повну хату людей і мамині благання назавжди забути про Залусківського. З кам'яним лицем швидко посунула до малої спальні, зачинилася в ній, закрила рот долонями, аби ніхто не почув приглушених ридань. Більш за все хотілося зникнути. Не померти і не втекти, натомість повернутися у той день, коли мама і тато зачали її, сказати їм, щоби... навіть не намагалися подарувати їй життя.

— Що з нею? — спитав Залусківський.

— З Катериною? Втомилася, — відповів шанівський староста Артем Поліщук. — Останні кілька ночей, думаю, взагалі не спала.

— То вкладіть, хай поспить! Чи мені замість вас її вкласти?.. — замовк, бо так хотів додати: «Навіки вкладу!» Не виказав себе, буркнув. — Так я можу.

Катерина не знала: пішов Залусківський чи ще в хаті. Не бачила, як вийшов надвір. Закурив. Дістав мобільний, набрав голову сільради Килимівської ОТГ Косюка.

— У Шанівці сьогодні Раїса померла. Нагадай, скільки у неї землі було? — почула голос знадвору.

Підійшла ближче до вікна. Зі спальні, з ненадійного прихистку спотерігала за чоловіком, який погубив немало людей.

— Чужої землі хотів, — прошепотіла. — І знову хоче.

У двері — стук! Сльози втерла, озирнулася до Тараса, який увійшов до спаленьки.

— На цвинтар змотаюся, — сказав. — Копачам тре заплатити.

— Раїса хотіла поряд із чоловіком і сином лежати.

— Там і лежатиме. Поряд із Романом і Сашком.

— Вона зараз дуже тішиться.

Знітився:

— Ну, певно. Я чого зайшов. Тобі нікуди не тре їхати? Бо я потім міг би...

— Дякую, не треба.

Тарас хотів ще щось сказати, та до спальні увійшла Людмила.

— Кать, ну... Все чікі-пікі, подружко! Труна, місце, оркестр, поминки. Все організували. Добре, що на вулиці вже тепло. Завтра поставимо столи посеред двору.

— Дякую, Людко.

— Слухай, я спитати хотіла... — Людмила замовкла, невдоволено глянула на Тараса. — Тарасику, ти чого й досі тут? Біжи з копачами розрахуйся!

Тарас вийшов. Людмила підійшла до Катерини ближче.

— А чого плакала? Хіба є час розслаблятися? — заговорила тихо. — Тре діяти. Не хвилюйся, допоможу. Скоро всі розійдуться, і ми з тобою Раїсин заповіт пошукаємо. Чи, може, знаєш, де вона його зберігала?

Катерина хитнула головою заперечливо: не знаю.

— Не потрібно мені Раїсиного нічого, — прошепотіла.

— Катю, а чому? Дуже вже шляхетна? А жити як збираєшся? Доглядала хвору, ходила за нею, як за рідною. Справедливо буде, щоби ти на цьому обійсті залишилася. Хата справна, ти її вичистила, вимила. Город засадила, доглядала його. А ще у Раїси земельні паї залишилися. І кому оце все? Чужому дядькові?

Під вечір шанівці розійшлися, залишили мертву Раїсу у труні посеред кімнати: переночуй у хаті останню нічку, сердешна. Поряд із небіжчицею — тільки Катерина з Людмилою. Людмила засукала рукави, взялася нишпорити по поличках.

— Помагай, не стій! — гукнула Катерині.

— Поясни! Нащо нам заповіт?

— Якщо знайдемо і зрозуміємо, що все на тебе переписано, то це буде найлегший варіант. Якщо не знайдемо, поможу тобі подати заяву про претензію на спадок. Відвоюємо, не хвилюйся. Найгірший варіант, якщо заповіт десь є, але тебе там немає. Тоді ми його маємо знайти і знищити, щоби ти могла претендувати на спадок.

— Людко, так гріє, що хвилюєшся за мене. Тільки не треба. Я отут і на день не залишуся. І Раїсиного нічого не візьму!

— Катю! А де житимеш?

— На батьківське подвір'я повернуся.

— Не лишилося там нічого.

— Город лишився. Земля. Літня кухня. За літо відремонтую її. Когось гукну на допомогу.

— Кого? Може, зечку бабу Аду чи отих будівельників, які на олійні Залусківського байдики б'ють?

Людмила зупинила пошуки, роззирнулася, знизала плечима.

— Та-ак... — констатувала. — Заповіту в хаті нема. Але професійна *чуйка* підказує мені: десь він таки є!

Глянула на годинник у мобільному, заметушилася: дідько, дома ж малі... Давай чоловікові дзвонити:

— Петю, «пріуса» відремонтував? Забирай мене скоріше!

Катерина тільки тепер усвідомила: на ніч лишається сам на сам із мертвою Раїсою. Не виказала тривоги. Разом із Людмилою вийшла надвір провести подругу.

— Може, мені залишитися? — раптом спитала Людмила. — Кать! Ти як?

Страшно! Хоч вмовляй страх відступити, хоч переконуй себе — живих тре остерігатися, однаково неприродно і моторошно в одному замкненому просторі, хоч і ненадовго, зачиняти живе життя і смерть. Бездиханного і дихаючого. Баланс відсутній. Ніякого 50 на 50, хоча по факту є одне живе тіло і одне мертве. Що жива людина може змінити?

Нічого! А мертва — діє. Не рухається, не дихає, та відбирає сили у живої так активно, аж здається — усім нам по панночці, не тільки Хомі Бруту. Але ж, крім страху, має бути ще якийсь, прихований сенс, бо ж не тільки заради молитов і філософських роздумів біля тіла покійного на довгу ніч лишають живих?

— Що особливого маю зрозуміти? — Катерина не насмілилася просити подругу залишитися. Відійшла від труни, поряд з якою вже відчувався запах тліну. Паморочилося.

До дверей. На свіже повітря.

Вийшла на ґанок і аж відсахнулася, бо у сутінках побачила чоловічу постать. Залусківський? «Знала, що прийде по мене!» — колотилося. Чоловік підійшов ближче.

— Тарас? — із полегшенням.

Хлопець роззирнувся:

— А де всі? Ти сама?

Не бачили: з вулиці, з-за паркана Раїсиного обійстя за ними із роздратуванням спостерігає Залусківський.

Сам не знав, чому увечері повернувся до Шанівки. Увесь день перед очима — струнка дівчина із хвилястим волоссям. Кам'яне лице... І ті очі... Нічого не забула! Не простила!

— Чого ж мовчиш, сучко?.. Вже і трупа знайшли! Нема на що більше чекати, а ти однаково мовчиш! Чому...

Не так уявляв першу зустріч із Катериною. Думав, вистежить, застане зненацька, за шкірку вхопить, процідить: щось пам'ятаєш, мала? Мордуватиме, і про «джипа гранд чирокі» спитати не забуде! Точно, паскуда руку приклала до зникнення улюбленої Іванової автівки. Вона белькотітиме: а що було? Хіба щось було? Нічого не пам'ятаю!

Реальність заплювала фантазії Залусківського. Здавалося, дівчина вхопила його за шкірку, застиглим поглядом, мов цвяхами, прибила до стовпа ганьби, кричала без слів: зло, ти — абсолютне зло.

Дочекався вечора, повернувся у Шанівку, залишив автівку в олійні.

— Пройдуся по периметру, — буркнув будівельникам, які вдень усе фарбували стіни старої олійні, а вночі були за охоронців.

Городами вийшов до Раїсиного обійстя. Ніяк не міг зосередитися, у голові — хаос, сто думок — одна поперед одної: Катерина та, як більмо, а ще треба якось привласнити земельні паї, які лишилися після смерті Раїси. Підозріла поведінка судді Нечитайла теж вимагала аналізу, а хиткий характер голови сільради Косюка давно став проблемою. Стільки справ, а покластися нема на кого, самі покидьки навкруги. Був би син... Аж згадав покійного батька, який жартома називав малого Івана «співучасником», бо разом — і на риболовлю, і шашлики смажити, і кукурудзу на сусідському городі красти, і потім перед мамкою виправдовуватися. Був би син...

Зупинився біля Раїсиного обійстя, глянув у двір. Дівчина саме щось тихо мовила Тамарчиному Тарасові, який стояв посеред двору.

— А цей що тут забув?! — прошепотів Залусківський. Сподівався, Катерина сама буде.

Тарас так і стояв посеред двору. Дивився на дівчину. Раптом незграбно нахилився і сів прямо у траву: підігнув здорову ногу, руками підтяг протез. Залусківський і дихати забув.

— Що ти робиш, хлопче? — прошепотів вражено. — Ти ж встати не зможеш.

Катерина теж здивувалася. Дивилася на хлопця ошелешено. Він не зважав. Дістав мобільний, навушники. В його вухах точно звучала прекрасна музика, бо усміхався. Катерина знітилася, роззирнулася розгублено, наче тільки вона винувата у тому, що хлопець... без ноги, що сидить на голій землі... Залусківський зігнувся за парканом: не вистачало, щоби його тут помітили. І раптом зрозумів, чому в його голові так довго і настирливо крутилося слово «співучасник».

— Гімно собаче! Як же я одразу не допетрав?! Стільки років мордувався. А все ж ясно! За законом Катька ця — співучасниця злочину, якщо свого часу не заявила про нього, — шепотів, не зводив із дівчини очей. — А чому не заявила? Бо... вона і не співучасниця, а учасниця! Це ж вона вбила бомжару! Він її зґвалтувати хотів. Чи вже встиг. Однаково! Захищалася, вхопила камінь... Трісь дядька по голові. Той упав, а вона роззирнулася: чи часом хто не побачив? А тут я... прогулювався! Ну, так же? Чи посцяти забіг на покинуте обійстя, бо — культурна людина, за екологію і довкілля! Не звик гидити абиде! І побачив убивство. Чому мовчав? Бо дівчина у ноги впала і благала: пане Залусківський, я така молода, не хочу в тюрму!

Повеселішав. І справді сцяти захотів. Обдзюрив Раїсин паркан. Ще сильніше захотів дістати дівчину, бо тепер точно знав, що скаже.

— Почекаю... — вирішив. — Не буде ж хлопець тут до ранку сидіти.

Як людина культурна, біля обісцяного паркану лишатися не схотів, вирішив тихо обігнути подвір'я по вулиці, знайти більш зручний пункт спостереження.

— Стасько, він до нас чеше! Тікаймо! — перелякалася Уляна. Другу годину поспіль сиділи на розлогій абрикосі, яка росла неподалік Раїсиного обійстя, з деревини спостерігали за всім, що там відбувається.

Стаська першою спустилася на землю, перебігла на інший бік неосвітленої шанівської вулиці, причаїлася біля сухої криниці. За мить підбігла Улянка, присіла поряд. Бачили, як Залусківський тихо йшов уздовж паркану, заглядав на подвір'я, врешті зупинився якраз під абрикосою, спостерігав.

— Тепер віриш, що Катерина — відьма? — прошепотіла Улянка. — Вона мужиків до себе приманює. А коли вони їй набридають, гонить від себе.

— А тих, хто не хоче її забувати, — вбиває, — тихо відповіла Стаська. — Улько, це вона вбила дядька, якого ми знайшли. Ну, скажи? А хто ще? Тільки вона!

— Стасю, ходімо вже звідси! Мені страшно! — попросилася Улянка.

— А мені не страшно! Я за Тараса хвилююся! А що, як відьма його зурочить?

— Та вона — вже! Ти ж сама бачиш: твій герой цілий день на Раїсиному обійсті товкся і на ніч залишився. Знаєш, чому вони до хати не йдуть?

— Чому?

— Залусківського дражнять. Чи хочуть, аби він третім став і влаштувати оргію поряд із труною, — Уляна так перелякалася власних фантазій, аж ухопила Стаську за руку. — Стасю. Забувай Тараса! Хіба мало... інших героїв?

— Улько, ти дурна? Я його люблю більше за життя! Ясно тобі? Я заради нього помру, якщо треба буде! І він, знаєш, як на мене дивився?

— Як?

— Так, що... не забути ніколи! І то навіть добре, що я сьогодні не змогла з ним поговорити. Я ж ще й досі живого буденного сексу не бачила, не навчилася, як слід поводитися... От Тарас завтра мені скаже: Анастасіє, хочу тебе на все життя. А мені що робити? Я ж зганьблюся!

Стаська замовкла, задумалася.

— Улько, як думаєш? Якщо я віддамся Тарасові, це переважить відьмині чари?

— Сто відсотків, — відповіла Улянка. — Ти така... — знітилася, замовкла, раптом усміхнулася. — Хто б не хотів, щоби ти його любила?..

Стаська й собі усміхнулася, скуйовдила рожево-фіолетову хмаринку волосся на голові, ближче нахилилася до Улянки.

— Біжімо до тебе?

З чорного неба зірки здивовано роздивлялися незвичайне нічне пожвавлення у Шанівці. Онде Стаська й Улька крадькома посунули вздовж вулиці, повернули у провулок, уже сміливіше побігли до крайньої хати на пагорбі. Під абрикосою тельбатий дядько Залусківський зиркав на ближнє подвір'я, бачив, як Катерина раптом підійшла до Тараса, що сидів на землі посеред двору, опустилася на траву поряд із ним. Залусківський плюнув собі під ноги, тихо виматюкався.

— Ідіоти довбані, мать вашу! — пішов вулицею до олійні.

А розбитою дорогою від Килимівки у бік Шанівки неслася автівка, і навіть зірки не могли розібрати, що за людина так настирливо прагне цієї ночі якнайшвидше дістатися малого села.

Катерина сиділа поряд із Тарасом, та дивилася не на нього. У нічне небо. Не до зірок думками — до мами. Він довго не вимикав музику, наче боявся тиші, яка настане за нею. І вимагатиме слів. Вона прислухалася: що за музика? Та на тлі мелодії чула, як дихання хлопця стає все більш нерівним і неспокійним. І все гучнішим... Гучнішим за музику, за будь-які слова.

Розхвилювалася. Усміхнулася знічено, вже хотіла підхопитися, бігти до хати, завмерти, хоч би й біля труни, тільки би вгамувати несподівану бурю в серці, та хлопець раптом вимкнув музику в мобільному, відкинув навушники.

— Весь час думаю про тебе, — сказав.

Забула дихати.

— Чому?..

— Не знаю. Може, тому, що ти така сама, як я. З війни...

Кивнула.

— Певно, ти більше втратив...

— Хтозна...

— А чому поїхав на Схід?

— На трактора хотів заробити. — Замовк на мить, додав: — А заробив на протез.

— Шкодуєш?

— Та ні. Варто було втратити ногу, аби знайти голову.

Глянула на нього приголомшено.

— Ти тому такий сумний? Все думаєш?

Повернувся до неї всім тулубом:

— Нема про що думати. Відповіді давно відомі. Війна лиш нагадує: вони — такі ж очевидні, як... моя відірвана нога!

— І ти скажеш: варто прощати, відпускати? — вразилася.

— Я би простив усіх заради того, аби щодня... бачити твої очі, — відповів упевнено, без роздумів.

Захвилювалася сильніше.

— Добре... — сказала. — Добре. Я теж розучилася брехати. Не можу.

— Думаєш про мене? — спитав.

— Весь час, — прошепотіла.

Була би більш балакучою, призналася б, як дивує її цей простий факт. Багато років жила з упевненістю, що її любов уже сталася — народилася, прожила коротке яскраве життя і померла, і тепер до самої своєї смерті вона може лише пестити спомини про неї. Та серце не дослухається до думок, планів, фактів. Кличе у свої подорожі. І тепер не знати чому Катерина весь час думає про Тараса.

— Весь час! — повторила.

Він усміхнувся, наче у тоскній темряві хтось один добрий увімкнув обнадійливий вогник, аби всім стало трохи тепліше. І навіть хотів щось відповісти, та з вулиці почувся гуркіт автомобільного двигуна. Тарас здивувався, повернув голову на звук: хто?..

Поліцейський «пріус» зупинився далеченько від обійстя покійної Раїси біля провулка, який вів до хат на пагорбі. З автівки швидко вийшла Людмила, роззирнулася, дверцятами — хлоп! Подерлася на пагорб пішки, підтримувала себе думками. Як же все-таки правильно вона вчинила, коли свого часу погодилася стати дружиною сором'язливого і невпевненого у собі Петра Нечитайла, про якого колишня його дівчина Анжеліка казала: «І що з того, що у Петі тато — суддя? Мені ж не з суддею спати, а з Петею, а воно — геть ніяке! І оце — назавжди?» А не віддавай життя на поталу оргазмам! Поколупайся краще у мізках! Не побачила перспективи, тепер лікті кусає! Пізно, бо Людмилі дістався не тільки Петя, а й усе нові і нові можливості, які вона відкриває для себе з кожним новим роком подружнього життя. І хоча майже всі вони напряму залежать від доброго гумору чоловікового тата, Людмила чомусь упевнена, що і з цим упорається. Суддя вже чайок попиває, вже за сердечко хапається... Дивишся, геть заслабне і перепише усі свої неймовірні багатства на єдиного сина. Ох же Людка тоді заживе! Автівку персонально для себе врешті купить і, може, коханця заведе, щоби вже повністю відповідати статусу такої собі мамки-голови клану, якою почувається на всі сто!

І хіба не так? Петро давно спить, а Людмила й досі у своїй великій сім'ї лад навести намагається, бо увечері мама прибігла, плакала і так уже жалілася на Стаську.

— Доню, боюся, вона додому не повернеться! Що робити? — схлипувала. — Додзвонитися до неї не можу. Чи мобільний вимкнула?

Людмила втомилася до усрачки, бо увесь день керувала підготовкою до похорону Раїси, та батьківські плачі не проігнорувала.

— Зараз привезу її! — заспокоїла матір. — Готуй своїй доні гарячий прийом і гарячу вечерю, хоча я на твоєму місці так би їй по сраці врізала, щоби запам'ятала на все життя!

Сіла за кермо поліцейського «пріуса», прихопила газовий балончик і палицю на той випадок, якщо Стаська вдасться до супротиву. І хай би хто спробував поставити неадекватне запитання: а чого це дружина поліцейського офіцера на його службовій автівці розсікає?! Отримав би належну відповідь.

— Нє, ну а хто ще?..

Дісталася Шанівки, залишила «пріус» біля провулка, пішки — до обійстя неблагополучної 32-річної Вальки Шамраїхи. «Зарано хвилюватися, спочатку тре зі Стасьчиною подружкою поспілкуватся, — переконувала себе. — А от якщо вже Уляна Шамрай не знає, куди Стаська завіялася, отоді — SOS! Увесь район на ноги підніму!»

Хата Шамраїхи була із тих, хазяї яких давно виїхали з села, безплатно дозволяли жити знайомим чи рідні в обмін на засаджений город, ремонт оселі і скошену траву перед обійстям. Валентина з чотирма дітьми хазяйнувала тут уже більше року, ніде не працювала, городом не цікавилася, хоча і ганяла дітей, щоби навесні вкинули у землю якусь морквину-картоплину. Час від часу поряд із жінкою з'являлися мужчини різного віку і ступеня зношеності, яких Валентина представляла шанівцям однаково: «Мій чоловік законний!» Останній «законний» вже місяці три бігав до шанівського кіоску купувати повні пляшки і здавати порожні.

«І чого Стаська прив'язалася до Вальчиної доньки? — думала Людмила дорогою до обійстя Шамраїхи. — Та ж Уляна не може бути нормальною. Точно така сама неблагополучна, як її мамка, але я з цим потім розберуся. Зараз — аби Стаську знайти!»

Лиш наближалася до хати Шамраїхи, та вже дивувалася: кучеряво живуть! З вікон ллється світло такої потужності, що воно не тільки кімнати, а й увесь двір освітлює. І в цьому світлі... на подвір'ї біля вишні... причаїлися...

— Стаська? І Улька? Чого це вони? — Людмила завмерла біля трухлявої огорожі, придивилася.

Дівчатка виглядали дивно. Під вишнею Уляна сиділа на перекинутому ящику спиною до вікон, досадливо супилася, але міцно тримала Стаську за руки, наче би — варто лиш відпустити, Стаська впаде. Стаська стояла поряд. Обома руками вчепилася у руку Уляни, не зводила очей із розчахнутого вікна.

Зсередини лунали такі відверті і недвозначні стогони, що на мить Людмила навіть забула про мету свого візиту.

— Оце я розумію! Нормальний процес, — прошепотіла із заздрістю, бо сама жодного разу за все життя не наважилася прокричати всесвіту про власні емоції, які переживає під час інтимної близькості. То діти малі, то сусіди почують, то мама спить у сусідній кімнаті... Та й чи були у неї емоції подібної потужності?..

Струсила запитання, врешті глянула туди, куди невідривно дивилася Стаська: у кімнаті з відчиненими навстіж вікнами чоловік і жінка бурхливо віддавалися одне одному.

— Дідько... — Людмила раптом відчула приплив неймовірного збудження. Закував, ніби ланцюгами, не давав рухатися, дихати. Кричав: хочеш так? Витріщалася на голе жіноче стегно, чоловікову дупу, які тільки й бачила здалеку, кивала: хочу...

А під вишнею тремтіла Стаська.

— Не хочу! Не хочу, щоби отак зі мною... — било у скроні, та погляду не відводила. Не розуміла, чому сльози набігли на очі, заважають дивитися. Не змахувала їх лише тому, що не наважувалася забрати свої руки з Ульчиних. Та й крізь сльози голе жіноче стегно, чоловікова дупа викликали у дівчинки лише прикру огиду і відразу.

Врешті не втрималася, відвернулася, не сіла — впала на ящик поряд із Улянкою. Все ще трималися за руки. Тоді Уляна розтиснула пальці. Стаська струсонула занімілими руками.

— У житті це ще огидніше, ніж у порно з інтернету, — прошепотіла.

— Так... Суцільне лайно, — відповіла Улянка. Глянула в бік вікна: стогони затихли, голі чоловік і жінка вже натягували на себе одежину, всідалися біля столу, на якому тільки-но лежали голяка.

Дівчатка затихли. Сиділи під вишнею, мовчали — кожна про своє.

— Що ж мені тепер робити? — врешті прошепотіла Стаська.

— Я знаю, що тобі робити, заразо ти малолітня! — почула за метр від себе тихий, але дуже сердитий голос Люсі.

Після того, як старша сестра застукала молодшу за спогляданням сексу, Стаська закрилася, як найнадійніший сейф при спробі пограбування, одразу і на всі можливі засови:

не відкрити, не достукатися. Відмовлялася йти на контакт, щось пояснювати.

— Чому ви не можете просто дати мені спокій?! — казала рідні, яка продовжувала стукати у замкнені двері.

— Тому, що ми любимо тебе! — за всю сім'ю відповідала Людмила.

— А як же мій особистий простір? Якого пхаєтеся за межу? — не здавалася Стаська.

— Які секрети між рідними? — ляпнула мати під час останньої сімейної розмови і тут же за це поплатилася.

— Та різні! У кожного — свої, мамо! Я ж не питаю, чому тато більше не спить з тобою в одній постелі у спальні, а перебрався до колишньої Люсиної кімнати! І не кажи: тато хропить... — вигукнула хоробро.

— Я хроплю, — безпомічно мовив тато, і Стасьці так шкода його стало.

Вискочила з хати прожогом. Добре, що на білому світі є Улька. Щоранку чекає на Стаську біля школи.

— Як вдома? Геть погано? — питає.

— Та пішли вони...

— А з Тарасом?

Стаська зупиняється, дивиться Ульці в очі: ти скажи, Улько. Ти ж у Шанівці живеш, а Тарас тепер, кажуть, там днює і ночує.

Улянка винувато кліпає чорними віями.

— Стась... Мамка каже: між ними — нічого! А мамка у цьому *шарить*. Відьма Катерина перебралася у літню кухню на батьківському обійсті, а Тарас і наш староста Артем Поліщук допомагають їй ту халабуду перетворити на нормальне житло. Цілий день вкалують, а на ніч Тарас додому у Килимівку їздить.

Стаська супить лоба.

— Тарас закохався у неї. Я відчуваю.

— Ні, кажу тобі! Просто помагає, — Улянка безпомічно старається заспокоїти подругу.

— Однаково хвилююся. Треба попитати людей в інтернеті, як можна відьму знищити. Бо пропаде Тарас.

— Хіба він один? І Залусківський! А тепер і Артем Поліщук. Самі мужики навколо неї в'ються. От же гадюка! — гнівається Улянка.

— Не самі мужики. Вчителька Маруся до неї їздить. Сама бачила. — Стаська — за справедливість, не за огульне цькування.

— Значить, і Маруся пропаде, — засмучується Улянка.

Вчителька Маруся завітала до Катерини із цілком конкретною метою за два тижні після того, як бідаха Раїса знайшла вічний спокій на шанівському цвинтарі поряд із чоловіком і сином.

— Маю попередити дівчину! — пояснила своєму чоловікові.

А сталося ось що. На уроці Маруся зчепилася з одним із старшокласників, який, замість вивчати матеріал уроку, вивчав повідомлення у смартфоні. Маруся відібрала у хлопця мобільний і з подивом прочитала у ньому допис від користувачки під ніком *НечуваноДєрзкая*, яка емоційно повідомляла: Катерина Кохан, яка живе у Шанівці і лікує людей травами, насправді лише шкодить їм і робить усе, щоби люди ставали слабкими і беззахисними, бо Катерина — відьма, і тому факту з'явилися беззаперечні докази, а хто цьому не вірить — вже несповна розуму!

У вчительки вистачило мудрості не роздувати полум'я з малої іскри, та з тих пір стала регулярно заходити у групу на Фейсбуці, яка означала себе «Патріоти Килимівської ОТГ». За тиждень із прикрістю констатувала: іскра не згасла. День у день у групі з'являються нові дописи людей, які «були свідками чорних справ відьми» чи «самі жорстоко постраждали від її чарів».

— Та що в біса відбувається?! — розбурхалася.

Смикнула вчителя інформатики, аби вирахував, звідки ростуть ноги у фейка, та колега Марусин зганьбився, бо завдання провалив. От тоді-то Маруся і вирішила: час усе розповісти Катерині.

Дівчина зустріла вчительку на батьківському обійсті, куди перебралася наступного ж дня після похорону Раїси. Маруся ходила двором, на якому востаннє була чотирнадцять років тому, із сентиментальною журбою роздивлялася все: на місці згорілої хати — акуратний курган, у ньому так і лежать Катеринині батьки, поряд хрест на могилі старої баби Ничипорихи. Ця частина обійстя відгороджена, засаджена квітами, і хоч цвинтар по суті, на цвинтар не схожа. На іншій частині усе, що вціліло після пожежі: город, невеликий садок і літня кухня, не більша двадцяти квадратних метрів. Поряд — розпочата прибудова, будівельні матеріали.

— От і хіба треба тобі тут залишатися, Катрусю? — дивувалася Маруся. — Перебирайся до нас із дядьком Степаном. У нас хата і велика, і тепла. До школи — п'ять хвилин. Ти ж восени почнеш вчителювати у Килимівській школі? От! Так чого щодня із Шанівки до Килимівки їздити? Та й на чому, Катю? П'ять кілометрів на своїх двох?! Ой! Самі проблеми! Не треба воно тобі, чуєш? Давай до нас!

— Маріє Іванівно, мила ви моя. Не лайтеся і не сердьтеся. Я вас дуже люблю, але тут маю бути. Я ж — остання справжня шанівська людина, яка тут народилася, і тепер село покину? Ні, шанівська має жити у Шанівці, — Катерина усміхнулася світло й замріяно, наче по золотому полю йде, щастя оберемками збирає.

Вчителька глянула на неї схвильовано: невже справді щаслива? Світиться.

— Так не хочеться тебе засмучувати, дитино, — призналася.

Давай дівчині — про наклепи і фейки, а Катерина знай усміхається. Ох же вони легковажні, ті щасливі.

— Хіба ж це тривожна новина? — вчительку заспокоює. — Скільки жила у мазанці, стільки чула, як деякі люди перешіптуються: відьма, відьма... Такі дрімучі. І такі... нещасні. Всіх давно простила. І знову прощу, як буде треба.

— Простити — серце тре мати, а захищатися — сили. Раптом щось станеться, як упораєшся? Ти ж тут — сама-одна... — учителька їй.

— Не сама, Маріє Іванівно. Стільки людей помагають літню кухню відремонтувати. Хто чим. І донецькі, і кияни, і неблагополучні... — замовкла, усміхнулася. — Найбільше Тарас руки прикладає...

— Це ж який Тарас? — уточнила Маруся. — Залусківського син?

Вечір нагнав темряви, вчителька давно пішла, а Катерина ніяк не могла взяти себе в руки. Тарас — син Залусківського?.. Мамо золота! За що ж їй таке горе?! У голові — Марусина оповідь, зліплена з чуток, фактів і спостережень.

— І характер у обох однаковий впертий, і шифруються, які ті партизани. Та й схожі... — перераховувала вчителька.

Катерина згадала лице Тараса, силилася уявити мордяку Залусківського, щоби віднайти схожість. Не виходило. Аж — стук у двері! Серце впало.

— Зараз і побачу... Залусківського, — прошепотіла. Страху не було. Тільки гарячий, як окріп, відчай обпікав: Залусківський нащо в її долі? Аби відбирати все, що дає їй надію, радість, любов?..

Відчинила двері літньої кухні. Повільно. Наче у меду пливла. Підняла очі: на порозі стояв Тарас. «Схожий», — промайнуло. Думки заметушилися, розбіглися на два табори. І з кожного щось кричать, переконують...

Не стала дослухатися. Погляду не відвела. Дивилася хлопцю прямо в очі, ані пари з уст. Повільно зачинила перед ним двері. Все ж зрозуміло?..

Завмерли, забули дихати по обидва боки дверей. Усе зрозуміло...

***

Хто б не хотів, аби все навкруги стало чітким і недвозначним? Людмила не боялася запитань «як?», якщо знала «для чого?», тому навала проблем не збивала її з пантелику. Справ багато? Хіба то біда?! Скоріше поле для реалізації власних амбіцій. На роботі завали розгребла, вдома усім — підсрачників, аби порядок підтримували і тарілки вилизували, маму з татом заспокоїла, Стаську смикнула: дивись мені, мала! Свекру спеціальний чайок заварила, зібралася і, вся красива-файна, гайнула у район, бо юристка Килимівської ОТГ і там справу мала: дуже вже хотіла допомогти подрузі Катерині отримати Раїсине майно і землю, тож мала дізнатися у нотаріальній конторі, чи існує у природі заповіт покійної.

Районна нотаріуска Галина Білобров орендувала два суміжних кабінетики у куті приміщення районного суду, яким керував хтивий Людмилин свекор, та того дня жінка поспішала до неї без побоювання. Нема чого напружуватися! Петя вранці сказав, що збирається сьогодні провідати тата-суддю, який плюнув на районний медичний заклад і вже тиждень тирлувався чи то у якійсь дуже спеціальній лікарні військово-медичного управління СБУ, чи то на одній із баз відпочинку цього ж відомства, в якому мав до біса співучасників по службі Батьківщині.

Якщо би хто інший насмілився заявитися до Білобров із незаконним проханням розкрити йому деталі чийогось заповіту, відіслала би далеко, та перед нотаріускою стояла невістка голови районного суду, що само по собі надавало дозвіл ставити будь-які запитання.

— Людмило Миколаївно, рада допомогти! — підхопилася. — Так! Чула, що у Шанівці жінка померла. Раїса...

— Негода! Раїса Микитівна Негода, — уточнила Людмила. — Маю знати, Галю, чи не оформлювала вона у тебе заповіт.

— Ні!

— Точно? Бо якщо згодом раптом дізнаюся...

— Людмило Миколаївно! Я ж при тямі!

— Це добре, — констатувала Людмила і навіть пошкодувала, що заради такого короткого і змістовного діалогу припхалася до райцентру. Вона ж чомусь вірила у те, що заповіт є і, залежно від його змісту, їй доведеться вести із нотаріускою конфіденційні перемовини щодо подальшої долі документа. А все виявилося так просто!

Вже зібралася покинути кабінет нотаріуски, та Білобров раптом бовкнула:

— У мене тут виникла несподівана проблема із заповітом іншої жінки з Шанівки.

Людмила: що? Брови — дугою.

— І хто із шанівських, Галю, тобі проблеми створює?

— Алла Залусківська, — ляпнула нотаруіска і тут же пошкодувала. Ох, дарма вона довірилася суддівській невістці. Промовчала — довше би прожила. А тепер — що?!

Людмила оцінила ступінь легковажності Галини Білобров. Відреагувала тонко.

— Кажи усе, як є, Галю, а я тобі гарантую безпеку, — пообіцяла.

Слухала схвильовану розповідь нотаріуски, розуміла її тривогу. Права пані Білобров! Про таке слід мовчати, якщо жити хочеш, бо Іван Миколайович Залусківський не простить...

— Тобто... — перервала оповідачку. — Тринадцять років тому, коли Алла Залусківська поїхала до столичної клініки на операцію, вона там склала заповіт? Без нотаруіса!

— Усе за законом! — пояснила Білобров. — Головний лікар медичної установи у присутності двох свідків може засвідчити волевиявлення пацієнта. І документ матиме таку ж силу, як і нотаріально зареєстрований.

— І де ж цей законний документ блукав тринадцять років?

— Головний лікар переконує, що один примірник був серед речей Алли Залусківської, але він гадки не має, чи виконали родичі останню волю покійної.

— Не виконали! — прошепотіла Людмила. Вже прочитала заповіт: всю свою землю у розмірі 100 гектарів Алла Залусківська воліла передати не чоловікові, а шанівській громаді для подальшого справедливого розподілу і використання.

— Другий примірник заповіту лікар усі ці роки тримав у себе, — продовжила нотаріуска. — А нині збирається на пенсію, розбирав архів, знайшов заповіт і передав мені. Замовкла, усміхнулася кривувато.

— Оце мені пощастило, скажіть...

— Та-а-а-к! Спокійно! — Людмила на мить задумалася. — Приймаю удар на себе. Хто у нас — юрист Килимівської ОТГ? Людмила Миколаївна Поливанова. От ти, Галю, і передала заповіт юристці ОТГ, бо він стосується справ місцевої громади. Сама ти документ не читала, про зміст його нічого не знаєш. Віддала мені конверт і перехрестилася.

— Людмило Миколаївно! Я і справді перехрестилася! — нотаріуска не вірила своєму щастю. — Тільки ж ви обережніше!

— Галю! Я ж — при тямі! — усміхнулася Людмила.

У геройському настрої вийшла у коридор з кабінету Галі Білобров: плечі розправила, груди вперед, погляд зухвалий... І побачила прямо перед собою свекра! Йшов назустріч, у руці пластикова пляшка зі спеціальним чайком.

Людчина корона спалахнула і згоріла. Прямо на жінчиній голові.

— Георгію Івановичу... — пробурмотіла знічено.

— Оце сюрприз! — хтиво усміхнувся суддя Нечитайло. — Що, невісточко? Не витримала? Сама приїхала?

Відповіді не чекав. Підійшов до корзини для сміття, яка стояла у коридорі, жбуронув у неї пластикову пляшку з чайком. Обернувся до Людмили, кивком голови вказав на двері свого кабінету.

— Ходімо! — наказав.

Залусківський розгубився, а того тертий калач не любив найбільше! Аби не виказати непевності, матюкав помічника Василя, урізав зарплатню співробітникам усіх дев'яти своїх фірм, у тришия — лінивих будівельників, які все фарбували і фарбували стару олійню у Шанівці.

Не допомогло. У повітрі бриніла тривога, і Залусківський ніяк не міг віднайти її джерела. Незакінчені справи і незакриті гештальти нагадують про себе? Катерина? Аж ні! Хоч і вимордовувала своїм мовчанням, та Іванові здавалося — знайшов парадоксальний антидот. Хай тільки спробує рота відкрити...

Тоді — що? Згадав, як безногий АТОвець Тарас незграбно сідав на землю, серце занило. Так став переживати за цього хлопця... І не тому, що Тамара дірку у мізках пробила: твій він, твій. Хай іде в дупу! Однаково, чий він! Головне — такий справжній, аж за душу бере.

— Через Тараса не тривожно, — констатував. — Такі, як він, гріють.

Знову взявся перебирати події останніх днів. Згадав, як голова сільради Косюк ховав оченята, коли Залусківський спитав, хто претендує на чотири гектари, які від покійної Раїси лишилися. А чому оченята ховав? Одночасно двом командам допомагає мотузку на себе перетягувати?

Аби спростувати чи підтвердити підозри, зайшов до Килимівської сільради того ж вечора. І хоч знав: хитрий функціонер правди безплатно не розкаже, все ж спробував обдурити голову.

— Пам'ятаєш, друже, як я жартував і обіцяв тебе вбити, якщо не отримаю ще сотню гектарів землі і Раїсині чотири, — сказав. — Так я не жартував.

Тоді займай чергу, Іване, бо не ти один захочеш мені голову відірвати, — відповів голова.

— Хто ще? — запитання було доволі доречним, бо помститися голові могли мріяти лише Іванові конкуренти у боротьбі за землю, і Залусківський хоч таким чином хотів дізнатися конкретні імена.

— А хоч би і Капелан той! Якого нам Офіс Президента зісватав!

— Які проблеми? Роби, як завжди! Як АТОвцям відповідаєш: на наступній сесії обов'язково розглянемо ваше питання.

— Не можу! Той Капелан вже свого *смотрящого* прислав.

— Що ти мелеш, друже? Часи і епохи не поплутав?

— А ти у наївні записався, Іване? Що тобі не зрозуміло? Приїхав хлопець із Києва. У Шанівці хату винайняв до кінця року...

— Так пандемія ж. Половина Києва на літо з міста здриснути мріє.

— А цей до мене зайшов. Привітатися. Каже: пан Капелан привіт передає.

Голова замовк. Залусківський і собі задумався. «Може бути... — підказував досвід. — Простіше віддати сорок гектарів і не псувати стосунків із Києвом. І що таке — сорок гектарів? Дріб'язок!»

Вголос інше сказав.

— Щось мені підказує, що оцей Капелан і його *смотрящий* з Києва — одна велика афера, в яку ти можеш вляпатися!

— А суддя Нечитайло так не вважає, — вихопилося у голови сільради. Аж почервонів до скронь, бо зрозумів: зайве ляпнув.

Залусківський не пропустив. Аж запахи відчув, бо війнуло гарячим і смаженим.

— Ого! Так велике цабе голова районного суду Нечитайло став позаштатним консультантом голови сільради Килимівської ОТГ Косюка? І що за свої поради отримати хоче? Нашу землю?..

Голова сільради довго і безпомічно виправдовувався: мовляв, рішення ще не остаточне, і що він мав робити, коли суддя йому в'язницею погрожував, а то нині — як два пальці об асфальт, і в судді є формальна причина претендувати на землю у їхній об'єднаній громаді, бо його син із сім'єю проживають на території ОТГ, але голова сподівається, що проблема може ще трансформуватися...

— Трансформуватися? У що саме? — Залусківський спідлоба дивився на голову сільради.

— У більш вигідну для нас конфігурацію, — відповів голова.

Залусківський хвилини зо дві дивився у мишачі оченята голови.

— А щоби... твоєю мордою просо молотити! Щоби твоя срака по шву розійшлася, козел ти драний! І довірили ж люди владу тварюці?! Оце знай, голово! Не отримаю землю — восени такі перевибори тобі влаштую, кривавою юшкою умиєшся! *Усьок?*

Вийшов із кабінету без «на все добре, до побачення». Дверима — хрясь! І — щезла тривога! Бо — ніякої невизначеності, все ясно. «Жоро, Жоро, — думав. — Ну ти і падла! Вирішив забрати мою землю?! Та ще й тишкомнишком. І це після того, як я тебе відмазав від звинувачення у вбивстві... Чи той дядько, якого Нечитайло збив, не помер? Треба дізнатися!»

І — діяти! Вже дійшов до вхідних дверей, та розвернувся, закрокував до кабінету сільрадівської юристки.

— Жорчина невістка точно знає, що сталося із жертвою ДТП... — бурмотів.

Увійшов до кабінету і... остовпів. Завжди весела гонориста Людка скидалася на побите цуценя: нещасне, безпомічне, забите.

— Що з тобою? — спитав обережно.

Вона намагалася тримати марку. Усміхнулася, груди випнула.

— Все гаразд. Ви з якимось юридичним питанням, Іване Миколайовичу?

— Отой дядько, якого суддівський «лексус» збив... Він помер чи ще живий? — у лоба.

— Помер, — усмішка зійшла. Потьмяніла.

— Добре, — кивнув, пішов до дверей, та все ж обернувся до жінки. — З тобою точно все гаразд?

Людмила зацьковано роззирнулася, наче перед нею — безмежне бездонне бурхливе море, і саме сеї миті має вирішити — залишитися на березі чи наважитися, кинутися у хвилі.

— Якщо скажу вам правду, він мене вб'є, — врешті мовила насторожено.

— Хто?

— Георгій Іванович.

Залусківський брови звів. Зачинив зсередини двері кабінету, сів напроти юристки.

— Кажи, — велів.

Людмила мовчки дістала зі столу заповіт Алли Залусківської, поклала перед чоловіком.

— Георгій Іванович вимагає, щоби я оприлюднила цей документ. Передала його до сільради і виконавчого комітету. І готувала позов до суду щодо виконання заповіту і передачі землі вашої дружини громаді, — забелькотіла розгублено. Схлипнула. — А я не можу! Це ж... несправедливо і підло. За вашою спиною. Так будь-кого голим залишити можна!

Залусківський в очі не бачив заповіту покійної дружини, не знав про його існування. Читав віддрукований документ, рядки пливли перед очима: 100 гектарів землі — шанівській громаді. Алла... Аллуня. Не простила.

— Ще щось? — видушив.

Людмила заплакала.

— Він мене знищить! Розірве на шмаття, якщо дізнається, що я вам усе розповіла!

Залусківський поклав руку на тремтячі долоні Людмили. Дивився їй в очі.

— Не розірве, — сказав, наче стокілограмову гирю поклав на одну з чаш терезів. Заповіт акуратно склав, уже до кишені хотів покласти.

— Віддайте! — злякалася. — Якщо ви просто плануєте знищити заповіт, то — сенсу немає, бо Георгій Іванович не з тих, хто стрибає з парашутом без страховки.

— Тоді які в мене гарантії, що ти завтра ж не розцвірінькаєш усім про цей документ?

— А які в мене гарантії безпеки після того зухвальства, на яке я наважилася? Я ж не дурна! От ви зараз же підете до мого свекра, спитаєте: «Жоро, нащо ти це робиш?» А він плечима знизає: «Іване! Ти про що? Ми ж друзі! Я ж проти тебе — ніколи!» І мене звинуватить у всьому. І тоді вже мені — такий капець... Всім капецям капець!

Залусківський усе ще тримав заповіт у руці. Дивився на жінку зі змішаними почуттями: і шкода її, і дяка їй, і такою злобою до старого приятеля схóдив, аж би придушив десь у тихому місці, і... щось не сходиться! Щось дуже важливе не сходиться, заважає оцінити загрозу реально.

— Людмило... Що ж такого суддя зробив, що ти закопати його ладна? — врешті мовив задумливо.

Жінка відсахнулася, дивилася на Залусківського вже без сліз, тільки ненависть в очах буяла.

— Він... ґвалтує мене... — прошепотіла так гірко, Залусківський аж відчув, ніби горло забили льодом і він звідти, з горла, розливає холод усім тілом. «Жоро, дідько! Дружину свого сина... Тварюка ти...» — вразився.

— Отепер мені геть усе ясно, — сказав.

— Хіба мені від того краще стане? — спитала Людмила.

— Стане, — пообіцяв. — Трохи потерпи. Скоро Георгію Івановичу Нечитайлу не до тебе буде.

Віддав заповіт Людмилі, швидко вийшов. Жінка видихнула з таким полегшенням, наче цілий день мішок картоплі на спині перла-перла і врешті здихалася, доперла.

— Ну, все... — прошепотіла. — Якщо вже Залусківський не ухайдокає старого козла, значить... він безсмертний!

Катерина так сильно трудила руки, наче втома могла розігнати тривожні думки. «Сліпа... — мордувалася. — Стільки років ясно бачила і знову сліпою стала. А хіба навпомацки шлях знайдеш? І чи він для мене є? Чому перший чоловік, який змусив моє серце битися сильніше, виявився сином Залусківського? Може, це знак, що нового життя немає! І мені тре не літню кухню ремонтувати, не до школи влаштовуватися, а до мазанки повертатися... Як зрозуміти? Хоч би знак якийсь був...»

Боялася знову побачити Тараса. Боялася слів. Та поговорити довелося. Він повернувся за три дні, застав Катерину на подвір'ї. Розвішувала трави на сушку під дахом дерев'яної альтанки. Побачила, як біля хвіртки зупиняється Тарасова «тойота». Завмерла.

Вийшов з автівки, тупцював біля неї.

— Більше не приходити? — гукнув з вулиці.

— Не приходь, — відповіла одними вустами. Голосу свого не чула, та він розчув. Усміхнувся недобре, наче з глухої оборони, сів за кермо і більше не з'являвся у Шанівці.

Першою це відмітила шанівська зечка баба Ада. Стала на тому самому місці, де кілька днів тому зупинилася Тарасова автівка, теж гукала голосно, наче не мала змоги підійти ближче:

— Помічників менше — робота важча?

— Нічого. Упораюся, — Катерина саме обкопувала старий корінь всохлого винограду, щоби було легше його викорчовувати, бо стирчав просто посередині нової доріжки. Кинула битися з коренем, дихала важко, дивилася на бабу без роздратування.

— А ти нашого нового житця запряжи! — запропонувала баба Ада. — Хай повкалує! А як не схоче, то причаруй, щоби не виламувався! Ти, кажуть, таке вмієш...

Катерина пропустила повз вуха бабині припущення.

— У Шанівці народу додалося? — спитала.

Авжеж! Баба Ада все виклала за хвилину. Так дівчина і дізналася, що врешті серед шанівських ДНК встановився паритет, бо, крім двох хат з донецькими і двох хат із неблагополучними, тепер є і дві хати з киянами!

— Була тільки Оля Торбенко з сином, а два дні тому приїхав столичний мажор і до кінця року орендував хату в Шанівці. Сказав, може, навіть купить її, — розповідала. — Певно, дуже коронавірусу боїться, тож житиме на природі, звідси і працюватиме. А я собі думаю: нащо нам тут киянин? Він же, може бути, вже привіз нам вірус у село. Треба його ізолювати!

— Де?

— В орендованій хаті! Хай сидить там два тижні, а я за грубі гроші погоджуся йому обіди готувати.

— А ви, бабо, тільки за гроші згодні допомагати?

— А чого ж не брати у багатих?! А той мажор багатий! Поліщукам дві тисячі дав тільки за те, щоби вони винесли Раїсин мотлох і меблі з хати. Уявляєш?

— Так мажор Раїсину хату орендував? — Катерина насторожилася. — А хто ж дозволив? Хіба у хати новий хазяїн об'явився?

— Артем Поліщук так вирішив. А гроші за оренду, сказав, підуть на потреби села. Хоче освітлення на вулиці зробити. Отакий у нас чесний староста. А Роман сказав: мені такий варіант підходить.

Катерині здалося: не розчула.

— Який Роман? — одними вустами. — Чоловіка, який поселився у Раїсиній хаті, звуть Роман?..

— Роман! — підтвердила баба Ада. — І до чоловіка йому далеко. Хлопець молодий. І чудний, як холєра. Приїхав автівкою і привіз нею... велосипед.

Знак?..

Баба Ада пішла, порожню шанівську вулицю залило вже гаряче травневе сонце, Катерина знай обкопувала розлогий виноградний корінь, та думала лиш про одне: знак?.. Події останнього часу виглядали тепер інакше, сплелися у неймовірний ланцюг. Несподівана поява Тараса незадовго до відходу Раїси і обнадійливе хвилювання, яке заполонило тоді Катерину. Чому вона не звернула уваги на те, що вперше перетнулася із Тарасом того дня, коли знайшли тіло чоловіка, якого вбив Залусківський? Мертве тіло, наче мертві перспективи! А ось уже — мертва Раїса посеред кімнати, а поряд із Тарасом з'являється Залусківський, наче перекреслює все навкруги. А Катерина не бачить! Сліпа! Сама падає у павутиння, яке огортає її усе стрімкіше, міцніше... Аж ось Маруся рве павутиння прикрою правдою, і що лишається? Лиш зачинити двері. І повірити: нового життя — немає! Помри чи повернися у самотність мазанки! І коли ті думки вже викручують руки, вимагають кинути все і знову зануритися у спостереження за живим життям, у хаті, де колись жила її любов, з'являється... Роман.

І це — не знак?.. А раптом усе життя до цього дня було лише передмовою?.. Як зрозуміти?

Покинула виноградний корінь: хай йому грець! Вимила руки і вже хотіла йти до Раїсиної хати, та побачила рух на шанівській вулиці: до Катерининого обійстя стрімко наближався незнайомець на велосипеді.

— Сам до мене їде?.. — прошепотіла приголомшено.

Перші кілька хвилин розмови майже не усвідомлювала, що відбувається, бо так розхвилювалася, аж паморочилося і здавалося, стоїть на повній галасливого люду площі ще й у навушниках, а в них — тріск, гамір. І, може, тому що майже не чула, скоріше читала по вустах усе, що каже хлопець, роздивлялася його з обнадійливим сподіванням, бо чомусь була певна: він має бути схожим на дядька Романа — сильні руки, міцна статура, обвітрена шкіра, сині очі. Та що більше вдивлялася, то ясніше усвідомлювала: жодної подібності...

На неї дивився доглянутий світловолосий хлопець із стильно вистриженими скронями, приємною неголеністю, відкритою посмішкою, і, крім запаху дорогого парфуму, недешевої лляної сорочки і прозорого камінця у вусі, від місцевих чоловіків його відрізняли суцільно забиті складним татуюванням грудна клітка, плечі, спина: натякали на своє існування навіть крізь льон сорочки.

— Романе...

— Ні, ні! Надто офіційно! Роман Швед значиться на моїй візитівці, — сказав. — Для тебе — просто Рома. Домовилися?

Вже зібрався їхати: за десять хвилин конференція в зумі. Лиш нагадав: увечері зустрінемося.

— Навіщо? — здивувалася.

— Ми ж тільки-но обговорили! Не слухала? Бо, дивлюся, ти ніби не тут.

— Вибач.

— Хочу більше знати про Шанівку. Розкажеш? Артем Поліщук сказав: Катя — єдина людина на селі, яка жила тут від народження і знає про Шанівку все.

— Це правда, — відповіла. — Крім мене, не лишилося у Шанівці шанівських.

Таємнича містифікація розсипалася. Ніякого прихованого змісту, другого дна, неймовірного збігу, лише нормальне бажання чужої людини більше дізнатися про місце, де вона зібралася пожити. Повторила подумки: чужа людина. Приємна, певно, вихована і доброзичлива, але така чужа, наче з іншого світу. Ніколи не стане своєю, дарма знаки шукала.

Життя вміє швидко розбивати вщент не тільки примарні фантазії, а й банальні твердження.

Увечері, коли сонце ще не впало, нечисленна шанівська спільнота з-за парканів своїх обійсть із цікавістю спостерігала за новоприбулим киянином. Хлопець ішов від Раїсиної хати до обійстя Катерини з двома термокружками із запашною гарячою кавою в руках, вдивлявся: де дівчина?

Цієї самої миті у літній кухні Катерина ще гарячково роздивлялася себе у невеличке люстерко. Спершу не збиралася вигадувати щось особливе.

— Це ж не побачення, — виправдовувалася, аж усміхнулася гірко: не було у неї справжнього побачення. Ніколи.

Розбурхалася. Стала вбиратися, наче на побачення. Нові джинси вдягла, білу футболку, коси у високий хвіст закрутила: гарно? Такою би вона сподобалася... собі?!

— Ні!

Знову розпустила хвилясте волосся, зачесала на один бік, потім на другий і вже хотіла заколоти за вухом, та почула знадвору різкий гучний звук: щось металеве із брязкотом впало на каміння. Дідько! Вхопила метрову бамбукову палицю, з якою по трави ходила, вибігла на поріг літньої кухні боронитися і аж губку закусила од прикрості.

— Дідько, корінь...

Палицю відкинула, побігла до Романа. Хлопець сидів на доріжці, відкриті термокружки валялися поряд, сорочка у каві. Виноградний корінь таки помстився за те, що його хотіли знищити, вигнувся підступно. Був би киянин Рома у звичайному закритому взутті, може б, і втримався на ногах. Та модник узув відкриті шкіряні шльопанці, тож — без шансів.

Катерина хотіла сказати «вибач, ти як?».

— Дивися під ноги, це ж не місто, — уголос.

— А-а-а... Все нормально. — Підвівся, став знімати сорочку. — Кава гаряча, шкіру попік.

— Зараз притишу біль!

Знала відмінний засіб, вже хотіла пірнути у свою стихію, та хлопець саме зняв сорочку... З усіх тату, які прикрашали його тулуб, плечі, дівчина побачила лиш одну — русалку біля серця. Завмерла. Перед очі — дядько Роман. Шепоче: «Русалонько...»

— І чим притишиш біль? — почула. — Ласкавим поглядом? Я не проти!

— Вибач! — схаменулася, побігла до літньої кухні.

За десять хвилин сиділи в альтанці, під пучками трав, які сушилися під стелею. Катерина прикладала вологі компреси до попеченого Роминого плеча, він прислухався до себе.

— Дійсно, біль ущух! Як знала, що робити?

— Давно травами лікую.

— Давно? — усміхнувся іронічно. — Кать... Скільки тобі років?!

— Скоро двадцять вісім буде.

— І мені, — задумався, глянув на дівчину приголомшено. — А скажи! Тобі двадцять вісім — у грудні? Так?

— Так...

— Сьомого? Не відповідай! Знаю! Сьомого!

— Це нескладно, — усміхнулася. — Сьоме грудня — день святої Катерини. Ти просто знав. І зіставив. Я — Катя, мене так назвали, бо народилася у день святої...

— Якби я був дівчинкою, мене б теж мали назвати Катериною.

— Теж народився сьомого грудня?

— Нормально? Ми з тобою народилися в один день! — дивувався відверто. — Все, дівчинко, ти мені вже не чужа!

«І ти мені...» — подумала ошелешено.

— І в тебе — русалка, — сказала раптом.

Улянка Шамрай спустилася з пагорба на головну шанівську вулицю, бо побачила мамку: теревеніла про щось із бабою Адою і киянкою Ольгою Торбенко неподалік порожнього постаменту, зиркали у бік Катерининого обійстя. Уляні цікаво було, кому кісточки перемивають, та їсти хотілося більше. Мамка разом зі співмешканцем ще зранку відправилася добувати щось їстівне, обіцяла бути вдома за годину, наварити малим борщу. Уляна повернулася зі школи, та, крім трьох голодних молодших братиків, у хаті нікого не застала. Знайшла залишки макаронів у шухляді, наварила, додала смаженої цибулі, нагодувала малих. Вилизала після них тарілку, надудлилася порожнього чаю. Все виглядала мамку, та коли вже увечері побачила, як та стоїть собі з бабами, наче немає у неї ані справ, ані голодних дітей, нерви на психи не витрачала. Малих гукнула, побігли гуртом до постаменту.

— Мам, давай! Допоможемо... — торбу у Валентини відібрала.

Відійшла на пару метрів від бабів. Дістала з торби батон, розламала. Малим по шматку, сама жувала. Тільки тепер усвідомила: жінки так захопилися розмовою, що геть не звернули на дітей уваги. Улянка швидко перебрала здобич, яку Валентина Шамрай тягнула до хати, видала малим пачку дешевих вафель, показала банку згущенки.

— Гайда додому! — наказала. — І не капостіть! Будете гарними хлопчиками, я вам бутерів зі згущенкою нароблю.

Братики побігли, Уляна закинула торбу на спину, стала біля жінок, прислухалася.

— Аделаїдо! І давно наш киянин у Катерини сидить? — схвильовано спитала бабу Аду Ольга Торбенко.

— От ви така смішна! — встрягла Улянчина мати. — Однаково — чи давно! Ви тільки гляньте, як вони сидять. Вже плечима одне об одне труться. От побачите: цей красивий столичний Рома сьогодні у Катьчиній літній кухні ночувати залишиться.

Жінки звернули шиї у бік Катерининого двору. Улянка й собі. Бачить: в альтанці двоє одне до одного притулилися. Чи плечима труться — хто зна, не видно здалеку, але близько сидять.

— І хай собі залишається! — сказала баба Ада. — Молоді ж... Коли їм любитися, як не в молодості...

— Ні, ні, то усе — несправжнє! Аделаїдо, ви ж самі знаєте: Катерина — відьма! Причарувала! — відповіла Ольга Торбенко.

— Олю, і що? Вас не причарує!

— Господи, Адо! Казна-що мелете! А я за сина хвилююся! Раптом вона і моєму Ярику голову заморочить?

— А я не вірю, що Катька — справжня відьма, — устрягла Валентина. — Усі самотні баби на чоловіків кидаються.

— Валентино, ви просто не все знаєте! — відповіла Ольга Торбенко. — У вас же немає інтернету! А я читала в одній групі, де усі новини про килимівську громаду, що ця Катерина — таке підступне стерво. Мстиве, хитре, зрадливе. І розбещене. Чарами заманює хлопців до себе, користується ними, а потім викидає. А вони забути її не можуть...

— Так он чого Тарас ночами біля Катерининого обійстя крутиться, — мовила баба Ада.

— Тамарин Тарас? АТОвець? Вона і його окрутила? — засмутилася Ольга Торбенко. — Ой, як же шкода хлопця!

Улянка більше не слухала, відійшла від жінок. Поставила на землю торбу з продуктами, дістала мобільний.

— Стасю... Ти як?

— Тарас — як? Не знаєш, Улю? — почула у слухавці зажурений Стасьчин голос.

— Наші баби кажуть: Тарас не заспокоївся. Щоночі під Катерининими вікнами тирлується.

— Уль! Прослідкуй! Благаю... Я не зможу приїхати. Люся мене до своїх малих прив'язала. Чкурнула кудись разом із Петром, а малі на мені.

— Стасю, та досить! Чого вимолюєш? Не треба, чуєш! Я заради тебе все зроблю! Все, все! Навіть помру!

— Уль, дідько! Я заради тебе — теж, — відповіла Стаська.

Настрій: стриб — і до небес! Повітря навкруги — вдесятеро більше, пахощів до біса, щастя через край. Як же хочеться жити, коли заради тебе хтось один ладен померти!

Улька закинула торбу до хати, наробила малим бутерів зі згущенкою, один із собою прихопила, у вже чорних сутінках городами посунула в бік Катерининого обійстя.

— Страшно... Як же страшно! — шепотіла. — Всі боги, чи хто там є у Всесвіті... Збережіть мене від відьминих чар! Хай вона мене не помітить, не відчує.

Крадучись вийшла на темну порожню вулицю навпроти Катерининого обійстя, хотіла ближче підійти, та ледь не наштовхнулася на чоловіка, який сидів просто на землі під деревом.

Тарас? Перелякалася, завмерла. Серце стукає, у мізки — луною. Що Стаська у цьому Тарасові знайшла? Такий дорослий і дивакуватий! От якого біса сидіти вночі на голій землі у чужому селі під чужим двором? Це ж... не має сенсу. Ніякого. Невже війна його таким зробила чи й до того чудив?

На подвір'ї Катерини в альтанці і досі сиділи киянин Рома і дівчина, теревенили без зупину, наче сто років тільки на те і чекали, щоби врешті перетнутися і поговорити, Улянка чула їхні голоси, та витріщалася чомусь тільки на Тараса. Сидів нерухомо, беззвучно. Дивився в одну точку. Раптом напружився, подався вперед. Улянка й дихати забула: що, де?.. Не побачила, не почула нічого, що могло б насторожити, але Тарас, певно, почув, і це жахало не менше. Закам'яніла, зовнішній світ вимкнув звук, запанувала моторошна тиша. У тій тиші бачила, як Тарас незграбно, але дуже тихо підвівся. Пригнувся, наче над головою свистіли кулі, дістав із кишені невеликий предмет, і як Улянка не силкувалася роздивитися, що ж це, не змогла.

Тарас випростав уперед руку, в якій тримав невеличкий предмет, завмер. Дивився у бік покинутого обійстя, яке розташувалося навпроти Катерининого. Улянка зиркнула туди й очам не повірила. З обійстя до вулиці, до двору Катерини беззвучно котилося щось чорне, моторошне, здалеку схоже на вифарбувану у ніч велику і магічну кульову блискавку. Тарас напружився, ступив крок уперед і, коли чорна куля майже впритул наблизилася, натис на предмет у своїй руці. Із різким звуком спалахнув електричний розряд. Чорна куля вереснула, розпалася на десяток окремих чорних тварин: тікали врізнобіч, огризалися. Мить — і вже нікого. Тарас роззирнувся, вичекав хвилину, повернувся під дерево, знову незграбно сів на землю, завмер. А здалеку на нього приголомшено дивилася ошелешена Улянка. Тихо посунула у кінець вулиці, подалі від Тараса, Катерини, киянина Роми.

— Стасько... — шепотіла у слухавку. — Він її охороняє від бродячих псів! Прикинь? Вона його вигнала, не хоче й бачити. Нову любов собі завела, такого Рому з Києва. А Тарас приходить щоночі, сидить на вулиці під її парканом, і коли з'являються бродячі пси, він їх шокером розганяє, а потім знову сідає прямо на голу землю і чатує аж до ранку, — додала власних припущень.

— Улько, ти сама бачила? — спитала Стаська. — Бо зроду-віку не було у Шанівці бродячих псів.

— Відколи чужі виродки викинули біля Шанівки кілька вантажівок свого сміття, там справжнє звалище утворилося. Тепер у нас з'явилися і бродячі пси, і щури.

— А Катерина? І «дякую» Тарасові не сказала? — спитала Стаська.

— Катерині не до того, аби роздивлятися, що вночі на вулиці відбувається. Вона з Ромою із Києва ніяк не набалакається.

— Нащо вона це робить? Хіба можна Тараса так принижувати? Він — герой! — Стаська вже відімкнула дзвінок, та обурення відімкнути не змогла. — Гадюка! Сволота підла! — обурювалася, давала рукам роботу, хапалася за все підряд, аби хоч кудись вивільнити енергію, і хвала Богові, Петро з Людмилою ще не повернулися і Стаська мала приглядати за малими небожами, бо інакше би зірвалася і поїхала у Шанівку. Що б робила, ще не знала, але щось би утнула, аби зупинити відьмині вибрики.

Вхопила мобільний, зателефонувала сестрі.

— Люсю! Коли ви вже повернетеся?!..

Після маніпуляції із заповітом покійної дружини Залусківського Людмила з надією і острахом чекала на карколомні події, які мали би перевернути благополучне життя судді, та навіть вона й подумати не могла, що це станеться так несподівано і так швидко.

Спливло не більше тижня. Протягом цих днів Людмилі довелося двічі відвідувати кабінет свекра... Щоразу, виходячи з нього, жінка не тільки ретельно поправляла одяг, а й залишала уявні зарубки у мізках, щоби потім, коли хтивий козел утратить силу, стільки ж разів знищити його так безбожно і жорстоко, як ще ніхто й ніколи! А потім ще раз знищити!

Коли за тиждень зранку суддя раптом зателефонував синові, Людмила не мала сумніву: старий покидьок знайшов черговий привід викликати невістку до себе. Вже готувалася морально...

— Хоча хіба морально до орального підготуєшся? — мила посуд після сніданку, шепотіла тоскно.

Закінчила із прибиранням, здивувалася: де Петро? І досі з татом балакає?

Петро сидів у вітальні біля столу, ошелешено дивився відео на мобільному. Людмила з острахом зазирнула чоловікові через плече.

На відео звичайний на вигляд чоловік середнього віку втомлено говорив на камеру:

— Мене звати Семен Іванович Онищук, мені тридцять п'ять років. Проживаю у селі Микитівка, маю дружину Олену і чотирьох дітей. У ніч з двадцятого на двадцять перше березня пішки повертався до села з райцентру, бо грошей на проїзд не мав, і став свідком ДТП на окружній неподалік райцентру. Бачив на власні очі, як «лексус» судді Нечитайла збив одного дядька. За кермом був суддя Георгій Іванович Нечитайло! Це він на дядька наїхав. Я про те лиш кумові розповів... Думав, краще мовчатиму. Та не вийшло. Суддя знайшов мене наступного дня, сказав, що посадить мене, дружину зґвалтує, а дітей віддасть в інтернат, якщо я не свідчитиму, що за кермом «лексуса» буцімто сидів не він, а один будівельник... Фотографію показав: на оцього кажи. Він, каже, вкрав мого «лексуса» і наїхав на дядька.

— Боже правий! — вигукнула Людмила так захоплено, що аж здалося — трагічно. — Так насправді ДТП скоїв твій тато?!

— Повна жопа! — засмутився Петро. — Тато наказав знайти цього Семена Онищука. По-тихому, не привертаючи уваги до пошуків.

— А він ховається?

— А ти би після таких одкровень не ховалася?

Замовкли. Обоє розуміли правду життя. «А Залусківський — ризиковий, — приголомшено подумала Людмила. — Не побоявся поставити на кін власні свідчення, які гарантували свекру алібі... А з іншого боку, тепер суддя не запідозрить Залусківського...» Не мала сумніву: відео з одкровеннями Семена Онищука — справа рук Залусківського.

— І де нам цього свідка шукати? — спитала чоловіка.

— Нам?

— А ти думав, я тебе самого на таке серйозне діло відпущу? — відповіла соратниця.

По-тихому — не вийшло. У Микитівці горласта дружина Онищука пів села зібрала біля свого подвір'я, бо кричала Петрові з Людмилою:

— Отак судді і передайте! Все село — у свідках! При всіх кажу! Хай тільки з моїм Семеном, зі мною чи нашими дітьми щось станеться! Одразу на суддю заяву писатиму! Чи якщо раптом хата наша запалає! Чи курка здохне! Чи пес кісткою вдавиться! Однаково суддю Нечитайла звинувачуватиму!

— Та ми лиш поговорити з Семеном хотіли, — спробувала зупинити жінку Людмила.

— Нема Семена! Хорониться від судді Нечитайла, бо той обіцяв Сьому вбити!

А де? Тиждень без вихідних з ранку до ночі Петро з Людмилою прочісували усі місця, де, на думку приятелів Семена, свідок міг переховуватися. Кілька разів на день дзвонив суддя, кричав, як скажений:

— Петре, ти смерті моєї хочеш?! Якого біса ти й досі не знайшов того покидька, який мене оббрехав?! Чи ти моїм ворогам продався? Тоді знай: мої вороги — то вороги України!

— А я знаю, що робити! — раз мовив Петро дружині після чергової істерики батька. — Треба пообіцяти Семену грошей! Багато! Щоби повірив і з будь-якої діри виповз.

Людмила гідно оцінила ідею Петра, і хоч дуже не хотіла, аби Петро знайшов свідка до часу, зупинити чоловіка не наважилася, аби не виказати свій інтерес.

— Сподіваюся, спрацює, — відповіла мляво.

Петро вирішив озвучити пропозицію не дружині Семена Онищука, а двом його кумам, які жили у тому ж селі. Заїхали у Микитівку під вечір, знайшли кумів біля магазину. Сиділи на дерев'яній лаві, вже зарядилися півпляшкою горілки.

— Гроші? — чоловіки миттєво вхопили головне. — Кому? Семенові? Чи нам, якщо ми його знайдемо?

Петро і тут Людмилу здивував.

— Вам! — відповів упевнено. — Вам, хлопці! — Швидко дістав із гаманця сотню гривень. Ще одну. — Аванс...

Їхали додому, Петро однією рукою крутив кермо, другою притискав мобільний до вуха.

— Тату, повір, свідок вже практично у нас! — кричав у слухавку.

— Петре... А що Георгій Іванович зробить з тим Семеном, коли ми його знайдемо? — спитала дружина обережно. — Уб'є?..

— Яке там, — спокійно відповів Петро. — Не вийде, надто галасу багато. Але дізнається, хто підмовив йолопа на таку зухвалу брехню.

— Добре, — сказала Людмила.

«Погано, — подумала. — Але ж Залусківський, певно, передбачав такий розвиток подій. Чи я чогось не розумію?..»

— А раптом свідок каже правду... — мовила.

— І коли це нам у житті правда допомагала? — відповів Петро. — Нам тато допомагав! А до свідка — надто багато запитань. Чому мовчав? Чому зараз вирішив записати відео? Хто йому допомагав? Навіщо?

На відміну від усього людства, Сьома Онищук вважав рік 2020-й прекрасним, як несподіваний поцілунок королеви краси. Крокувала впевнено у своїх справах, побачила

Сьому... Вау! Відхилилася від маршруту, підійшла до Сьоми, смачно поцілувала у вуста і не відірвалася би, та він сам... Недбало так: мовляв, чухай собі далі, мала. Післясмак такої події мав розтягнутися до кінця року.

Навала неочікуваного фарту почалася 21 березня увечері. Подзвонив шкільний приятель, який працював у районному управлінні поліції. Узнав, що Сьома посварився з дружиною, чкурнув з дому, вже другий день тиняється райцентром, розмірковує про ницість життя і п'є пиво біля пам'ятника коню.

— Нормально! — сказав. — Те, що треба, нікуди не йди, зараз під'їду.

Під'їхав. Питає:

— Грошей хочеш?

Хіба є такі, хто не хоче? Сьома взяв три тисячі гривень, повторив завдання: сказати, що минулої ночі став свідком ДТП, бачив хлопця-будівельника за кермом розкішної тачки... Які проблеми? Процокотів, як по написаному, отримав ще три тисячі. Аж розцвів, бо за тиждень мав отримати останній транш у чотири тисячі гривень!

Та на тому фарт не закінчився. За два місяці Сьому знайшов Іван Залусківський. Показав тисячу баксів і сказав:

— Запишем відео, в якому розкажеш «правду» про ДТП. Звісно, почнеться ґвалт. На цей час забезпечу тебе барлогом з файною випивкою і закуссю. Перечекаєш, потім суддя отримає строк, а ти повернешся додому народним героєм. Підходить?

Ще б пак! Сьома дуже захотів бути героєм! Прочитав на камеру все, що для нього написав на папірці Залусківський, забухав у схованці, куди відвіз його Іван, та не втримався і подзвонив кумові, щоби похвалитися.

Кум не забарився. Взяв ніж, прихопив ще одного кума... Разом відправилися по Сьому. Пізнім вечором дісталися покинутого хутірця неподалік Шанівки, натягнули на голови чорні лижні шапки, бо категорично не хотіли, аби кум

Сьома дізнався, як вони його продали. Сьома виявився спритнішим, ніж нападники вважали. Відчайдушно відбивався, наче надивився кіна про супергероїв, жбурлявся усім, до чого дотягувався, і вже майже дістався дверей, щоби чкурнути геть, та один з кумів таки встиг штрикнути Сьому ножем у живіт. На залишках тваринного страху і бажання жити Сьома вискочив на вулицю і зник у темряві. Як куми його не шукали — не знайшли.

За годину після пригоди Сьома лежав на боці у лісосмузі і вже не хотів бути героєм. Вижити б... Затиснув руками рану на животі, з останніх сил побрів у бік Шанівки, бо знав: тут живе цілителька Катерина, до якої Сьомина дружина не раз возила дітей. Пам'ятав пучки трав на її подвір'ї.

— По травах знайду... — бурмотів. — Має врятувати. Хай тільки спробує не допомогти. Уб'ю...

Хіба відчуваємо краплю дощу, коли бурхлива течія підхоплює і несе у відкрите море? Катерина не почула, як знадвору хтось слабко стукнув у двері. Чула тільки Рому. Ще на першій зустрічі з киянином вони удвох зав'язали міцний вузол двосторонньої відвертої зацікавленості, відтоді зустрічалися щодня, та взаємний інтерес не вичерпувався. Навпаки. Катерині було цікаво все! Ромі — усе про Шанівку.

— Чому? — дивувалася.

— Приїхав сюди й одразу відчув: із цим місцем пов'язано щось дуже важливе для мене, — відповідав. — Хочу знати історію села, чому у Шанівці не лишилося нікого з місцевих.

— Спочатку розкажи про себе!

Рома Швед виявився спеціалістом зі стратегічного планування і партнером консалтингової компанії, та набір цих понять мало про що говорив Катерині.

— Це просто, — пояснював Рома. — Будь-які процеси, хоч у бізнесі, хоч у суспільстві, завжди мають стратегічну мету. Тому і займаюся виробленням стратегічних цілей, розробкою багатоваріантного стратегічного плану для досягнення цих цілей на основі обраної стратегії.

— Усе це прийнятно і для відносин між людьми? — спитала.

Здивувався. Кивнув: так, з певними нюансами.

— То по суті, ти — спеціаліст зі щастя?

Ще більше здивувався.

— Так! — дивився на дівчину захоплено. — Маю що порадити, бо, по суті, стратегічне планування — це управління змінами у внутрішньому і зовнішньому середовищі задля досягнення поставлених цілей.

— І що головне для того, аби бути щасливим?

Не затримався, одразу відповів:

— Прощення.

Тепер вона здивувалася:

— Прощення?

— Так. Хочеш жити далі — май сили простити. Це — моя константа. Часто думав про це, — признався. — Через батьків. Вони розлучилися, коли мені було сім років. Мама — успішна лікарка, практикує і викладає в університеті, а тато був артистом, служив у ляльковому театрі. Щовечора надягав на руку одну з ляльок-рукавичок, з якими виступав, розповідав мені чарівні казки. Та мамі нашепотіли, що тато її зраджує. Вона зібрала татові речі й виставила їх за поріг. Відтоді я більше ніколи не бачив тата. Все життя дорікаю мамі...

— Значить, не все так просто, Ромо? Говориш про прощення, та маму не простив.

— Простив! Мама тата не простила. Все життя — самотня, й досі згадує тата із ненавистю. Кажу їй: відпусти його вже.

— Але ж: відпустити — значить забути. І що робити, коли пам'ять відмовляється...

— Будь-які перемовини в кінці будь-якої війни — це, по суті, торги з пам'яттю.

— І зі страхом, — додала. Усміхнулася гірко.

Рома відчув тоскну ноту: запанувала у просторі.

— Твої страхи пов'язані з тим, що колись сталося у Шанівці?

— Розповім... Колись.

Не наполягав. Щоразу не наполягав, коли вона не мала сил повертатися до споминів про події чотирнадцятирічної давнини. Із усе більшим натхненням розповідав: знайшов у Шанівці дещо більше, ніж безпечне місце для віддаленої роботи. І раз спитав:

— Хочеш поцілувати мене?

Не здивувалася. Кивнула.

— Я теж хочу тебе поцілувати, — признався. — Дуже...

Завмер. Вона подалася до нього, і раптом усе стало можливим. Усе! Приклала долоні до його лиця, дивилася в очі. Гарячими вустами — до його губ. Забув, що сам віддав ініціативу, обхопив дівчину міцно, заціловував, наче пив. Не напився. Почав похапцем піднімати її футболку.

Відсахнулася. Враз отямився.

— Ні, ні... Не бійся мене! Катю, чуєш? Ніколи не скривджу тебе! Так... Що робити? Давай заспокоїмося. Добре? — переконував збуджено. — Все добре, дівчинко. Знаєш таку пісню: буде все, як ти захочеш! Тільки так! Домовилися? Ти керуєш усіма нашими... процесами, а я — не проти. Тому що наша стратегічна мета — одна на двох, сподіваюся.

— Хочу зараз... побути сама, — призналася.

— Так і зробимо! Піду до себе. Маю пошту продивитися, відповісти на термінові листи. За годину повернуся. Так — нормально?

Що є нормальним? Хіба нормально, коли сама цілуєш одного хлопця у вуста і раптом усвідомлюєш, що уявляєш іншого?

Катерина розгубилася, розхвилювалася: та що з нею не так?! Залишатися самій у літній кухні, яка тільки-но погодилася подарувати прихисток двом, здалося блюзнірством.

Услід за Ромою вийшла на ґанок, у темряві ночі не помітила збоку від порога на землі нерухомого непритомного чоловіка: валявся, мов повний мішок чи городнє опудало. Йшли до хвіртки, Рома косував на Катерину настороженo.

— У тебе був... хлопець? — спитав обережно. — В смислі, дорослі стосунки. Справжні...

Вона зупинилася вже біля хвіртки.

— У мене були справжні стосунки. З дорослим чоловіком. Він... помер.

— Вибач, — знітився.

— Не вибачайся, я тобі дуже вдячна, Ромо. Тільки ти переконав мене у тому, що треба прощати. По-справжньому! Не робити цей вибір зі страху чи заради виживання і примарного спокою, реально відпускати.

Він таки був дуже розумним, бо одразу відчув, як змінився тон дівчини. Усміхнувся іронічно:

— Тільки-но... наші мрії, які прагнули об'єднати нас в одне ціле, несподівано опустилися на попередній нижчий рівень? І ми знову просто друзі? Усього лише?

— Не знаю, — призналася чесно.

Рома не здався. Провів рукою по Катерининому плечу: ніби і дружній жест, та такий інтимний, якщо лиш на мить уповільнити рух, відчувати тепло дівочої шкіри, яка беззастережно віддає свою енергетику.

— За годину буду, — не спитав, констатував.

«Не треба», — хотіла сказати.

— Добре, — мовила.

Поверталася до літньої кухні, намагалася розібратися у власних суперечливих думках, раптом почула тихий стогін неподалік ґанку. Перша думка: Тарас! Перелякалася.

— Тарасе?.. — тихо гукнула у ніч.

Зірвалася, побігла на звук. Побачила чоловіка на землі, лежав на боці лицем у траву. Перевернула: непритомний незнайомий чоловік тихо стогнав.

— Хвала Богові, не Тарас! — побігла до літньої кухні.

За мить повернулася з ліхтариком. Світила на незнайомця, побачила криваву рану на його животі, велику пляму крові під ним. Уява домалювала, бо побачила, ніби незнайомець раптом підвівся легко, розправив плечі, усміхнувся, махнув Катерині рукою — мовляв, прощавай, мені час у путь...

— Проводжу... — прошепотіла.

Стаська загубила Тараса, і то було не фігурою мови. Хлопець зник із Килимівки. Подейкували, взяв відгули у гаражі, поїхав провідати старшого брата Сергія, який давно жив в обласному центрі: на батьківські гроші купив там квартиру, став поліцейським. Сім'ї не мав, випивав *крепко*, як сказав би його тато Федір, який і сам полюбляв закласти за комір.

— І що Тарас там уже другий тиждень робить? — казала Стаська Ульці.

— Може, назовсім до брата переїхав. Щоби не бачити, як Катерина його на іншого проміняла, — припустила Улянка.

Стаська так засмутилася, аж сльози на очі.

— Ненавиджу її! — вихлюпувала подрузі. — Вона — найпотворніша з усіх потвор на землі! І всі навкруги — такі самі! Бо ж бачать, як відьма збиткується з чоловіків!

— Мамка казала, через неї Шанівка колись згоріла. Бо вона влізла в одну сім'ю, одночасно крутила з сином і батьком, а вони билися один з одним через неї...

— Не билися! Я краще знаю! Батько вбив сина, а сам до Катьки пішов. Та він їй швидко наскучив.

— Тому вона все село спалила?

— А чому ж іще, Улько?! — обурення залило Стаську. — Не розумію: чому всі мовчать?! Всі ж правду знають! Що коїться з усіма цими людьми? Чому вони живуть, ніби увесь час пригинаються?!

— Стась... Їм свого горя вистачає!

— Хіба то виправдання? То — повна фігня, Улько! Якщо кожен буде лиш про своє думати, горя у сотню разів більше стане. Я так не хочу! Не буду! Я цю кляту заразу зупиню!

— Стасю... Може, не треба?

— Улько! Я не дам їй удруге спалити село, розігнати людей по кутках, як якихось мишей! І Тарасові пелена з очей спаде, коли зрозуміє, яка вона гнила!

— Що ти зібралася робити, Стасю?

— Вже роблю! — відповіла Стаська. — Ти зі мною?

Осідлала «хонду», дочекалася, поки Улька вмоститься позаду.

— Куди ми?

— До Люсі спершу! Люся підкаже, як краще заяву до поліції писати!

Стаська — на газ, і до сільради.

Людмила із Залусківським візитерів не чекали. Спеціально зустрілися у сільраді по закінченні робочого дня, аби без зайвих вух порадитися щодо ситуації, яка склалася навколо судді Нечитайла. Обоє розуміли: тепер успіх їхньої змови напряму залежить від долі свідка, якого до часу ніхто не має знайти! Після оприлюднення відео Залусківський перетнувся із суддею. Завірив, що від своїх свідчень не відмовиться, і, здалося, суддя повірив, бо поплескав Івана по плечу: мовляв, скоро знайду і розірву отих сук, які мене знищити зібралися. Залусківський не перший рік знав Жорку Нечитайла: суддя багато років плавав на поверхні судової системи держави, ніхто його втопити не міг.

— Маємо знайти проти твого свекра додатковий залізобетонний аргумент, — сказав Людмилі. — Думай!

Людмила тільки зібралася насупити лобика, та зиркнула у вікно і остовпіла: до сільради з двох боків одночасно під'їжджали Петро на поліцейському «пріусі» і Стаська з подругою на «хонді». Що за цирк?!

Залусківський відреагував спокійно.

— Скажемо, ти мене консультувала щодо повноважень старости, бо у мене виник конфлікт... а хоча б і з шанівським старостою Поліщуком, — у вікно визирнув. — А чого Петро і твоя сестра надворі товчуться?

А чорти їх знають! Картинка виглядала дивно. Стаська із відчайдушною енергією щось доводила Петрові, її оповідь явно бентежила поліцейського офіцера Килимівської ОТГ, бо супив брови невдоволено, роззирався, наче чекав на допомогу.

— Щось мені підказує, Іване Миколайовичу, без нас вони не розберуться, — Людмила першою заспішила надвір.

Стаська побачила старшу сестру.

— Люсю! — гукнула відчайдушно. — Не можна жити без справедливості! Скажи своєму чоловікові!

— Краще ти мені скажи, Стасю, чого тобі від Петра треба?! — обережно відповіла Людмила.

— Я — свідок! Призна́юся поліції, що спочатку злякалася, та тепер розумію: не маю права боятися! От і кажу: на власні очі бачила, як Катерина Кохан, яка у Шанівці живе, тої ночі, коли все заливало, а в Шанівці сухо було, намагалася щось сховати на покинутому обійсті, де на ранок мертве тіло знайшли!

— Зупинися, Стасю, що ти мелеш! — Людмила перелякалася.

— Та чого ж! Хай дівчина каже! — почула за спиною голос Залусківського.

Озирнулася. Залусківський саме вийшов із сільради, кивнув Петрові.

— Привіт, Петю.

— Доброго вечора, Іване Миколайовичу, — засмучено відповів Петро. Підійшов до Залусківського ближче. — Думаєте, маю відреагувати на сигнал?

— Петю... Враховуючи вибори, які будуть восени, і проблеми, які несподівано виникли у твого тата, ти зараз не можеш допустити й найменшої помилки.

— Дякую! — гукнула Стаська Залусківському. — Ви — порядна людина. Коли отримаю паспорт, за вас голосуватиму!

— Та-ак! Хвилиночку! — Людмила розтривожилася не на жарт. Уп'ялася сердитим поглядом у молодшу сестру. — Куди ти лізеш, дурне теля?! І що ти бачила? Як хтось собі ходив поряд із місцем, де труп знайшли? І що? Та там, може, пів села гуляють!

— Людмило Миколаївно! — перервав юристку Залусківський. — Хіба такими запитаннями треба мордувати дівчинку, яка наважилася на сміливий вчинок? Ці запитання треба ставити підозрюваній! У камері!

— Думаєте, маю Катерину затримати? — спитав Петро Залусківського. — І повідомити у район?

— Люди, схаменіться! — занервувала Людмила. — Хто повірить слову якоїсь одної малої?

— Не одної! Я теж бачила, як Катерина риє землю у тому місці, де потім труп знайшли. Ми разом були! — раптом вигукнула Улянка. Бліда від страху, ступила крок до Стаськи, вхопили одна одну за руки, зціпили їх, дивилися на дорослих із відчайдушною надією.

— Улько! Ти така крута! — шепотіла Стаська подрузі.

— Ніколи тебе не покину! Ніколи! — схлипнула Улянка.

— Дві — не одна. Залізобетонний аргумент! — сказав Залусківський, виразно подивився на Людмилу.

«Справді?» — спитала самими очима. Кивнув.

Петро засмутився:

— Дідько! І коли ж мені ту Катерину арештовувати? Може, вже завтра? Втомився, як проклятий! Цілий день шукав того довбаного покидька з відео!

— Зараз же кайданки діставай, Петю! Твій тато би вчинив саме так, — відповів Залусківський. «Як же все чудово складається, — подумав. — Врешті Катерина опиниться там, де зможу до неї дотягнутися. Прикінчу її, візьмуся за суддю. Все пучком. Рухаюся у вірному напрямку!»

— Може, голові сільради спочатку зателефонувати? — Петро все ще не наважувався діяти.

— Нащо? — спитала Людмила.

— Кажуть, Катерина закрутила роман з одним киянином, який у Шанівці хату орендує. А той киянин, голова каже, непростий. Наче у нього якийсь зв'язок із самим Президентом.

Залусківський задумався на мить, підійшов до Петра ще ближче, тихо сказав йому, щоби дівчата не чули:

— Так це воно, Петю! Те, що тобі й треба! Матимеш важіль впливу, щоби татові допомогти. Торги без заручників у державних справах нині не практикуються — холості постріли. А так... Ми вам — дівчину, ви нам — живого суддю Нечитайла із незаплямованою репутацією.

Петро смикнув головою, як бойовий кінь, збудився.

— Я — на Шанівку! — гукнув дружині.

Поранений у живіт чоловік на подвір'ї Катерини помирав. Сиділа поряд, тримала незнайомця за руку без страху. Так іще баба Килина наказувала робити, бо перед останнім подихом чоловік може повернутися до свідомості, розплющити очі, і добре, аби в цю хвилину поряд була жива людина. Щоби чоловік не відчув себе самотнім і покинутим у мить прощання з життям.

— Не хвилюйтеся. Проводжу, — шепотіла.

Та смерть людини у кропиві поряд із ґанком здалася Катерині негідною, неправильною. Підхопила чоловіка під пахви, потягла під дерево, щоби вкласти більш зручно, більш відповідно до моменту.

Кроків десять устигла ступити, коли тиша темної шанівської вулиці сколихнулася від гуркоту кількох автівок. Поліцейський «пріус» Петра Нечитайла першим загальмував перед Катерининим обійстям мордякою у хвіртку, фари — на двір дівчини. Петро врубав дальнє світло, на подвір'ї стало ясно, мов удень. І в тому світлі поліцейський побачив Катерину: у скривавленому одязі тягла кудись мертвого чоловіка, якого тримала під пахви. «Гімно собаче...» — тільки й устиг вразитися ошелешений Петро, коли від вулиці почувся істеричний жіночий крик, і хоч Нечитайло-молодший знав усіх житців Шанівки, так і не зумів ідентифікувати голос.

— О-о-о-й! Лю-у-у-ди! — волала жінка. — Катька знову чоловіка убила і тягне ховати!

Так голосила, аж Рома Швед у хаті покійної Раїси почув. І хоч не розібрав, що саме кричить жінка, відреагував. Швидко вимкнув ноут, вибіг на вулицю. Побачив біля Катерининого обійстя скупчення кількох автівок, людей, які з цікавістю витягували шиї, аби роздивитися все, що відбувається на подвір'ї. Світло фар вихоплювало з ночі старосту Поліщука, який із ошелешеним виглядом огороджував обійстя дівчини біло-червоною стрічкою, Петра Нечитайла, який активно балакав по мобільному... Рома швидко закрокував до центру подій. Наштовхнувся на бабу Аду: сиділа під постаментом, здалеку спостерігала за надзвичайною пригодою.

Рома хотів виглядати спокійним незацікавленим спостерігачем. Спитати байдужо: а що сталося? Та хвилювання приховати не зумів.

— Де Катя?

— Кінець твоїй Каті, — відповіла стара без добра.

— Вбили?..

— Жива тварюка! Застукали прямо на гарячому. Тільки-но на своєму дворі чоловіка зарізала, коза драна! Я думала — тебе.

— Мене?

— Ти ж до неї бігав. А ти — живий, — баба Ада задумалася. — Кого ж це вона пришила? Хоч би не з наших, не з шанівських. Хай краще — з килимівських.

— Може, це не вона...

— Авжеж! І цього — не вона, і отого мертвяка, що його знайшли на покинутому обійсті, теж не вона.

— Якого мертвяка?

— Чоловіка тут давно вбили, а Катька, люди кажуть, точно до того причетна. Хитра, зараза! Хоч би цього разу не викрутилася!

Баба Ада продовжувала бурчати, хлопець уже не слухав. Ошелешено дивився у бік Катерининого обійстя, на яке світили фари кількох автівок. Подвір'ям совали якісь люди, та головними дійовими особами були не вони, а дві нерухомі людські постаті, які більше нагадували скульптурну композицію. Посеред двору стояла Катерина у скривавленій одежі. Біля її ніг лежав мертвий чоловік із великою кривавою плямою на животі. Здавалося, отак їм і закам'яніти до скону, та Петро раптом коротко наказав щось, мертвого чоловіка переклали на ноші, накрили рядюжкою, понесли до однієї автівки, Катеринині зап'ястки скували кайданками, повели дівчину до другої. Автівки зрушили з місця, зацікавлені глядачі почали розтікатися по домівках. Судмедексперти вже замикали свої валізки, сунули до бусика, позіхали утомлено. Клац — фари, які світили на обійстя дівчини, згасли. Знову тихо і темно у Шанівці. Ніби нічого не сталося, бо те, що сталося, вже минуло.

Частина третя

Стаська почувалася супергероїнею і мегазіркою. Навіть незнайомі дорослі люди на килимівських вулицях зупинялися, роздивлялися дівчинку із цікавістю: значить, оця мала шанівську відьму викрила?.. І не побоялася ж! Та як вчасно наважилася! Поліція поїхала розпитати Катерину про давній злочин, а побачила — злодюга ще одного чоловіка ріже, як свиню.

Однокласники виявилися більш настирливими: дай їм подробиць!

— Чого всі — до мене? Ми з Улькою разом були! — відбивалася Стаська для годиться.

— Я би заяву до поліції писати не наважилася. Стаська всю поліцію на вуха поставила, — признавалася Улянка.

— Розказуй вже! — вимагали однокласники. Навіть пацанам з класу, яких Стаська всіх до одного вважала повними йолопами і якимись... малими, і тим цікаво стало, як Поливанова на таке зухвальство зважилася, наче вона *НечуваноДєрзкая*!

— А може, я і є *НечуваноДєрзкая*! — відповідала Стаська.

— Ага! Бреши більше! — однокласники не вірили.

Клас розділився: одні вважали Стаську Поливанову відчайдушною зухвалицею, інші — показушницею, яка дуже хотіла закосити під відчайдушну зухвалицю.

— А чим ти ризикувала, Поливанова? — питали з недовірою. — У тебе рідня в поліції! Ти просто захотіла виглядати більш крутою! Може, просто підслухала, як Петро Нечитайло збирається їхати у Шанівку, і брешеш, що то ти його туди спрямувала. Бо інакше — нащо тобі те все?

— Ви — довбануті чи прикидаєтеся?! — обурилася Стаська. — Хочете, щоб усілякі покидьки ходили поміж нас, вбивали, ґвалтували, і їм за це нічого не було?! Щоби нормальні люди через таких, як Катерина, з села тікали! Не хочу такого життя! Понад усе — справедливість! Не можна прощати злочини, і я не мовчатиму, наче якась мала! Хочете бути дітьми, то прикидайтеся ними і далі! А я виросла! Ясно вам?!

За кілька днів після арешту Катерини Стасьці набридло доводити усім, що вона права. Послала б усіх до дідька, та лави її противників раптом поповнилися вагомою персоною. Вчителька Маруся одного дня зайшла до класу, кинула на стіл класний журнал, уп'ялася поглядом у Стаську.

— Поливанова!

Стаська підвелася. Забелькотіла: мовляв, не встигла зробити домашку, вибачте... Вчителька наче не чула.

— Так це ти?! Ти хорошу людину за ґрати відправила?! — вимовила жорстко.

Стаська напружилася, але відповіла вперто:

— Катерина Кохан — погана людина.

— Та невже? І що ти про неї знаєш, Анастасіє?

— Всі знають! Вона — зло! Через неї Шанівка колись вигоріла!

— Вигоріла, бо такі дурні, як ти, Поливанова, вірили усіляким нісенітницям і, як ті вівці, йшли туди, куди їх пастух вів, а пастуха звали — плітки! Фейки, як би ви сьогодні сказали. Хтось тоді дуже постарався, аби ті фейки кожному у вуха вкласти! Катерина у тій біді батьків втратила, сиротою лишилася!

— Хіба це її виправдовує? Ви нічого не знаєте, Маріє Іванівно!

— А ти?! Знаєш, скільки добра людям Катерина зробила? І тобі, Поливанова! Хто тебе від страшної алергії вилікував? У мамки попитай, бо вона з тобою малою всіх лікарів оббігала! Ти криком кричала, бо шкіра на суху скорину перетворилася, тріскалася, кровоточила, а лікарі нічим зарадити не могли. І всі казали: ой, певно, не виживе дитинка. А врятувала тебе Катерина. Місяць від тебе не відходила: трави-компреси-мазі. І з сестрою твоєю дружить. А ти...

Стаська не витримала. Кричала, щоби не розревтися.

— Ага! Давайте! Давайте прощати убивць, бо вони чиїсь брати-сестри, з кимось дружать! Ви нас цього вчите, Маріє Іванівно? Хочете, аби ми теж усе життя у гімні прожили?! Як ви! А я так не хочу! Ясно вам?!

Маруся зітхнула докірливо.

— Ох же хаос у твоїй голові, Поливанова! — мовила гірко. — Йди умийся і заспокойся! Потім про гімно і шоколад життєвий поговоримо!

Стаська йшла до дверей, та співчуття у поглядах однокласників не бачила.

— От уже козлиха! — почула за спиною тихий шепіт.

Людмила усвідомила, що рухається не тим шляхом, який приведе її до повної перемоги над суддею. Напрямок ніби потрібний, а шлях — ніби ні!

— Нащо я Залусківського підключила? Яка ж фатальна помилка!

Найбільше лякало те, як глибоко застрягла у колії змови — нізащо не вибратися. А вибратися хотілося все більше. Час плив собі, а суддя хоч і нервував-метушився, хоч і матюкався більше, ніж зазвичай, хоч і не відсік ще усі хвости остаточно, та стілець під ним не захитався. Невістку не щадив. Смикав до себе щотижня. І що зробив Залусківський, аби жінка відчула хоч якесь полегшення?

— Людей губить, сволота, а результату — нуль, — намагалася розгадати стратегію співучасника, бо обговорити з ним план дій щодо знищення судді не могла. Сама віддала Залусківському свекра на поталу, сама записалася у помічниці і тепер розгрібала по повній, бо не розуміла, що робить Іван, навіщо і як те допоможе знищити суддю. Боялася і того, що розкриються її маніпуляції із заповітом Алли Залусківської, про який і досі ніхто не знав. І щоби хоч якось захиститися, потайки від усіх готувала позов до суду з приводу заповіту. Про всяк випадок.

Того вечора, коли тільки завдяки втручанню Залусківського неадекватна Стасьчина балаканина закінчилася нічною поліцейською атакою на Шанівку, Людмила і Залусківський теж супроводжували Петра з колегами до Катерининого обійстя. І хоч Людмилу приголомшила жахлива картинка — Катерина у скривавленому одязі, мертвий чоловік біля неї, — із мізків не стерлося усе інше, що сталося тоді. Петро хвилювався і нервував, організовував збереження місця злочину до приїзду слідчо-оперативної групи та більше засмучувався через те, що мертвий виявився тим самим Онищуком з відео, який звинувачував суддю! Староста Поліщук допомагав Петрові, усі мешканці села товклися на вулиці, спостерігали, а Залусківський підійшов до автівки, в якій сиділа Людмила, бо не мала сил стояти, зупинився поряд.

— Такий розкла́д нам підходить, — сказав тихо, узагальнюючи всі події вечора і ночі. — Свідок отримав удар ножем після того, як публічно виступив проти судді. Просто класика! Думаю, Жорі проблем додасться. Тільки маємо першими взнати, що цей Онищук устиг Катерині розповісти перед тим, як заспокоївся навіки.

— Її, певно, одразу в район повезуть, — припустила Людмила. — У вас там є знайомі серед поліцейських?

— Людмило, а ти навіщо? Чи хочеш, аби тільки я з вогнища печену картопельку голими руками діставав?

— І як я зможу з Катериною поговорити?

— Ти ж дружина поліцейського! Визвися надати допомогу. Скажи: я з Катериною дружила, маю до неї підхід, усе вивідаю.

— Іване Миколайовичу! Коли «вивідаю»? Її сьогодні ж вночі, як тільки до району довезуть, одразу ж і допитуватимуть!

— Тоді піднімай свій зад, дорогенька, і вже зараз щось роби! Чи хочеш, щоби суддя на твоїй дупі, як на барабані, до кінця твоїх днів грав. І я не помилився, коли сказав: до кінця *твоїх* днів!

Стимульнув юристку, куди й втома поділася. Йшла до Петра енергійно, лаяла себе подумки: була у суддівській пастці, опинилася у подвійній пастці — судді і його друга Залусківського! Хіба не ідіотка?! А здаватися — й думки нема. Е, ні! Тільки не це! Краще посеред усіх цих доль і планів про свій особистий план не забувати за жодної умови! Підійшла до чоловіка.

— Петю, поки ще слідаки з району не приїхали, ніхто нікому зуби не вибиває, дай мені з Катериною п'ять хвилин поговорити. Ми з нею дружили, вона мені довіряє — усе розкаже.

— Людо, прошу! Не шукай пригод на свою... голову.

— Петю, ти не розумієш?! А раптом цей свідок узнав, що ти його шукав з наказу Георгія Івановича, ще й кумам його гроші обіцяв. І навіть аванс дав. А раптом він усе це встиг Катерині розповісти перед тим, як помер?! Петю! Я боюся за тебе! Ще зроблять вас із батьком замовниками вбивства.

Петро насупився, швидко стрільнув очима: ніхто не чув?

— Краще зараз все узнати! — наполягала дружина. — Тут тобі — не райвідділ! Камер стеження, хвала Богові, немає.

— Добре, — кивнув. — Ходімо.

Посеред двору Катерина так і стояла каменем поряд із мертвим чоловіком, наче була настільки невід'ємною частиною злочину, що зруш вона хоч на метр — картинка втратить моторошність, перестане нагадувати вбивство.

— Катю... Може, присядь. — Людмила намагалася говорити спокійно, упевнено, та мрець із посмішкою на холодних вустах викликав у неї незрозуміле здивування і навіть хвилювання, аж хотілося спитати його: і якого ти либишся, йолопе?!

Катерина не зрушила з місця, лиш хитнула головою заперечливо: ні, не сідатиму... Людмила роззирнулася: поряд нікого? Стала спиною до вулиці, Петра, фар-автівок, люду, заговорила швидко, тихо:

— Ти нікого не вбивала!

— Не вбивала...

— Я тебе витягну! Катю, чуєш? Все зроблю, і, крім мене, нікому не вір! Знаю, що кажу: у мене чоловік — поліцейський!

— Людо, дякую.

— Зачекай дякувати! Тепер швидко кажи: ти знаєш цього померлого?

— Ні...

— Говорила з ним?

— Ні...

— Чому?

— Коли знайшла його у дворі, він уже помирав. Лишалося лиш проводити.

— Добре. Нікому не кажи, що я пообіцяла тебе витягнути. Бо все зіпсуєш.

Катерина кивнула. Людмила видихнула з полегшенням.

— Зараз відійду, а тебе повезуть у район, в управління поліції. Допитуватимуть. Та знай: це не надовго! Я тебе за ґратами не залишу.

— Ніколи не сама, — очі в небо.

— Тобі не страшно? — Людмила приголомшено глянула на подругу.

— Дуже страшно...

Людмила відійшла на ватяних ногах, сяк-так заспокоїла Петра, розшукала на темній шанівській вулиці Залусківського.

— Катерина для нас — не загроза, — сказала. — Із померлим не говорила, не знає його. Думаю, її швидко відпустять. Копи зрозуміють: вона нікого не вбивала, ані колись, ані зараз.

— Яка ти недалекоглядна, Людмило, — відповів Залусківський. — Нам інше треба! Щоби Катерина сиділа, а копи довели: вона вбила свідка з наказу судді Нечитайла. Красиво, їй-богу!

— Іване Миколайовичу! Та вони жодного разу не пересікалися!

— А це — не твоя турбота, — відповів. — І не таких «пересікав».

Залусківський поїхав, і тільки тепер Людмила раптом згадала події чотирнадцятирічної давнини: шанівське згарище, Залусківський спідлоба дивиться на батька Катерининого, а той кричить: «Залусківський! Зараз судитиму тебе! Чужого винайняв копу підпалити? Найняв! Роман у тій копі через тебе загинув? Загинув! Чужого вбив за балкою? Вбив! А Катька моя це бачила! Усе чисто бачила! От ти і злякався! Село на нас нацькував! Усіх чисто попалив, сволото!»

Задихнулася.

— Мамо рідна... Чому ж ми все забули?.. Нікого не покарали?.. Залусківський із Нечитайлом... усіх нас все життя ґвалтують, — аж сльози на очах. — Куди я влізла?! До кого по допомогу звернулася?.. Ох і дурна!

Добу не їла, не спала — все думала. За цей час перепрала усе, що бачила, перепрасувала, по поличках порозкладала, наготувала, як на *свайбу*. І врешті дійшла висновку, що для її власної гри їй потрібна Катерина на волі. Не розуміла лише, як це зробити без допомоги свекра-судді.

До голови районного суду Георгія Івановича Нечитайла дійшли чутки про *смотрящого*, якого у килимівсько-шанівську глухомань нібито закинув чи то Президент, чи то Офіс Президента, а це, як суддя прекрасно розумів, дві великі різниці, тож заплутаність проблеми із головним посилом «нібито» катастрофічно посилювалася.

Незважаючи на розмитість вихідних даних, повз вуха чутки не пропустив і навіть пробував уточнити інформацію у більш наближених до владного центру випробуваних роками держслужби чиновників: завжди лишалися при посадах при всіх змінах влади останніх шістнадцяти років, як розлитий клей на стільниці — в'ївся, відчистити нереально.

Інсайдери розчарували. Їхні дані буксували на рівні розуміння зв'язків між кількома персонами із прізвищем Капелан. Один із Капеланів значився радником Президента, ще один навчався у тій же школі, де й майбутній глава держави, а третьому і пропонувалося виділити земельку за заслуги перед Україною.

— Таке все мутне у цій новій владі! — дратувався Георгій Іванович. — Ніякого драматичного владного бекграунду, щоби аж за душу брав! Аж до печінки діставав! Типу — коса німбом, бджоли, перепелині ферми чи шоколад, поцуплені головні убори і солодка дружба з італійськими дизайнерами, вікна, як у російському теремі, свої телеканали, приватизовані держтруба-кар'єри-землі, на острови у вихідні і грошей у налі — обов'язкова критична валіза, чи дві, чи три, чи тридцять три, але — усе життя віддане тільки служінню державі, тому все державне — розкрадене, аж до обладнання для дитячих онколікарень! А ці нові... Що в анамнезі? Не зрозуміти. А без анамнезу — який діагноз?! Ані вироку, ані предмету для торгу.

Аж було вирішив пошукати привід, аби роззнайомитися з паном Романом Шведом, який тирлувався у Шанівці, значився молодшим партнером у консалтинговій компанії безземельного, але, певно, дуже заслуженого пана Капелана і цілком міг бути *смотрящим*. Та якраз перед тим, як зібрався реалізувати ідею, секретарка увійшла до кабінету Нечитайла, повідомила недбало:

— Там до вас якийсь Швед. Сказати, що вас нема і для нього не буде ніколи?

Нечитайло вухам не повірив. Ймовірний *смотрящий* сам до судді прийшов?

— У нас чорна ікра залишилася? — пробелькотів.

Обійшлися демократичною червоною, хоча гість до неї й не доторкнувся. Вихлюпував зосереджено і демонстративноспокійно, та суддя відчув приховане хвилювання. «Надто молодий», — констатував.

— Розумію, ви дієте виключно у правовому полі, — казав Швед. — І я ніколи би не звертався до вас із протизаконним проханням. Але прошу при вирішенні питання про запобіжний захід для затриманої Катерини Кохан врахувати мою позицію. Спеціально хочу викласти її вам особисто і заздалегідь!

— Вибачте, що перериваю, пане Романе, — суддя звично відчув себе гнучкою хижою рибою чи змією: ну маневрувати серед небезпек. — Ваша позиція може бути доволі сильним аргументом, від слова — ваша. Тому добре було би прояснити головне: хто ви є, молодий чоловіче? Хто за вами стоїть?

— Мені немає чого приховувати, — відповів хлопець. — Займаюся стратегічним плануванням у бізнесі, державному управлінні, торік став молодшим партнером у консалтинговій компанії «Капелан і партнери».

— А ваш безпосередній шеф...

— Яків Петрович Капелан?

— Так. Яків Петрович! — суддя тонко відчував моменти, коли гнучкість треба оперативно замінити на прямолінійність. — Він не рідня Ігорю Яковичу Капелану, який дає нашому Президентові, сподіваюся, слушні і своєчасні поради? Не тато часом?

— Це сказали ви, не я, — відповів Швед.

— Яків Петрович не любить афішувати родинні зв'язки? Як я його розумію. Певно, дуже мудра людина. І дуже заслужена.

— Яків Петрович — один із головних розробників стратегічних планів у ВПК.

— Військово-промисловий комплекс? Так он чого я ніколи не чув про Якова Петровича Капелана! Державна таємниця!

— Все вірно.

— Тепер розумію, за які заслуги перед державою вашому шефові сорок гектарів землі у Килимівській об'єднаній громаді виділяють.

— Ще не виділили. Але я тримаю питання на контролі, — відповів Швед спокійно.

«Час робити вибір!» — подумав суддя. Усміхнувся хлопцеві відкрито і доброзичливо, як рідний тато.

— Допоможу! Повірте, моє слово у цьому районі чогось таки варте. Але що є — сорок гектарів? Не розвернутися. Давайте вже за сотню поборемося. Маємо ж налагоджувати зв'язок центру і регіону. Правильно я кажу?

Хлопець глянув на суддю прискіпливо. Витримав довгу паузу. Врешті мовив:

— Зв'язок центру із вашим регіоном залежатиме від того, наскільки адекватно ви, пане суддя, поставитеся до моєї позиції щодо Каті. Катерини Кохан.

— Пане Романе! Ви довели, що маю з усією увагою ознайомитися з вашою позицією, — відповів суддя насторожено.

— Прошу вас при вирішенні питання про запобіжний захід для Катерини Кохан обрати заставу, ні в якому разі не залишати тримання під вартою.

— Цілком можливий варіант.

— І ще! Передайте керівництву районного управління поліції! Якщо за той час, поки Катерина знаходиться у зоні їхньої відповідальності, з неї впаде хоч волосина...

— А самі не хочете поспілкуватися з поліціянтами?

— Давайте краще ви! Бо ж — хто я? Зелений партнер батька радника Президента, який, нагадую, не любить афішувати ступінь своєї впливовості. А ваше слово у цьому районі чогось таки варте!

Хлопець пішов, суддя Нечитайло жував підсохлі бутери з червоною ікрою. «А цей Рома — геть непростий, — думав. — Цікаво, чому через звичайну сільську дівку метушиться? Не закохався ж. Такі на емоціях не діють, якщо не помиляюся. А я ніколи не помиляюся...» Дожував. І хоч до виділення землі на сесії Килимівської сільради волів уникати спілкування із другом Залусківським, у якого мріяв перехопити якомога більше гектарів, візит *смотрящого* підкорегував плани.

— Чи в Івана про ту Катерину розпитати? Він шанівських добре знає.

Залусківський працював у режимі багатозадачності. Контролював діяльність усіх дев'яти своїх фірм, підтримував ділові контакти із представниками великого агрохолдингу, який орендував і його сотню гектарів, пресував голову і депутатів сільради, щоби отримати ще землі, по-тихому дізнавався, як просувається слідство щодо смерті чоловіка, знайденого на покинутому подвір'ї у Шанівці, обережно продовжував реалізовувати план з остаточного знищення судді Нечитайла, із задоволенням констатував, що його хвилювання через Катерину добігає кінця, бо дівчина вже за ґратами і тепер дотягнутися до неї — лиш питання техніки! А ще вирішив знову балотуватися у депутати районної ради на місцевих виборах восени, тож Шанівка автоматично опинилася у зоні багатозадачності Залусківського.

Того дня приїхав у село через Катерину і вибори. Шанівців на мітинг не збирав. Демократично ходив з хати у хату, кожному обіцяв щастя повні оберемки, бо...

— ...нікому іншому ви не потрібні! Самі знаєте! А я отут не тільки народився і виріс, я отут навіки проріс душею! Міг би де завгодно жити! Хоч у Москві, хоч у Нью-Йорку, а живу на малій батьківщині. Депутатом маю стати, щоби село відродити. Бо така є моя місія на цій планеті!

І до баби Ади зазирнув.

— Як життя, бабо? Кажуть, ви зечкою були?

— Так, Іване. Страшна я людина, — відповіла баба. — Руки — у крові по лікоть.

— А сили вже не ті, так? Бачу, подіями минувшини живитеся.

— Ти за мої сили не переживай, голубе! Я не слаба стала, а мудра. Задарма більше гріх на душу не візьму!

— А за бабло?

Баба Ада на Залусківського прискіпливо глянула.

— Десять! Тисяч...

— І не спитаєте — кого вбити треба?

— Я не слідчий, щоби питати...

Слідчий Артур Волосянко мав сорок років, виразку, кризу середнього віку, дружину-падлюку й аналітично-усвідомлене розуміння реальності. А реальність була — як дружина Волосянка.

Ще до того, як облисів, зрозумів: заробити авторитет і повагу розкриттям грандіозних корупційних справ, притягненням до відповідальності місцевих князьків не вдасться. І не тому, що у районі їх не було. Гімна вистачало, бо ж чим район відрізнявся від інших? Нічим! Як і всюди, основні ресурси і виробничі потужності давно привласнили ті, хто встиг поколупатися у державній скарбниці ще до всіх революцій на зорі незалежності. Для них революції ставали лиш приводом до перерозподілу привласненого. У всіх на очах відбирали бізнеси, вбивали, ґвалтували, ставили у владу своїх людей та все багатіли, все набирали вагу. І хіба Волосянко — кіборг, щоби проти них іти? От і доводилося слідчому шукати викрадачів велосипедів, оголошувати у розшук зниклих людей чи розслідувати нудні побутові убивства. Будь-хто би спився! Та Артур Волосянко не пив через проблеми травлення, тож його єдиною розрадою стали допити, під час яких слідчий відчував себе всесильним, непереможним і таким грізним, аж сам себе лякався. Полюбляв вхопити підозрюваного за шкірку, плювати в очі:

— Ти мені, сука, все розкажеш, якщо не хочеш, щоби тебе трахнули п’ять майорів у той час, коли шостий і сьомий триматимуть твою голову у відрі з водою!

Хтозна, чому всіх майорами лякав?.. У райуправлінні поліції зроду-віку не було семи майорів. Може, тому фантазував, що сам у капітанах засидівся, а жінка через те не віддавалася щоночі, а знай пхикала: мовляв, з капітаном вже награлася, тепер із майором хочу. А може, сам хотів... із сімома майорами.

Спочатку справа про вбивство жителя села Микитівка Семена Онищука, якого чомусь занесло до Шанівки, здалася слідчому доброю нагодою по повній відірватися на підозрюваній Катерині Кохан. Сільського мужика вбила сільська баба. Це ж безпечне розслідування? Непередбачуваного резонансу у вигляді стихійного народного бунту чи організованого тиску зверху не спровокує? Та ще тої ночі, коли слідчий тільки прямував до Шанівки, йому зателефонував приятель з прокуратури, попередив: вбито чоловіка, який наважився свідчити проти голови районного суду Георгія Нечитайла. Мовляв, врахуй, друже!

— Як?! — розгубився. — Суддя вимагатиме, аби я знайшов дурнуватий побутовий мотив злочину, повісив на дівку убивство з обтяжуючими обставинами чи щоби її реально повісили у камері, мовляв, не витримала мук совісті і наклала на себе руки?

Не встиг оговтатися і зорієнтуватися... Не встиг навіть до Шанівки доїхати, як подзвонив приятель з обласного управління СБУ. Попередив: зранку до району приїде СБУшник, аби особисто і неофіційно поспілкуватися із підозрюваною Катериною Кохан, тому...

— ...знаючи ваші методи, наполягаю на тому, щоби затримана зустріла СБУшника без синців-саден на тілі і бажано живою!

— Добре! Притримаю коней! — вирішив Волосянко. — За день суддя не лусне од прикрощів.

Та поки наступного дня приїжджий СБУшник спілкувався з Катериною без свідків, а все управління хвилювалося через те, до кабінету Артура Волосянка зайшов знайомий з патрульної поліції, поклав у руку слідчого скручені рулончиком зелені купюри, чого слідчий дуже не любив, бо одразу перерахувати неможливо, і сказав:

— Передаю побажання дуже шанованої людини! Людини з команди Зе, а точніше командира усіх наших Зе! Бо у нас у районі хто головний Зе? Сподіваюся, розумієш! Так-от наш Зе — за справедливе суворе покарання для вбивці Катерини Кохан. Тож рий лиш у цьому напрямку цілодобово, спробуй промацати можливих замовників злочину, якщо розумієш, про що я. А якщо не розумієш, ми тобі трохи згодом підкажемо. Ти працюй, а усіляку лабуду про давню смерть, до якої вона нібито причетна, не воруши. Бо розворушиш біду на свою голову! І, до речі, добре би, щоби дівка не нудьгувала сама у камері. Підсели до неї двох-трьох рецидивісток!

Волосянко пообіцяв рити. Чого ж не рити?! Хто платить, той і замовляє музику. Перерахував гроші, уявив, як повертається додому, недбало кидає бакси дружині...

— Ця ніч — точно моя! — прошепотів. — Затрахаю...

Збудився, на тій хвилі і мізки швидше запрацювали. Склав два плюс два, зрадів, бо вимога головного районного Зе збігалася з ймовірним бажанням голови районного суду згноїти за ґратами Катерину Кохан. Ніяких смикань поміж крапель!

Тільки встиг бакси сховати, як двері рвучко розчахнулися, і Волосянко очам не повірив: на порозі стояв голова районного суду Нечитайло власною персоною. Грошей, сука, не запропонував, на ввічливість теж не розщедрився.

— Волосянко! — сказав. — Якщо з голови Катерини Кохан впаде хоч одна волосина, я тебе розрубаю на двадцять дві частини і згодую вовкам!

Чому — на двадцять дві? Певно, у голові Георгія Нечитайла жили такі ж несформовані збочені фантазії, як і в голові Волосянка з його сімома майорами.

— І як працювати?! — мордувався. — Руки зв'язані! Що мені робити — запитання їй ставити?

Продивився висновки судмедексперта, опис місця злочину, речдоки, перші свідчення звинуваченої (не вбивала!), опитування киянина Романа Шведа, який орендував хату в селі. Ані знаряддя вбивства, ані зрозумілого мотиву.

— За що вбила громадянина Онищука? Куди поділа ніж чи чим ти його... — впав у наїжджену колію, безпомічно виплюнув формальне. Роздивлявся дівчину: ти дивись, як багато метушні навколо неї! Вбили мужика, який проти судді пішов, а всі через дівчину переймаються!

А не дурний же, хоч і геть скурвився. Мізки працюють. Слухав, як дівчина вкотре повторює, що побачила Онищука, коли той уже стікав кров'ю на її подвір'ї. «Швидку» не викликала, бо однаково запізно, хотіла, аби чоловік без метушні відійшов.

— От і дарма не викликала «швидку», — мовив раптом. — Є мені за що зачепитися...

Глянув на дівчину прискіпливо.

— Чуєш! — сказав раптом. — А чому в ніч з двадцятого на двадцять перше березня тебе селом носило?

— Траву шукала.

— Траву? Вночі?! Не квітку папороті часом?

— Різні трави лікують. Є такі, що їх лиш раз на рік знайти можна. А є такі, які силу мають, лиш коли уночі їх зірвеш.

— І де шукала? На покинутому обійсті за балкою?

Завмерла так напружено — Волосянко фізично відчув тривогу дівчини.

— І за балкою... — відповіла.

— Знала, що там закопаний убитий чоловік?

— Ні... — прошепотіла.

— Дурна ти! — спокійно відказав Волосянко. — Невже сподіваєшся, що повернешся до своєї Шанівки?

Шанівські ДНК проводили власне розслідування.

Донецькі Борис Козлов і Артем Поліщук разом із київськими Ярославом Торбенком і Романом Шведом обслідували Катеринине обійстя. Знайшли кривавий слід за хатою, ніби на одному місці тут стояла зранена людина, стікала кров'ю, та зібрала останні сили, пошкандибала до ґанку. Не полінилися, пройшли уздовж кривавого сліду від ґанку у зворотному напрямку, аби зрозуміти, звідки він починається. Слід обривався за селом у луках посеред трав.

Думки розділилися. Роман емоційно захищав дівчину, Борис Козлов і Артем Поліщук трималися нейтралітету, бо вважали, що мають недостатньо інформації для висновків. Ярослав Торбенко у невинуватість дівчини не вірив.

— Вона — відьма! Що? Визначення не подобається? Добре! Не відьма, людина з активною негативною енергетикою! Я і дивитися у її бік боявся! Кажу вам: ця дівчина гіпнозом володіє і використовує його не для добра! Вона — на темному боці!

Суперечка не згасала, бо спершу до неї підключилася жіноча половина Шанівки, і це кардинально підживило дискусію. За кілька днів Рома Швед зібрав шанівців біля кіоску: ознайомив їх із текстом клопотання про звільнення Катерини, попросив людей, аби поставили свої підписи під документом, та замість одностайної підтримки отримав бурю суперечливих емоцій.

— Не поставлю свою закарлючку за Катьку! Сучка вона! — шамкала баба Ада.

— Уперше підтримую Аделаїду! Давайте краще поборемося за те, щоби люди із такою репутацією, як у Катерини, у нашій Шанівці не жили! — підключилася Ольга Торбенко.

— А в її хату можна буде переселитися, коли її посадять? — спитала Валька Шамраїха. І навіть Улянка, яка прийшла до кіоску разом із матір'ю, зиркнула на неї, як на божевільну.

— Що з вами?! Ви себе чуєте? — ошелешений Швед не вірив у те, що відбувається.

— Цей київський Рома нас зневажає! — вигукнула баба Ада. Зиркнула на хлопця недобре. — Краще би Катька тебе була прирізала, а не якогось чужого!

Так розпалилися, не одразу помітили, як до кіоску під'їхав Тарас Гордієнко. Вийшов з «тойоти», підійшов ближче, мовчки слухав ДНК. Роман кипів, і все закінчилося тим, що на очах у шанівців порвав папірець із клопотанням.

— Або всі, або ніхто! — постановив жорстко. — Виходить — ніхто! Сам упораюся!

— І як? — почув голос Тараса.

Обернувся.

До цього дня Роман Швед знати не знав, що є на світі такий собі АТОвець без ноги Тарас Гордієнко.

— Не знаю, хто ти і чи маю тобі щось доводити.... — мовив. — Але скажу! Чому би не сказати? Внесу заставу, і Катерину звільнять. Уже домовився! А підписи збирав, бо хотів, аби дівчина відчула підтримку односельців! Дарма тільки час витрачав!

— А-а-а... Дипломат-переговірник! Умієш домовлятися?

— Звучить двозначно, але — не для мене. Так! Я за уміння домовлятися, прощати і дивитися вперед при будьяких розкла́дах. І це проблема не моралі, а виживання.

— А з мораллю що робити? Засунути в дупу? За гроші випускають усіх козлів! Хіба Катерина — козлиха?

— Довга розмова... — ледь стримуючи роздратування, відповів Швед. — Але я готовий довести свою правоту!

— І не починай! — Тарас слухати не став, пішов до автівки.

Баба Ада витягнула шию, крикнула хлопцю услід:

— Тарасе! А ти звідки взявся? Казали, Катерина тебе відшила, ти і поїхав світ за очі. Нащо повернувся? Знову її захищати? Так судді — не бродячі пси! Електрошокера не бояться!

Тарас навіть не обернувся. Сів за кермо, автівка зірвалася з місця. І ніхто, крім Улянки, не звернув уваги на настороження погляд Романа Шведа, яким той проводив Тараса.

— Стась! — торохтіла Улянка у слухавку мобільного миттю пізніше. — Тарас повернувся! А Роман із Києва щось погане проти нього задумав. Чуєш, Стасю?!

Невдячна справа — бути супергероїнею. Тепер незнайомі дорослі люди на килимівських вулицях змушували Стаську насторожуватися. Особливо після випадку, коли на базарі гонориста торговка років сорока перехилилася через прилавок із сиром-сметаною, плюнула Стасьці під ноги.

Стаська спершу подумала: дідько, які ж невиховані люди, просто свині.

— Собі під ноги плюйте, якщо вже не шарите, що плюватися — відстій! — вигукнула.

Торговка уп'ялася у Стаську презирливим поглядом і знову плюнула: якби Стаська не відскочила, вцілила би дівчині у грудну клітку.

— Що? Дах протік?! — Стаська так обурилася, аж хотіла дзвонити сестриному чоловікові, аби поліція приїхала і кинула за ґрати придуркувату тітку.

Та відповідь торговки ошелешила дівчину.

— Заткни пельку, сучко мала! За свої вибрики скоро так по пиці отримаєш, мало не стане! Ви бачили, що коїться, люди?! Нечитайлівський клан остаточно нам на голови всівся! Мало того, що у районі всім суддя Нечитайло заправляє, до нас свого сина прилаштував, аби він тут усім руки викручував! Хто м'ясо йому повинен щотижня носити, хто мопеда за пів ціни продавати. Дружина його у сільраді всім кишки рве, а тепер і мала вирішила, що вона отут — пуп землі! Оця швайка тепер поліції вказує, кого гнобити, а кому кланятися, кого за ґрати кидати, а кого не помічати! Та щоб тобі був язик відсох, зараза, коли ти бідну Катерину оббрехала!

Стаська не знітилася — з нею правда! І — *НечуваноДєрзкая*! Вже хотіла дати торговці таку аргументовану і грізну відсіч, щоби та аж заповажала. Глянула на жінку з викликом, та побачила не тільки її, а й усіх, хто став свідком конфлікту на килимівському базарі. Люди спостерігали за двобоєм із демонстративною байдужістю, та Стаська читала в їхніх очах неприховану недоброзичливість, зневагу і навіть агресію. А ще вчора захоплювалися...

Голову — у плечі, наче град-горох до землі прибиває, швидко пішла з базару. Торговка ще гукнула щось дівчині услід. Стаська не розчула, що саме, та по тому, як усі захвилювалися, зашикали на жінку, мовляв, та закрийся вже, бо й сама поряд із Катериною опинишся, зрозуміла: певно, щось надзвичайно образливе, бо стала для односельців мегазіркою з мороку.

— Та пішли ви... — намагалася не думати про зневажливі погляди.

Інше мордувало: що про неї скаже Тарас, коли повернеться?

— Тарас — сама правда! А правда — на моєму боці! — запевняла себе. — Тарас мене не лише підтримає! Він захистить мене від цих лузерів, які тільки й знають, що чиємусь успіхові заздрити, бо Тарас — герой! Хай би тільки він повернувся скоріше!

Щодня виглядала АТОвця, та коли Улянка подзвонила і проторохтіла «Тарас повернувся!», так розгубилася, аж коліна підігнулися.

— Що робити? Що робити?.. — знай повторювала.

Залишила вдома мопед, хоч планувала використати його як привід поговорити з хлопцем. Могла би, приміром, відкрутити якусь потрібну гайку, притягти мопед до гаража, де працював Тарас, попросити відремонтувати. Тирлувалася би поряд, може б, відчули хімію, бо *дєвочки* на форумах пишуть: має народитися якась хімія.

Уявила, як тягне мопед.

— Ні! — вирішила.

Вийшла з двору і... побачила Тарасову «тойоту» в кінці вулиці біля невеличкої заправки, на якій торгували краденим із військової частини пальним.

— Ну, все! Я пропала! — серце у п'яти. Перед очима — картинки: Тарас дивиться на неї так само зневажливо, як базарна торговка. Так само обурено плює дівчині в очі.

— Пропала... — бідкалася, але йшла у бік заправки. Чи дурна, чи реально *НечуваноДєрзкая*?!

Тарас саме закінчував розмову з хазяїном заправки.

— Ти мене почув! — сказав йому, здавалося, геть спокійно, беземоційно. — Новий закон у нас! Килимівка більше не крастиме в армії.

— А ти доведи... — почав було хазяїн заправки, та Тарас слухати не став.

— Друже! Віднині ти доводитимеш щодня, що торгуєш легальним пальним, — відповів. — В іншому разі платитимуть не тобі! Сам платитимеш. Найоптимістичніший для тебе варіант — грошима.

Пішов до «тойоти».

— На кого працюєш, солдате?! — недобре кинув Тарасові у спину хазяїн заправки.

Не відповів. Уздрів Стаську: завмерла метрів за десять від автівки, наче вироку чекала.

— Тобі у райцентр, Анастасіє? — спитав.

— Так! — миттю зорієнтувалася, хоч не мала жодних справ за сорок кілометрів.

— Сідай.

Що таке щастя у часовому вимірі? Мить, година, ціле життя? А яким є щастя за емоційними відтінками? Є щастя тривожне, тихе, бурхливе, несподіване, зле чи моторошно-збуджуюче, наче перед погибеллю? Що є щастям у плані наслідків? А у плані перспектив?

Дорога до райцентру нагадувала застібку-блискавку: розстібала сірим асфальтом зелені кучері дерев уздовж узбіччя, «заїдала» на вибоїнах. У салоні «тойоти» щаслива Стаська сиділа поруч із Тарасом, та від напруження не відчувала рук-ніг. Мовчала, наче води — повен рот. Лиш обережно зиркала на хлопця, який зосереджено кермував автівкою. «Може, не знає, що завдяки мені Катерину за ґрати запроторили? — метушилися думки. — Чи знає? Чому мовчить? Хоч би не сказав: така ти дурна! Хай краще думає, що я... така сильно *дєрзкая*, бо особлива і за правду. Як на війні! І моя палка любов ні до чого! Вона не викривляє моєї реальності!»

— Що у райцентрі? — раптом спитав Тарас.

Збудилася, зраділа: запитання не несло негативу, та й голос хлопця звучав привітно.

— Сестра смикнула, — намагалася відповідати так, як би, на її думку, відповідала доросла людина. — Зранку там у справах тирлується, якась допомога їй від мене знадобилася. — Замовкла, напружилася. — А ти?

— До товариша їду, — відповів нейтрально.

Стаська видихнула: вже заспокоїлася, вже усміхнулася, вже хотіла використати мопед як привід зав'язати бесіду з ймовірними хімічними наслідками. Але Тарас додав:

— Він у поліції працює. Розкаже мені про затримання Катерини не плітки, а факти.

Стаська відчула, як щоки стають льодяними. Горло відмовляється пропускати повітря.

— Мене спитай! — видушила відчайдушно. — Я все про те знаю! — замовкла лиш для того, аби дух перевести, додала із відчайдушною хоробрістю. — Бо то я Катерину викрила! І заяву до поліції написала. Тобто... Спочатку все розповіла, а потім і написала, бо мене ніхто слухати не хотів, наче я якась мала й дурна! А я не мала! І не дурна! Я — за правду! І справедливість!

Замовкла, дивилася на Тараса із викликом. Мовчав. Навіть вираз обличчя не змінився. Зосереджено дивився на дорогу. Вибухнула.

— А ти би на війні ворога щадив? Не щадив би! — вихлюпувала збуджено. — А тут — хіба не війна? У сто разів гірше, а всім — пофіг! І всі такі... ниці, підлі! Вже й плюють на мене за те, що не змовчала про Катерину. Тому що самі хочуть у тіні своїх мерзенних вчинків спокійно жити! Як оцей дядько, що на своїй заправці краденим у військових пальним торгує! А мені на таких — плювати! Я їх не боюся, бо для мене приклад — інші люди. Такі, як ти! Герої! А війна і смерть — всюди, де є люди. Цього тільки дурні не розуміють!

Знесилилася, замовкла, дивилася перед собою, хоч нічого не бачила. «І Тарас зараз у мене плюне!» — билося.

Він довго мовчав.

— Війна — це не лише про смерть... — мовив врешті. — Це про жорстокість, безглуздість, корисливість. І обман.

Дівчинка не зрозуміла, не відповіла — геть спустошилася. У райцентрі на площі перед адміністрацією вислизнула з «тойоти», ніби у порожнечу пірнула. Лиш усміхалася гірко: припливла! Тарас і не гляне у її бік після таких одкровень. А горда ж, не хоче, аби хлопець здогадався — нема для неї у райцентрі ніяких справ, збрехала, аби поряд із ним побути. І що робити? Потинятися з пів години, потім піти на автостанцію, дочекатися автобуса на Килимівку. Повернутися додому, зачинитися у своїй кімнаті, щоби ніхто не заважав ридати.

— Анастасіє! — Тарас із жалем спостерігав, як дівча опустило голову, засмучено посунуло площею. — За годину назад до Килимівки повертатимуся. Устигнеш? Мені до вподоби твоя компанія.

На очах розцвіла. Кивнула.

— І мені твоя компанія подобається, — насмілилася. — Круто, що знову... разом!

Що є щастя? Мати силу крізь усі асфальти проростати до свого сонця? Тарас покрокував до районного управління поліції, а Стаська не знала, куди подіти не тільки годину часу, а й десять відер енергії радості: влилися у дівчину, ніби у порожню посудину, змушували рухатися, сміятися, робити що завгодно, тільки не стояти на одному місці. Зателефонувала Улянці, розповіла про поїздку з Тарасом, два рази напилася кави у милій кав'ярні біля районного суду, закружляла навколо без діла, аби тільки і далі пливти у своїй радості.

Обійшла будівлю суду і вже хотіла рухатися далі, та напівприкрита штора на вікні одного з кабінетів суду істерично смикнулася. Стаська на автоматі кинула швидкий погляд у бік вікна і побачила у ньому... голу чоловічу дупу, голе жіноче стегно.

— Суцільне лайно... — прошепотіла з відразою, бо секс у кабінеті виглядав навіть гірше за той, який бачила раніше у хаті Улянчиної матері. — Дідько, відморозки!

Їй би відвернутися, далі йти... Й затрималася лиш на мить. Та саме у цю коротку мить жінка, яка животом лежала на стільниці, повернула голову у бік вікна, і Стаська очам не повірила.

— Люся?!

Обличчя старшої сестри спотворювала гримаса відрази і жаху. Сумнівів не було: з останніх сил терпіла жорстоке ґвалтування якогось покидька. Ось він ухопив Люсю за волосся, нахилився до неї, і Стаська впізнала у покидьку сестриного свекра суддю Нечитайла.

...Тарас не звернув уваги на опущені Стасьчині плечі, застиглий скляний погляд: надто багато інформації отримав про інтриги навколо Катерини. Скерував автівку у бік Килимівки, дивився на дорогу, намагався проаналізувати усе, що почув. Стаська нерухомо, мов кам'яна, сиділа поруч: брови звела, очі долу. Мовчала.

За двадцять хвилин Тарас зупинив «тойоту», аби купити кави у придорожньому генделику, і тільки тепер усвідомив: на зворотному шляху говірка Стаська і слова не вимовила. Глянув на дівчину:

— Тебе хтось образив?

Лиш головою мотнула: ні... Тримала в руках гарячий паперовий стаканчик, дмухала на напій, сьорбала потроху... Підняла очі.

— Людей вбивати — дуже страшно? — спитала раптом.

Глянув на неї по-дитячому ясно, беззахисно. Кивнув головою: так...

— А потім... жах відступає?

— Ні, — відповів уже витримано, спокійно.

— Чому?

— Бо убивство — не вихід. — Викинув порожній стаканчик. — Поїхали? У мене справ повно.

— І в мене, — відказала так упевнено, як відповідають люди, які вже прийняли рішення.

***

Тим, хто має чіткі орієнтири, навряд чи вдасться приховати їх від інших. У професії слідчий Волосянко рухався у визначеному грішми напрямку, тому відрубувати несподівані неоплачувані перепони не забував. Помітив у райуправлінні АТОвця Тараса Гордієнка, зацікавився. Не полінився витратити кілька днів, з'ясував-таки: хлопець розпитував усе про вбивство Онищука, яке Волосянко не просто розслідував, але й мав за мету аргументовано довести вину Катерини Кохан. Чому лізе у чужі справи? Що з людиною не так?

— Принагідно й це у Шанівці спробую з'ясувати, — вирішив.

Разом із криміналістом і хлопцем із патрульної поліції їхав у мале село не з доброї волі. Шанівський староста Поліщук районному поліцейському керівництву мізки виїв розповідями про кривавий слід, який і досі можна було відстежити від Катерининої хати через город у луки. Слідчий сподівався, що не побачить навіть натяку на криваву доріжку, але щоби заспокоїти командирів, попхався у Шанівку. Тим більше, що і свої справи там мав.

Чергова поява поліцейського бусика зібрала біля кіоску місцевий люд. Криміналіст пішов до Катерининого обійстя по криваві сліди, а слідчий намірився поспілкуватися із ДНК під наглядом патрульного.

— Тут я запитання ставлю! — оперативно перервав хвилю цікавості, усівся на лаву біля кіоску, наказав патрульному відігнати народ на відстань двадцяти метрів, по одному до нього підводити для бесіди.

Шанівці щиро хотіли допомогти поліції, але напівтонів у голосі Волосянка не відслідковували, в очі не зазирали, тому й відповідали геть не те, що хотів би почути від них слідчий. Роздратувався, у лоба їм:

— Ви АТОвця відрядили до райуправління нишпорити? Паралельно з поліцією проводите власне розслідування? Хочете дискредитувати нашу роботу?

Із декількох розрізнених і неузгоджених між собою відповідей зрозумів: ніякого підступу! У Тараса до Катерини емоції, от і шукає шляхи, аби їй допомогти. «Чому до мене не прийшов? — здивувався Волосянко. — Я би йому конкретну вартість шляху вказав...»

Заспокоївся. Здавалось би, можна до райцентру повертатися. Та й криміналіст уже з добрими новинами повернувся: не знайшов ніяких кривавих слідів.

— Поїхали? — спитав Волосянка.

— Покури! Я зараз... — відповів слідчий, роззирнувся. — А де баба стара? Ще з нею не говорив. Померла?

— Он шкандибає! — Валька Шамраїха вказала на бабу Аду, яка підходила до кіоску.

— Що? Жити без мене не можеш, начальнику? — стара Аделаїда всілася на лаву поряд із Волосянком, легковажно чухала голову — не відчувала жодної небезпеки. — Давай уже! Кажи, які в тебе до мене ще запитання є!

Волосянко стрільнув очима: криміналіст із патрульним курили і теревенили про щось веселе, бо посміхалися, шанівці теж гомоніли поміж себе.

От і добре! Слідчий швидко кинув звичайну кулькову ручку на бабині коліна.

— Це що? Ти вже ручку мою встигла поцупити, стара потворо?! — спитав обурено.

Баба не зорієнтувалася, тому відреагувала природно. Взяла ручку, тицьнула слідчому.

— Оцю? На! Вдавися!

Слідчий підскочив, бабу відштовхнув.

— Ти що робиш, стара?! Напад на співробітника поліції?

Баба розгнівалася, теж підвелася.

— Хочеш, нападу? Зараз влаштую, псячий сину! — кістляві руки до нього простягнула.

Слідчий зиркнув у бік люду. Патрульний кинув палити, напружено дивився у бік Волосянка і баби Аделаїди. Слідчий ухопив бабу за шкірку, крикнув:

— Патрульний! Якого біса чекаєш? Не бачиш? Напад на співробітника поліції при виконанні! У кайданки бабу!

Патрульний теж не одразу зорієнтувався.

— Ви серйозно? — спитав здивовано.

— Ти, мать твою, мені запитання ставитимеш чи працюватимеш?! — гаркнув Волосянко, не відпускаючи бабу. — У кайданки! До райуправління! У камеру стару каргу! Виконуй!

Не заздріть королевам. Хвилі проблем били Людмилин човен, а вона й до весел дотягнутися не могла, бо обома руками тримала корону на голові.

— Та все одразу! — дратувалася. — За дітьми глянь, чоловікові догоди, батькам поможи, на роботі марку тримай! А як, коли свекор змордував, дурнувата змова із Залусківським останні сили висмоктує, а ще Катерині допомогти хочеться і про малу Стаську не забути, бо одного ранку мати подзвонила і сказала:

— Ой, доню, щось геть погане з нашою Стасею скоїлося, бо аж чорна ходить. І мовчить. А як спитаю, то вона починає очима кліпати, наче зараз сльозами вмиється.

Людмила тільки на роботу прийшла. Сумку кинула, маму заспокоїла: мовляв, день попереду, тож сьогодні обов'язково знайду час і вправлю малій мізки! Навіть перетелефонувала молодшій сестрі одразу, та Стаська скинула один дзвінок, потім ще один.

— От зараза! — психонула Людмила, розгорнула діловий блокнот, записала: увечері обов'язково знайти Стаську, де би не ховалася, і так її провчити, щоби більше ніколи малій на думку не спадало, що можна на дзвінки старшої сестри не відповідати.

Ще хотіла дописати: і дізнатися ж, чого вередує! Не встигла. До кабінету зайшов Петро, бо середа, а щосереди зранку знайома фермерка приносила Людмилі за безцінь свіжу свинину, домашнє молоко, сир, сметану, а Петро, коли змогу мав, заїжджав до дружини у сільраду, забирав продукти, додому відвозив. Поскладала свіжину у дві торби, чоловікові віддала.

— Після роботи заїдеш по мене? — спитала.

— Як вийде, — відповів. — По скаргах зараз поїду, тре розібратися, а тато просив, аби ти раніше додому повернулася. Якесь там у нього діло до тебе.

Серце впало.

— Твій тато у нас? — спитала приречено.

— Та дістали його вже з перевірками у районі. Сказав: у вас попрацюю пару днів, щоби зайве не смикали без діла. Ти ж не проти?

— Чого би це?.. — відповіла обережно.

— Тільки не грюкай, як двері відчинятимеш. Я зараз коли з дому йшов, тато відпочити приліг у вітальні. Хай поспить спокійно. Добре?

— Та добре, Петю. Ти краще сам не затримуйся. Чи давай поможу тобі зі скаргами, а потім малих із садка заберемо, разом додому поїдемо.

Петро подивився на дружину з такою ніжністю, наче обійняв поглядом. Усміхнувся.

— Така ти у мене... королева. Ні в кого такої немає! — сказав гордовито.

Знітилася.

— Йди вже, працювати заважаєш! — спробувала віджартуватися. Двері кабінету перед чоловіком розчахнула. — То додому увечері разом?

— Як вийде, — повторив.

Закрокував до виходу. Застигла. Дивилася чоловікові услід: вийшов, лишив у коридорі порожнечу. За мить коридор заповнили чужі галасливі люди, та порожнеча не зникла...

Петро залишив службовий «пріус» навпроти своєї хати на асфальтованій площадці перед магазином господарчих товарів, бо у дворі стояв батьків «лексус». Не проблема! Петрові нічого для тата не шкода.

Тихо відчинив двері дому, почув, як хропить суддя.

— Відпочивай, тату... — прошепотів. Навшпиньки — до кухні. Упхає продукти у холодильник, поїде працювати.

На кухні одразу ж в око впали висунуті кухонні шухляди... Насторожився: тато гармидер влаштував чи хто чужий тут устиг побувати?!

Від вітальні — підозрілі тихі звуки. Обернувся, застиг. Потім обережно опустив на підлогу торби з продуктами, посунув на звук.

Крадькома зазирнув до вітальні, побачив тата-суддю: солодко хропів на дивані. А до нього підкрадалася... Стаська. Петро спершу подумав: та годі, що за фігня, далі — що? За мить побачив в одній Стасьчиній руці ніж, у другій — молоток.

Встиг в останню мить. Дівчинка вже наблизилася до судді, занесла над ним руку з молотком, коли ззаду Петро однією рукою затулив їй рота, другою обхопив за тулуб і миттєво виволік із вітальні. Суддя не почув метушні, не прокинувся, продовжував гучно хропіти.

Петро не зупинився, волік і волік дівчинку. Затягнув аж у гараж, лиш тут відпустив. Відштовхнув від себе. Дивився на неї приголомшено. Тремтіла. В одній руці так і стискала ніж. У другій — молоток.

— Кинь! — наказав.

Розтиснула руки, зброя впала. З місця не зрушила.

— Все одно вб'ю його! — прохрипіла. — Він Люсю ґвалтує!

— Що?!

Стаська зацьковано зиркнула на Петра спідлоба, дістала з кишені мобільний, відкрила фото, простягнула Петрові.

Насупився. Взяв мобільний. Глянув на фото, почорнів на очах. Опустився на зимові шини, складені одна на одну. Довго мовчав, дивився у підлогу, та так страшно мовчав, Стаська й дихати боялася, і з усіх проявів її живого життя лишилося лиш невтримне тремтіння: ніяк не вщухало...

— У твоєму телефоні як фотографії видаляються? — спитав Петро врешті.

— Я видалю.

— Зараз. При мені, — простягнув дівчинці мобільний.

Тицяла на кнопки, видалила єдине фото, яке тільки і наважилася зробити під кабінетом судді. Дивилася на Петра ошелешено. Далі що? Посадить її тепер?

— Додому йди, — видушив. — І щоби нікому ані слова, якщо сестрі горя не хочеш!

— А...

— А з усім цим сам розберуся!

— Добре...

Посунула до воріт, ледь ноги переставляла, все зиркала на Петра, а він, здається, перестав помічати дівчинку. Так і сидів на зимових шинах, очі у землю.

Не пам'ятала, як вийшла на вулицю, як дійшла до занедбаної покинутої контори колишнього колгоспу, де на неї мала чекати Улька.

— Стась! Що? — Улька з острахом дивилася на Стаську. — Вбила?!

Стаська не відповіла. Безсило опустилася на биту цеглу руїн, розридалася гірко. Улька схлипнула, обійняла подругу.

— Ні? — заглядала в очі. — Ні? Дідько, фу-у-у... Проїхали! А то би, як той Тарас... До кінця днів мучилася б.

Тарас вийшов на слід двох кумів загиблого Семена Онищука якраз того ранку, коли суддя Нечитайло у передчутті брутального сексу з невісткою відсипався у синовій хаті.

Хлопцю вистачило кількох днів, щоби з'ясувати інтереси загиблого чоловіка з Микитівки, взнати, як заробляв, за чий рахунок бухав, з ким конфліктував на селі, кого боявся, за кого би усіх порвав. А з того, що все це микитівці розповідали Тарасові першому, зрозумів: ніхто тут і не проводив ніяких слідчих дій.

— Сьома Онищук? За копійку, сука, продавався, бо був тупим, як пробка! Не усвідомлював небезпек, — розповів Тарасові микитівський фермер, якому хлопець ранньої весни помагав лани орати. — От і догрався! Спочатку на боці судді свідчив, потім — проти нього. А насправді, думаю, його на місці ДТП взагалі не було! Точно забашляли чуваку, бо, пам'ятаю, наприкінці березня поїв своїх кумів кілька днів поспіль.

— І хто у нас куми? — спитав Тарас.

Двох п'яних чоловіків знайшов на території магазину-складу будівельних матеріалів — цілодобово працював на трасі неподалік Микитівки. Горювали: за палетами з цеглою бухали, хоч мали завантажувати купленим товаром автівки покупців.

— Кума поминаєте? — Тарас роздивлявся чоловіків. Обоє синюшні, з мутними очима, тільки один рудий, з нечесаним довгим волоссям, а другий — лисий, наче бубон. А скільки років мають — не зрозуміти, бо на мордяках сліди не життя, лиш горілки, бо коли є лиш горілка, життя геть немає.

— Ти хто? Від Нечитайла? — проварнякав рудий. Збудився, засмикався. — Де наші гроші?! — вигукнув обурено.

— Так і приїхав уточнити, — обережно відповів Тарас.

— Передай Петрові: раніше треба було уточнювати! — підключився лисий, ледь ворушив язиком. — Він казав: знайти Семена? Казав! Ми знайшли? Знайшли!

— А живим чи мертвим — про це Петро нічого не говорив! І ми не хотіли... Зупинити намагалися... — варнякали, перериваючи один одного. — Тікав, сука, і від кого? Від своїх... Сам нарвався! Тільки все зіпсував! А ми хіба винуваті? Ми теє... своє чесно заробили! Хай вже Петро гроші віддає! Ми ж йому повірили... Хіба так можна із чесними людьми, із роботягами?

Тарас уже не слухав. Думав. Куми помітили відстороненість хлопця.

— Е, пасажире! Ти нас почув?

Тарас глянув на пияків прискіпливо.

— Чуєте, мужики, — сказав. — Поїхали!

***

Слідчий Волосянко знав, що цей день стане гімняним, ще тоді, коли лиш прокинувся, бо жінка, сучка драна, повернулася до нього сракою і буркнула: мовляв, вранішній секс — тільки для майорів, а чоловік зі своїми капітанськими зірочками може чухати на кухню, робити собі сніданок у вигляді розчинної кави, бо більше їсти нема чого, лиш одне яйце у холодильнику лишилося, і воно жінці потрібне, аби зробити маску для її красивого лиця!

Із помстою не забарився. Смажив останнє яйце, шипів:

— А коли бакси приніс, про зірочки не згадувала, падлюка! Щоб тебе сьогодні сім майорів трахнули! Одночасно!

До райуправління припхався — і тут удар! Капітану Маронову, якого з міста лише два місяці тому до їхнього управління перевели, майора дали.

— Звісно, обмиємо, друже! — швидко потиснув Маронову руку, кулею вискочив із кабінету, де колеги поздоровляли нового майора.

Аби хоч якось угамувати заздрість, телефоном узгодив із начальником управління переведення баби Ади у камеру до Катерини.

— Така стратегія мого розслідування, — пояснив.

Проконтролював підселення баби, бо пручалася, не хотіла в одній камері з дівчиною тирлуватися.

— Вона — відьма! Уночі кров з мене вип'є!

— О! Випити... — слідчий вирішив, що напрацювався, час перепочити.

Вже попрямував до виходу з управління, аби на халяву покуштувати смачної заварної кави у кав'ярні неподалік, як побачив у холі незвичайне і незрозуміле пожвавлення. Новий майор Маронов з кількома колегами щось тихо, але дуже збуджено обговорювали з молодим міцним хлопцем, за спиною якого розгублено тупцювали двійко синюшних пияків у кайданках.

Волосянко упізнав у хлопці АТОвця Тараса Гордієнка, насторожився: знову він тут?! Чи не для того, аби заважати розслідуванню Волосянка? Маронов побачив слідчого, гукнув:

— Артуре! До начальника управління! Надзвичайна ситуація!

Все закрутилося: чергові гнали синюшних пияків до камер, енергійний Маронов разом із АТОвцем першими спішили до кабінету начальника управління. Волосянко тягнувся за ними услід: та що сталося?!

За п'ять хвилин у кабінеті шефа після короткого чіткого докладу Маронова зрозумів: йому кінець... «Взяв гроші за те, щоби зробити Катерину вбивцею Семена Онищука, — мордувався подумки, — а козел АТОвець висмикнув звідкілясь двох виродків, які самі призналися, що пиронули Онищука ножем! І ніж привезли! І місце показали, де саме напали на свого кума... Та головне — призналися, що замовник убивства — поліцейський офіцер Килимівської ОТГ Петро Нечитайло! Син судді! Оце була б гарна робота, якби її зробив я, слідчий Волосянко... Та я гроші взяв! Мені треба, щоби Катерина сиділа! Що робити?!»

— Тарасе, дякуємо за допомогу! — почув голос начальника. — Не ображайся, але далі ми самі! Бо це наша робота. А до тебе — одне прохання: усе, що ти дізнався від отих двох алкашів, у тобі має і померти.

— Дівчину відпустіть! — сказав Тарас.

— Всьому свій час! Перевіримо свідчення кумів, потім рішення приймемо.

— А Петро Нечитайло? Не відповідатиме за законом? — не здавався Тарас.

Волосянко бачив роздратування, яке намагався приховати начальник управління.

— У нас завжди усі були рівні перед законом, — запевнив Тараса. — А зараз — особливо.

Аж підганяв хлопця очима: вимітайся вже! І лише коли за Тарасом зачинилися двері, впав у крісло, витер спітніле чоло, подивився на підлеглих — стояли посеред кабінету «струнко». «Що робитимемо?» — питав без слів.

— Може, судді подзвонити? — вискочив із порадою Маронов.

Волосянко бачив: шефа роздратувала надмірна ініціативність Маронова. Слідчий шефа розумів і геть йому не заздрив: той мав обрати саме зараз, до якого берега прибитися — противників судді чи його друзів.

— Наша нагальна задача — спершу з'ясувати ситуацію з Петром, — мовив начальник.

— Я готовий! Візьму патрульних, змотаємося у Килимівку, привеземо Петра Нечитайла у кайданках! Поговорите! — і тут Маронов перший.

Начальник управління підвівся, ковзнув по підлеглих настороженим поглядом.

— Артур Волосянко поїде, — вирішив, глянув на слідчого. — Це — твоя справа, твоє розслідування, Артуре, тому ти — головний! Візьми з собою патрульних про всяк випадок, колег зі слідчо-оперативної групи.

«Красно дякую, скотино ти! — психонув Волосянко подумки. — Підставляєш по повній!»

— Діяти — по ситуації! — продовжував шеф. — Спочатку спробуй делікатно обговорити проблему. А якщо Петро почне бикувати... — замовк, задумався, — знаєш, як діяти! Головне — не влаштовувати шоу, не ганьбити честі поліції, — викрутився і, аби ніхто й слова вставити не міг, гаркнув: — Чого стоїмо?! Виконувати!

Людмилі зателефонував Залусківський, що само по собі було подією надзвичайною, та повідомлення про те, що біля їхнього з Петром дому зупинилася кавалькада з трьох поліцейських автівок з району, по-справжньому ошелешило жінку.

— Як думаєш, які причини? — спитав Залусківський.

— Суддя... Георгій Іванович зранку в нас... гостює... — відповіла. «Може, врешті, по нього приїхали?!» — промайнула обнадійлива думка.

— Може, по нього? — Залусківський не приховував сподівань.

— Дізнаюся! — все покинула, помчала додому.

Бігла, здалеку побачила на вулиці біля дому три поліцейські автівки, купку людей: поліцейські і чоловіки у цивільному, серед них суддя Нечитайло. Спілкувалися цілком мирно. На віддалі від них вже збиралися цікаві килимівці, витягували шиї: що відбувається?! Від кількості людей в очах рябіло, та незважаючи на це, Людмилу не покидало відчуття порожнечі. Як і вранці... Коли Петро вийшов з коридору сільради, його заповнили інші люди, а жінка так і бачила порожній коридор...

— Та що в біса сталося?! — вже майже добігла. Боковим зором побачила чоловіків службовий «пріус» навпроти обійстя. Петро вдома? Вже легше! Коли Петро поряд, Людмила — королева!

— О! Людочка! — суддя першим побачив невістку. Обійняв за плечі, коли підійшла, в очі зазирнув. — А де Петро? — спитав.

Людмила завмерла. Як «де Петро»?! Обережно вислизнула з липких обіймів свекра.

— Зранку казав, поїде зі скаргами розбиратися. Але — автівка тут...

— Може, скарги по Килимівці? — спитав слідчий Волосянко. — Пішки подався, щоби автівку не ганяти.

— Не знаю... А — подзвонити?

— А без тебе ми би не докумекали! — сказав суддя. — Дзвонили вже! Не відповідає!

Людмила відчула таку гнітючу тривогу — ледь на ногах встояла. Швидко дістала з сумки мобільний, ішла до хати, одночасно набирала номер Петра.

— Зараз подивлюся, чи був удома... І взагалі... — слухала довгі гудки, дзвінок не вимикала.

За Людмилою услід до будинку Петра Нечитайла потягнулися суддя, слідчий, патрульні... Перемовлялися. Жінка не зважала на присутність чужих людей. Вдивлялася у кожну річ, начебто вона мала розповісти, де чоловік. Побачила на кухні дві нерозпаковані торби з продуктами...

— Так і не поставив у холодильник, — констатувала.

Увійшла до вітальні, уздріла на полиці службове спорядження Петра, без якого не виходив на роботу: пістолет «Форт-17», газовий балончик, гумову палицю. Умить вкрилася холодним липким потом.

— З Петею щось сталося... — прошепотіла.

Чоловіки замовкли, насторожилися, навіть суддя не теревенив, як зазвичай. У раптовій тиші — звідкілясь, наче з неба, ледь чутна мелодія. «Біда не в тім, що ти мене не любиш. Біда, що я тебе не можу розлюбити...» — співав вічний Микола Мозговий.

— Петін мобільний... — Людмила пішла на звук. З вітальні повз кухню коридором до великої прибудованої комори, через яку одразу з дому можна було потрапити до гаража.

Першою увірвалася у гараж. Першою побачила — Петро висів на шкіряному ремені, який батько подарував синові з нагоди присвоєння чергового офіцерського звання. На підлозі валявся мобільний, з екрана якого усміхалася королева Люда, а мертвий чоловік і зараз, здавалося, признавався їй: біда, що я тебе не можу розлюбити. Поряд, на зимових шинах, лежали молоток, ніж. І ганчірка, яка ніби свідчила: жодних відбитків на молотку і ножі не знайдете, поверхні протерті.

Людмила знепритомніла — впала, ніби пропала. Не бачила реакції чоловіків, які вслід за нею входили до гаража. Суддя Нечитайло хитнувся, приклав руку до серця, патрульний кинувся до Людмили, викликав «швидку», криміналіст професійним оком почав оглядати місце пригоди, а слідчий Волосянко подумки перехрестився. «Версія така: Петро

Нечитайло узнав, що куми з Микитівки здали його, не витримав мук совісті і вкоротив собі віку у день... Який сьогодні день? Понеділок, перше червня року 2020-го», — розмірковував, поки двоє патрульних виймали Петра з петлі.

У День захисту дітей Стаська по-справжньому подорослішала. Всі мудрі вислови про відповідальність, благі наміри і пекло зі смертю Петра матеріалізувалися, звалилися дівчинці на голову, били у скроні: і як воно — бути дорослою?! Подобається?! Трусилася від ридань під вишнями біля розваленої контори колишнього колгоспу.

Прибігла сюди одразу після невдалої спроби вбити суддю Нечитайла, ошелешена, розгублена. Почувалася гидкою слабкою потворою, лузершею, бо не змогла розправитися з покидьком, захистити сестру. І хто вона після цього? Точно не *НечуваноДєрзкая*! Улянка торочила: все фігня, добре, що Петро Стаську відпустив, а міг би кинути до зеків, а це так страшно, що аж — *капець*...

Стаська тільки вгамувалася трохи. Тільки відшукала серед відчайдушних емоцій краплинку надії у фразі Петра «сам розберуся», коли на вайбер Улянчиного телефона прилетіло повідомлення від однокласниці.

— Знайди Стасю, — читала Уляна. — Перекажи їй: Петро Нечитайло повісився.

— Маячня! — огризнулася Стаська. — Якби така біда сталася, мені би маякнули.

Сказала, одразу й згадала: вимкнула мобільний, коли підходила до дому сестри з конкретною метою, та без конкретного плану. Увімкнула, щоби показати Петрові фото, потім знову вимкнула.

— Матінко... — увімкнула телефон, ошелешено читала десятки повідомлень: помер, помер, повісився, пішов з життя. Матінко! Скрутилася зародком, наче хотіла стати настільки малою, що аж непомітною, ридма ридала, паморочилося.

Улянка безпомічно тупцювала поряд.

— Стасечко, годі! — благала. — У чому ти винувата? У тому, що правду Петрові розповіла? Хіба брехня — краща?

— Я схибила! Схибила! Якби я вбила суддю і втекла, увесь цей жах припинився б! І Петро був би живий! І Люсю би врятувала!

— А сама?.. Тебе би за ґрати кинули!

— І хай!

— А раптом Петро — не через тебе? Ти ж не знаєш!

— Улько, я його очі бачила!

— Стась, мені страшно за тебе! Якщо хтось помітив, як ти з Люсиного дому виходила, стануть допитуватися...

Стаська завмерла. Дивилася на Улянку приголомшено, наче казала: тільки не це, бо я ж не зможу збрехати, я ж розревуся й усе розповім, а Петро наказав — нікому ані слова, бо це ж Люсі — ганьба, знеславлять сестру, як мене знеславили і очі заплювали за те, що підлу Катерину на суд віддала, бо люди — як ті козли, аж хочеться шарпати їх, кричати, щоби схаменулися, не жили у брехні, бо ж це не життя, чиста смерть...

Напружилася, наче в очікуванні удару.

— Стасю... Давай утечемо, — сказала Улянка.

Стаська глянула на подругу приголомшено. Стріпнула рожево-фіолетовими косами: ні!

— Як ти не розумієш, Улько! Нічого не змінилося! Навпаки! Усе стало ще гірше! Тепер *по любе* маю з тим старим покидьком суддею розібратися!

— Стась, ми щось вигадаємо! Щось таке... Він не відкрутиться!

Стаська глянула на подругу приголомшено.

— Улько, ти зі мною?

— Стасю, завжди, — Улянка обійняла Стаську обома руками, притулилася до неї.

Завмерли.

— Не хочу повертатися додому, не хочу бачити нікого, крім тебе, Улько. Навіть Тараса, — втомлено і виснажено прошепотіла Стаська.

Баба Аделаїда хоч і брехала поліцейським, що не хоче в одній камері з Катериною тирлуватися, насправді не мала нічого проти компанії. Все ж краще, ніж в одиночці сірі мури очима ялозити. Та дівчина геть не виправдовувала бабиних сподівань. Мовчала чи відповідала неохоче, наче не хтіла Аделаїду ані бачити, ані чути.

Баба дуже розсердилася.

— Дупу відсидиш і осліпнеш, якщо намірилася десять років отак сидіти і в одну точку п'ялитися!

— Які десять років? — дівчина їй.

— Хіба нині за убивство премії дають?!

— Не вбивала...

— Ага! А то я не бачила, як ти мужиками крутиш, відьмо шанівська! Онде ти тут відпочиваєш, а вони на волі і зараз через тебе б'ються!

— Брешіть більше...

— Та щоби я здохла! Тарас твій безногий примчався! Ледь київського Романа з гімном не змішав, бо, бач, не знайшли спільного погляду, як тебе з-за ґрат витягувати.

— Брешіть... — повторила безбарвно. Здавалося, усе заборонила собі: плакати, жалітися, радіти, хвилюватися. Сховалася у невидимій шкаралупі й нерівним диханням не виказувала відчайдушної надії на допомогу єдиної людини — давньої подружки Людки.

За два дні після появи баби Ади у Катерининій камері черговий охоронець, коли ставив перед жінками тарілки з бідним обідом, сказав:

— Сьогодні допитів не буде, усі на похороні.

— А хто помер? — спитала баба Ада.

— Петро Нечитайло повісився, поліцейський офіцер громади, — відповів черговий, вийшов, загрюкав засовами.

— Людко... — Катерина не втрималася, розплакалася гірко. Бідна подружка! І Катря — бідна, бідна... Хіба Людка про її горе тепер згадає, коли у своєму втопилася?..

Порожнеча... У вухах гриміло, наче хтось злий накидав у бубон гороху і ну ним трусити. Людмила безпорадно обмацувала простір навколо себе: де, що? Дайте хоч щось робити, аби так ясно не відчувати страшної порожнечі, яка накрила щільно, забрала повітря, сили, життя...

— Ні, ні, ми усе самі! — чула. — Відпочинь, голубко, не тривожся. — Голова сільради доручив завідувачеві килимівського клубу Степану гарний похорон організувати, бо Степан після того, як культура впала, на подібних заходах спеціалізується і має великий досвід. А ти відпочинь.

Та як? Сиділа каменюкою, божеволіла, не могла вгамувати одного невтримного бажання — вхопити мертвого Петра за душу, трусити-кричати: «Петю, падло ти після такого! Чому?! Мав спочатку мені пояснити чому! Я би розрулила! Що би там не було, розрулила б, бо завжди так робила, і все було б — чікі-пікі!»

— Не міг він сам... — простогнала. — Я свого чоловіка знаю — не міг! Убив хтось!

Люди почули, а їх на похорон зібралося — все село. І з району приїхали, і з області, і з малих сіл громади. Крізь натовп Залусківський пробирався до судді, аби висловити співчуття, чув шепіт:

— Петра вбили! То для судді попередження! Що він наступний! Люди кажуть, суддя якійсь банді з Києва — як кістка у горлі. Вже вони і ДТП на нього повісити намагалися, і ще з якимось убивством зв'язати, а нічого не виходить, тому почали із сім'єю розправлятися. Отак! А хто не вірить — дурний, бо люди просто так нічого не скажуть. Люди усе бачать.

«Дідько, йолопи», — подумав, відшукав очима Жорку Нечитайла, побачив поряд із ним чорну від горя стару жінку, згадав, що у судді є дружина, лиш імені її пригадати не міг, бо давно забув про саме її існування. Здається, Нонна. Чи Ніна. Чи... Нонна.

— Жоро, Ніно... Тримайтеся... Розумію... — хотів обійняти суддю, та Нечитайло раптом відштовхнув Залусківського з такою ненавистю, наче наслухався людських пліток про те, що Петра вбили, і навіть повірив, що це зробив Залусківський.

— Розумієш?! — процідив. — Хіба у тебе є діти, Іване?!

Залусківський змовчав. Зиркнув на суддю спідлоба, відійшов. Спостерігав, хоча й на самого Івана вже зиркали, бо інцидент не лишився поза увагою цікавих. По цимбалах! Відмітив, як суддя цілком адекватно вислухав співчуття стильного нетутешнього хлопця з татуюванням на тулубі, руках. Кивав йому, як заведений. Бачив, як хлопець ще трохи покрутився у натовпі на вулиці перед домом Петра, де й виставили домовину для прощання, ускочив у свою тачку, поїхав геть; як АТОвець Тарас, який лише під'їжджав, зупинив свою «тойоту» досить далеко від центру подій, проводив автівку киянина поглядом, потім допоміг вийти мамці Тамарі, батькові Федору, віддав їм вінки, а сам не пішов до домовини. Так і залишився біля «тойоти». «Дідько, а я таки гарного хлопця зробив...» — промайнуло. Розвинути думку не встиг, бо молода удова заголосила неадекватно, страшно:

— Хто малих привів? Приберіть! Приберіть їх звідси, кажу! Батько для них — живий! Назавжди — живий!

Люди загомоніли: зараз Люда впаде, тре «швидку». Малі сини Петрові заревли на два голоси:

— Мамцю, мамцю...

Молодша Людмилина сестра Стаська, яка разом із подругою увесь цей час навпочіпки сиділа під деревом, наче вже не мала сил стояти, кинулася до малих, обох обійняла, притисла до себе, понесла до хати.

— Улько, приглянеш за малими? — попросила подругу.

Коли вийшла з двору, Степан саме махнув оркестру: вже час! Грайте! Музики почали з низьких, люди затихли. Дужі чоловіки підхопили домовину, на руках пронесли до кінця вулиці, де вже чекав катафалк, за ними — людська ріка. До кладовища дотекла малим струмком, але усі, хто незграбно тупцював навколо свіжовикопаної ями, чули, як замість прощального слова суддя Нечитайло сказав синові перед тим, як труну почали забивати цвяхами:

— Спи спокійно, Петю. Не хвилюйся за сім'ю. Ніколи не залишу без уваги і турботи твою дружину. І синів...

Стаська бачила: Люся звела брови, її лице спотворила та сама гримаса жаху і відрази, що й у суддівському кабінеті. Дівчинку залило гнівним відчаєм, не пам'ятала себе. Застогнала.

— Аа-а-а... — смикнулася, аби дотягнутися до судді, та оступилася, впала у яму, приготовану для Петра.

Люди закричали, заметушилися. Тягли дівчинку з ями, а вона не помагала: ридала відчайдушно, безпомічно. Валилася, наче ганчір'яна лялька.

— Це ж треба! Такий гарний похорон зіпсувала, мала дурепа! — перешіптувалися килимівці, коли після похорону і поминок найбільш стійкі з них, які до останнього «хай буде земля пухом» були присутні на драматичному заході, переповідали односельцям про інцидент на кладовищі. — Така у нас *молодьож* несерйозна, хай Бог милує! Їм би тільки до себе увагу привернути, а де, коли і навіщо — не думають! І чому дивуватися? Вони ж на хімії виросли, а потім всі у комп'ютери переселилися! Їм на справжнє життя, справжні цінності — насрати!

Після похорону і поминок Залусківський відчув спрагу і настирливе бажання проаналізувати події останніх тижнів. Несподіване зникнення з ігрової дошки фігури Петра породжувало в Івана не лише співчуття до Нечитайла, а й цілком закономірне запитання про те, як нова пробоїна у суддівському човні вплине на його здатність плисти далі і, врешті, хто потурбувався про те, щоби пробоїна з'явилася.

Дочекався, поки з ресторану, де поминали Петра, вийшов голова сільради Косюк.

— Поговоримо під віскар? — знав, *що* розв'язує язика місцевій владі.

— Тема?

— А ти, дідько, не бачиш, що відбувається? Хочеш, щоби тебе отут замінили на київського пацана, який ще у памперс сцить?! — У кабінеті голови сільради Іван розливав дороге віскі у склянки, окреслював ситуацію на потрібній собі ноті. — Так Київ тобі «демократичне» відсторонення прямо перед виборами організує, не май сумніву! Суддя навіть на Петровому похороні із цим *смотрящим* — вась-вась!

— Може, землею відкупимося... — голова сільради стратегічним мисленням не відрізнявся, одразу всі секрети виказав.

Залусківський око примружив: якою землею? Може, його, Івановою?! Тоді якою саме: тими ста гектарами, які тільки прагне відкусити, чи тою сотнею, яка у нього вже є, та за заповітом покійної дружини може шанівській громаді відійти?

— Значить, на нашу землю вже не тільки суддя око поклав, а й київський пасажир? — мовив. — І скільки мріють відкусити?

Голова сільради засовався, зазітхав, забідкався: мовляв, кажуть, що тому заслуженому Капелану тре до сотні гектарів додати, його представникові Романові Шведу суддя пропонує виділити п'ятдесят гектарів, а сам суддя теж хоче сотню...

— Та у вас там остаточно дах зірвало?! — Залусківський од гніву як дав носаком по діжці з фікусом, аж діру проломив.

— Іване, думаєш, мені дуже подобається, що ви із суддею ніяк громаду не поділите?! Мені аби на місці один хазяїн був! Один! Отут усе чисто вирішував, із Києвом домовлявся, щоби не лізли! А зараз — така біда!

— Ти, сука, не ний, а краще кинь метушитися між двох буйків, бо потонеш! Вже за один чіпляйся!.. Поки я тобі ще руку простягаю! — замовк, на голову сільради зиркнув.

Голова мовчав. Залусківський усміхнувся недобре.

— А-а-а-а... То ти вже зробив вибір!

— Іване...

— Так, стоп! Ти мені зараз кажеш: Іване, посунься?!

— А який у мене вихід?! — закричав голова сільради. — Мені одна дорога: хто з вас київського хлопця під себе підімне, до того і я приб'юся.

Залусківський усміхнувся дияволом.

— Тоді ти зі мною, бо той київський Швед на раз-два буде у мене в кишені!

— Аргументи?

— Які аргументи? Факти! Думаєш, Жорці зійде з рук ДТП зі смертельними наслідками, смерть єдиного свідка? Та й Петро покійний, кажуть, до того всього руку приклав. І хто поряд із таким захоче бути? Ніхто! Скоро судді кінець!

— Коли «скоро», Іване? Бажано би знати заздалегідь, аби не помилитися.

— Узнаємо, коли суд обиратиме запобіжний захід для Катерини з Шанівки. Жора її не випустить ні за яких умов! Йому тре повісити убивство свідка на дівчину, а не на алкашів, які твердять, що покійний Петро їм злочин замовив, — сказав Залусківський. Подумав: «І мені це підходить, ще й стимульну процес!»

— Іване, хіба ти не знаєш Георгія Івановича?! — зауважив голова сільради. — Він викрутиться! Перекладе відповідальність на інших. От побачиш: сам не виноситиме рішення по Катерині, доручить комусь із суддів.

— Думаєш, це знімає з нього підозри? — недобре усміхнувся Залусківський. — Навпаки! У тому-то й річ, друже мій! Суддя у пастці. Вже не вибереться.

Увесь район, особливо люд Килимівської ОТГ, із таким нетерпінням чекав на суд, який мав обрати запобіжний захід для підозрюваної Катерини Кохан, наче від того залежало життя кожного. І хіба не так?

— Або суддя і далі відверто нас трахатиме, або спробує зробити це чужими руками, — розмірковували.

Суть справи розуміли всі, бо на селі і до появи інтернету завжди знали і всіх, і про кожного. Чи міг суддя збити людину? Ясна річ! Особливо, якщо хильнув зайвого, а люди не раз бачили, як п'яний у димину суддя сідав за кермо. Чи спробував би викрутитися, знайти цапа-відбувайла і купити собі свідка? Завжди тільки так і робив! От пригадайте, як він «лексуса» придбав за копійки! Малу частину ціни переказав продавцеві на рахунок, а більшу мав віддати готівкою, та не віддав. І об'явився свідок, який підтвердив: суддя повністю розрахувався із продавцем, ще й пляшку йому поставив. Із Сьомкою Онищуком взагалі — усе ясно! Захтів дурнуватий п'яничка посмоктати дві циці, а суддя — не простив! І наказав Петрові вбити жадібного Сьомку. Петро винайняв виконавців, а ті, либонь, теж п'яні були, бо не впоралися. А дивуватися тому, що поранений Сьомка до Катерини побіг, взагалі не варто. До неї всі по ліки бігають...

— Так уже не щастить бідній Катерині, — бідкалися. — Було їй горя — пий, хоч залийся, а тепер стане — одразу топися. Посадить її суддя! Зробить із неї убивцю і посадить, тільки би себе і Петра відмазати.

У задушливій камері баба Ада теж чітко бачила Катеринині перспективи.

— Коси свої відріж, бо з гарячою водою у в'язниці такі ж проблеми, як із законами у державі. Вони ніби і є, але не працюють, — радила.

Не слухала. Шукала вихід.

— Тебе тільки одне врятує! — переконував дівчину слідчий Волосянко. — Якщо розкажеш мені все, що знаєш про вбивство, яке сталося у Шанівці чотирнадцять років тому. Тоді ще маєш шанс вислизнути з сітки правосуддя.

Допитливо дивився Катерині у вічі... Шкірою відчував: дівчина знає щось надзвичайно важливе. Якби заговорила, у слідчого з'явився би серйозний аргумент для того, щоб добиватися звання... майора. «Нічого, — заспокоював себе. — Час є. Ще встигну їй руки викрутити...»

Як з'ясувалося, часу не було. На третій день після похорону сина суддя Нечитайло з'явився у будівлі районного суду, чого не очікував ніхто, навіть його секретарка, наказав подати план судових засідань на квартал, перетасував їх, сам склав новий план на тиждень і вже наступного дня поставив розгляд питання про запобіжний захід Катерині Кохан, лиш не визначив, хто головуватиме.

— Вже завтра? — Катерина завмерла на тапчані, не звертала уваги на бабу Аду, дивилася у небо, просила допомоги у мамки. Мама ж не покине ніколи...

— Завтра? — новина застала Залусківського у Шанівці. У хаті покійної Раїси, яку орендував киянин Роман Швед. Востаннє Іван зазирав сюди перед похороном хазяйки, пам'ятав, як було — чистенько-бідненько. Тепер із подивом констатував: виявляється, у тих же стінах лише за допомогою затишних меблів, текстилю і кількох джерел світла можна створити інший світ. Роздивлявся фотографії на стінах: оце ви з Президентом? Про діло не забув. Після розмови з головою сільради вирішив оперативно переманити непростого хлопця з Києва на свій бік. Приїхав під залізобетонним приводом.

— Балотуюся у депутати районної і сільської рад, вивчаю проблеми місцевого населення, — сказав Ромі. — Вам вони — не чужі, бачу. Берете активну участь у житті шанівської громади.

— А що «завтра»? — замість відповіді запитав Рома.

— Пусте, — Залусківський вирішив не говорити хлопцеві про завтрашній суд по Катерині. — Давайте краще побалакаємо про те, як нам з вами із Шанівки зробити те саме, що ви з цією старою хатою зробили. Тут же... хочеться залишитися. У вас які плани? Ви отут пандемію пересиджуєте чи є думки затриматися надовго?

— Ще у процесі... Зважую за і проти.

— А що там зважувати? Залишайтеся! Пандемія за рік не щезне! Чи, думаєте, життя лише у Києві вирує? Так скажу: якщо вам наші красоти у серце запали, то ми з вами разом, Романе, могли би спільний бізнес започаткувати. Я би вклався фінансово у прогресивні ідеї по розвитку Шанівки. Екотуризм, приміром, екофермерство.

— Давайте спробуємо, Іване Миколайовичу! Я — тільки «за», — несподівано легко погодився Роман. — Що більше факторів прив'яже мене до цього місця, то більше вболіватиму за нього.

Залусківський аж насторожився.

— Але... маю пояснити дещо, — сказав. — Як у державі — один президент, не два і не три, так і в нашій громаді — як у мікромоделі держави — те саме має бути. Та є люди, які намагаються розбалансувати ситуацію. І це люди з таким бекграундом, що...

— Ви про суддю?

Залусківський насторожився ще більше. Зиркнув на хлопця з підозрою: киянин знає більше за нього?..

— А що, як спробую помирити вас із Георгієм Івановичем Нечитайлом? — сказав Роман. — Поганий мир краще... Самі знаєте.

— Ми з Георгієм Івановичем горщиків не били. По-різному розуміємо розподіл влади і впливу. Для мене важливо починати спільний бізнес із людиною, яка поділяє мої погляди, а не погляди судді Нечитайла.

— Я на вашому боці, Іване Миколайовичу, бо я завжди на боці бізнесу, — відповів Роман. — А з суддею мене ніщо не пов'язує. Звертався до нього лише із законним проханням. Я б ніколи не порушив закон.

— Тоді і я з вами! — Залусківський повеселішав.

— З суддею, однаково, раджу укласти мир. По-людськи... Треба відпускати колишні непорозуміння, це додає натхнення рухатися далі. Щодо поглядів — краще дискутувати. А з порушеннями закону хай розбираються ті, хто і має це робити.

— Так у вас, Романе, все просто і ясно! По поличках розклали, — підсумував Залусківський, намагаючись приховати іронію. «Дідько, такий зелений...» — подумав, та спілкуванням із киянином залишився задоволеним.

Вийшов із Раїсиної хати, набрав лейтенанта з районного управління поліції, який щомісяця отримував у Залусківського чорну копійку.

— Слідчий уже в курсі?

Слідчий Волосянко останнім узнав про те, коли відбудеться судове засідання.

— Завтра? — мовив спокійно. — І що? Хвилюватися нема чого, бо результат відомий: суддя підозрювану не відпустить, дасть мені змогу і далі ефективно проводити розслідування. Цікаво, кого саме із суддів Нечитайло призначить вести засідання. Сам навряд головуватиме. Лише три дні тому сина поховав...

Питання про те, чи вистачить нахабства судді Нечитайлу власними руками затягнути зашморг на шиї Катерини, цікавило не лише слідчого.

— Не наважиться... — розмірковував Залусківський. — Надто вже багато накосячив, і все у часі збіглося. Ще й незрозуміла смерть Петра на додачу. Сховається Жорка за чиюсь мантію, та мені байдуже. Аби Катерина за ґратами залишилася.

Наступного дня слідчий Волосянко зазирнув у камеру.

— Готова? — спитав бліду Катерину, яка стояла посередині сірого простору. — На вихід! Час їхати до суду.

— Катько, покажи їм дулю і скоріше повертайся, — пробубоніла з тапчана баба Ада.

— Куди подінеться? Повернеться, — мовив Волосянко, вийшов за Катериною услід. Двері причинив, але засов не грюкнув.

Баба Аделаїда бачить: двері камери залишилися незамкненими.

— От суки! — обурилася. — Точно прикінчити мене хочуть!.. — на тапчані всілася, насупилася, на двері дивиться.

Тиша тривала мить. Потім двері тихо розчахнулися, увійшов поліцейський у формі, і якби баба Ада розрізняла чини за зірочками на погонах, то зрозуміла б — лейтенант. Вклав бабі в руку саморобний ніж.

— Сховай! — наказав. — Коли Кохан привезуть після суду, твоя арія починається. Все ясно?

— А гроші коли...

— Аванс узяла? Тепер роботу зроби. Отримаєш решту.

— Чому зараз?

— Суд залишить її під вартою. Депресія, жити не хочеться. І на тебе підозри не впадуть. Подумають — із суду з ножем повернулася, сама себе по горлянці полоснула. Зможеш дівчині допомогти?

— Не сци, начальнику. І не таких мочила.

— Дивись мені! Щоби без косяків!

— Сам не накосяч! Стоїть він тут, язиком, як помелом!

— Заткнися! — лейтенант пішов до дверей. Обернувся. — Ніж сховай! — повторив. Вийшов. Засов — грюк!

— Хоч би скоріше Катьку привезли, бо щось руки трусяться, — пробурмотіла баба Ада, ховаючи ніж під худий матрац.

Катерина не знала, що чекає на неї у суді, та однаково підганяла події: хай би вже взнати долю. Сподівання — гойдалкою: то вірила, що Людка дотримає слова, витягне її з-за ґрат, то усвідомлювала, що подрузі геть не до її бід, та розпач не заливав очі чорним, бо слабка надія не здавалася, відмивала чорне: попереду — світло...

— Попереду — світло, — навіювала собі. — У кого у душі нема зла, тим завжди — попереду світло.

Увійшла до зали судових засідань, аж завмерла на мить, примружила очі, та не від літнього сонця, яке заливало невелику, на чотири ряди стільців, залу судових засідань, а від того, що побачила клітку, до якої її підштовхував охоронець.

Геть про добро і світло забула, ледь не розплакалася: хіба вона — агресивна тварина?.. Нащо її у клітку? Кинула зацькований погляд у залу, і хоч та була заповнена ущерть, спершу побачила лиш Залусківського. Стояв біля дверей, про щось тихо перемовлявся з... Романом. Хлопець намагався слухати чоловіка, та дивився лиш на Катерину. Погляди перетнулися. Усміхнувся їй. Відвернулася, тривога накрила: раз тут Залусківський, не бачити їй волі! Залусківський для того, аби забирати у неї все. І... Романа. Одного забрав, тепер до цього підкрадається? І сюди прийшов, щоби нагадати Катерині: пов'язані! Ніколи з його пут не виплутається, житиме — поки мовчатиме...

Аж — очі у небо: мамо золота, хіба так?.. Не почула відповіді. Не побачила.

До клітки підійшла Маруся.

— Дитино, ми з тобою. Тримайся, благаю.

— Маріє Іванівно... А як Люда?

— Та шо... Плаче Люда.

Розмову перервав голос секретаря: усім встати...

Катерина не бачила, як Залусківський не втримався, здивовано вирячив очі, коли до зали суду увійшов суддя Нечитайло власною персоною. «Жоро, дідько, та ти кінчений відморозок, якщо наважився сам припхатися до ешафота, на якому тобі башку відрубають, як тільки ти цю лахудру за ґратами залишиш! — подумав. — Ну, давай! Покажи нам приклад тупої нахабності, типу: мені на вас насрати! Мені — підходить! Аби сьогодні дівчина повернулася до камери, де на неї сюрприз чекає!» Кинув швидкий погляд на Катерину.

Дівчина з надією дивилася на Нечитайла. «Людин свекор! — думала. — Це ж не просто так? Це ж — добре для мене?..» Намагалася уважно вслухуватися у кожне слово, та хвилювання взяло гору, а відсутність кондиціонера у вже спекотну літню пору далася взнаки за кілька хвилин: у вухах шуміло, у голові паморочилося, дихати стало важко. Коли почула слова судді «відпустити під грошову заставу» і люди у залі почали аплодувати, не одразу зрозуміла, що сталося.

— Катрусю! Тебе відпускають! — гукнула їй Маруся.

«Людка! Це ж — Людка! Господи, дякую!» — било у скроні.

Раптом усміхнулася розгублено.

— Не відпустять, — сказала. — У мене грошей немає.

— Є борщ. Гречка, кров'янка. Печиво магазинне добре. З вишнею всередині. Як приїдемо, пообідаєш чи спочатку під гарячу воду? — Маруся зі Степаном забрали Катерину до себе додому прямо із зали суду. Всадили дівчину у старий «жигуль», Степан скерував автівку з райцентру до Килимівки.

— А гроші? Як мене відпустили? — Катерина розгубилася.

— Роман Швед, який у Раїсиній хаті живе, залишився, аби внести заставу, — пояснила Маруся.

— Мене Рома врятував?

— Тарас Тамарчин тебе врятував! — втрутився Степан. — Думав, тебе сьогодні на волю відпустять без усіляких застав, ще й вибачаться! А Нечитайло, зараза, знову щось таке накрутив, хай Бог милує! Як це розуміти?! Слідство продовжується, підозри не зняли, а тобі лиш дали подихати повітрям за гроші?..

За п'ять хвилин усе знала: і про самодіяльне розслідування Тараса, і про щедрість Романа, і про дивну поведінку Нечитайла, і про плітки, які заполонили і велику Килимівку, і малу Шанівку, сплели в один тугий вузол усе: і Катерину, і проблеми судді, і смерть його сина.

— Отакі діла! Нема коли нудьгувати! — зітхнула Маруся.

Вмовляла дівчину залишитися хоч на кілька днів, та Катерина рвалася додому, наче мала знову побачити рідне обійстя, літню кухню, пагорб, під яким батьки лежать, щоби зрозуміти, як жити далі, бо геть заплуталася! Іншого чекала, чорної біди, бо — Залусківський... Та його присутність не вплинула на рішення судді. І Роман не лишився байдужим, побіг платити заставу, аби дівчина могла покинути сіру задушливу камеру. То попереду... світло? Як зрозуміти, коли знову сліпа?..

— Завтра додому поїду, сьогодні у вас заночую, — не змогла образити відмовою вчительку з чоловіком.

Лиш устигла наплескатися під теплою водою, коли Маруся гукнула: до тебе гість, Катю.

— Ромо... — вийшла на подвір'я не тому, що до чужої хати хлопця кликати не схотіла. За свіжим повітрям скучила, вітром. Знітилася, не знала, як казати: дякую за гроші, обов'язково поверну чи просто дякую?

Перервав думки, подався до дівчини. Обійняв рвучко.

— Поїхали додому... — прошепотів. І стільки смислів у двох словах. Стільки надій. Що разом... а дім один у них. І у тім домі вони разом стільки любові наплодять...

Відчула, як тілом розливається стрімке збудження.

— Можна... завтра? — попросила безпомічно. І добре, що прикусила язика, бо хотіла додати: маю сьогодні залишитися, аби подякувати людям, які тривожилися за мене, допомагали, як могли, наче Роман не помагав.

— Заїхати по тебе? — нічим не виказав прикрості.

— Сама, дякую... За все. І за гроші, — прорвало. — Обов'язково віддам.

— Забудь про ті гроші!

— Ромо... — хотіла сказати: відчуваю, що ти — моя людина, та задихнулася від хвилювання.

— Катю... Така ти моя людина, — дивився дівчині у вічі. Провів долонею по її щоці. — До завтра?..

Вразилася, бо більше за інших знала про знаки. Дивилася, як Рома йде до воріт Марусиного обійстя, обертається, махає їй: мовляв, до зустрічі, мила моя. Серце затривожилося. А чому?.. Не могла — ані зрозуміти, ані розгадати.

Повернулася до кухні, де Маруся зі Степаном вже чекали на дівчину, аби обідати.

— Добре, що у Килимівці залишилася, — сказала. — До Люди увечері схожу.

Людмила із неприємним здивуванням усвідомлювала нову реальність. Звичайно, вона завжди розуміла: несподівані обставини можуть підкоригувати мрії-плани, та щоразу, коли уявляла той чи інший віраж життя, поряд із собою бачила Петра, бо не буває королеви без вірного, до нестями закоханого у неї слуги. Для нього сяяла. А тепер — що?

Поховала чоловіка, хрест на ньому поставила, та так і не втямила, що сталося. Лиш констатувала: пішов, забрав з собою дружинину корону.

Ох і розгнівалася на життя! Аж: всеруся — та не покорюся! Наступного дня після похорону на здивування килимівців відвідала свіжу могилу Петра на цвинтарі з традиційним сніданком удосвіта, бо на дев'яту ранку вже чимчикувала до сільради. На роботу.

— Голубко, ось наказ про надання тобі місячної оплачуваної відпустки. Йди додому, — просив голова сільради.

— Не піду! — чорна сукня, чорні босоніжки, велика чорна квітка з тканини у рідкому волоссі: йшла коридором сільради чорною примарою, а в очах не сльози — лід колючий.

Додому поверталася й не думала відпочивати. Малих — до матері, сама все шаруділа по полицях: порядки, бач, їй конче тре наводити. А спитати б: воно тобі наразі тре, любко?!

Стаська сходила сльозами від жалю до сестри. Перебралася до Людмили, щоби та не лишалася на самоті й миті.

— Люсь, помогти?

— Стасю, це мій клопіт, — знай порпалася і порпалася, бо й досі не розуміла, як жити далі. Ні, загальна картинка залишилася незмінною: ось Люда — королева, хтось один прямо ноги їй цілує, і все життя її багате, красиве, як фірмова емблема Chanel, Louis Vuitton чи, приміром, Lamborghini. Одне лишалося незрозумілим: як до того життя дошкребтися тепер, коли головного добувача у сім'ї не стало, бо все фінансове благополуччя — від зарплати, хабарів, татових подарунків до краденого бензину і навіть використання службової автівки в особистих цілях — все забезпечував Петро. Все! Заради того, щоби при ній завжди був, на всякі жертви йшла, навіть старого свекра задовольняла. І все — коту під хвіст? Нема більше у Люди Петра! А чому? Винуватого швидко знайшла.

— Залусківський, сука... — прошепотіла. Що ж незрозумілого?! Не мріяв би Залусківський знищити суддю Нечитайла, то не нацькував би свідка Онищука проти судді виступити. А якби свідок Онищук не виступив проти судді, суддя б не змусив Петю шукати Онищука. А якби Петя свідка не шукав, то й не дав грошей двом кумам, щоби знайшли його. І Онищука би не вбили. І ті підлі куми не вказали би на Петю як на замовника вбивства, бо саме це і змусило Петюню розпрощатися із життям. А що ще?!.

— Залусківський! — повторила із ненавистю.

Легше не стало, але трохи прояснилося. Прала руками чоловікові сорочки, щоби потім випрасувати і бідним роздати, відчувала, як лють додає сил, глухої дрімучої енергії, обліплює майже танковою бронею. Глянула у вікно, побачила Катерину, яка вже підходила до воріт...

«Катька таки вирвалася, — подумала. — Якщо вона змогла, я — тим більш...»

Покинула прання, вийшла на ґанок.

— Катю... Пом'янемо мого Петю?..

— Людко... — із таким жалем.

Сиділи на кухні біля накритого столу.

— Людко, де ж ти сили знайшла... Щоб у своїй біді, у такому горі про мене не забути?.. Слів не знаю, щоби передати, як вдячна тобі...

«Катька думає: я її з-за ґрат витягнула...» — зрозуміла Людмила. Вже хотіла відповісти щось на кшталт «хоч тобі добре», та почула від дверей кухні Стасьчин голос:

— А мені подякувати не хочеш, Катерино?

Молодша Людчина сестра увійшла до кухні, завмерла навпроти столу з наїдками, дивилася на Катерину із ненавистю. Людмила насупилася: знову у малої планка впала?! На похороні відзначилася, потім ридала, наче не Людмила, а вона, Стаська, чоловіка втратила. А тепер — якого біса?! Хотіла гримнути на сестру, та Катерина мовила:

— Дякую.

Насторожено роздивлялася худорляву Стаську: задьористе гостре підборіддя, блискучі, наче вологі гонористі очі, кучма рожево-фіолетового волосся. Пам'ятала її маленькою дівчинкою, пізніше — не перетиналися. Така... войовнича.

— І не спитаєш за що?! — вигукнула Стаська.

— Ану припини мені! — роздратовано процідила Людмила.

Стаську несло. Вирячилася на Катерину.

— Це я усім розповіла, як ти блукала покинутим подвір'ям навколо того місця, де чоловік убитий лежав! Я! — молола на нерві, на сльозі. — І поліцію на тебе нацькувала! Бо й сумніву не маю: ти знала про те убивство і мовчала! А може, і вбила того чоловіка сама!

— Ні... — прохопилася Катерина.

— Хто тобі повірить?! Всі біди від таких, як ти! Погань! Відьма клята! Людей з розуму зводиш!

— Рот свій закрила! — Людмила вибухнула. Підскочила, вхопила Стаську за руку, потягла до дверей.

— Ти — геть гнила людина, Катерино Кохан! І я не шкодую, що хтіла засадити тебе! Не шкодую! — кричала Стаська. — І я не боюся тебе! Чуєш?

Катерина підвелася, завмерла. Бачила, як Людмила виволокла молодшу сестру з кухні, щось тихо і сердито вигорює їй у коридорі.

— Людо... Певно, піду, — мовила винувато, коли хвилиною пізніше Людмила повернулася до кухні, причинила за собою двері, утомлено опустилася на стілець.

Людмила мовчала.

— Людо...

— Тебе не було тоді у Шанівці... — раптом заговорила Людмила глухим хрипким голосом. — Село згоріло, і всі — як дурні. Тиняються, плачуть...

Катерина зіщулилася, наче в очікуванні удару, ошелешено дивилася на подругу.

— ...так страшно було! — вела далі Людмила. — Тільки я тоді не горювала, бо сподівалася, до міста переїдемо. І всралося мені те місто?.. І от коли ще усі не розлізлися по дірах, ще коли вцілілі лахи на згарищах збирали... Так от тоді тато твій, Катю, при всіх до Залусківського присікався. Кричав, що Залусківський чоловіка за балкою убив, а ти все бачила. Так і кричав: «Ти, Іване, людину вбив, а моя Катерина усе бачила! От ти й злякався і попалив село!»

Людмила замовкла. Тиша забила вуха ватою.

— Ти ніколи не розповідала... — прошепотіла Катерина.

— Кать! Ти дійсно бачила, як Залусківський тоді убив людину?!

Катерина усміхнулася гірко, дивилася крізь подругу, не помічала сліз. Лилися рікою — по мамі золотій, по татові, по собі малій, по всіх загиблих шанівцях...

— Не мовчи, Катю! Ти ж бачиш: маю деякі важелі впливу! З-за ґрат тебе витягнула, допоможу і Залусківського туди відправити. Ти тільки наважся свідчити!

— Людо... Я не можу! — витирала рукою сльози, хитала головою: ні, ні...

— Чому?

Пішла до дверей.

— Вибач... Мені час. Сьогодні у Марусі ночую. Не хочу, аби вона через мене пів ночі не спала.

Вийшла на нічну килимівську вулицю, зупинилася: старе кіно, як нове, перед очима крутиться. Людмила проводжала. Стояла в отворі розчахнутої хвіртки, спостерігала за тим, як Катерина вдихнула глибоко, намагаючись угамувати страшні спогади. Як граціозним жестом відкинула хвилясте волосся, підняла обличчя до чорного, всіяного зірками неба так стрімко, наче до порталу, через який черпала енергію. І хоч Людмила хотіла сказати: мовляв, ще повернемося до цієї розмови, раптом подумала — Катька таки відьма.

— Катю... — зірвалася, пішла до подруги, говорила-прозрівала. — Забудь про Залусківського. Бог його карою не омине! Про інше хотіла спитати... Бо... От я помагаю, серце рву через тебе. Навіть Стаську з хати вигнала, щоби не *обіжала* тебе. А ти поможеш мені?

— Людко... Що завгодно.

Людмила вхопила подругу за руку, стиснула від хвилювання, заглядала в очі:

— Хто Петра убив?! Хто?! У тебе ж дар! Ти ж можеш побачити!

Катерині здалося — божеволіє! Втрачає не тільки орієнтири, а й здоровий глузд, бо раптом на дуже коротку стрімку мить ясно побачила перед собою Людмилу. Не ту, яка зараз стояла перед нею на порожній килимівській вулиці, зливалася з ніччю чорним одягом, чорною квіткою у волоссі. Іншу — веселу, гонористу. Розсміялася Катерині у вічі, щезла, залишила себе нинішню — чорну, згорьовану, та нескорену.

— Катю! Кого бачиш?!

— Нікого, — прошепотіла. — Ось тільки тебе, Людо.

Ішла вулицею, озирнутися боялася, щоби не побачити більшого. Серце ридало: що це? Дар повертається? Могутній, незрозумілий, дрімучий, владний. Вхопить за шкірку, змусить нову мазанку для себе ліпити, аби зачинитися у ній на все життя від самого життя, від любові, якої так прагне серце?..

Незчулася, як опинилася біля хати підприємиці Тамари. Зупинилася. Стовбичила, сама не розуміла: нащо ноги її сюди привели?!

Позаду кроки. Обернулася на звук, бачить — тітка Тамара до обійстя з двома важкими повними торбами підходить. Катерину побачила, брови гнівно звела.

— А ти що тут забула, Катерино?!

— Тарасові подякувати хотіла... За добро, яке для мене зробив.

— Нічого мій син для тебе не зробив! І пальцем не ворухнув!

— Дарма ви так...

— Йди собі геть, дівко! І тримайся подалі від мого Тараса, бо розірву! Мало тобі, що Серьожу скалічила, так вирішила за Тараса взятися?! Якого біса тебе взагалі відпустили на нашу голову? Не могли вже навіки зачинити, аби ми усі перехрестилися і забули про тебе!

Тамара кинула торби на землю. Йшла на Катерину, ще мить — і вхопить за волосся, лупцюватиме без жалю. Катерина стояла нерухомо. Дивилася Тамарі в очі насторожено і допитливо, наче намагалася взнати більше, ніж бачила. Тарасова мати зупинилася за пів метра від дівчини.

— Чого вилупилася?!

— Нічого... — пробурмотіла знічено. — Вибачте... — пішла геть.

Тамара дивилася Катерині услід, хитала головою з розпачем.

— Ой, чую, не бачити мені спокою! Не відчепиться, курва! І очі ці... Ой, біда!

— Де біда, мамо? — з двору на вулицю вийшов Тарас.

Тамара кинула швидкий погляд Катерині услід: уже й зникла в ночі.

— Та шо... Сучка бродяча біля двору крутилася, — збрехала. — Ледве відігнала.

— Електрошокер! Я ж тобі казав: собаки бояться електричного розряду.

— Точно, синку. Сьогодні ж покладу до сумки, щоби завжди зі мною був, бо, відчуваю, сучка не відчепиться.

Тарас роззирнувся:

— Давай до нас заберемо. Нагодуємо, хай двір охороняє. Вона де є?

Тамара аж руку до серця приклала.

— Цього тільки не вистачало! — буркнула, сина обійняла. — Та й де її шукати? Дременула кудись, — кивнула на торби. — Бери вже, ходімо до хати. Що за розмови посеред вулиці?

Хвіртка скреготнула металево, от і — порожньо.

Клац — і світло на подвір'ї Гордієнків згасло. Темно стало, як на душі.

З розкидистої абрикоси навпроти Тарасового обійстя на землю тихо зіскочила Стаська. Сіла у траву під деревом, дістала мобільний, набрала Ульку.

— Уль! Сьогодні самий гімняний день мого життя, — мовила у трубку. — Відьму відпустили. І вона не відчепилася від Тараса. Сама до його хати прийшла. Кружляла навколо ґавою. Якби тітка Тамара її не відігнала, точно би біди їм наворожила.

Стаська замовкла. Опустила руку з мобільним, дивилася перед собою зосереджено, наче стояла на трампліні для стрибків у воду і мала стовідсотково сконцентруватися, щоби стрибок удався, бо вибору не мала, лиш — стрибати.

— Стась! Стасю! Ти де? Не мовчи! — чула в телефоні голос Улянки.

Стаська вже зібралася відповісти, та раптом світло на подвір'ї Гордієнків знову спалахнуло, хтось розчахнув двері хати, вже йшов до хвіртки. Стаська пошепки пообіцяла Улянці передзвонити, відрубала дзвінок, сховалася за абрикосу.

— Чого це вони?! — прошепотіла, бо побачила, як на вулицю вийшла вся сім'я: і підприємиця тітка Тамара з чоловіком Федором, і Тарас. Вдивлялися у чорноту порожньої вулиці.

Жінка першою побачила статного красеня у поліцейській формі: виринув із ночі, швидко крокував вулицею. Розкинула руки, пішла назустріч.

— Серьожа!..

Частина четверта

Не заздріть відчайдухам: навіть за мить упізнаваності розплачуються роками заздрісних цькувань чи забуття, а геройська мітка, як тавро, до кінця днів продовжує пропікати шкіру до кістки, і добре, коли людина не шкодує про свій вчинок... Бо якщо навпаки — жовч розчинить життя дощенту, зведе нанівець.

Катерину звільнили, і вже наступного дня Стаська відчула, як людські недобрі погляди відгризають від неї шматки. Поспішала на зустріч з Улькою: домовилися перетнутися біля автостанції у важливій справі ось чому. Кілька днів тому Улянка взнала від киянки Ольги Торбенко, яка у своїй хаті екотуризм зорганізувала, що Роман Швед на пару із Залусківським планують перетворити малу Шанівку на Мекку зеленого туризму національного масштабу і вже роздумують над тим, як представити регіон потенціальним гостям.

— Ми би змогли у мережі про Шанівку розказати, — запропонувала Улянка.

Стаська загорілася: ще б пак! Сто вигод: крута справа — раз, є чим ковідне літо зайняти — два, грошей зароблять — три!

— Із Залусківським домовлюся, щоби заплатив. Крутий дядько! Пам'ятаєш, як підтримав мене, коли я Петрові на Катерину заявила, — вже будувала плани. — Зніму серію краєзнавчих відосиків, а ти, Улько, придумаєш реп під кожне відео. Закинемо у мережу. Крута ж реклама, скажи?

— Думаєш, нам за це грошей дадуть? — здивувалася Уляна.

— Ми ж не дурні задарма ідеї роздавати! — Стаська все знає.

Визначила навколо Шанівки з десяток локацій, вартих представлення всій Україні, відшукала Залусківського, презентувала проєкт просто на вулиці.

— То робити? Вам це цікаво?

— Робіть, подивлюся, — відповів.

— А заплатите?

— Дивись, яка конкретна! — Залусківський хотів послати дівчинку туди, куди Макар телят не ганяв, та згадав, що у його боротьбі проти Катерини ця мала на його боці і раз уже чималого ґвалту наробила, тому кивнув. — Спочатку результат покажіть, аби я знав, за що гроші віддаю.

Та звісно! Стаська ж не дитина! Закони бізнесу прекрасно розуміє! Від радості забула обговорити конкретну ціну роботи, наобіцяла Залусківському показати перші варіанти вже за тиждень, і хоч події останніх днів натхнення не додавали, не здалася: всупереч звільненню відьми, гімняним дням, горю сестри і спокійній байдужості Тараса, з якою хлопець дивився на дівчинку, рвалася до нової справи, як до спасіння.

— Улько! Вже біжу!

Вискочила з траурної сестриної хати, наче горе з себе струсила, та лиш за ріг повернула, коли побачила ту саму торговку, яка у Стаську на базарі плювала: стояла з двома жінками, про щось теревеніли завзято. Дівчинка — голову у плечі, відвернулася, заспішила. Торговка не пропустила: дорослі взагалі намагаються робити все для того, щоби підлітки збивалися у зграї.

— Що?! Нема куди очі подіти, лахудра мала?! — крикнула Стасьці услід. — Догавкалася?! І чого добилася? Відпустили Катерину! Так тобі й треба!

— Та пішли ви! — прошепотіла Стаська. Швидше пішла.

— Мовчиш?! Соромно, заразо?! Щоб тобі язик відсохнув, коли ще хоч раз наміришся нормальних людей оббріхувати.

Стаська озирнулася рвучко.

— Та пішли ви всі! — вигукнула агресивно. Побігла геть.

— Біжи, біжи, сучко мала! — чула за спиною. — Нема кому тебе тепер захищати! Новий поліцейський із твоїми брехнями швидко розбереться!

Торговка ще хотіла щось додати, та жінки зацікавилися:

— У Килимівці — новий поліцейський офіцер? І кого на місце Петра поставили?

Забули про Стаську, є більш актуальна тема для пліток.

Новий поліцейський? Стаська пробігла крізь занедбаний сквер, який сільський голова обіцяв перетворити на Килимівський парк розваг із каруселями і задля того вже завіз тротуарної плитки із заводика, на якому, подейкували, сам хазяйнує, та розбив пару клумб із кущами, які закупив у розпліднику, на якому, подейкували, усім розпоряджається його дружина. Вже бачила попереду Ульку, що виглядала подругу неподалік автостанції, та все думала, хто ж тепер на місці Петра працюватиме. Не Тарасів же старший брат Сергій! Того бути не може. Люся казала: він теє... трохи неповноцінний.

Тамара на старшого синочка надивитися не могла! Якого ж красивого хлопчика народила! Високий, підтягнутий, наче з реклами про фітнес, на лице — нівроку, та головне — кучері. Ох же подобалося матері, що у синка голова кучерява, що з роками світле волосся не порідшало, не став голомозим, не стрижеться під бубон.

— Хоч тут — густо... — зітхала згорьовано, бо з роками серце не перестало плакати через те, що син фатально перепаскудив чоловіче здоров'я у бажанні вразити дурних дівок.

— Аби в голові не порожньо було, не утнув би дурню! — Тамарчин чоловік не вбачав дівчачої провини у тому, що з сином сталося.

Тамара злилася.

— Який з тебе батько, якщо тобі синове здоров'я не болить! — психувала, гнала Федора до міста, куди переїхав Сергій, вимагала, аби допитався і достеменно взнав, як зараз у Серьоженьки на тому фронті... Може з дівчатами мати інтим чи навіки втратив змогу?

— Не хоче він на цю тему балакати, — щоразу відповідав Федір, повертаючись від сина.

Тамарі — гіршого немає, бо якби розуміла, у чому конкретно синова біда, то й думала б, як допомогти. Отака відчайдушна мати: під потяг ляже, аби загальмував і діти встигли у вагон ускочити.

— Питай його! Питай! — довбала Федора знову і знову. — Може, хоч тобі признається, як чоловік чоловікові, бо мене і слухати не захоче. Та й сама не знаю, як таке спитати, щоби крізь землю не провалитися.

— Як ти не можеш зрозуміти, жінко! — дивувався Федір. — Ніколи рана не загоїться, якщо у ній знай колупатися.

— Що ж робити? — бідкалася. — Я ж так мріяла... Щоб у синочків — як у людей: сім'ї, діточки.

— Томо, ти ж дивись! Навіть не думай питати, чи є у Серьожки дівчина... — буркнув чоловік Тамарі, коли одного літнього вечора старший син несподівано зателефонував і повідомив: повертається до Килимівки.

Тамару інше муляло. Одразу після звістки про несподівану смерть Петра Нечитайла вона пів дня покумекала і наважилася на ризиковану оборудку: оперативно призначила зустріч головному районному поліціянту в інтересному генделику неподалік райцентру, вклала йому у руку тугенький конверт із баксами, із благанням зазирнула в очі.

— Ви ж і самі знаєте: кращого за мого Серьожу нового поліцейського офіцера для Килимівської ОТГ не знайти.

— Подумаю, що з цим робити, — відповів начальник районного управління поліції. А грошики не віддав! Поклав до кишені, і бідна Тамара від того дня місця собі не знаходила, бо була за рівновагу і гармонію: якщо від себе щось відривала, натомість мала щось отримати. «Хоч би не обдурив, сука!» — хвилювалася, бо усвідомлювала: назад свої кревні вже не поверне ні за яких умов.

Після смерті Петра й місяця не спливло, коли Сергій зателефонував увечері:

— Зустрічайте поліцейського офіцера Килимівської ОТГ!

Матері би — радіти, а її нові сумніви жеруть: хоч би син не дізнався, яким макаром посаду отримав. Хай би краще думав: за законом, по справедливості, бо те й у роботі поможе...

— Так ти тепер — головний правоохоронець усієї громади?! — спитав Федір, коли наобнімалися, націлувалися, пішли до хати і пізнім вечором зібралися за столом всією родиною. — І як же ти у той соціальний ліфт проліз, що він тебе аж отут викинув?

— А я і Тарасові свого часу казав: кидай свій трактор, гайда до поліції, бо там — перспектива, — хвалькувато відповів Сергій. Хильнув горілочки, усміхався, аж матері — мед. — І геть нічого не тре, аби поліцейським стати: права й атестат показав, кілометр пробіг, підтягнувся дванадцять разів — і вже правоохоронець. Халява!

— Я і без погонів поставлю на місце будь-якого виродка! — відповів Тарас.

Тамара захвилювалася, старшого сина за руку вхопила:

— Серьожо! Серьоженько! Як же добре, що ти тепер з нами! Може, хоч ти Тарасові мізки вправиш? Він же всюди справедливість пнеться встановлювати, а люди *обіжаються*... У кінці вулиці заправка працювала: завжди бензин дешевий купити можна було. І кому погано? Так ні! Вліз наш Тарасик! Нема заправки!

Тарас не встиг і слова вставити. Сергій усміхнувся недобре:

— Не хвилюйся, мамо. Я отут залізний порядок наведу! Гарантую!

— І як Серьожку над людьми поставили? Куди дивилися? — шепотів Федір засмучено, коли врешті повкладалися.

— А ти не радий, що синочка поважають, цінують?! — грізно відшепотіла Тамара.

— Жінко, Сергієві командир над його душею потрібний, бо якщо він отут головним почуватиметься, то — ховайсь!

— Таке дурне кажеш, їй-богу, аж плюватися хочеться! Коли те було, що зривався, наче з прив'язі? Давно виріс, подорослішав, розумним став! От побачиш, як усі здивуються, коли дізнаються, що наш Серьожа тепер — поліцейський офіцер громади.

— Оце вже точно, — відповів Федір. — Усі здивуються.

Залусківський вухам не повірив.

— Хто?! — перепитав помічника Василя, коли той приніс новину про новопризначеного поліцейського офіцера громади.

— Сергій Федорович Гордієнко. Старший брат АТОвця Тараса.

— Серьожка?! Так він же... — Залусківський хотів було сказати — без члена! — та раптом відчув, ніби тримає у руках лопату і так завзято яму копає, аж піт чоло заливає. І ніби не сьогодні копати почав. Давненько махає.

«Втомився, от і лізе дурне в голову», — поставив собі діагноз, відіслав Василя, зачинився у кабінеті, налив стопку, задумався. Занадто багато несподіваних новин останнім часом намалювалося. Мало того, що суддя Катерину звільнив, а Залусківський і досі не зрозумів, ланкою якого захисного ланцюга є вчинок Жорки, який зруйнував його плани, так тепер і нового поліцейського офіцера призначили без погодження із ним.

— Не встиг поставити свою людину! — пробурмотів. — І що то є?

— Старість... — чує.

Волосся — дибки, роззирнувся: сам-один у кабінеті?.. Аж бачить: біля вікна покійна дружина стоїть. Та красива, молода. Здорова. А у віконному склі фігура самого Залусківського віддзеркалюється: змучений, розхристаний, у руках лопату міцно тримає.

— А що робити, Аллуню? — прошепотів. — Час нікого не жаліє. Та тільки рано ти з мене старого пердуна робиш! Я ще десятьом молодим фору дам!

— А жалієшся, Ваню! І там не встиг, і тут...

— Та все нормально, жінко! То я так... Для понту.

— Катерину не чіпай.

— Треба гештальт закрити, Аллуню.

— Є тобі чим і без Катерини займатися. Свої проблеми розгрібай.

— Немає у мене проблем! Навпаки! Сиджу, не напружуюся, а козирі самі до мене липнуть. От, приміром, Тамарчин Серьожка... Він мені замість Петра дуже підходить. Через Тамарку я на нього завжди натиснути зможу.

— Краще би про сина подбав, а не на матір його тиснув.

— І не починай, Аллуню! Немає у мене сина! І вже ніколи не буде! Чесно тобі скажу. Повесні трохи поспостерігав за Тарасом. Зрозуміти хотів... От як би було, якби ми з ним погодились із тим, що рідні... Типу, про що балакали б, як би від людей відгавкувалися... А коли Жорчин Петька собі віку вкоротив, я ото думаю: та нащо мені таке?! Я вже краще — самодин. Бо от Жора хоч і козел і паскуда кінчена, а так його шкода, що аж вирішив дати йому трохи часу, аби отямився.

— Краще дізнайся, Ваню, хто твій час рахує, бо так завжди: ти лиш почав комусь яму копати, а для тебе вже — готова.

Залусківський налився неконтрольованим гнівом. Підскочив та як жбуроне стопку у бік вікна!

— Ти що мелеш, дурна корово?! Залякувати мене явилася? Пішла геть!

Алла усміхнулася печально.

— Ваню, кинь уже ту лопату, — мовила і розтанула.

Тремтів. Аж не одразу почув: у двері грюкають.

— Іване Миколайовичу! У вас все в порядку?! — голос Василя з коридору.

Роззирнувся: вікно — вщент, підлога битим склом усіяна, а знадвору не свіже літнє повітря до кабінету просочується. Щось інше. Старість?..

— Втомився! — повторив уперто. — Просто тре відпочити.

Відчинив двері, кивнув помічникові: зайди! З хаосу думок, які заполонили голову, вихоплював потрібні тут і зараз.

— *Короче*... Від'їду ненадовго. Може, на тиждень.

— Далеко, Іване Миколайовичу?

— Взагалі не твоє діло! Ти працюй, бо коли мене немає, ти отут за двох! Ясно?

— Я на варті. Нове скло у вікно замовити?

— Скло замовити, тітушок зарядити, щоби сиділи на місці, як прив'язані! Можуть знадобитися! А наших депутатів, навпаки, відпусти. Всі, кому платимо, хай роз'їжджаються!

— А раптом сесія сільради?

— Василю, от скажи! Яка може бути сесія сільради, коли мене немає у Килимівці?

— Зрозумів. Зробимо, щоби кворуму не було: розгонимо депутатів.

Помічник пішов по віник, щоби зібрати бите скло з підлоги. Залусківський стояв посеред кабінету, ошелешено дивився на позбавлене функціональності вікно і намагався зрозуміти, де те місце на землі, яке принесе йому відновлення, та раптом із жахом зрозумів, що воно... поряд із Аллунею.

Жах — льодом.

— Та куди?! — буркнув. — Ще тут не розібрався...

Якщо ти у центрі подій, то вже собі не хазяїн, бо події не відпустять. У найоптимістичнішому разі вирвешся скаліченим.

Катерина заплуталася, розгубилася... Повернулася до Шанівки наступного дня після звільнення під заставу, одразу відчула, як змінилося все навкруги. Наче багато років жила на узбіччі, рухалася своїм шляхом, бо ніхто уваги не звертав, а тому й не заважав. А тепер — як? Вихор подій, у центрі яких опинилася і тепер незграбно борсалася, наче у багнюці, ніс в один бік, а насправді — чи їй туди?! І — з ким? Хто потрібний?

«Тарас...» — промайнуло. Здивувалася: чому сина Залусківського знову згадала? Про Романа ж подумала! Навіть уявила: повернутися додому, дивитися хлопцю не в очі — на русалку біля серця, усміхатися знічено і казати, що той вечір... коли їх розлучили, що вона хоче продовження, бо всі дні за ґратами, коли би лиш за себе боятися, думала про той вечір... Щоби він продовжився...

— Рома... — не мала сумніву: хлопець примчить, лиш дізнається — вона вже вдома.

На ґанку — чашка кави. Ще тепла. Накрита одноразовою паперовою підставкою під склянки. Під чашкою — записка. «Терміново викликали у Київ, — читала. — Невдовзі побачимося. Пий каву, мила. Здається, нас зупинили лиш для того, аби ми ще сильніше зажадали продовження...»

Зашарілася. Збудження — гарячою рікою. Впасти би спиною у трави, дивитися у небо, дихати гіркуватим повітрям лук, знати, що щастя вже поруч.

Не встигла й каву допити, як реальність висмикнула із мрій, почала довбати у тім'я.

Першою завітала неблагополучна Валька Шамраїха.

— Катерино, щоби ти знала! Ми всі отут не дуже раді, що ти повернулася. Всякі проблеми через тебе! Так я подумала... Якщо надумаєш виїхати, можна, я з малими до твоєї літньої кухні переберуся? — шию витягнула, здалеку роздивлялася відремонтовану будівлю. — Підтримуватиму порядок, город поливатиму, картоплю викопаю. Чи ти картоплю не садила? А чому? Як без картоплі?

Катерина засмутилася: гонить її Шанівка? Аж за Валькою вслід — Поліщуки: і староста Артем, і його дружина Неля. Принесли дві торби продуктів: картоплі, цибулі, сала, яєць, пів кроля.

— Катю, ти як? Якщо потрібна допомога — тільки гукни. Ми поряд, — на два голоси.

— Про бабу Аду щось знаєш? — спитав Артем.

«Був би дар — вже би побачила», — подумала Катерина. І аж заклякла, бо спробувала зосередитися і зрозуміти: бачить? Дар реально повернувся чи ні? І сто думок одночасно: якщо дар повернеться, то — геть погана новина для неї, бо тільки повірила у те, що звичайне життя можливе.

— Катю...

— Не знаю, — відповіла обережно.

Хоч і не побачила геть нічого, ще остерігалася радіти. Тому, коли наступного дня у хвіртку стукнула Людмила, ще більше розхвилювалася. Питала себе подумки: хто убив Петра? Допитливо дивилася на подругу, та, крім великої штучної чорної квітки у рідкому волоссі Людмили, нічого не побачила. Пропав дар, хвала Богові? Видихнула з полегшенням.

— Людко, я така рада, що ти до мене заїхала.

— Катю, ти навіть не уявляєш, яку я ціну заплатила за те, щоби тебе відпустили, — удова одразу до діла. — Гроші, якими тебе викупили, — то все фігня! Аби суддя рішення про заставу не прийняв, сиділа би ти...

— Я розумію.

— Тоді помагай, Катю! Не тре відморожуватися, типу: я взагалі *не при ділах*!

— Людко... Клянуся! Не бачу, хто Петра убив.

— Залусківський його убив!

Катерина завмерла. Дивилася на подругу приголомшено.

— Свідків немає, тож він думає, і це злодійство зійде йому з рук! — продовжила Людмила. — А я на шмаття порвуся, лиш би помститися покидьку! Помагай! Розкажи вже усім, як чотирнадцять років тому за балкою Залусківський чужого дядька убив! Тоді ми його точно посадимо!

Катерина розгубилася, кинула швидкий погляд у небо.

— Порадитися... мушу, — пробурмотіла.

І хоч те виглядало більш ніж дивно, Людмила лиш кивнула.

— Не затягуй, бо тепер на поліцію — ніяких надій! Ніхто не допоможе! Самі маємо оцю проблему вирішити!

— Когось же призначать на місце Петра...

— Вже призначили. Серьогу Гордієнка!

Катерина здивувалася: усміхнулася розгублено, плечима знизала...

— Отож-бо й воно! — сказала Людмила. — Хоч плач, хоч скач! Нам з тобою, Катю, точно життя не дасть.

— Чому?

— Бо тільки ми на власні очі бачили, що він зі своїм членом зробив! Думаєш, захоче, щоби ми йому очі муляли і спогади освіжали?!

Людмила поїхала, а Катерину по руках і ногах зв'язали тривожні передчуття. До ночі зішкрібала стару фарбу з дверей: дерла і дерла, аби тільки не думати про дар і знаки, Людку і її молодшу сестру, покійного Петра, Залусківського, Сергія і Тараса, їхню матір тітку Тамару, вчительку Марусю. І про маму золоту, і про тата, про Сашка, дядька Романа...

— Одне село, одна історія, — шепотіла. — До кінця мого життя не закінчиться. І не вибратися з неї... — зупинилася, задумалася. — Хіба що Рома мене звідси забере.

Кинула шпатель, вийшла у ніч. Підійшла до хвіртки, дивилася на порожню нічну вулицю: скоріше би повернувся.

За парканом — тихий шурхіт. Від страху — крок назад.

— Катю, не бійся... — почула.

Тарас? Вдивилася у чорноту: поряд із обійстям темна постать із ніччю зливається.

— Тарасе? Що ти тут робиш?

— Відколи за Шанівкою хтось став тихцем сміття викидати, вночі селом бродячі пси почали гасати, — відповів спокійно.

— Так ти мене охороняєш? — зашарілася, відчула, як кров — по щоках. — Тарасе... Дякую тобі за все! За те, що знайшов убивць того бідного чоловіка, який на моєму подвір'ї помер. Я приходила до твого двору, коли мене звільнили, подякувати хотіла. Та тітка Тамара... Неважливо. Дякую тобі за все. І не треба мене охороняти.

— Чому?

— Просто не витрачай на це часу, прошу.

Довго мовчав.

— На Сході ми теж усіх захищали. І тих, хто казав, буцімто їм того не треба, — також. І досі живі... — відповів врешті.

Якби у ті дні хтось запитав Стаську: ти жива?

— Не впевнена... — відповіла би *НечуваноДєрзкая*. — Якщо усе, що є нині, — моє життя, то мені не хочеться мати з цим нічого спільного.

Намагалася не думати про байдужість героя-АТОвця, не пестила у серці любовні страждання, бо смерть Петра не відпускала, завалювала мозок запитаннями, і Стаська щоразу знаходила на них нові невтішні відповіді. Трималася біля старшої сестри, ніби Людмилине горе притишить її власне, але довго у задушливій атмосфері траурної хати не витримувала.

Їй би — на вулицю, на повітря! Та люди ніби показилися:

— Стасько, ми паркан обісцяли! Накажи поліції, щоби нас заарештували! — наввипередки кричали пацани на вулиці. — Не можеш? А якщо ми тебе обдзюримо? Даш *отвєточку*? Ти ж, типу, доросла тьолка!

— Поливанова, що ти отут видивляєшся? — запитала вчителька Маруся, коли побачила Стаську біля школи. — Вишукуєш проблеми, щоби кляузу написати? Бо ж ти у нас — *сама правильна*! Одна лиш ти не хочеш у гімні жити, а всі інші — тільки «за»!

Навіть стара баба, яка куняла собі на лаві біля двору, і та прокинулася, коли побачила Стаську, прошамкала:

— І ходить вона тут! І ходить! А потім — людям горе...

Стаська дратувалася, складала з пальців «фак», цідила:

— Пішли ви всі... Не чую вас, не бачу! Мені он відеопроєктом займатися тре!

Та для того, аби знімати відео, потрібно було вийти на вулицю...

— Уль... Перенесемо зйомку! Сьогодні біля Люсі залишуся, бо їй геть погано, — брехала Улянці, вкотре відкладаючи зустріч.

— Стась! Відколи Катерина повернулася, Тарас знову під її хатою ночує. Чесно. На власні очі бачила, — телефоном переповідала Улянка подрузі.

— Дідько, Улько! Краще би я не знала.

— Стась, може, піди до нього?

— Нащо?

— Коли погано, краще бути поруч із тим, кого любиш.

— Він мене не любить.

— Ти не знаєш! Зустрінься з ним. Признайся...

— Улько... Ти хоч і мелеш дурне, я однаково за тобою скучила, — відповіла Стаська, бо раптом усвідомила: трагічні події перекреслили щоденні зустрічі з єдиною подругою, яка ніколи не зраджувала.

— Стась! Я — більше! Зараз приїду!

— Уль, зараз мені коло Люсі чатувати! — відбій.

Не збрехала. Поки розмовляла з Улянкою і товклася на кухні, побачила, як у двір заїхав суддівський «мерседес». Як похмурий суддя вийшов з автівки, почимчикував до хати, де у вітальні біля столу стовбичила чомусь схвильована насторожена Люся. Чекала на свекра? Певно.

Після похорону Петра суддя вперше об'явився тут, та ще й у такий час, коли вдома, крім Людмили і Стаськи, нікого не було.

— Приб'ю... — прошепотіла дівчинка. У мізках рефрен: ні, ні, ні! Більше старий козел нізащо не доторкнеться до її сестри.

— Стасю! До вітальні поки не заходь, — наказала Люся, зазирнувши до кухні.

Стаська захвилювалася. Роззирнулася, бо промайнула думка: треба вхопити в руки щось важке! Перед очима — ніж, молоток. І Петро... Аж хитнулася, бо запаморочилося, задихнулася, сльози залили очі. Видихнула, завмерла під дверима вітальні, вимкнула звук мобільного, аби не виказав її присутності. Спершу підслухає, про що сестра зі своїм свекром балакатимуть.

За хвилину констатувала: з тихої і незбагненно спокійної розмови не розібрати ані слова. Наїжачилася, обережно прочинила двері, бо у мізках продовжувало бити: ні, ні, ні... Більше нізащо суддя не позбиткується з Люсі. Стаська не допустить!

Вирячилася, аж очі запекли, насторожено спостерігала за суддею і сестрою. Та що довше дивилася, то більше запитань виникало у голові. Похмурий засмучений суддя сидів на відстані метра від невістки. Уважно слухав те, що говорила йому Людмила. Кивав. Простягнув руку... Та не для того, аби облапати синову удову. Взяв якийсь документ із Люсиних рук, читав уважно. Повернув документ невістці, заговорив тихо, але впевнено, і Стаська бачила: та впевненість додає сестрі сил і віри у завтрашній день, бо не тільки слухала уважно. Раптом видихнула з полегшенням, закивала: так, так...

— Що відбувається? — прошепотіла Стаська. Вирішила спостерігати до тої миті, поки суддя не поїде.

Подальший хід розмови приголомшив дівчинку. Бачила: суддя перехопив ініціативу, щось упевнено і дуже доброзичливо пояснює невістці. Вона слухала його, наче заворожена, хитала головою: та не може бути!.. А коли закінчив викладати аргументи, підвівся важко, дивився на невістку із гіркотою в очах, кинулася до нього, обійняла, мовби тата рідного, схлипнула.

— Дякую... — мовила досить голосно. Стаська розчула. Люся так і сказала: дякую...

Суддя давно поїхав. Стасьчина мати забрала з садка і привела додому Люсиних синочків. Люся складала у велику сумку Петрові чисті випрані і випрасувані речі, щоби мати забрала їх і роздала бідним людям, а Стаська тинялася сестриним подвір'ям, дивилася перед собою, та нічого не бачила, бо ніяк не могла знайти чіткої відповіді на єдине просте запитання: крізь вікно у суддівському кабінеті вона точно бачила, як свекор ґвалтує Люсю, чи то була схожа на Люсю жінка, чи, приміром, чоловік, схожий на суддю?.. Не знищила б фото, зараз би вдивлялася, аж очі повилазили б, бо сумніви виникли несподівано і миттєво, заполонили голову: не могла повірити, що оцей поважний пан, який тільки-но привіз невістці якусь, певно, дуже підтримуючу новину і вів себе шляхетно, наче лицар, міг вчинити нице насильство. Невже помилилася?..

Жахнулася, аж ноги не втримали. Опустилася на сходинку ґанку. Закам'яніла. Навіть очі недвижними стали. Лиш у голові колотилося: невже помилилася?..

Іван Залусківський заради відновлення не поїхав світ за очі, хоча і збрехав голові килимівської громади Косюку: навіть у пандемічні часи не боїться довгих відстаней і тривалих перельотів, тож чому би йому не мотнутися у Занзібар, наприклад. Чи там у Домінікану.

Насправді потайки від усіх ізолювався у своєму лісовому барлозі, де у кращі часи влаштовував кількаденні гулянки на двадцять-тридцять осіб, покликав туди команду з лікаря, психолога, масажиста з сильними руками, персонального тренера, кухаря-італійця і двох недешевих повій з вищою освітою і знанням іноземних мов, бо без сексу із присмаком інтелекту — яке відновлення? Чималим авансом зарядив команду на віддану йому цілодобову працю, у перший день спільними зусиллями розробили режим дня з суворо зафіксованим часом прийому їжі, відходу до сну і прокидання вранці, що, на думку лікаря, мало допомогти Іванові якнайшвидше відновитися.

Кілька днів Залусківський примушував себе виконувати розпорядок, який сам же і затвердив, потім засумував, влаштував пейнтбол, де команда по черзі, включаючи повій і італійця, виконувала ролі втікачів, яких мали розстріляти фарбою, потім змусив усіх співати караоке, день на п'ятий так заганяв найманців, що аж відчув перші ознаки морального задоволення від проведеного в ізоляції часу і навіть вирішив серйозно поговорити з психологом.

— Що вас найбільше тривожить, Іване Миколайовичу? — психолог трішки покалічився під час пейнтболу, але з усіх сил намагався зберігати доброзичливість до клієнта. — Розкажіть. Стали помилятися?

— Знущаєшся? — роздратувався Залусківський і відмітив, що це теж позитивний знак. — Ніколи не помиляюся. На швидкість реакції скаржуся. Розумієш?

— Але ж... хіба це — не одне й те саме? — обережно спитав психолог. — Результат реакції, яка запізнюється, по факту — помилка.

— Так! Психологу! Ти мені допомогти повинен, а не плутати!

— Я намагаюся! Вибачте, коли хибно вас зрозумів. Якщо наведете конкретний приклад, мені буде простіше зрозуміти суть проблеми.

— Не питання! — кивнув Залусківський. — Я тобі приклад наведу. Гіпотетичний.

— Чому гіпотетичний?

— Не вистачало ще про реальні косяки розповідати! Так-от! Гіпотетично! Я наказав депутатам, які у мене на зарплаті, щоби здриснули з села.

— Навіщо?

— Щоби я міг спокійно відпочити! І не хвилюватися, що голова сільради без мене проведе сесію. Вважай, перестрахувався: нема кворуму — не буде сесії, депутати не наприймають рішень, які мені не підходять. І от... чисто гіпотетично я дізнаюся, що один депутат, сука, нікуди не поїхав, вирішив посидіти на двох стільцях, а тому сесія може відбутися. Ясна річ, я негайно зв'язуюся з головою сільради, щоби попередити: ніякої самодіяльності, мать твою! Оперативно розглядаю варіанти покарання депутата і паралельно дізнаюся, хто його переманив, але саме у цей час отримую несподіваний дзвінок...

Залусківський на мить замовк, видихнув і вже хотів продовжити, та раптом задзеленькав його мобільний.

— Іване Миколайовичу! — почув схвильований голос помічника Василя. — Голова зараз проводить сесію! Наші — не засцяли! Ні! Ніхто не прийшов, але Косюк наважився без кворуму рішення ухвалювати. У закритому режимі. І я думаю...

Василь ще щось говорив, Залусківський уже не слухав. Зірвався. На ходу скидав із себе шовковий халат, у якому тинявся лісовим барлогом, як той пан. Нашвидкуруч натяг перші-ліпші штани і сорочку. До автівки.

— А ми? — команда найманців бігла услід. — Що нам робити?

— Сидіть і чекайте! Вам повідомлять про моє рішення! Пришлю когось під вечір!

До Килимівки домчав за годину. Автівку — до сільради, а там уже юрба розбурханих селян вирує: і килимівці позбігалися, і шанівці приїхали. Крик стоїть.

— Косюк із компанією нашу землю дерибанять! На сайті — ніяких оголошень про сесію. І що це за закритий режим? Точно відомо: депутати заздалегідь не отримали порядку денного, а за законом — мали би за два тижні! Не знали, які питання розглядатимуть! А де громадське обговорення? Чому земельна комісія не засідала? І чому нас не пускають на сесію?!

— А от зараз я і дізнаюся, чого це нікого не пускають! — Залусківський — танком до будівлі сільради.

Бачить — біля дверей двоє патрульних, а до нього вже високий красунчик у поліцейській формі крокує, загороджує прохід.

— Іване Миколайовичу! Дозвольте представитися! Старший лейтенант Гордієнко, тепер — поліцейський офіцер громади. Чим можу допомогти вам?

— Відійди! Оцим і допоможеш!

Перетнулися очима. Залусківський бачив: Сергієві відчайдушно хотілося стояти стіною. Не наважився. Відійшов. Дивився на Залусківського, коли той входив до будівлі сільради.

— Однаково сесія вже закінчилася, а депутати через чорний хід розбіглися, — буркнув Іванові у спину. І щоби не почути у відповідь щось нищівне, вже кричав людям під сільрадою: — Ану, розійшлися! Тут хаосу не буде! Мене всі почули?!

Голова килимівської сільської об'єднаної громади пан Косюк побачив Залусківського, який входив до його кабінету, і ледь не обісцявся від страху.

— А... Занзібар?

— Зараз я тобі такий «занзібар» влаштую, мало не стане! Тобі хто, сука, дозволив сесію проводити? Ще скажи, земельні питання розглядали?

— Іване Миколайовичу! Іване! Чисто технічно! І тільки заради того, щоби задовольнити апетити центру. Капелану тому «за заслуги перед Україною» виділили. Представникові його. Це така проблема, яку не обійти.

— Ще кому?..

— Та кому... Різним людям. Розглянули дві сотні заяв... У зв'язку з новою інформацією і уточненням щодо кількості земель резерву.

— Ти що несеш, голово? Які ще уточнення?! У нашій громаді землі стало більше?

— Так вийшло, Іване. До мене — які претензії? Вчора отримав рішення суду. Мав відреагувати оперативно. От і зібрав сесію. І кворум був, точно тобі кажу. Через zoom деякі депутати до сесії доєдналися. Все — чисто! За законом.

— Яке ще рішення суду? — Залусківський відчув неприємний холод у спині.

Голова засовався, заметушився. Дістав із папки папірець, з винуватим виглядом простягнув Залусківському. Це було рішення суду, і перше, що побачив Іван, — прізвище судді: Нечитайло.

— Справа про визначення додаткового строку на прийняття спадщини від громадянки Алли Іванівни Залусківської... — читав, укривався холодним потом.

— Хіба є моя вина у тому, що твоя покійна дружина віддала всю свою землю громаді?.. — чув голос Косюка. — Як ми могли її не прийняти?

— Так ви її сьогодні прийняли й одразу поміж своїх розділили?! — спитав Залусківський, та голосу свого не почув.

— Іване, ми... надолужимо. Є така надія. Існує... — голова замовк. З острахом дивився на ошелешеного Залусківського. Спробував проковтнути страх. — Водички? — спитав.

Не став чекати на відповідь. Подумки молився, тремтячими руками налив воду у склянку. Підійшов до Івана, простягнув йому склянку.

Залусківський важким поглядом уп'явся у Косюка. Розмахнувся і щосили вдарив голову сільської громади кулаком у щелепу.

— Дякую... — прошепотів. — Пити не хочу. Тільки з'їсти вас усіх, покидьків!

Двері носаком відчинив. Вийшов стрімко.

— Нічого, нічого... Все гаразд, — шепотів голова, вмиваючись кривавою юшкою. — Все буде гаразд. Не зможе він нічого назад повернути. Сподіваюся...

Суддя Нечитайло із заступницею саме розподіляли справи, коли Залусківський з таким грюкотом розчахнув двері, що ті ледь із петель не зіскочили. Не чекав... Та страху не виказав. Як сидів у робочому кріслі, так і завмер, лиш напружився, уївся недобрим поглядом у непроханого гостя.

— Ви що собі дозволяєте, Іване Миколайовичу?! Тут працює голова районного правосуддя!

Залусківський жестом показав Нечитайловій заступниці на двері: мовляв, вийди! Жінка розгублено зиркнула на шефа. Нечитайло не зводив з Івана очей.

— Розпорядіться, щоб нам кави заварили і залишили її у приймальні, — процідив заступниці.

Жінка вилетіла кулею. Залусківський подався до судді:

— Відміни рішення по заповіту Алли!

— Ні, Іване! Тепер — нізащо!

— Тепер?

— Я сина втратив! Сина! Єдину дитину, а ти приходиш сюди і влаштовуєш мені істерики через те, що втратив якусь там землю?! І я маю тебе зрозуміти?! — суддя підвівся напрочуд стрімко, відсунув крісло, ходив кабінетом, кидав погляди-блискавки у Залусківського. — І от спитати: через що ти рвеш серце, Іване? Нащо тобі стільки землі? У тебе ж — нікого немає! Сам-один, як той... ведмідь Балу. Чи та зміюка... Забув, як її звали. Я зараз онукам про Мауглі читаю, так там багато самотніх звірів.

— Жоро, у тебе дах протік від горя? Про яких ти мені тут Мауглі ліпиш?! Рішення, кажу, відмінив!

— Я тобі не служба виконання замовлень, Залусківський! Тут суд, мать твою! Давно мав зрозуміти: поки у нас закон верховенствує, моя карта твою завжди поб'є.

— А-а-а... Так он у чому справа, — мовив Залусківський повільно, наче язик ледь ворушився, відмовлявся викидати з рота слова. — А я і справді був подумав, що ти по синові горюєш...

Пішов до дверей.

— А то не твоє діло, як я горюю! — крикнув суддя йому вслід. — Головне, мені є заради кого жити!

Залусківський не відповів. Грюкнув дверима. За два ковтки випив дві філіжаночки гарячої кави, які стояли на столі у приймальні. Вийшов на вулицю, де на нього чекали автівка і Василь.

— Тільки не кажи: це кінець, шефе, нас переграли! — сказав Василеві. — Бо якщо ти засумніваєшся у мені, то я тебе не просто звільню. Я тебе, сука, приб'ю!

— Іване Миколайовичу! Які сумніви?! Ви будь-кого порвете! Без варіантів!

— Добре, — кивнув. — Ти, Васю, нормальна така психологічна підтримка.

— Значить, працюватимемо сьогодні понаднормово?

— Зараз — до барлогу. Там з людьми треба розрахуватися і розігнати їх до дідька. Займешся цим. А я... до міста.

— Так, може, я — до барлогу, а ви — одразу до міста, щоби часу не гаяти?

— Е, ні, Васю! Мені треба з барлогу до міста одну вкрай цікаву річ прихопити, — відповів Залусківський. Усівся поряд із помічником на пасажирське сидіння. — Чого чекаємо? Поїхали вже подалі від цієї вигрібної ями!

Стаська почувалася так, ніби її викачали у багнюці, а потім ще й заплювали. Від того ще відчайдушніше хотілося умитися, та страшні сумніви забрали чисту воду. У снах являвся Петро, ошелешено знизував плечима.

— Тобто як це на фотці з телефона можуть бути не Люда з татом, а схожі на них люди? — питав розгублено. — Мала, дідько! Я повісився через ту фотку!

— Ти ж теж роздивлявся її.

— Не роздивлявся! Лиш один погляд кинув, бо збентежився вкрай: у мене перед очима все пливло! Тепер і не пригадаю: чи точно там Люду з татом побачив. Тобі повірив! Ти ж усе — на власні очі! Ти сфотографувала! Ти мені показала... Ти сказала, що тато Люду ґвалтує! Ти!

— Петю, вибач! — плакала уві сні. — Скажи, як усе виправити? Що мені зробити, щоби ти не *обіжався*?

— А що робити? Тепер до мене йди! — відповідав Петро, простягав Стасьці мотузку.

— Ні! — прокидалася у сум'ятті, шукала у живому житті: за що вхопитися, аби не думати про страшне.

— Улю! Приїжджай! Не можемо більше відтягувати: зніматимемо відоси! — телефоном викликала подругу до Килимівки.

Здивувалася, коли Улянка запропонувала перетнутися біля покинутого елеватора. Чому там?

— Я на дах залазила, — призналася подружка. — Зверху — такі панорамні види круті. Те, що нам треба.

— Уль, уже мчу! — і то була не фігура мови.

Миттєво зібралася — футболка, шорти. Вітром би неслася так швидко, щоби навіть недобрі погляди не встигали колоти, розсипáлися за спиною. На щастя, літній спекотний день розігнав люд по хатах, порожньо. Навіть автівок менше, ніж зазвичай. Стаська тільки і звернула увагу на дорогий позашляховик із київськими номерами: промчав вулицею у бік Шанівки. Відьмин кавалер? Точно! Проводила автівку поглядом, помчала далі.

Та коли перебігала занедбаний сквер, у якому двійко нетверезих дядьків кволо стукали гумовими молоточками по тротуарній плитці, з-за дерев їй назустріч вийшла і заступила дорогу зграйка підлітків: трійко хлопців і дівчинка. І ніби нічого тривожного: яскравий одяг, пофарбоване волосся. Стаська — така сама!

Знала їх: трохи старші, усім — по п'ятнадцять, закінчили дев'ятий, по суботах бігають до клубу, щоби хильнути горілки, гоцати під музику чи лапатися по кутах. Дівчинку, здається, Олею кличуть, її мати працює медсестрою і гонить самогон на продаж. Усі знають. Худого хлопця торік ледь урятували від передозу: обколовся якоюсь гидотою, аж піна з рота лізла. Жирний кабан — Гена, його батьки на базарі торгують, а міцний качок, що усі його чомусь Помідором звуть, одного разу собаку голими руками задушив і досі цим хвалиться, козел придуркуватий!

— О! Поливанова! Зірка наша! — уїдливо хмикнула дівчинка Оля, підсмикнула вище коротку спідничку.

— Оця мала — зірка? — спитав один із хлопців.

— Ну, типу вона так думає! — гидливо хихотнула дівчинка. — У школі всіх конкретно опустила! Сказала: ви усі — лайно і жити у лайні хочете! Так, Поливанова?!

Стаська не відповіла. Насупилася, спробувала обійти зграю, та один із хлопців — худий, шарнірний — ухопив Стаську за руку.

— Куди?! Ану стояти!

— Що треба?! — відчайдушно вигукнула Стаська.

Намагалася вирвати руку, та до неї підскочив міцний, спітнілий, наче після тренування, Помідор у спортивках і синтетичній майці. Рукою ззаду обхопив Стасьчину шию, притиснув: захрипіла, перестала вириватися. Дивилася на компанію із жахом.

— Що треба?.. — ледь чутно.

— Хай цицьки покаже! — зареготав перегодований Гена.

— Ні! Хай піську покаже! — із викликом вигукнула дівчинка Оля. Кинула на качка швидкий метушливий погляд, засміялася демонстративно голосно.

— І цицьки, і піську! — вирішив спітнілий Помідор. — А ви знімайте на свої телефони! Без хайпу — підписників не додасться!

Метушня на стежині привернула увагу дядьків-плиточників.

— Ей! *Молодьож!* Що ви ото витворяєте?! — крикнув один.

— Закрий хавальник, старий! Бо я зараз із тебе штани спущу і в мережу твою голу сраку викладу! Хочеш?! — Помідор точно був у зграї головним. Так і тримав Стаську за шию, кричав до дядьків агресивно, нервово.

— Не чіпай! Хай собі казяться! — порадив один із дядьків другому, знову застукали молоточками.

Помідор ослабив захват, штовхонув Стаську у спину:

— Знімай труси, сучко!

— Помідоре, футболку їй задери! — крикнув худий. — Подивимося, у неї цицьки є чи ще не виросли!

Стаська вирячила очі від жаху і раптом щосили уп'ялася зубами у передпліччя качка, що воно — ось, прямо перед Стасьчиним носом. Помідор не очікував. Заволав. Другою рукою щосили довбонув Стаську по голові: раз! І в очах Стасьчиних — вечір. Щелепи розімкнулися, рухнула на землю. Свідомості не втратила. Бачила великі від переляку очі дівчинки Олі, яка задкувала, рученята трусилися, але продовжувала знімати відео на мобільний і усміхатися неприродною приклеєною посмішкою. Качок Помідор усе волав, зняв майку, присів навпочіпки, прикладав до рани на передпліччі синтетичну тканину, а до Стаськи вже бігли худий нарик і жиробас Гена.

— Дідько, вона кінчена! Приб'ю на фіг! — худий щосили вдарив дівчинку носаком у плече. Жиробас — і собі.

Стаська скрутилася зародком: Петро таки домігся свого?! До нього піде?..

Покидьки не встигли зігнати на дівчинці усю свою злість. Удари раптом припинилися, ніби їх хто вимкнув. Стаська так і лежала на землі. У голові — глухий безперервний гул. Кров і сльози заливали очі. Чула, як раптом Гена заволав:

— А-а-а-а! Боляче!

Як дівчинка Оля закричала:

— Ви чого?! Не треба! Не треба!

Стаська не бачила, що відбувається. Як могла, підвелася, побігла геть. Сил вистачило добігти до порожньої покинутої контори колишнього колгоспу. Притулилася спиною до стіни з червоної цегли, сповзла по ній на землю, і тільки тепер так гірко розридалася, аж увесь світ умить посивів від дівчачого горя.

Скільки ридала? Хтозна. Врешті трохи вгамувалася: вже не захлиналася, сльози просто текли і не збиралися зупинятися. Сиділа на сухій теплій землі, скляними очима дивилася перед собою в одну точку, дивувалася: геть думок немає. Тільки тупа німа тиша. Хіба так буває?..

Тиша недовго протрималася. Порвалася від стороннього звуку: Стаська почула кроки, насторожилася. Вхопила у руку уламок цеглини, якими була всіяна земля навколо руїн. І хоч мізки підказували: слід мовчати, завмерти, заклякнути, стати настільки непомітною, щоби аж невидимою, раптом відчайдушно вигукнула:

— Хто?!

Вдивлялася у руїни, трусилася од незрозумілого збудження.

— Повбиваю! Повбиваю, покидьки! — шепотіла, бо думала — зграя прийшла по неї. А хто ще?!

З-за руїн вийшов Тарас. Мить стояв нерухомо. Потім підійшов, незграбно всівся на землю поряд зі Стаською. Дістав із кишені телефон, простягнув дівчинці:

— Ти мобільний загубила.

Взяла. Сльози повернулися.

— Дякую, — прошепотіла.

Довго мовчали. Потім задзвонив Стасьчин мобільний.

— Уль... Не прийду сьогодні, — сказала подрузі.

Знову мовчали. Врешті Тарас сказав:

— У мене є вода. Умиєшся?

Кивнула. Підвелася, і хоч уся побита, встала на ноги швидше за хлопця. Злив їй на руки води з пляшки. Умилася.

— Ще непогано виглядаєш, — усміхнувся. Торкнувся синця на руці. — Болить?

Захвилювалася, головою захитала: пусте...

— У мене така проблема! — призналася. — Спочатку хотіла вбити одного покидька, а тепер і не знаю, чи покидьок він. Та легше не стало. З кожним новим днем хочу вбити все більше покидьків чи вбитися самій.

— Це мине.

— А я не хочу, щоби це минало! Не хочу звикати до ницості, підлості, тупості!

Кивнув.

— Нормально. Теж варіант, — сказав.

— А як жити?

— Отак і жити.

— Це ж неможливо!

— Любов поможе.

Завмерла. Дивилася Тарасові в очі.

— Я тебе люблю, — призналася раптом.

Не здивувався. Знову кивнув: мовляв, знаю.

— Оце точно мине, Анастасіє! Гарантую! Твій Ромео ще на підході. З'явиться за кілька років.

— Ні! Ти нічого не знаєш! — вигукнула схвильовано.

— Точно! А ти вже знаєш все! — аж усміхнувся.

— Я — не дитина, Тарасе! Тобі потрібний секс? Я... можу! Так! Знаю як!

Уп'явся у дівчинку настороженим поглядом.

— Чуєш! Вгамуйся! — кинув раптом жорстко. — А то я щось заплутався! Так ти проти ницості чи готова віддатися по приколу?

— Ти все неправильно зрозумів, — знову ледь не розревлася. — Я геть інше хотіла сказати!

— Так! Досить слів, Анастасіє! Живи без косяків і не бігай за тим, хто в інший бік дивиться. Гордість май, бо інакше тобі ніщо не допоможе!

— З тебе приклад беру! — вигукнула. — Катерина тебе не любить, а ти її забути не можеш! Скнієш під її хатою щоночі!

Тарас точно хотів щось відповісти, бо навіть крок до дівчинки ступив. Та раптом завмер на мить, розвернувся, пішов геть.

— Хоч сьогодні до Катерининої хати не ходи! — відчайдушно викрикнула Стаська Тарасові услід. — Хлопець її київський повернувся. Сама бачила!

Не озирнувся. Не відповів. Назавжди пішов? Геть засмутилася.

Передчуття будь-якої важливої події перебирає на себе левову частку емоцій. Катерина хвилювалася. Чекала на Романа, не знала, коли повернеться, від того ще більше розбурхала себе, бо рішення визріло.

— Досить мордувань! Рома прийде... Скажу: я — твоя, — знайшла спасіння.

Пробувала уявити — що буде потім? Він... упаде на коліна, цілуватиме її руки? Одразу роздягатиме? Чи — сама?! А... де все має статися? Тре підготувати постіль? Свіже простирадло? А це не дурня, щоби хлопець зайшов і побачив розстелену постіль?

— Так... ніби неба нема, — прошепотіла.

Засмутилася. Доросла дівчинка, а в дорослих *ділах* геть нічого не кумекає! Так склалося.

— Катю... — Рома одразу помітив дивну настороженість дівчини.

Повернувся до Шанівки наступного дня після того, як голова Килимівської ОТГ Косюк зателефонував йому і повідомив:

— Ваше питання по землі вирішено. Тепер краще рухатися дуже швидко.

— Зрозумів. Уже рухаюся, — відповів.

Телефон — біля вуха, бізнес у режимі переговорів-консультацій-наказів. Про себе — не забути!

— Катю... — врешті у Шанівці.

Закинув речі на подвір'я Раїсиної хати, заспішив до дівчини. Побачив — тоненьку, схвильовану, у легкому квітчастому сарафані — подався до неї. Хотів обійняти. Відступила на крок, знічено глянула на хлопця.

— Увечері... Добре?

Все зрозумів. Збудився.

— Звісно! Як скажеш! Так скучив! Думав про тебе весь час, — заговорив, бо ясний і безкомпромісний простір вимагав слів, щоби хоч якось приглушити передчуття близькості.

— І я думала... — дівчині теж хотілося говорити і говорити, тільки би заповнити час до вечора, та слів бракувало.

Рома підтримував, як міг. Привіз із Києва турку, якісну мелену каву, заходився варити: буде надзвичайно смачно! Пили, говорили.

— Ром, як ти у нас опинився? Чому саме у Шанівці вирішив пандемію пересидіти? Сподобалася?

— Люблю місця з історією.

— І що у нас особливого? Село як село. Хіба що колись вигоріло вщент.

— Скоро сіл узагалі не залишиться.

— Як це?

— Для сільського господарства у перспективі села взагалі не потрібні. Навіть заважають: нащо бізнесу проблеми з місцевим населенням? Одним дай соціальний захист, іншим роботу і розвиток інфраструктури. Великим сільськогосподарським корпораціям вигідніше винаймати бригади професіоналів, а не спиратися на місцеве населення.

— Не розумію.

— Вахтовий метод. Він особливо у нафтовій галузі поширений. Завезли бригади на місце роботи, поселили у пересувних вагончиках з вигóдами. Бригада роботу виконала, їй заплатити, і — до побачення! Вагончики прибрали, техніку законсервували — чисто! І не треба буцатися з місцевим населенням, бо нема села — нема проблем.

— Та зачекай! Хіба такі бригади за землю вболіватимуть?

— А хто зараз за землю вболіває? Може, ті, що рапсом її виснажують?

— А людей із сіл — куди? Село — це ж не тільки земля.

— Ні, Катю. Тільки земля. Особливо зараз. Особливо у нас. Люди... нікому не потрібні.

— Так говориш...

— Ніби мені це подобається? Не подобається. Просто не можу не помічати реальних тенденцій. Це — моя робота.

— А якщо люди на селі проти таких тенденцій?

— Тоді хай чекають на пасіонарія, якщо самі не здатні ламати тенденції. Як і всюди: має з'явитися борець, щоб у свідомості інших щось зрушилося. Бо так і будуть гризтися кожен за свої два гектари, поки села зникатимуть, а горе-фермери виснажуватимуть землю рапсом.

Дивилася на Рому розгублено.

— Такі тенденції важко прийняти.

— Рятує любов, — відповів.

Знітилася. Взяла велику пластикову миску, пішла за кухню, аби зняти з мотузки випрані речі. Серед них і простирадло було. Рома — за нею.

У гарячому літньому дні — пахощів через край. Завмерла у траві біля пагорба — колись тут стояла батьківська хата, тепер — мама з татом лежать. Саме тут, на цьому місці, колись в іншому житті тринадцятирічна наївна дівчинка вирішила, що вже доросла, що все знає...

Спомини — горе. Обернулася.

— У мене був чоловік! — сказала. — Давно. Так сильно любила... Думала, жити без нього не зможу.

— Розкажи... — попросив.

Говорила, говорила... Сльози лилися. Мама золота усміхалася, тато п'яний плакав з горя, Ничипориха сердилася, Сашко з Сергієм — голі, спантеличені — простирадлами прикривалися, і кров, усюди кров! І дядько Роман. Та чомусь — такий чужий тепер, аж моторошно, аж незрозуміло: нащо тоді до нього серцем притулилася?

Задихнулася. На Рому — із розпачем.

— Давай вже... Зараз.

— Катю... Точно?

Кивнула.

От і не згодилися простирадла. На зеленій травиці, під сонцем. Збудження било у скроні, та розслабитися, віддатися емоціям не зуміла. Напружилася вкрай, тому заплющила очі, думала лиш про те, щоби все скоріше закінчилося. Рома не одразу зрозумів причину дивної поведінки дівчини.

— Не сподобалося? Ну... Я — такий, як є, — прошепотів, коли врешті відірвався від дівчини, сидів у траві поряд з нею, а вона так і лежала із заплющеними очима, наче померла. І лиш коли помітив у траві червоні краплі крові, все зрозумів.

— Дівчинко моя, я — перший? Катю! Розплющ очі, подивись на мене! Все добре! Чуєш? Тобі буде добре! Обіцяю. Літатимеш, пташко моя. Все для того зроблю...

Соромилася. У літньому душі змивала гріх, бо відчувала, ніби гірко згрішила. Прислухалася до себе: оце і все? Тепер — жінка?

Закуталася у чисте простирадло, стояла посеред літньої кухні, знічено дивилася на Рому: що тепер?..

Шляхетний. Обійняв. Всадив на тапчан, який слугував Катерині за постіль.

— Моя... — прошепотів. — Хочу знати про тебе все. Всі твої таємниці. Розкажеш?

— Згодом...

— Добре, — не наполягав. — Тоді я — перший! Готова? Зараз усі скелети з шафи подістаю!

Як почав — за хвилину вже й усміхалася. І не тому, що у хлопця веселе життя було. Розповідав з іронією, наче сам над собою насміхався. І тільки коли заговорив про батьків, іронія зникла.

— Ромо... Ти любив тата?

Кивнув.

— Знаєш, де він?

Завмер, наче сам себе поставив на паузу.

— Здогадуюся... — прошепотів врешті так тоскно, Катеринине серце аж заплакало.

Видихнула. Обійняла Рому. Відчула: його дихання стає гарячішим. Запаморочилося.

— Твоя черга вбивати мене своїми таємницями, — сказав.

— Не хочу тебе вбивати, — відповіла.

— Розповідай. Виживу.

— Спи, Ромо, — попросила.

Хлопець заплющив очі, провалився у сон. Катерина не спала. Мізки, серце, тіло, кожна клітинка ще осмислювали пережиті відчуття. Підвелася, підійшла до вікна. Довго стояла, і раптом усвідомила, чому все вдивляється у чорноту. Тараса боїться побачити?

Засмутилася. Хотіла — до тапчана. Ноги надвір повели. Вийшла на ґанок. До хвіртки, на вулицю. Нікого: ані Тараса, ані бродячих псів.

— Та й чи були?.. — прошепотіла. — Син Залусківського і не таке вигадає, аби свого добитися.

Коли вранці Рома прокинувся на вузькому тапчані, Катерина лежала поряд. Дивилася на хлопця настороженого, наче готувалася розкрити головну свою таємницю.

— Привіт, дівчинко моя, — усміхнувся.

— Ромо... — сказала схвильовано. — Я так довго мовчала. А цієї ночі зрозуміла: досить! Не хочу більше цей камінь на серці тримати. Він не дає літати! Спершу тобі все розповім...

Серйозним став. Сів на постелі. Кивнув: слухаю. Катерина видихнула, та слова вимовити не встигла. Знадвору раптом почувся потужний гуркіт кількох автівок. Наростав...

Серце впало. З такими самим гуркотом біля її двору загальмували поліцейські автівки, коли пізнього вечора намагалася допомогти зраненому чоловіку. І досі звинувачують у вбивстві. Й на волі лише тому, що Ромі дозволили внести заставу. Щось змінилося?

— По мене? — ледь не розплакалася. До вікна!

Картинка жахала. Посеред безлюдної шанівської вулиці загальмували кілька великих потужних позашляховиків. Через куряву, яку здійняли, одразу неможливо було зрозуміти, скільки саме. З автівок — у пилюку, на шанівську вулицю — вже виплигували спритні молодики у балаклавах. Лиць — нема! В руках — бейсбольні битки, залізні прути. Як таргани, миттєво розлізлися селом. Бігли до живих обійсть шанівських, били-громили-крушили все, що бачили, горлали:

— Землі нашої захотіли, курви чужі?! ДНК кляті! Поприлазили вони до нас! Чешіть до свого Донецька і свого Києва! Хай вам там землю дають! А у нас ви тільки на могилку собі землю отримаєте! Геть звідси! Геть!

До Катерининого обійстя теж біг один... Та вона бачила: наче ніч, шанівці під їхньою хатою гомонять, мама малій Каті красиве рожеве скляне пальто вдягти помагає, благає: біжи, донечко...

— Ромо! Тікати треба! — зірвалася. Про все забула. Старі жахи руками-ногами рухали.

Побігла до вікна, яке виходило на город. Виплигнула з нього у траву.

— Ромо! Скоріше!

— Катю! Та куди? — розгубився. — Зачекай!

Пішов до вікна, яке виходило на вулицю. Все побачить у вранішньому сонці. Визирнув — а на вулиці Варфоломіївська ніч.

Улянка гадки не мала про напад на Шанівку. Тупцювала неподалік обійстя Людмили, набрала номер у мобільному.

— Стась... Вийди. Я тут поряд. Біля дому твоєї сестри.

Стаська з'явилася за хвилину: чорні сонцезахисні окуляри, джинси, кофта з довгими рукавами.

— Покажи! — попросила Улька.

Стаська зняла окуляри: лице припухло, під оком синець.

— Капець... — видихнула Улянка.

— Батькам сказала, що з мопеда впала.

— А кофта з довгими рукавами?

Стаська закачала рукав, показала синю руку.

— Уль, чуєш! А у групі пишуть: вранці хтось Ольчині ворота лайном облив і написав, що сука.

— А що писати? Цяця?

— Уль! Це ти?!

— Стась, тебе ж побили! А мені — що? Нічого не робити? Значить, Тарасу можна їх карати, а мені — ні?

— Як Тарас їх покарав?

— А ти не знаєш? Генчин брат сказав: Тарас їм підсрачників надавав і телефони порозбивав. — Улянка замовкла на мить, додала: — Стасю! Тарас тебе любить...

— Ні, Улько. Сам сказав, — відповіла Стаська. — І ти дарма у цю історію влізаєш! Ще не вистачало, щоб Олька з тими покидьками до тебе присікалися.

— Ніхто не дізнається, що то я була, — запевнила Улянка. — Подумають, алкани Ольчиній матері за погану самогонку помстилися.

Тільки вимовила, аж мобільний — дзелень.

— Уляно, ти де?! — кричала в слухавку Улянчина мати.

— Ма, та не кричи. Я в Килимівці! У Стаськи. А що сталося?

— Додому! Негайно! — дзвінок обірвався.

— Уль, твоїй мамі точно хтось стуконув, що ти чужі ворота попсувала, — сказала Стаська.

— Нічого, відгавкаюся, — відповіла Улька, побігла у бік Шанівки.

Стаська дивилася подружці вслід. Надягнула окуляри.

— Уль! — гукнула раптом навздогін. — Якщо сильно пресуватимуть — маякни. Приїду!

Улька усміхнулася, кивнула, побігла далі.

Стаська повернулася до сестриної хати, куди після смерті Петра перемістилося життя всієї родини: Стаська тут мешкала, мама щодня навідувалася, тато не оминав. Хотіла було зачинитися у ванній кімнаті, щоби роздягнутися догола і ще раз оцінити кількість синців-саден на тілі, та крізь прочинені двері вітальні побачила: Люся з мамою сидять за столом, і мама з таким приголомшеним виглядом слухає Люсю, ніби тільки-но узнала, що старша дочка мільйон виграла.

Стаська поправила окуляри на носі, увійшла до вітальні, всілася на диван. Дивилася на маму і сестру крізь чорне. Не звернули на малу уваги.

— ...А я йому ще раніше казала: які у мене гарантії, що ви обіцянки виконаєте? Мені гарантії потрібні, у мене ж — діти! — продовжувала Людмила. — А вчора він кладе переді мною документи. Ось, Людочко, каже, тепер оце все — тільки твоє.

— Бути не може!

— Може, мамо! Пам'ятаєш палац у райцентрі, де Петині батьки живуть? І до їхньої ділянки ще примикали двадцять соток під забудову, а п'ять років тому хтось ті двадцять соток купив і побудував дім на три поверхи з басейном і сауною. Тепер цей дім — мій.

— Так тобі доведеться до райцентру переїжджати?

— Однаково довелося б! Бо з понеділка я, мамо, не хто-небудь, а співробітниця райпрокуратури. Отак!

— Хвала Богові!

— Георгію Івановичу хвала, а не Богові! — сказала Людмила.

Що?.. Стаська аж окуляри зняла. Дивилася на сестру ошелешено, бо подумала: їй почулося, не могла Люся такого ляпнути.

— А як зручно мені тепер буде, мамо, — продовжувала Людмила. — Дім баби з дідом — за парканом. Петіна мати малих і з садка забере, і нагодує, і пригляне за ними, якщо у справах затримаюся. А коли дід з бабою повмирають, дві гарні хати поряд — синочкам будуть.

— Людо, а ти до Килимівки повернутися колись плануєш?

— Ма, чи я дурна? Я, може, на той час уже в Києві у суді засідатиму. І житиму там. Георгій Іванович каже: Людочко, наша ціль — зробити тебе суддею. У країні зараз — великий кадровий голод, більш як тисячі суддів не вистачає. Каже: знайшов для тебе перспективну прокурорську посаду, напрацюй там зв'язки і досвід, а потім буде тобі й мантія.

— Його би слова та до Бога.

Людмила усміхнулася гордовито.

— А ще «лексуса» мені подарував.

— Оце людина! Золотий батько у Петра!

— Ма! Та і я — не абихто!

— Не абихто, доню, а на водійські права так і не здала! Керувати «лексусом» хто буде? Райцентр — це тобі не Килимівка, де ти на Петровій поліцейській автівці без прав роз'їжджала.

— І права подарував. Все у мене врешті є, мамо, для нормального життєвого старту.

— Це ти правильно кажеш, доню. Не можна минулим жити. Треба вперед дивитися.

— Оцю хату одразу не продаватиму. Здам орендарям, бо копійка зайвою не буде. Гроші за оренду — вам з татом. Допомога від мене. Малу вдягнете, а то тиняється бозна у чому.

Людмила врешті помітила малу. Глянула на ошелешену Стаську: дівчинка завмерла, дивилася на сестру скляними очима.

— Стасю! — гукнула. — Хочеш квадроцикл? А? У нього — чотири колеса! Не звалишся, як зі свого мопеда довбаного! Не ходитимеш уся в синцях, як та волоцюжка!

Стаська підвелася рвучко.

— Ти нікуди не поїдеш, Люсю! — закричала. — Не можеш! Не маєш права! Не будь ти такою...

Не договорила, бо сльози — під кадик. Вискочила з вітальні. Людмила спересердя ляснула себе долонями по стегнах.

— Та що в біса з малою коїться?! Мамо! У неї з критичними днями — як? Геть критично чи не дуже?

Страх не відпускав. Катерина отямилася лише після того, як перетнула город, вибігла з села, здолала засіяне рапсом поле, добігла до руїн мазанки і врешті зупинилася. Дихала важко, розгублено спостерігала за Ромою: від Шанівки біг за дівчиною услід, а оскільки ще й гукав: «Катю, не тікай, зупинися!», то сил витратив більше і тепер ледь волік ноги до вишень навколо розваленої мазанки, біля яких стояла дівчина.

Сів на землю, дихав важко. Дістав мобільний.

— До поліції дзвонити треба.

Мовчки опустилася поряд. Дивилася на Шанівку: хоч мазанка і причаїлася між пагорбами, однаково вище за село, що воно звідси як на долоні. Чула, як Рома нервово кричить у мобільний: скоріше, там людей повбивають! Дивилася на село і чомусь із диким острахом очікувала на чорний дим, який зараз неодмінно з'явиться над дахами, наче Шанівка точно мала згоріти. І цього разу вже остаточно.

Дим не звився, не забруднив вранішню лазур сіро-чорними рваними плямами. Здалеку мале село означало себе лише сіро-червоними дахами посеред зелені. І людей не роздивитися: надто далеко Катя з Ромою втекли! Не зважала. Однаково напружено вдивлялася: що ж там? І лише коли побачила, як розбитим асфальтом від Шанівки в бік Килимівки мчить кавалькада з кількох позашляховиків, раптом розплакалася невтримно.

— Катю, дівчинко моя! Все... Все скінчилося! Ти ж сама бачиш: покидьки поїхали, але їх неодмінно знайдуть! Іншого і бути не може! Кожного покидька кінець кінцем неодмінно знаходять.

Хлопець обійняв дівчину, дивився недобре на автівки вдалині. Захитала головою: не зараз біда сталася, здавна тягнеться!

— Не можу більше тікати! Не хочу... — сльози горохом, одкровення — невтримною зливою. — Мовчати несила. Скільки можна? Не хочу вірити знакам і слідувати за чужими думками! Хочу жити власним розумом! Хіба надто багато прошу? І чому маю мовчати заради того, аби просто жити? Не хочу так більше! Краще помру!

— Катю, про що ти, люба?

— Він убив людину! Іван Залусківський! Насправді він багато кого вбив. І дядька Романа, бо найняв його свою копу стерегти, а сам підіслав підпалювача. Дядько Роман копу рятував, а сам згорів. І як довести, що Залусківський винуватий? Ніяк! А того підпалювача він власними руками убив! А я — мовчала! Бо все вірила знакам, боялася! — замовкла, тремтіла. — Не можу більше! Всім маю розповісти. Записати відео, так усі зараз роблять! — І вже діяти їй, до хлопця: — Ромо! Прошу! Говоритиму, а ти запиши відео на телефон. Допоможеш?

— Катю, та зачекай!

— Ні, ні! Досить!

— Катю, тебе у вбивстві звинувачують! Ти — під заставою! А раптом твої одкровення розцінять як співучасть? Стільки років мовчала...

— Ромо, хай буде, як буде.

— Мені все спочатку розкажи спокійно. Подумаю, як діяти, щоби тобі не зашкодити.

— Вже і розказала, Ромо, — відповіла з полегшенням, бо відчула: звалився камінь з душі. — Дядько Роман помирав, а мені — серце плакало. Побігла за балку, сховалася, дала сльозам волю. А потім побачила Залусківського і того чужого, який Залусківського «кугутярою» обзивав.

— Кугутярою?..

— Так! Дивне слово. Вони мене не бачили, і чужий лаявся, бо не знав про охоронця, не хотів людям зашкодити, лиш погодився копу підпалити. А Залусківський його обманув.

— Далі що?

— Чужий погрожував і торгувався, а Залусківський узяв каменюку і вдарив дядька по голові. Я бачила. І більше не мовчатиму.

Рома задумався. Врешті глянув на дівчину.

— Ти мені віриш, Катю?

Кивнула.

— Тоді зробимо, як кажу. Стільки років мовчала... Ще кілька днів помовчи! Лише кілька днів. Маю зрозуміти, як подбати про твою безпеку, — замовк, дивився на дівчину уважно. — Обіцяєш поки мовчати?

Знову кивнула. Усміхнувся — самий смуток. Обійняв дівчину.

— Ходімо. Подивимося, що від села залишилося.

Шанівку скалічили. Паркани поламані, вікна у хатах побиті, навіть гілки з дерев на землі валяються. На вулиці під ногами — і посуд битий, і речі домашні: молодики у балаклавах все підряд із хат викидали. От же суки! І городи потоптали, і в колодязь бруду накидали, навіть квіти повиривали, розкидали скрізь так, як би перед труною кидали, коли кого одного в останню путь проводжали.

Сергій Гордієнко у новенькій поліцейській формі з серйозним виглядом ходив від двору до двору, демонстративно записував щось до блокнота і потайки з цікавістю роззирався: сто років у рідному селі не був.

— Дідько, у такій дупі жив...

До людей: треба ж опитати кожного. Придивлявся — жодного знайомого обличчя. Донецькі, київські, тітка явно неблагополучна з дітьми. «Ні, реально... — супився думками. — Чого хотіли? Самі припхалися, а тепер *обіжаються*, що місцеві до них претензії мають. Мені би теж не сподобалося, якщо б на мою землю хтось чужий око поклав!»

Підійшов до купки люду: пенсіонери Козлови ледь не плачуть, Неля Поліщук до себе восьмирічну доньку притуляє, все дзвонить Артемові, бо чоловік зранку до райцентру подався. З пагорба Валька Шамраїха з трьома малими пацанятами спускається. Неподалік киянка Ольга Торбенко з сином тупцюють.

— Оце і все село? — скептично спитав Сергій.

— Нас із сином не рахуйте! Ми вже тут екзотики наїлися. Досить з нас! — істерично вигукнула киянка Ольга Торбенко. — Завтра ж виїдемо.

— Ну... Нормальна позиція, — кивнув Сергій. — Виходить, геть нікого не лишається.

— А ми?! Скільки б нас не було, ми — є! Ми — люди! — обурилася Неля Поліщук. — П'ятеро донецьких. Валя з чотирма дітьми.

— І чоловіком, — додала Валька. — А ще баба Ада. Її ж випустять із в'язниці, не стануть тримати довго.

— А Катю вже випустили. От уже нас і тринадцятеро! — Неля продовжує.

— Чортова дюжина... — гидливо усміхнувся Сергій. — Знаєте, що я вам скажу? Краще забирайтеся!

— Не забирайтеся! — почули шанівці за спинами спокійний голос.

Хто?! Бачать — Тарас до них іде.

— А ти що тут забув? — Сергій братові. — Гуляй собі і не заважай! У мене тут *діла* із шанівською громадою.

— Так і я шанівський!

— Відколи?

— Відсьогодні. Мама попросила товар у кіоск відвезти. А я оце приїхав і думаю: тут залишуся. Батьківську хату для себе перебудую. Тут жити хочу. Чотирнадцятим стану, — казав Тарас, дивився на Сергія прискіпливо.

— Куди ти лізеш, Тарасику? Додому! До мамки! — Сергій розсердився.

— А ти мене вижени! — спокійно відказав Тарас, пішов до «тойоти», почав товар до кіоску перетягувати.

Коли Катерина з Ромою дісталися Шанівки, Сергій уже поїхав, лишивши по собі лиш роздратування: людей опитав через пень-колоду, все більше порадами їх годував, а потім наказав усім скласти перелік пошкодженого майна і привезти йому в Килимівку, якщо хочуть, «щоби поліцейський офіцер усієї громади займався хуліганством в одному малому селі».

Катерина побачила зламаний паркан свого обійстя, побиті вікна літньої кухні, вирвані з коренем квіти.

— Нащо ж так? Щоби ми виїхали?

— Кричали: наступного разу вас усіх повбиваємо, — сказала Неля Поліщук. Посеред вулиці збирала розкидані речі, зупинилася, дивилася на Катю і Рому.

— Дідько! — вигукнув хлопець. — Я ж на подвір'ї автівку залишив! А в хаті — ноут робочий!

Побіг вулицею до Раїсиного обійстя. Неля Поліщук підійшла ближче до Каті.

— Романове майно не зачепили, — сказала. — Всі подвір'я громили, а його — обійшли. І машина Романова ціла, і до хати ніхто не заходив.

Катерина зиркнула на Нелю ошелешено.

— Рома не може бути причетним до цього нападу! Він — хороша нормальна людина. Розумна, прогресивна. Він іншими категоріями у житті оперує, Нелю!

— Хіба звинувачую? Факт констатую.

Неля хотіла ще щось додати, та Катерина помітила рух на покинутому обійсті Гордієнків, ухопила дружину старости за руку.

— Нелю, біля Тамариної хати хтось чужий ходить!

— Вже свій, — відказала Неля. — Тарас Гордієнків захтів шанівським стати. Не знаєш часом, заради кого вирішив батьківську хату відремонтувати?..

Катерина лиш головою хитнула: мовляв, про себе не все знаю. Де вже іншим у душу зазирати.

Неля відмітила.

— Не ображайся, Катю, — сказала. — І не думала у твоє особисте життя лізти. Просто у Шанівці всі знають: Тарас АТОвець до тебе нерівно дихає. Заради тебе сюди перебрався. А ти тепер навряд залишишся. Поїдеш разом із Ромою. Такі ж у тебе плани?

Ще вчора були такі. Стояла на вулиці неподалік власного обійстя, дивилася на рідне село: скалічене, з вибитими зубами, зламаними руками-ногами. «Не поїду! — билося. — Хай хоч убивають — не поїду! Колись повернулася, бо не мала іншого прихистку на всій землі, а зараз і мала би, не покинула б Шанівку. Не хочу!»

Не встигла відповісти. Помітила стареньку іномарку Артема Поліщука: наближалася швидко.

— Артем ще не знає? — спитала Нелю.

— Знає, я дзвонила йому, бо зранку до райцентру поїхав. Зараз побачить — жахнеться.

Іномарка Поліщука загальмувала поряд із Катериною і Нелею. Артем сидів у салоні, приголомшено дивився на скривджене село. Врешті вийшов з автівки.

— Знаєте, чому нас знищують? — сказав із гіркотою. — Виявляється, покійна дружина Залусківського заповіла сотню гектарів землі шанівській громаді. Нам! І це не всі новини! — замовк, потім додав: — Нашу бабу Аделаїду посадили. Три роки дали.

За тиждень після погрому киянка Ольга Торбенко законсервувала хату і разом із сином виїхала з села, так і не реалізувавши мрії про екотуризм, а відчайдушна шанівська громада у складі п'яти донецьких душ, неблагополучної Вальки із співмешканцем і Катерини з Ромою зібралася біля постаменту з вазою замість пам'ятника.

Валька Шамраїха було запропонувала дочекатися Тараса Гордієнка, який щоранку їхав на роботу до Килимівки.

— Наш тепер! Без нього — нечесно! — сказала.

— Я тому і зібрав усіх, поки Тараса у Шанівці немає, — признався староста.

Катерина насторожилася: чому? Артем виклав аргументи за хвилину.

— Прошу всіх наші земельні питання з Тарасом і при Тарасові не обговорювати. Пояснюю! Відморозків у балаклавах на нас нацькував Залусківський. Не хоче віддавати шанівській громаді землю, яку маємо отримати за заповітом його дружини. Скоріше громаду знищить, ніж землю віддасть. Торбенки вже виїхали. Бабу Аду посадили. Тепер на нас тиснутиме. А щоби все про наші плани знати, сина свого до нас підіслав.

— Якого сина? — здивувалася Валька.

— Тараса Гордієнка. Ми ж не місцеві, не знали, що він — позашлюбний син Залусківського.

— Катю?! Це правда? — приголомшено спитав пенсіонер Борис Козлов.

— Правда, — серце впало.

— Господи! І тут — війна! — засмутилася Віра Козлова.

— Ромо, більше не можу чекати! — вихлюпувала Катерина схвильовано, коли після емоційних зборів шанівці розійшлися по домівках, а вони з Ромою так і лишилися біля постаменту. — Я ж можу зупинити Залусківського. Коли, як не зараз?! Потім пізно буде.

— Катю, я думав про ситуацію з твоїми свідченнями.

— Що ж неясного?

— Багато чого. Справа давня. Ніяких доказів того, що Залусківський убив... людину, крім твоїм свідчень, немає.

— Але мої свідчення є! Я бачила! Якщо розповім, його покарають!

— Упевнена? Скільки тобі тоді було? Тринадцять? Думаєш, суд повірить, що чотирнадцять років тому тринадцятирічна дівчинка щось там побачила вночі, стільки років мовчала, і раптом їй спало на думку розказати все?! Ти хоч сама розумієш, наскільки це сумнівно?!

— Ромо! Я не жила, бо мовчала! Розумієш? Тікала, ховалася, навіть думки свої ховала. А може, все ж треба жити за принципом: роби, що повинен, і хай буде, що буде. Не хочу думати про наслідки! Знаю, як сама маю вчинити.

— І дарма не думаєш про наслідки! Це не тільки нерозумно і безвідповідально перед собою, Катю! Це — пшик! Порожній вихлоп! Дія без результату! Чи для тебе вже результат неважливий?

— Важливий! Хочу не дати Залусківському остаточно знищити Шанівку!

— Ти не зупиниш його своїми одкровеннями!

Катерина аж потьмяніла. Дивилася на Рому розгублено: що ж робити?

— Не засмучуйся, — сказав. — Недарма ж я немало думав над тим, як знайти вихід із цього замкненого кола.

— І як?

— Залусківський сам має признатися, що вбив людину. Вголос це проговорити, щоби можна було записати.

— Ніколи не признається.

— А ми його у пастку заманимо. Допоможеш?

Кивнула: що робити?

Обійняв. В очі дівчині — з ніжністю: яка ж ти відчайдушна, мила моя!

— Чекай на сигнал від мене. І будь готова спочатку розповісти про все, що бачила, самому убивці.

Залусківському ніколи не бракувало клепки у голові, та мав одну дивну константу: вперто не бажав визнавати жінок гідними супротивниками. Життя карало: бізнесменша Тамара свого часу залила сала за шкуру, зіпсував нерви через дивне багаторічне мовчання Катерини, програв двобій покійній Аллі, та й далі шукав суперників лиш серед чоловіків, тому не припер до стінки Людмилу, коли зміст заповіту дружини став відомий загалу.

— А що з Людки взяти, і що взагалі від неї залежить? Нічого! Рулить Жора, падло!

Звичайно, з голови не йшло логічне запитання: чому суддівська невістка, якщо вони з Іваном уже спільники, не попередила його про те, що суддя вирішив ударити таким козирем, як заповіт? Та згадував, що суддівський син повісився, і сам досі не забув, як горював, коли Алла померла, тому відкидав запитання як зайві. Людмила — шістка! Жора, падло, рулить!

— Невже повірив, що здамся?

Несподівана атака Нечитайла, та ще й у той час, коли Іван намірився трохи перепочити і відновитися, поки у судді горе, зарядила Залусківського не смутком і розгубленістю, а молодим завзяттям плигнути вище за всіх, пробігти швидше за всіх і порубати нахрін у капусту кожного, хто наважиться стати на шляху і остудити те завзяття.

— Для кого живу? Для себе живу, мать вашу! — роздмухував внутрішній вогонь. — Розпатякують вони тут мені: срали-мазали! Кажете: земля — шанівській громаді? Не питання!

Смикнув вірного Василя: живу шанівську громаду розігнати, щоби жодного і днем з вогнем знайти не змогли!

Тітушок на них! Хай відірвуться! А коли у малому селі не лишиться жодної живої душі, Залусківський свою шанівську громаду створить — підставними особами село «заселить», через них поверне собі землю! Правда, після того самої Шанівки вже не буде...

— Кого це в біса турбує?! — не до сентиментів.

Не дрімав! Поки юристи працювали над апеляцією на рішення суду щодо Аллиного заповіту, упевнено згуртовував команду, на чолі якої запланував перемогти на осінніх місцевих виборах і зайняти місце Косюка, бо...

— Все, голово! Ти — у минулому, суко! — не приховував позиції.

— Іване, я орієнтувався на центр, — виправдовувався голова.

— Чи ти хворий?! — психував Залусківський. — Ми від центру весь час відкуплялися заради того, щоби він на наші потреби орієнтувався, а не навпаки! А потреба у нас одна: щоби центр заплющував очі на все, що ми робимо!

«І це таки — наша твердиня. На тому стоїмо», — подумав, коли одного дня киянин Роман Швед зателефонував йому, аби домовитися про зустріч.

— Та хоч сьогодні! — відповів доброзичливо.

Лиш усміхнувся презирливо: куди ці молоді пнуться? Невже сподіваються обіграти їх, битих системою?! От цей Рома... Довбаний зелений київський аналітик! Що він, сученятко, собі думає? Що раз крутиться поряд з якимось Капеланом, чий син чи тато став радником Президента, то будь-кого змусить під себе лягти чи доїтиме, як дурну козу? Бо сумніву нема: цей Рома точно хоче зустрітися, аби під якимось пристойним приводом грошей у нього вициганити! Іван це одразу зрозумів, коли лиш натякнув на можливість вести разом із киянином спільний бізнес, а хлопець так жваво вхопився за ідею, наче тільки про це і мріяв. А чому би не мріяти, якщо один у справу живі грошики вкладає, а другий — ідеї, які помацати неможливо, і обидвоє розуміють: ніякої справи не буде! Вся оборудка лише для того, щоби один купив собі другого. Так тоді другий має довести: його таки варто купувати! Чи не так?

— Привіт, Романе! — Залусківський зустрів киянина щирою посмішкою, якої навчився, коли вирішив у політику йти. — Проходь, друже! Чи — партнере? — одразу вирішив підтвердити свої припущення. — Ми за спільний бізнес беремося?

Уже всівся у крісло, спостерігав за тим, як Роман всаджується навпроти.

— Іване Миколайовичу, перш ніж погодитися стати вашим партнером, маю зрозуміти, чи є між нами довіра, — відповів хлопець. — Бо, на мою думку, партнери не повинні мати один від одного секретів.

Залусківський так здивувався, аж щелепа відвалилася. Ти диви, які вихиляси у цих нових! Хлопчик повиламуватися хоче, перш ніж карти відкриє? Іван не проти!

— Ромчику! — спитав глузливо. — Ти привіз із собою поліграф чи який новий прилад, який вимірює ступінь довіри між людьми?

— Просто поставлю вам кілька запитань.

— Може, я перший? — Залусківський включився у гру, та ініціативи віддавати не збирався.

— Прошу.

— Із Президентом знайомий?

— Так, — без затримки.

— А де перетнулися?

— По бізнесу. У нього ж не тільки жарти.

— І що за бізнес?

— А от це вже — конфіденційна інформація. В одному можу запевнити: до наших із вами справ — ніяким боком.

— А земля?

— А що земля? — не зрозумів Рома.

— Ти повернувся, щоби перевірити, чи виділила Килимівська сільрада землю тобі і твоєму шефові. Так?

— Будь-яке питання потребує контролю, — відповів Роман, глянув на Залусківського. — Правда, що ви людину власними руками убили?

Івану здалося — просто почулося!

— Що? — перепитав ошелешено.

— Правда, що ви людину власними руками убили?

Залусківський примружив око, насторожено уп'явся хлопцеві в очі.

— А на що ти здатний заради справи? Заради бізнесу!

— Е, ні! Так не піде! Ви не відповіли! — Роман насупився.

— Я відповім! Присягаюся! Та спочатку скажи: на що ти здатний заради справи?

— На все!

— Так і я — на все.

— А прямо сказати — слабо?

— Так!

— Що «так»?

— Убив. І не шкодую. Цього вимагав мій бізнес.

Хлопець усміхнувся якось дивно: чи то із гіркотою, чи то глузливо.

— Добре, — мовив. — Ми — партнери.

— Е, ні! Зачекай, друже мій, — сказав Залусківський. — Моя черга тебе випробовувати. Бо нащо мені партнер, який язиком — як помелом. «На все готовий», бла-бла. Ти доведи!

— Як?

— Ти ж хочеш мої гроші під свої геніальні ідеї отримати? Хочеш. А я дам! Не питання. Тільки спершу ти... позбудься свідка, який бачив, як я чужого йолопа вбивав.

— А хто свідок? — голос Романа захрип.

— Катерина Кохан. Місцева божевільна. Вештається вона бозна-де, то когось лікує, то сама когось убиває. Геть кінчена! А ти, мабуть, і не розумів того, коли заставу за неї вносив. Взяв і випустив страшну людину на волю. Ну... Виправляй помилки, партнере!

— І як позбутися? Вбити?

— Нормальний варіант, — кивнув Залусківський. — Мене цілком влаштовує.

— А грошей скільки?

Залусківський аж посміхнувся: врешті хлопчик розкрився!

— А ти скільки хочеш? Ти ж якось прораховував бізнес-план своєї ідеї.

— Мій бізнес-план не враховував необхідності прибирати каміння з дороги! А це — важка і недешева ручна робота!

— Плюс десятка до калькуляції твого бізнес-плану, і врахуй, що у наших краях за подібне замовлення так багато не платять! То я для тебе виняток роблю! Так ти згоден?

— Згоден! — знову без затримки.

— Оце по-нашому!

— У мене умова є!

Залусківський скривився: починається... Так і знав! Зараз київський аналітик, який, певно, вважає себе розумнішим за Івана, спробує так усе викрутити, щоб і гроші із Залусківського вицідити, і дівчину не чіпати.

— Що за умова? — дивився на хлопця зневажливо. Дістав, їй-богу! Невже й досі не втямив: хоче грошей — має виконувати накази Залусківського!

— При вас замовлення виконаю, ніяк інакше, — сказав Роман. — Ви, я і Катерина. Хочу, щоби ви все бачили. Самі стали свідком. Тоді — не здасте і не кинете.

— А давай! — Залусківський збудився, відчув, як у горлі стало гаряче. Підхопився. — Сьогодні увечері! На моїй старій олійні у Шанівці. Там зараз нікого немає.

— Так швидко? Не встигну підготуватися. Мені би хоч пару днів, — Роман і собі встав із крісла. Дивився Залусківському в очі.

— Зброя потрібна? Холодна, вогнепальна... — спитав Іван.

Роман мотнув головою: ні.

— А ти... як її? Голими руками? — Залусківський примружив око.

— Хоч каменем по голові. Спочатку маю придумати, як Катерину до олійні заманити! Треба момент вибрати! Щоби вона ні про що не здогадувалася і щоби ніхто з шанівців нас не помітив. І мені алібі потрібне про всяк випадок, — захвилювався. — Піду. Хочу все ретельно обдумати.

— Та ні! Зачекай! Так не піде! Сам сказав: пара днів. Тому домовляємося на післязавтра. На десяту вечора біля олійні. Без варіантів!

Хлопець задумався.

— Добре... — відповів врешті. — Тільки гроші з собою прихопіть. А краще — зараз віддайте. Ви ж, сподіваюся, говорили про десять тисяч доларів. Не гривень.

— Усе вірно.

— Зараз можу отримати?

— Післязавтра. — Залусківський проводив хлопця поглядом, прислухався до себе: сподівався відчути полегшення, та наштовхнувся лише на незрозумілу глуху тривогу.

Стаська й за тиждень після новини про переїзд сестри не заспокоїлася. Від Людмили з'їхала того ж дня, коли вихлюпнула їй своє обурення, з батьками майже не розмовляла. Знай одне:

— Люсю повчайте, а не мене!

І — з дому. Несила у хаті всидіти. Тинялася навколо Килимівки разом з Улькою, намагалася знімати відео на телефон, та чорна туга відбирала сили. Здається, ані безрезультатна боротьба з відьмою Катериною, ані байдужість Тараса, ані знущання Помідора і компанії, навіть зґвалтування сестри і самогубство Петра не вразили Стаську так сильно, як згода Люсі бути під крилом судді. Глянеш на дівчину, зрозумієш: жити не хоче...

— Улько, знімай. Просто поруч побуду, — бурмотіла, а на одкровення не велася. Як відрізало. Відмовчувалася. Може, тому, що у глибині душі все ще сподівалася: сестра отямиться, не полізе у пастку.

Улька не сіпала Стаську, не намагалася випитати, що подружці ятрить душу. Знімала, як могла. Під вечір забиралися на дах старого недіючого елеватора по хиткій металевій пожежній драбині, що приліпилася до однієї із зовнішніх стін будівлі: іржава, непевна.

Сиділи на даху, як на вершині світу, ковтали вонючий енергетик, бо нині така фішка у тренді. Енергії не додавалося, розмови не плелися. Фрази — горе.

— Всюди лайно... — Стаська пошепки. — Як любов поможе?

— А я вірю... — Улька тихо. — Кожного на землі хтось один любить...

— Не знаєш! Бо не любила!

— Знаю.

— Закохалася? І коли?

— Давно.

— А в кого, Улько?

— Та так...

— Скажи!

— Не зараз...

Улька все не призналася, Стаська не наполягала, а вечірні розмови так і не розвинулися далі констатації простого факту: жити геть непросто. Наче не було у дівчаток потреби думати над тим, що ж із цим робити.

Того вечора теж сиділи на даху. Роздивлялися Килимівку й околиці зверху, коли подзвонила Стасьчина мати.

— Стасю, чи мені розірватися? — ледь не розплакалася. — Тато на роботі затримується, Людині малі — на мені, курям-свиням — дай, а Люся на сьогодні вантажівку замовила, щоби речі перевезти.

— Люся їде? — вухам не повірила.

— Та ясно, що їде! За годину автівка прибуде, а Люся не встигає все поскладати! Поможи їй, прошу! Чи мені з малими на шиї зараз самій мчати до неї?

— Поможу... — видушила. Пішла до драбини.

— Стась! Тут тебе почекаю! — гукнула Улянка подружці услід. Наче щось знала.

Стаська увійшла до вітальні сестриної хати, а там — розгардіяш, усюди коробки: ті повні, інші ще чекають на адекватний вміст. Змокріла, як та коняка після галопу, Людмила трамбувала в одну з коробок дитячі речі.

— Все-таки їдеш? — замість «добрий вечір» спитала Стаська набундючено.

— О! Твоїх претензій я ще тільки не вислуховувала! — роздратувалася Людмила. — І ниє вона, і ниє! Заспокойся вже, Стасю!

— Та як? Так же не можна, Люсю!

— Як «так»?!

— Думаєш, не знаю, яке в тебе життя у райцентрі буде? — Стаську прорвало. — Кажеш — ділянка Петрових батьків межує з твоєю? От же зручно! Галявину перейшла, малих бабі віддала. Петрова мати твоїх синочків бавитиме, поки Петін тато з тобою розважатиметься і трахатиме тебе досхочу!

— Ти що мелеш, дурна?! — Людмила налилася червоним.

— Сама дурна, якщо таке терпиш!

— Ти звідки цей бруд до моєї хати притягла?!

— Нізвідки! На власні очі бачила!

— Не бреши, мала!

— Та щоби я була здохла! У райцентрі! У кабінеті судді! Через вікно з вулиці бачила! Він тебе ґвалтував, Люсю! І ти згодна, щоби він і далі над тобою знущався?! Заради чого?! Заради нової хати, посади, «лексуса»?!

Людмила кинула дитячі речі в коробку, видихнула, втомлено опустилася на диван.

— Так, Стасю. Заспокоїлася! Ясно? Ти ще мала, нічого у дорослих *ділах* не розумієш.

— А що тут розуміти? Продалася, як шльондра!

— Шльондра?! — підскочила, роз'ярилася. — Я — Христос, дурепо ти мала! Мене, дідько, розіп'яли, а я... терплю! Бовтаюся на хресті заради сім'ї, заради дітей, бо всім помогти треба: і батькам, і синочкам своїм, і тобі, сестричко придуркувата! Щоби все у тебе було: і мопед, і чим сраку прикрити! Бо у нас — тільки так!

— А я тебе просила? Просила?! — загорлала Стаська.

— А мене і просити не треба! Свою клепку в голові маю! Поки суддя по мені з розуму сходить, він з мене теж суддю зробить! А коли я суддею стану, то тоді вже все у мене буде! Все! А автоматом і в тебе, дурепко мала!

— Ненавиджу! Я тебе ненавиджу, сволото! Мені нічого від тебе не треба! Щоб ти, дідько, ніколи суддею не стала! Щоб тебе...

— Ах ти ж зараза мала!

Людмила розмахнулася — та як вріже Стаську по щоці.

Стаська відсахнулася, завмерла. Дивилася на сестру з ненавистю. Тиша запанувала — важка, марудна, неприємна.

— Сука кінчена! — раптом тихо й агресивно сказала Стаська.

— Приб'ю! — закричала Людмила, шарпнулась до Стаськи.

Молодша виявилася спритнішою, рвонула геть. З хати на подвір'я, з подвір'я на вулицю! Старша не здалася.

— Зараза! — швидко йшла вулицею услід. — Знайду — макітру відірву!

Стаська добігла до елеватора, коли на Килимівку вже опустився густий синій вечір. Трусилася, серце колотилося, емоції виливалися сльозами. Як після цього жити? Ніяк! Покарати їх усіх, ницих довбаних продажних козлів! Люсю у першу чергу! Хай втратить розум од горя, коли дізнається — нема у неї більше молодшої сестри! Сама довела її до краю!

Вимкнула мобільний, бо сестра вже надзвонювала. Полізла наверх. Ледь не зірвалася, бо руки тремтіли, не тримали. Злякалася до смерті: ні, ні! Не тут! Не так! Спочатку залізе на дах. З даху... ніби у небо. Не так страшно.

— Та пішли ви... — залізла врешті. А вже темно. Геть нічого не видно.

— Стасю... — чує.

— Улю? Добре, що ти тут, — Стаська схлипнула.

— Ти чого?

— Нічого. Попрощаюся з тобою.

— А ти — їдеш? Куди?

— Туди! — Стаська підійшла до краю даху. Стояла над прірвою: нічого не відчувала — ані страху, ані відваги. — Не хочу більше жити! Бо так жити — це повне лайно!

— Я з тобою! — Улянка підійшла до Стаськи без страху. Стала поряд.

Дивилися перед собою. У ніч. Трималися за руки.

— Уль! Ти... припиняй оце! — врешті прошепотіла Стаська. — Бо у мене причина є! А ти — за компанію! А то — повна фігня! Так не можна!

— Я не за компанію. Просто: якщо ти, то і я. Не хочу без тебе жити.

— Чому?

— Тому що я люблю тебе, Стасю.

Що?..

Стаська так здивувалася, аж висмикнула свою руку з Ульчиних долоньок, відійшла від краю. Про все забула: у темряві намагалася роздивитися Ульчине лице, її очі.

— Прикалуєшся? Щоби я не плигнула?

— Ні...

— Ти любиш мене?! Мене?

— Ти ж сама все допитувалася: хто мені у серці.

— Я ж не думала... — Стаська все ще не могла повірити. — Улько! А як це? Як зрозуміла, що любиш?..

— Ну... Ти для мене — сама красива. Сама крута і класна. І я завжди хочу бути поряд з тобою. Просто йти. А краще тримати тебе за руку. А ще... Люблю просто дивитися на тебе.

— Справді?

Улянка кивнула.

— І мрію тебе поцілувати, — геть знітилася. — Вибач.

Відвернулася. Терла кулачком очі. Стаська схвильовано дивилася на подругу.

— Уль! — гукнула. — Поцілуй мене!

Улянка повернулася до Стаськи, дивилася на неї з недовірою. Стиснула долоньки у кулачки, наче би то могло допомогти. Повільно підійшла до Стаськи, заплющила очі, гарячими вустами торкнулася Стасьчиних губ, завмерла на мить. Відсторонилася.

— Можна помирати, — сказала схвильовано.

— Уль! Давай жити, — так само схвильовано прошепотіла Стаська. Підійшла до подружки. Обійняла. Завмерли.

Кожного на землі хтось один любить... Заради того варто жити.

Людмила побачила Стаську на даху недіючого елеватора випадково. З ніг збилася, намагаючись вирахувати, куди дременула мала, йшла селом, роззиралася, коли побачила двох дівчаток на даху.

— Зараз, мала, ти у мене за все отримаєш! — ще ярилася.

Пішла до елеватора. Та не під ноги дивилася, на дах: хто там із сестрою? Невже знову донька неблагополучної Вальки Шамраїхи? І чого доброго вона сестру навчить? До Вальчиної хати вже Стаську водила, щоби за сексом дорослих поспостерігати! За ручки трималися. Далі — що?

Тільки подумала, глянула на дах і остовпіла, бо у світлі ясного місяця побачила, як Улянка підійшла до Стаськи і поцілувала її.

— Матір Божа! — Людмила очам не повірила. Стовбичила, як дурна, з дівчаток очей не зводила. Ось воно, дідько! Їхні інтернети, фейсбуки, інстаграми, тіктоки. Надивилися гидоти, пнуться повторювати. Стаська сама би нізащо до такого не додумалася! Дочка тої неблагополучної винувата: сама живе у багнюці розпусти і Стаську у те болото тягне, сволота!

— Нічого! І з цим розберуся! — прошепотіла Людмила, бо — з ніг не збити.

Розвернулася. Почесала до хати. Все по черзі: переїзд, власний хрест, робота-діти, проблеми малої. Упорається, бо тепер точно знає, хто сестру на погану доріжку ганьби і збочень заманив. На ходу набрала номер на мобільному.

— Мамо? Бери малих і терміново біжи до мене. Що? Так! Про Стаську також побалакаємо!

Марусі руки терпли, та приїхала до Катерини у Шанівку не тільки, аби зцілити їх. Сильно за дівчину тривожилися, тому, певно, й руки стали терпнути. Та й як не переживати? Чутки про погром у Шанівці долетіли до Килимівки того ж дня. Тоді ж серед людей розповзлася і приголомшлива новина про заповіт покійної дружини Залусківського. Килимівці сумнівів не мали, як буде.

— Щоби Іван допустив шанівців до своєї землі? Та він усіх їх на попіл розітре! А та Алла... От чим вона думала, коли створювала причину для такої колотнечі і вбивств?! Хіба чоловіка свого не знала і не розуміла, до якої біди те призведе?

— Катю, кидай тут усе! До нас переїжджай! — Маруся спостерігала за тим, як Катерина складає в одну велику миску різні трави, аби зробити збір, не відступала: — Шанівки вже немає! Немає! Хотіла Алла як краще, а зробила таке, що у села жодного шансу вижити не залишилося. Ти ж дивися, скільки тобі роботи додалося. Нові вікна треба вставити, бо скільки ти отак — з плівкою замість скла! Паркан тепер нікудишній! Городина та бідна геть понівечена.

— Рома вже вікна замовив. З іншим простіше — й сама упораюся.

— Катю, тому Ромі, звісно, спасибі, що помагає, але ж власним розумом живи! Хіба не знаєш? Як тільки усе зробиш, Залусківський знову тітушок сюди закине!

— Маріє Іванівно... От тепер ви мене послухайте!

Катерина всадила стару вчительку на стілець, сама навпроти. Взяла Марусині руки у свої, усміхнулася.

— Не встигне Залусківський біди накоїти. Я його зупиню, — сказала спокійно, упевнено.

Марусі — аж мороз по шкірі. Завмерла. Дивилася на Катерину прискіпливо: справді?

— Наворожиш, чи що?

— Наворожу, наворожу. І не розпитуйте більше. Самі все побачите, — підхопилася легко. Перемішала трави граціозними рухами.

«Знову сильна...» — подумала Маруся.

— І руки у мене не терпнутимуть. Так? — уголос.

— Тільки серця не рвіть!

— Та добре. Раз такі діла, ходімо надвір, Катю. Поможу тобі попідв'язувати ті помідори, які вижили.

Надворі — сонця через край. Зелені сади в обійми кличуть.

— Хай там що, а у нас — найкраще місце на землі, — Катерина усміхнулася.

Маруся закивала, помітила рух на вулиці.

— А Тарас тут що робить? Невже не брешуть, що до Шанівки перебрався? — підійшла до хвіртки, все вдивлялася у постать хлопця, який ішов вулицею.

— Самі бачите, — відповіла Катерина, стала поряд із Марусею, дивилася на Тараса, який уже підходив.

Привітався.

— Приходь сьогодні увечері до кіоску, Катю, — сказав дівчині, додав поспіхом: — Усіх кличу, бо раз на нас напали, маємо вирішити, як захищатися.

— Катя каже: більше нападів не буде, — мовила Маруся.

— Катя помиляється, — відповів Тарас спокійно.

— Ні, Тарасе. Не помиляюся. Отак і передай... — хотіла сказати «своєму татові», та вчасно зупинилася.

Тарас усміхнувся невесело, пішов вулицею до подвір'я Віри і Бориса Козлових. Катерина проводжала його поглядом, крізь шкіру прямо до серця — сумніви. А раптом не встигне зупинити Залусківського і на село знову нападуть його відморозки? Чому ж вона так беззаперечно всіх запевняє, що біда — у минулому? Довірилася Романові й сама ще не уявляє, коли вони удвох зможуть заманити Залусківського в пастку?

— Хороший хлопець Тарас, — почула голос Марусі. — Геть на Залусківського не схожий.

Глянула на Марусю приголомшено.

— Скоріше би Роман повернувся, — прохопилося.

— По вікна поїхав? — Маруся не звернула уваги на тривогу в голосі дівчини.

— Скоріше би повернувся, — повторила.

Коли вечір упав, Маруся вже пила трав'яний відвар у Килимівці, Стаська з Улькою ще сиділи на даху елеватора, Людмила перераховувала коробки з речами у вантажівці, а шанівці пересварилися через наполегливі пропозиції Тараса запросити до села його побратимів задля захисту і розійшлися, так нічого й не вирішивши, Катерина стояла біля хвіртки, вдивлялася у дорогу, яка вилася до Шанівки від Килимівки. Побачила позашляховик Романа, напружилася.

— Коли? — спитала, як тільки хлопець вийшов з автівки, підійшов до скаліченого паркану.

Не відразу відповів. Стрільнув очима напружено.

— Післязавтра, — відповів врешті.

Не помітила напруження, сама у тривозі.

— Скоріше би!

Квапила час — отримала. Вже й післязавтра.

Напередодні до ночі крутилася поряд із майстрами, які вставляли нові пластикові вікна у літній кухні, все рвалася помагати, потім прибирала до блиску, втомилася, та вночі не заснула: Рома не дав сну. Дав любові.

— Ромо... — після емоційного безсоння куталася у простирадло на тапчані, бо й досі соромилася власного голого тіла, спостерігала за хлопцем: оперативно закривав одягом татуювання. І русалку біля серця.

— Маю змотатися у справах до Києва.

— Але ж ти казав: сьогодні...

— Так! Увечері! Усе в силі, дівчинко моя. До вечора повернуся.

— Тривожуся.

— А не треба, мила! От побачиш: у нас все вийде, Катю. Телефон заряди. Про всяк випадок запишемо признання Залусківського на обидва мобільних. Добре?

Не встиг Рома спрямувати свій позашляховик у бік столиці, як біля Катерининого обійстя зупинився елегантний чорний «лексус».

— Людко... Автівку купила? — Катерина вийшла до воріт, дивилася на подругу здивовано: ніби й у траурі — вся в чорному, та пишні Людчині груди із декольте шовкової сукенки ледь не виплигують.

— Яке там! Петін тато мені свою стару тачку віддав. Дуже про нас із дітьми піклується, — Людмила підійшла до Катерини, усміхнулася сентиментально. — Кать! А мене у район перевели. У прокуратуру. Заїхала попрощатися.

Людмила дістала з сумки пляшку вина.

— Французьке! Дороге, як зараза! Чесно! І шоколадка є.

Катерина усміхнулася.

— А в мене вікна нові...

— Та чула, що у вас тут армагедон був. Нічого, подружко! Дай мені трохи часу, і з цим розберуся. Поможу! Ти ж мене знаєш: я своїх не кидаю.

— Ходімо до хати, Людо?

— Чуєш, Катю! А давай надворі. Отут під вишнею.

Розстелили старе покривало на траві під деревом. Повсідалися. Пили сухе червоне з красивих кришталевих келихів. Хмеліли.

— Біда, звісно, — розмірковувала Людмила із прикрістю. — Застрягла ти, Катю, у Шанівці конкретно. Новим вікнам радієш... Хіба це життя?

— Людко, у мене все добре, — усміхнулася Катерина. — А тепер — ще краще буде.

Людмила уп'ялася у Катерину уважним поглядом.

— Тепер? Щось має статися?

— Неодмінно станеться. Ти ж хотіла Залусківського покарати?

Людмила завмерла.

— Дуже хотіла... — відповіла повільно.

— Вважай, твоє бажання збудеться.

— А що станеться?

— От не треба. Просто повір!

— Кать... — вигукнула Людмила збуджено. — Якщо так... Може, скажеш, і хто мого Петра замочив?

Катерина глянула на подружку, та знову, як і на вулиці біля її дому в Килимівці, раптом на коротку мить побачила іншу Людку — веселу, зухвалу.

— Господи... — прошепотіла, бо й сама перелякалася.

— Ти чого, Катю? Кого побачила?

Катерина захитала головою заперечливо: ні, ні...

— Ми ж вино п'ємо, Людко! А після вина — кого тільки не побачиш!

— То кого?

— Лиш тебе... — завмерла, глянула на подругу насторожено. — Люд... Ти нічим не могла образити Петра?

— Я?! Кать, ти себе чуєш? Я?! Петю? Та нізащо! Я би здохла скоріше! Так любила його... Ніхто ще так нікого не любив! А він мене — ще більше.

— Вибач...

— Давай пом'янемо, — Людмила знову налила, та випити не встигли.

Спочатку «молодою вовчицею» розірвався дзвінок Людмилиного мобільного. Відійшла на метр, забубоніла у слухавку: де вас чорти носять, скільки можна чекати? Потім Катерина почула гуркіт автівки з вулиці, теж підхопилася, підійшла до хвіртки, бо серце впало: не відморозки Залусківського часом повернулися?

Вулицею до пагорба, на якому стояла хата неблагополучної Вальки Шамраїхи, мчав поліцейський «пріус», за ним — мікроавтобус.

— Ніби Валентина не скандальна. Чому поліція до неї? — здивувалася Катерина.

Вийшли на вулицю удвох. Спостерігали, а дивитися було на що: події на пагорбі — як на сцені. З хати назустріч непроханим гостям вийшла Валька Шамраїха. Від «пріуса» до неї вже йшов Сергій Гордієнко. З мікроавтобуса викотилася товста невисока жіночка, сунула за поліцейським. Надвір услід за матір'ю висипала дітлашня: трійко маленьких хлопчиків і Улянка. Товклися за спиною матері, насторожено зиркали на візитерів. Жіночка щось забубоніла під ніс, простягнула Валентині якийсь папірець... І руками махають, сперечаються!

— Може, їх виселяють? — мовила Катерина.

— Подивимося, — відповіла Людмила. Око примружила уважно.

Валька Шамраїха раптом кинула папірець жіночці в лице, обома руками притулила до себе трійко пацанят, а старша, Улянка, зірвалася і побігла за хату. Сергій — за нею.

— Що коїться? — Катерина захвилювалася. Пішла до пагорба.

Людмила вхопила її за руку.

— Катю, стій і не рипайся! Знаю, що кажу! Не треба... поліції заважати! Поліція знає, що робить!

Катерина завмерла, дивилася на пагорб: з мікроавтобуса вже виліз водій, відривав пацанят від матері, саджав до транспорту. Товста жіночка хапала Валентину за руки і щось суворо їй вичитувала. Валентина намагалася відштовхнути жіночку, рвалася до дітей, та товста жіночка чіплялася — не відірвати. А з-за хати спітнілий від бігу Сергій волочив до мікроавтобуса заплакану Улянку. Дівчинка намагалася вирватися, кричала так, що й Катерина з Людмилою почули:

— Мамо! Скажи їм! Ми не хочемо, щоб нас забирали!

— Ні! Так не можна! — Катерина зірвалася, побігла до пагорба.

Тільки до кінця вулиці й устигла добігти, коли повз неї промчав поліцейський «пріус», за ним — мікроавтобус. Закам'яніла. Устигла відчути на собі недобрий погляд Сергія: зиркнув з-за керма автівки, додав швидкості. Мікроавтобус загальмував біля Людмили, яка стояла на вулиці біля чорного «лексуса».

— Людмило Миколаївно... — висунулася з вікна жіночка, яка сиділа на передньому сидінні поряд із водієм.

— Та їдьте ви вже! — роздратовано вигукнула Людмила.

— Людо! Хто це з Сергієм був? — Катерина підбігла до подружки, вхопила її за руку.

— От тільки-но і побачила. Жінка — зі служби у справах дітей. Мабуть, надійшла скарга на невиконання Валькою батьківських обов'язків. Бідні діти!

— Людо, вони бідно живуть, але мати не випиває. І до дітей їй не байдуже.

— Катю, давай так! Я у районі попитаю, чому вони прийняли рішення дітей забрати. Не просто ж так. Краще скажи: у тебе ще лишилася та травиця, яку ти мені перед смертю тітки Раї для нервів давала? Щоби я завжди спокійною і розважливою була, бо мені зараз ця трава дуже потрібна.

— Пошукаю.

Людмила дістала з гаманця п'ятсот гривень, Катерині у руку тицьнула.

— Підготуй! Я на днях когось пришлю, щоби забрали! — наказала, пішла до автівки. Всілася за кермо, Катерині махнула. — Бувай, подружко. Поїхала я у нове життя.

Скерувала автівку в бік Килимівки. Крутила кермо, набрала номер матері на мобільному.

— Мамо, все! Із негативним впливом на нашу Стаську покінчено. Увечері заїду — все розповім.

Дзвінок вимкнула, врубала музику на повну.

— А я сяду в кабріолет! — горлала разом з Успенською.

Валька Шамраїха — людина проста. Не зачинилася у горі, як би то інтелігент зробив. Такий ґвалт на подвір'ї влаштувала: і хотів би не чути — не вийшло б. Буцала співмешканця носаком під сраку, гнала з двору, горлала:

— Геть! Геть, зараза! Дрихнув він, ніби помер! Чи ти так злякався, що ледь дуба не врізав?! Не допоміг дітей відбити! Де мені їх тепер шукати, щоб ти був провалився, гад такий! Нащо мені такий чоловік, коли я сама за двох! Забирайся, паскудо!

Чоловіка, якого шанівці лише здалеку бачили, вигнала, з пагорба до постаменту спустилася, вазу з нього прибрала, сама на постамент залізла.

— Люди! Помагайте! — кричить і плаче. — У мене дітей забрали! Папірця видали, а що мені з ним робити? Мені по цьому папірцеві дітей назад, як посилки на пошті, отримувати чи що?! Хіба у нас такі закони, що — налетіли, як круки, малих забрали і чкурнули? Хіба такі?

Шанівці не барилися, швидко зібралися: і Катерина прийшла, яка все чисто від початку бачила, і Тарас, і Поліщуки, і Козлови.

— Валю, злізай, — попросив Артем Поліщук. Допоміг жінці спуститися. На лаві скрутилася, схлипує.

Тарас роззирнувся:

— Це ж що? Нас лише восьмеро лишилося? Бо Романа Шведа не рахую.

— Швидко вони з нами розправляються! — мовив Борис Козлов.

Віра заплакала. Тарас компанію похмурим поглядом окинув.

— І досі вважаєте, що нам захищатися не треба?

Артем насупився незадоволено.

— На що ти нас провокуєш, Тарасе? На бійню?

— Досить із нас крові. Вже надивилися, — сказала Неля Поліщук.

— А ви збираєтеся вести переговори з покидьками у балаклавах?! — недобре усміхнувся Тарас. — Може, зібралися виїхати? Чи вірите Катерині?! Бо Катерина щось там собі наворожила і тепер упевнена, що більше ніяких нападів не буде.

Катерина розгубилася, та відповісти не встигла. Валька зиркнула на Тараса обурено.

— Ти про що зараз, мать твою?! У мене дітей забрали, а ти про якісь війни тут розпатякуєш?

— А ти, Валентино, хіба не розумієш?! Нас будуть гнати звідси різними методами, — сказав Тарас.

— Нам грамотний юрист потрібний, — врешті подав голос Артем Поліщук. — Роботи отут йому — гора. За землю маємо боротися. Бабу Аду з в'язниці визволити. І дітей Валиних повернути, — похмуро на шанівців глянув. — Хтось знає нормального юриста?

— Може, з килимівською юристкою порадитися, з Людмилою? — запропонувала Неля Поліщук, до Катерини: — Катю, ти з нею дружиш. Спитаєш?

Після ранкового рейду до Шанівки Людмила до вечора просиділа у ресторані за Килимівкою у компанії килимівського сільського голови Косюка. Сама запросила, за свій кошт стіл накрила. Мала ж виставитися! Так вчиняють усі нормальні люди, які розуміють, що то є — вдячність.

Не лише їли-пили. І про справи не забули. Косюк на Залусківського жалівся: дихати не дає, як той коронавірус! Людмила хильнула, призналася:

— Скоро Залусківському — капець. Інформація точна.

— А коли? — спробував уточнити педантичний Косюк.

— Та, може, прямо завтра, — ляпнула Людмила, додала: — Так шанівська відьма каже. А вона мені ніколи не бреше! У нас із нею — особливі стосунки здавна.

— Може, ще щось важливе передбачила? — обережно запитав Косюк.

— Пане голово, поки ми з вами одне одного не підводимо, у нас все буде — чікі-пікі, — натякнула Людмила.

Згадали про шанівців, заговорили про заповіт Алли Залусківської, який дозволив перетасувати карти при розподілі землі у громаді.

— Не хвилюйтеся, пане голово, я — з вами! Хоч і неофіційно, але допоможу у вирішенні земельних питань, — пообіцяла Людмила. Порадила голові не поспішати з пошуками нового юриста: сама знайде свою людину на своє місце, бо... — Нам же з нею працювати. Маємо не помилитися.

Під вечір, п'яненька, задоволена на двісті відсотків — результативний день! — всілася за кермо «лексуса». Скерувала автівку до материної хати у Килимівці. Сміялася, згадуючи, як вчорашній керівник у рота їй заглядав.

— А що думав? Що до смерті юристкою у сільраді скнітиму?! — не могла на себе нахвалитися. Яка ж вона... королева! Корона, здається, знову на маківці засяяла. Та ще більшою стала!

— Ма! Їду! — матері у мобільний. Одна лиш справа у Людмили на сьогодні залишилася, і, хоч втомилася, аж у боці пекло, вирішила завершити вдалий день без хвостів.

Того дня Стаська з Улянкою задумали зранку підстерегти вчителя інформатики, до якого з міста приїхали приятелі-мисливці, бо бачили: городяни привезли з собою справжній квадрокоптер з камерою.

— Умовимо, щоби вони його нам на пів дня дали покористуватися, — казала Стаська. — От побачиш, Улько! Вони погодяться, коли ми розповімо про наш проєкт.

Та зранку тато зайшов до Стасьчиної кімнати, зітхнув.

— Мама захворіла, — сказав. — Так що сьогодні все на тобі, доню.

Дідько... Маму шкода: лежить, стогне. Свиням-курям дай, город полий, з дому — ані кроку. І власні плани — коту під хвіст.

— Улю, спробую до обіду все розгребти і наберу тебе, — пообіцяла подрузі.

Після одкровень на даху у їхній дружбі майже нічого не змінилося. Крім одного: чутливими, настороженими стали, ніби між ними — прірва, а через неї добра рука крихкий прозорий міст перекинула. Вони лиш ступили на міст, ідуть по ньому назустріч одна одній, та варто кинути необережне слово — розвалиться міст...

Після поцілунку й обіймів на даху ще довго сиділи: схвильовані, розгублені.

— Уль... От ти сказала: люблю тебе. А мені що робити? Типу... Я теж маю щось сказати?

— Стасю, фігня. Не треба нічого казати. І я б мовчала, якби знала, що далі житимемо.

— Улько, я би померла, якби ти промовчала.

— Стасю, така ти дурна!

— Сама дурна... — Стаська задумалася. — Улько! Чому ти мене любиш, коли я казала, що у Тараса закохалася?

— Не знаю. Може, тому, що мені — аби ти щасливою була.

— Улько, може, це і не любов, а дружба така?

— Хіба головне, як назвати?

День минув, ще один. А Стаська все думала про те, що є між ними з Улянкою. Бо, якщо чесно, Стасьці теж категорично не хотілося будь-що робити без Ульки. Це ж нормально? Що в цьому поганого?

От і сьогодні. До обіду упоралася зі справами, тільки би скоріше до Улянки вирватися. В обід зателефонувала їй. Хотіла сказати: за годину зустрічаємося! Та Ульчин мобільний означив негатив довгими гудками. Не відповіла.

Спочатку Стаська не хвилювалася: може, Улька мобільний у хаті кинула, а сама мамці на городі помагає чи з малими... Ще раз зателефонувала. І ще.

По обіді хотіла мопедом змотатися до Шанівки, та мама приклала пальці до скронь:

— Ой, доню, щось мені геть недобре. Не йди... Побудь поряд, бо якщо впаду посеред хати, нікому буде і лікаря гукнути.

— Ма, давай зараз «швидку» викличемо, — запропонувала Стаська, та мама навідріз відмовилася: мовляв, відлежуся.

— Людочка дзвонила, — сказала згодом. — Увечері заїде провідати.

— Добре, що попередила, — буркнула Стаська. — Зачинюся у себе, і не чіпайте мене. Бачити твою Людочку не хочу!

Бачила, як уже ввечері, у темряві, до батьківського обійстя під'їхав чорний «лексус». Зметикувала: мама залишиться не сама, з сестрою, а Стаська тим часом до Шанівки рвоне, бо Улька не відповідає й досі, ніби геть пропала. Коли Люся побачить, що Стаськи немає, маму саму не покине. А там і тато з роботи повернеться. А потім — і Стаська з Шанівки.

Гарний план. Проводила очима маму, яка, незважаючи на погане самопочуття, рвонула відчиняти ворота для сестриної крутої тачки. Підкралася до гаража: дочекається, щоби мама з сестрою пішли до хати, викотить мопед — і гайда до Ульки.

— Де вона? — почула голос старшої сестри.

— У себе зачинилася, — відповіла мама, пожалілася: — Ледь її вдома втримала. Вже так брехала, що зараз упаду, аж і справді голова закрутилася. І серце болить, Людо! Що ж це коїться?! І досі повірити не можу, що наша Стаська у всьому тому бруді вивалялася, як якась збоченка!

— Мамо, я казала тобі! Що із Стаськи взяти: мале, дурне, у голові — вітер! То все Улянка! Сучка погана! Прилípилася до нашої Стаськи, вчить її всякої гидоти. То веде до себе, мамчин секс їй показує, то щось на вухо шепоче. І за руки її хапає, лізе цілуватися-обійматися, коза драна! Ну, нічого! Закінчилися її фокуси! Більше не зашкодить!

— Людочко! Точно? Бо так за малу переживаю.

— Точно, мамо. Я ж тепер — крута районна шишка! До служби у справах дітей зайшла, кажу: дівчата, а куди ви дивитеся, мать вашу? У Шанівці п'яничка з дітей так знущається, скоро геть повбиває, а ви того і чекаєте чи що?! Кажу: бігом, дівчата! Поїхали і забрали дітей! Особисто проконтролюю!

— Проконтролювала?

— Ясна річ! Я ж тобі казала: затримай малу вдома, а я все проверну! На власні очі бачила: забрали Улянку і пацанів. До Шанівки вже не повернуться!

Мама перехрестилася: хвала Богові! Доню обійняла: хоч до хати зайди... Аж чують — від гаража, який у глибині двору, ніби виє хтось. Мама: ой! А Людмила лиш брови звела.

— Мамо, світло у дворі ввімкни!

Клац — увесь двір як на долоні. Бачать: біля розчахнутих дверей гаража Стаська схлипує, ридання стримує, та вся тремтить, роззирається. Мама:

— Донечко...

Ніби сигнал дала. Стаська закричала, вхопила у руки металевий прут, та по мопеду ним — на, на!

— Ти що робиш, придуркувата?! — закричала Людмила. — Хоч копійку за своє життя заробила? Знаєш, скільки я за цей мопед заплатила?!

Стаська віджбурнула прут, штовхонула ногою понівечений мопед. Упав.

— Мені від тебе нічого не треба! — закричала. — Сволота кінчена!

Кинулася до Людмили і, якби та не встигла вхопити Стаську за руки, вчепилася б сестрі у волосся.

— Ненавиджу! Ненавиджу вас! Будьте ви прокляті!

Мама — у плач:

— Діти, зупиніться!

Де там! Стаська до сестри рветься, Людмила захищається.

— Ах ти зараза! Я тут за неї серце рву, а вона, коза невдячна, ще й брикається! — марно намагалася відштовхнути Стаську.

— Де Улянка?! Кажи! — кричала Стаська. — Куди ти Улянку і її братиків заперла, сволото?!

— Дурепо мала! Я тебе від ганьби врятувала!

— Де вони?!

— Та пішла ти!

— Кажи, бо вб'ю!

— Що?! Я тобі зараз язика вирву, погань така!

— Собі вирви! — Стаська щосили відштовхнула сестру. Побігла до велосипеда, який стояв біля хвіртки.

— Ніколи сюди не повернуся! Нізащо! Ви — не люди! Ви — гидота і бруд! Покидьки! Нулі! Ненавиджу вас! — на велосипед і геть.

— Людо! Людочко! Що ж це робиться? — мама плаче. — Дожени її!

— Зараз, мамо! Зараз... — розбурхана Людмила побігла було до файного чорного «лексуса», та прямо перед ним раптом застогнала, вхопилася за живіт у ділянці шлунка і обригала автівку.

— Може, коронавірус? — мати геть розгубилася.

— Ма, який коронавірус?! — розбурхана Людмила роздратовано оглядала обблюваний «лексус». — Пила вино зранку, потім вдень горілки довелося хильнути, потім коньяку... Спочатку геть нічого не їла. Потім так наздогнала, аж курка у горлі застрягла. Дідько! Знову блювати тягне...

— Де ж нам Стасю тепер шукати? — годиною пізніше розгублено прошепотіла мама.

Стояли всією сім'єю біля «лексуса»: і мама, тато, і знесилена блюванням Людмила. Тато поливав автівку зі шланга, Людмила супилася роздратовано: геть не так уявляла вона фінал цього вельми продуктивного дня!

— Ма, не кіпішуй! Знайдемо! Нікуди вона не дінеться. Зараз Сергієві Гордієнку подзвоню. Та й без нього, слава Богові, є до кого звернутися. Я цю заразу з-під землі дістану!

Зараза крутила педалі, за сльозами шляху не бачила. Виїхала за Килимівку, з'їхала з дороги, яка вела на Шанівку, кинула велосипед у кущах обіч асфальтівки, сама під кущем на землю упала, розревлася гірко. А на дах елеватора лізти, щоби померти, — й думки не промайнуло. Коли тебе хтось один любить — тільки жити.

— Де мені тепер тебе шукати, Улько? — все плакала. Думала: добре, хоч тут нікого немає, можна хоч голосити, ніхто не почує. За весь час у бік Шанівки тільки й проїхала, що одна автівка. Здається, у Залусківського така.

Скільки плакала? Хтозна. Врешті наказала собі заспокоїтися і думати. Бо... Їй тепер — куди?..

Катерина щосили вмовляла себе не хвилюватися, набратися мужності і врешті поставити крапку в історії, яка не давала дихати чотирнадцять довгих років. Навіювала: зможе в лице Залусківському вихлюпнути всю свою зневагу, гидливість.

Налаштовувала себе настирливо, та коли увечері Рома ввійшов до літньої кухні, перелякалася.

— Вже час?

— Так, — сказав, — телефон удома залиш. Бо за телефоном нас відслідкувати легко. А нам того не треба.

— А... записати зізнання Залусківського на телефон?

— Диктофон прихопив, — пояснив, додав: — Поїхали?

— Куди? — розгубилася.

— Де поблизу є тихе місце? Залишило там автівку, пішки до олійні Залусківського повернемося.

— Пастка — в олійні?

Хлопець кивнув. Поклав руку на Катеринину долоньку.

— Не передумала?

Серце колотилося. Не зважала.

— Усе гаразд, — сказала. Лиш спіймала себе на думці, що вирядилася, наче на свято: нова біла футболка, та й джинси не старі.

Залишили автівку за руїнами мазанки, поверталися до Шанівки вже у густих літніх сутінках. Запахи з лук голову паморочили. Село означало себе кількома слабкими вогниками: ледь жевріли у хатах. Олійня Залусківського темніла за пів кілометра від живої шанівської вулиці. Від неї до села — поросла травою ґрунтівка. Й не погубилася остаточно у бур'янах лише тому, що Залусківський до олійні навідувався час від часу. Здалеку територія, обнесена високим цегляним парканом, здавалася абсолютно темною. Катерина розгубилася ще більше. «Я ж не те, щоби очі Залусківського... Я його самого у цій темряві не побачу!» — подумала, бо скільки разів не уявляла собі картинку їхнього двобою, завжди дивилася Залусківському в очі! А він не витримував! Відводив свої!

— Обережніше! — мовив Рома. Тримав Катерину за руку.

Зупинилися перед прохідною, через яку тільки й можна було потрапити всередину. Хлопець штовхонув двері. Відчинилися. Увійшли у невеликий двір старої олійні: з трьох боків — високий паркан, з четвертого — будівля самої олійні, над дверима якої тьмяно світила слабка брудна лампочка.

— Хтось світло увімкнув... — прошепотіла Катерина.

Не встигла навіть роззирнутися, зрозуміти, що відбувається, де в біса Залусківський і чи можна заманити людину у пастку на її ж власній території... За їхніми з Романом спинами раптом із грюкотом зачинилися двері прохідної, відрізали єдиний шлях до втечі. І хто у пастці?

Катерина обернулася й інстинктивно відсахнулася, бо від дверей прохідної до них повільно йшов Залусківський.

— Молодець, Романе, поважаю! — сказав хлопцю. — Слово тримаєш!

Про що вони?! Катерина відчула себе дурною мишею у мишоловці зі шматком сиру: відступала, відступала, серце виривалося з грудей, сльози вже підкрадалися, ноги ледь тримали.

Рома не відповів. Так і стояв на місці, дивився собі під ноги. Залусківський теж зупинився. Утрьох стали схожими на вершини кутів рівнобедреного трикутника. Лиш Катерина все відступала, ламаючи красу геометрії, із жахом — то на Залусківського, то на Романа.

Хлопець раптом стрімко дістав з-за спини, певно з-за пояса, справжній пістолет. Спрямував на Катерину.

— Катю, стій! — вигукнув. — Я не жартую! Це — не іграшка! Справжня зброя!

Зупинилася: закам'яніла від жаху. Залусківський зареготав.

— Дідько, хлопче! І чому ти — не мій син?! Так блискавично приймаєш рішення!

— У мене є тато!

— Респект йому! Давай уже! Добий свідка!

— Хай свідчить спочатку! Бо раптом — геть нічого не бачила!

Катерина відчула, як усередині розростається яскрава квітка невтримної відваги.

— Все бачила! — крикнула. — Все, хоч убийте! — дивилася на Залусківського, і хоч стояв досить далеко, бачила його очі. — Ви зустрілися за балкою з чоловіком. Він не з наших країв, бо у нас не кажуть «кугутяра». А він вас так називав — кугутярою! Ви йому гроші пообіцяли за те, що копу підпалив! А він більше хотів. Ви сказали: добре, тільки давай хильнемо спочатку. Той чоловік погодився, а ви стали за його спиною, камінь із землі підняли і били того чоловіка по голові, аж доки він не помер.

Вихлюпнула, знесилилася. Вже не боялася. Дивилася на Залусківського із такою зневагою, аж насупився.

— А чого ж мовчала стільки років?! — спитав хрипко.

— Щоби ви боялися! — вигукнула.

— От сучка! — визвірився Залусківський. Повернувся до Роми. — Чого чекаєш? Давай уже...

— Е, ні! Ви їй теж правду скажіть! Признайтеся, бо вона має це почути від вас! Що ви реально вбили! — нервово вигукнув Рома.

— Та вона і так все бачила! — Залусківський обернувся до Катерини. — Тобі у темряві не привиділося! Моїх рук справа! Я вбив! І не шкодую!

До хлопця крок ступив.

— Давай!

— Стояти! — Рома раптом спрямував зброю на Залусківського.

— Здурів? — Залусківський зупинився.

Хлопець швидко підійшов до Катерини:

— Зараз дам тобі пістолет! Убий покидька, Катю!

— Ні! — вигукнула.

Не повірив. Дивився на дівчину, як на божевільну.

— Ні! — повторила. — Він же... тато Тараса!

— Що в біса?! Тараса? До чого тут узагалі той безногий?

— Тарас — хороша людина! Не можу завдавати йому такого болю!

— Катю, ти хвора? Залусківський найняв мене, щоб я убив тебе! — голос Роми захрип. — До тебе не дійшло? Так вальни його! Хіба немає за що?!

— Це неправильно, неправильно!

— А що правильно? Аморальні ви ідіоти з театру абсурду! — Рома відступав, наставляв зброю то на Залусківського, то на Катерину. — Виговорилися? Моя черга! Теж маю, що сказати. — Замовк на хвилину. — Отой чоловік, якого ти, Залусківський, убив, — мій тато!

— Що?! — Катерині здалося — не розчула.

— Мій тато! Він був складною людиною, але мене любив безмежно! І безмежно страждав через те, що мама не дозволяла нам бачитися! — Рома зневажливо глянув на Залусківського. — Не те, що ти! Рідного сина не визнаєш, козел! А мій тато... Ти відібрав у мене мого тата!

— Хлопче, зачекай! — до Залусківського дійшло: все серйозно!

Роман наставив зброю на Залусківського.

— Ні! Суду не чекатимемо! Знаємо ми наші суди! Я — твій суд!

— Та стій, кажу! — вигукнув Залусківський. — З чого ти взяв, що то був твій тато?! — говорив і задкував до дверей прохідної. — Точно знаю: у того чоловіка не було рідні!

— У нас із татом різні прізвища завдяки моїй мамі!

— Та ти помиляєшся! Не мав той чоловік сім'ї! Його і поховали отут, бо не було рідні тіло забрати.

— Тут теж мама моя постаралася. Не сказала мені, що тіло тата знайшли. А коли я дізнався, його вже поховали. Та я слово собі дав: дізнаюся правду!

— Так ти зі мною заради цього... — вимовила Катерина.

Роман лиш на мить відірвав очі від Залусківського, лиш кинув на Катерину швидкий погляд... Залусківський скористався нагодою, швидше відступив до прохідної, вже відчиняв двері...

Роман усміхнувся.

— Прощавай, кугутяро! — вистрілив. Ще раз. Ще!

Залусківський вивалився з олійні у ніч. Із глухим звуком упав на землю і завмер. Катерина затулила рота руками, щоб не закричати. Із жахом дивилася на Рому, відступала, бо вже йшов до неї, на ходу витирав пістолет своєю ж футболкою.

— А тепер ти, Катю! Тебе теж маю покарати!

— За що?

— За те, що стільки років покривала убивцю! Слабкодуха курка! Якби не такі, як ти, наскільки би світлішим стало життя! На все ви очі заплющуєте, не помічаєте, німі свідки! Додам тобі мужності! — вхопив дівчину, силоміць устромив їй у руку пістолет. — На зброї тепер — твої відбитки! До звинувачень у вбивстві отого дядька, який на твоєму дворі дуба дав, тепер додадуться звинувачення у смерті

Залусківського. Потурбуюся про це! Прощавай! Ти — точно не моя людина! У в'язниці провідувати не стану!

Відштовхнув дівчину: ледь не впала, пістолет упустила. Ще не усвідомлювала, що відбувається. Бачила: хлопець дійшов до прохідної, обернувся.

— До Шанівки не повернуся. Усі мої справи тут завершені!

Стаська не знала, куди йти, але ноги вперто несли у бік Шанівки. Думала: із тьоть Валею поговорю, розпитаю, куди Улянку відправили, переночую в Улянчиної матері, а вранці до подружки поїду, дізнаюся, як вона і що тре робити, щоби її додому повернути. На темному шляху — світло фар. Раптом Люся? Сестра така! Не вгамується, поки свого не доб'ється, гадюка підла! Певно, шукає Стаську скрізь.

— Не знайдеш! — повернула зі шляху до лук, попхалася вночі навпростець. Пішки йшла ще й велосипед тягнула.

До вже темної Шанівки вийшла з боку старої недіючої олійні Залусківського. Всього й лишалося, що ґрунтівкою дійти до живої шанівської вулиці, з неї на пагорб...

Та раптом у темряві неподалік олійні, прямо перед собою на шляху Стаська помітила темні обриси чи то людини, чи то звіра: постать невідомої істоти важко ворушилася на одному місці, ніби міфічний вурдалака вхопив людську жертву, висмоктував з неї кров.

Завмерла. І — чи геть дурна, чи реально *НечуваноДєрзкая*, бо не роздумувала: увімкнула ліхтарик, закріплений на кермі велосипеда. Очі витріщила: що ж там? І аж задихнулася від обурення, бо у промені світла побачила шанівську відьму Катерину: стояла — знесилена, утомлена, вся у крові, а біля її ніг валялася мертвий Залусківський.

— Що? Знову?! — загорлала Стаська. — Коли ж ти вже зупинишся?!

Частина п'ята

Ніч нівелює деталі, мозок вихоплює головне. Вир карколомних емоцій знесилив Катерину — ледь трималася на ногах. Навіть не намагалася усвідомити чи опанувати події останньої години, у голові дзвоном: кров зупинити!

— Кров зупинити! — бурмотіла собі.

Лиш на мить відірвалася на шум, на промінь світла. Засліпив, спантеличив, тому не одразу зрозуміла, хто гукає до неї.

— Помагайте! — вигукнула у відповідь. — Треба кров зупинити, бо помре!

Схилилася до недвижного Залусківського. Хвала Богові, лежав на спині.

— Ліхтариком сюди світіть! — закричала, усе ще не розуміючи, кого саме сеї пори занесло на край Шанівки.

Стаська поклала велосипед на бік — світло на висоті пів метра від землі, прямо на Залусківського, на білу його сорочку, на три дірки у ній, три криваві плями.

— Ти його? — вигукнула відчайдушно.

— Господи, ні! Помагай уже!

Катерина тремтячими руками розстебнула ґудзики, рвонула тканину чоловічої сорочки — розповзлася. Відірвала шмат, приклала до однієї з ран. Врешті глянула на Стаську.

— Тримай! — наказала. — Тільки добре притискай!

Стаська зціпила зуби, подалася до недвижного Залусківського. Впала на коліна поряд із ним. Приклала руки до скривавленої тканини, притиснула.

Катерина підхопилася.

— Стій! Куди? Не залишай мене з ним саму! — Стаська перелякалася.

— Не панікуй! Нікуди не йду! — Катерина скинула нову білу футболку, що була вже уся в крові, порвала на шмаття. Приклала до інших ран. — Тримай щосили!

— А ти куди?

— Подорожник... Він тут є! — до землі, руками по ній навпомацки, ніби сліпа. І вже рве.

— Та що за фігня?! «Швидку» треба!

— Я без мобільного!

— У мене є! — крикнула Стаська.

Відсахнулася. Сиділа на землі, гарячково набирала номер «швидкої», косувала на Катерину: та прикладала до ран чоловіка листя подорожника, затуляла їх кривавим ганчір'ям.

— Він ще живий? — процокотіла зубами Стаська.

— Живий! Додзвонилася?

Дівчинка ледь не розревлася:

— Немає зв'язку...

— Спокійно, не плач! — Катерина їй хрипко. — Біжи до села. Буди всіх!

Стаська кивнула. Підхопилася, рвонула у ніч, та не пробігла й десяти метрів, як їй назустріч від села — шум, промені світла. Катерина теж почула.

— Люди! Ми тут! Сюди! — загукала щосили.

— Ми тут! Скоріше! — заволала Стаська. Відчула: сльози змивають геть усі бажання, крім одного — врятувати ще живу людину.

Тої ночі Артем Поліщук і Тарас Гордієнко перетнулися біля порожнього постаменту, бо не всиділи вдома, коли почули, як з боку олійні Залусківського лунають постріли. Про погане намагалися не думати, бо й мисливці тут промишляють, і мажори розважаються пальбою по бляшанках, та обидва ще пам'ятали погром, який вчинили у Шанівці відморозки у балаклавах. Вирішили не поспішати з висновками. Подивитися, як далі розвиватимуться події. Хвилин десять вичекали: тихо.

— Усе ж піду, подивлюся, — врешті вирішив Артем.

— Я з тобою, — сказав Тарас.

Поки йшли вулицею, з пагорба спустилася Валя Шамраїха. У руці — дровиняка.

— Точно вам кажу! Сьогодні вночі знову на нас нападуть!

Потім Неля Поліщук і Козлови на вулицю вийшли.

— Артеме, не ходи! — благала Неля. Вчепилася в чоловіка.

Після короткої суперечки колективно вирішили: перевірити нічну стрілянину підуть Тарас із Артемом і Валя. Неля до дочки повертається, а Борис Козлов на вулиці чатує: якщо зрозуміє, що знову відморозки підкрадаються, терміново дзвонить до поліції.

— Зачекайте хвилину, машину піджену, — сказав Тарас Артемові й Валі. — Якщо біля олійні Залусківського реально його відморозки розважаються, то на автівці реальніше відступити без втрат.

— Він точно знає, що Залусківський — його батько? — спитала Неля Артема, коли Тарас пішов по «тойоту».

«Може, й не знає...» — подумав Артем.

На «тойоті» утрьох під'їхали до олійні, на мить очманіли від страшної картинки: неподалік прохідної лежав закривавлений напівголий Залусківський, а біля нього на колінах стояли килимівська школярка Стаська Поливанова і шанівська відьма Катя Кохан у самому ліфчику і джинсах. Притискали криваві ганчірки до грудей і живота Залусківського, самі — усі в крові, з такою надією дивилися на людей: і слів не треба, все по очах прочитати можна.

Артем мимоволі кинув на Тараса короткий погляд: АТОвець не знітився, не розгубився, вже відчиняв задні дверцята напіввантажної «тойоти».

— Його до лікарні терміново треба! — кинув. — Бо поки «швидкої» дочекаємося...

— Рухати не можна! Можливо, куля у хребті! — вигукнула Катерина.

— Що тут узагалі сталося?! — втрутився Артем.

Катерина не встигла відповісти. Стаська — поперед батька в пекло:

— А ми знаємо?! Знайшли його тут!

— А ви самі що тут робили? — не здавався Артем.

— Хіба це зараз важливо? — гукнув Тарас Артемові. — Ходімо до олійні. Дошки якісь знайдемо! Перекладемо на них Залусківського, до автівки спробуємо завантажити.

Артем кивнув, уже — до олійні, а Валька їх за руки хапає. Не пускає.

— Люди, стійте! Що ви робите? Хай Залусківський подохне! Хай подохне, чуєте?! Він село хотів знищити, дітей моїх украв! І бабу Аду він до в'язниці посадив! Точно вам кажу! Хіба ця падла заслуговує на життя?! Нащо йому жити? Щоби нас усіх поховати?! Він же тільки цього й хоче!

Артем знітився.

— Валю... Так не можна!

— Він дітей моїх сиротами зробив! Службу у справах дітей на мене нацькував, сука!

— Це не він! — заволала Стаська. — Не він! І робіть уже щось, бо в мене вже руки відвалюються ці ганчірки тримати! І вони не допомагають! І подорожник теж не допомагає! Кров однаково ллється! І мені дуже страшно!

— Щоби я після всього Залусківського рятувала?! Не буде цього! — закричала Валька. Розвернулася, темним шляхом посунула до села.

Тарас лиш кинув їй услід тьмяний погляд, першим пішов до олійні. Артем за ним.

Дошки швидко знайшли. Не коштувало надзусиль й обережно підкласти їх під Залусківського. А от підняти... Двоє сильних чоловіків не могли відірвати від землі жирну тушу. Тарас уже й зв'язав дошки, і зробив з одного боку щось на кшталт ручки з пластикової мотузки, яку знайшов у салоні «тойоти». Вже й Катя на допомогу стала, поки Стаська з останніх сил притискала до ран Залусківського ганчірки, намагаючись зменшити кровотечу. Троє людей рвали жили, та ніяк не могли відірвати один край імпровізованих нош від землі...

Артем не витримав. Упав на землю. Задúхався.

— Все! Крапка! Не можу більше! Може... покликати Бориса Козлова? — запропонував Тарасові.

Тарас лиш головою мотнув: ні! Зосереджено дивився в одну точку.

— Ноші розвернути треба! — врешті сказав.

— Ногами вперед? Погана прикмета, — зауважив Артем.

— До сраки! — Тарас ухопив мотузяну ручку, потягнув ноші, розвертаючи їх. Артем підвівся, приєднався.

Удвох врешті підняли один край нош, поклали його на дно салону. Утрьох підвели другий, пхали ноші до салону, а вони — ніяк. І якби в останню мить Стаська не облишила ганчірки, не приєдналася до Тараса, Артема і Катерини, — не впоралися б!

— Та зруштеся вже, підлі ноші! — хрипко цідила Стаська. Ноші рипнули й увійшли всередину салону.

— Погнали! — хитаючись від утоми, Тарас посунув до керма.

— Я лишаюся! — гукнув Артем. — Бо якщо сьогодні вночі реально щось станеться, у Шанівці з чоловіків — лише Борис Козлов.

Тарас кивнув, глянув на знесилених, закривавлених, напівроздягнутих Катерину і Стаську.

— Дівчата, і ви лишайтеся! Сам довезу.

— Я поїду. Хоч притримаю його, щоби сильно не трусило, — Катерина вже йшла до задніх дверей напіввантажної «тойоти».

— Катю, ти ж гола! — втомлено мовив Артем.

— Знайду у Тараса в автівці якусь ряднинку, прикриюся.

— Я теж поїду! Поможу Катерині, — Стаська полізла до салону через бокові двері, впала на сидіння поряд із Залусківським. Намагалася не дивитися на нього. «Хоч би живим довезти», — промайнуло.

Вночі, коли каталку з напівмертвим Залусківським ще тільки везли до операційної хірургічного відділення районної лікарні, мобільний судді Нечитайла вже дзенькнув: прийшло повідомлення.

Георгій Іванович не спав. У новій файній хаті невістки Людочки саме вмостився у кріслі, обмацував очима смачну голу невістку, яка стояла перед ним у самій лише губній помаді та з чорним бантом у волоссі. Роздратувався на дзвінок: що за козли? Якого турбувати людину о майже другій ночі?

— Хоч би зі Стаською нічого поганого не сталося! — Людмила першою відреагувала, приклала долоню до голих грудей біля серця так драматично, аж уявила себе Венерою з картини Боттічеллі.

Суддя не звернув уваги на естетичну насиченість нової пози невістки.

— Вчинено замах на Івана Залусківського, — читав повідомлення. — У важкому стані його доправили до райлікарні. Лікарі утримуються від прогнозів.

Забув про хіть, про голу Люду, яка так і тупцювала перед кріслом. Підскочив:

— Оце так новина — суцільна радість!

Тут-таки зателефонував помічникові, віддав наказ:

— Дуй у райлікарню! Хочу знати все про стан Залусківського, хай би був здох до ранку!

За пів години, коли помічник перетелефонував, розпитував:

— І що з ним? Стріляли? Стан майже безнадійний? А чому не просто «безнадійний»? Що за компромісне «майже»? А-а-а, оперують... Хто там ще? Ясно! Дочекайся кінця операції і конкретних прогнозів.

Дзвінок вимкнув. Давай сміятися. Невістку за голі груди хапає.

— А чого набундючилася, Людочко?! Все у нас — на рівні «люкс»! І справи, і новини, та й ми самі! Я переміг, увесь район — тільки мій! Залусківському хана, сподіваюся!

— Георгію Івановичу! У це повірити неможливо, але Катя...

— Яка ще Катя?

— Наша відьма шанівська! Та, яку у вбивстві звинувачують, а ви так стратегічно мудро під заставу її відпустили... Вона знала, що Залусківського грохнуть! Так мені напередодні й сказала: Залусківський уже нікому не зможе зашкодити! Уявляєте?

— Серйозно? — суддя знову вмостився у крісло, дивився на невістку зацікавлено. — Так і сказала?

Гола Люда всілася у сусіднє крісло, кивнула.

— Та кажу ж! Я її питаю: що знаєш? А вона: просто вір мені! Вважай, його вже нема!

— Так ця відьма хотіла смерті Залусківському? Чому ж вона зараз у лікарні чатує?

— Катя у лікарні?

— І Катя, і сестра твоя, Людо. І брат нового поліцейського офіцера громади. Дивна компанія.

Людмила на мить завмерла, брови звела, начебто це допомогло коліщаткам у мізках крутитися.

— Дивна... — прошепотіла. — Та то нічого, і з цим розберуся! Головне, що Залусківський уже не підніметься, бо Катя так сказала! А я їй більше вірю, ніж собі, — замовкла, глянула на суддю. — Помре він! — додала. — От побачите!

Підхопилася, взялася вдягатися.

— До лікарні поїду! З Катериною побалакаю, малу до тями приведу.

— Ні, дорогенька! — наказав суддя невістці. — Ми з тобою більш важливими справами займемося! Якщо, звісно, хочемо, щоби добро Залусківського до чужих рук не попливло.

Лампи тьмяні. Від їхнього сутінкового світла зелені стіни у районній лікарні засмучуються, сірішають, гасять сподівання на новий день так категорично, що здається, ніч триватиме вічно, і куди не глянь — тут усе про ніч! Аж ні! Оптимістично-яскраве Стасьчине різнокольорове волосся розбиває моторошні картинки ущент. Дівчинка сидить на незручній дерев'яній лаві поряд із Катериною, крутить головою, все тре рукою закривавлену футболку, наче засохлу кров можна стерти, косує на шанівську відьму: та лиш у джинсах і ліфчику, прикривається засмальцованим старим покривалом, яке Тарас знайшов у автівці, очі у підлогу, а кулачки стискає так сильно, наче наказує тим очам, щоби не плакали. Що з нею? Невже так через Залусківського засмутилася?! Стаська нишком поглядає і на Тараса. Хлопець стоїть навпроти лави, дивиться крізь дівчат і, здається, геть їх не помічає.

Стасьці не сидиться. Стасьці відчайдушно хочеться взнати все й тепер: що сталося із Залусківським, яким боком до цього Катерина, чому так засмутилася і чи виживе поранений дядько. Одразу після того, як санітари переклали Залусківського на ноші і повезли готувати до невідкладної операції, їм повідомили — не варто сподіватися на швидкі новини, та Стаська однаково смикає всіх, хто з'являється у коридорі.

— Операція ще не закінчилася? А коли закінчиться? А чому так довго? А нам скажуть правду?

Кожен, кого Стаська сіпає, відгавкується, суне далі у своїх справах, тому дівчинка сильно дивується, коли старенька санітарка підходить до них із Катериною.

— Дівчата, ходіть за мною, — каже.

І ось уже Стаська з Катериною у душовій кімнаті. Санітарка дає їм колючі рушники, мило: вимийтеся, діти, бо всі у бруді-крові. Гарячої води, правда, немає, але ж і надворі не зима. Кладе на звичайну табуретку не нові, але чисті футболки.

— У нас хворі часто речі забувають, — пояснює. — Ми їх не викидаємо: виваримо і складаємо про всяк випадок, бо ж можуть згодитися. От і вам знайшла перевдягнутися.

Футболки — чоловічі, явно з дядьків формату Залусківського, розмір 54—56...

— Дякуємо, — шепоче Катерина якось дивно.

Стаська насторожується, спостерігає за відьмою, наче та зараз викине надзвичайний і небезпечний для Стаськи фокус.

Санітарка виходить. Катерина вмикає холодну воду, та не лізе під неї. Так і стоїть біля струменя води — розгублена, ошелешена.

— Розкажи, що там сталося... — кидає камінчик Стаська.

Катерина схлипує судомно, опускається на холодну кахляну підлогу так стрімко, наче ноги відмовили, затуляє рот руками, здригається від беззвучних ридань.

— Катю, не мовчи, — розгублено видушує Стаська.

— Мовчала... Все життя! Мовчала!

— А я, дурепа, ніколи нічого у собі не тримала! Ніколи! І теж — не допомогло, — раптом признається Стаська. — Не можу зізнатися... — додає, а перед очима — Петро приголомшено дивиться на фотку в телефоні, Люда відриває від тітки Валі Улянку. І малих пацанят...

— І я... знову не можу зізнатися, — Катерина вириває із себе слова, наче бур'ян з коренем, а перед очима у неї — Тарас. Не було б Тараса, Катеринина історія з минулого і її дивна трансформація у дні теперішньому, певно, мала би геть інший фінал. Але Тарас є, тому Катерині — хоч геть пропади!

— Доведеться зізнаватися, — каже Стаська. — Тебе поліція питатиме.

— Тебе тепер теж...

Стаська замислюється, супиться. Катерина усміхається гірко:

— Що би я не казала, мене тепер однаково кинуть за ґрати. Ти ж цього хотіла?

НечуваноДєрзкая Стаська куйовдить копу рожево-фіолетового волосся, обурено зиркає на Катерину.

— Я за справедливість! — вигукує з викликом. — А не за те, щоби заради своєї примхи людям життя калічити! — На мить замовкає, додає: — І за ґрати тебе не кинуть! Знаю, що робити.

Катерина дивиться на мале зухвале дівча з надією.

— Збрешу всім, що приїхала до тебе, аби ти мені поворожила, потім ми почули постріли і пішли подивитися, хто там бахкає, — каже Стаська. — І побачили те, що побачили: непритомного Залусківського з дірками у тулубі.

— Він отямиться... Інше розкаже.

— А він отямиться? Ти скажи, Катерино! Ти ж усе бачиш!

— Не думаю... — прошепотіла. А що мала на увазі? Чи підтверджувала, що все бачить і поранений дядько вже ніколи не отямиться, чи заперечувала власні надздібності.

— А якщо отямиться, тебе звинуватить? — вперто перепитує Стаська.

Катерина: ні! Ні!

— Я тобі вірю! — майже урочисто виголошує Стаська. Видихає, наче роздмухує багаття, аби спалити колишні помилки! І хоч соромиться роздягатися при чужій людині, пересилює сором, демонстративно скидає брудну закривавлену футболку, ліфчик, залишається лише у шортах. Нахиляється до струменя холодної води, намилює верхню частину тулуба агресивно, наче прагне змити з тіла не лише кров і бруд, а й спомини про ніч, що вже минає...

За пів години виходять із душу, стають перед великим трюмо радянських часів, яке зачепилося за лікарняний коридор, та так у ньому і залишилося. Роздивляються, самі себе впізнати не можуть: бовтаються у завеликих чужих футболках із принтами Нью-Йорка і червоним язиком «The Rolling Stones», і самі — наче язички всередині дзвонів.

Підходить Тарас. Стаська думає: ось зараз хлопець скаже щось саркастичне й одночасно дуже справедливе.

— Операція завершилася... Зараз лікарі з операційної вийдуть, — мовить.

Справді? Стаська губиться: як же дивно знову констатувати невизначеність, коли сам для себе вже все вирішив. Крутить головою: котра година? Годинник на стіні відповідає: пів на шосту!

Втомлені лікарі виходять, і видно: ледь тримаються на ногах. Один із них, певно, головний, зупиняється, дивиться на дивну трійцю:

— Ви — рідня пана Залусківського?

— У нього нікого немає, — відповідає Тарас так глухо, що у Катерини стискається серце. — Але хіба це головне?

— Не головне, але і не другорядне! Під час операції ми використали препарати інших пацієнтів, які у плановому порядку готуються до своїх операцій і вже купили всі ліки. Хто їм це компенсує? Бо, ви ж розумієте: у відділенні власних препаратів практично немає.

— Я компенсую, — каже Тарас.

— Добре. Зачекайте тут, медсестра складе перелік використаних препаратів і тих, які знадобляться у найближчі три доби, віддасть вам. Купите у нашій аптеці. Чи просто гроші залиште, самі все купимо.

— Чому лише на три доби? Він... більше не протягне?

— Зарано прогнози робити — стан дуже тяжкий! Велика крововтрата, множинні пошкодження внутрішніх органів: печінку зачепило, легені, хребет, кишківник. Все, що могли, ми зробили: кулі вийняли, зупинили кровотечу, зашили кишківник, стабілізували. Лишається чекати і сподіватися на краще.

Лікар утомлено хитає головою, йде далі, до ординаторської, де, певно, є старий диван, на якому можна перепочити, дати спокій спині. Зупиняється ще лиш на мить.

— Додому їдьте, відпочивайте! Вам є чим пишатися. Не знаю, скільки пану Залусківському ще жити, але шанс йому дали не тільки ми, а й ви. Такі відчайдухи! Притягли посеред ночі! Якби хоч трохи забарилися, рятувати було б нікого.

Що то — гордість? Потужна хвиля: розправляє плечі, підборіддя вище, змушує усміхатися навіть тоді, коли зовсім не до радості.

— Геть спати не хочу! — оптимістично заявляє Стаська, бо відчуває дивний приплив радісної енергії. Косує на Катерину, Тараса.

Тарас не виказує ніяких емоцій, наче сказав собі: ні, тільки не тепер! Катерина теж силкується закритися маскою витримки, та сил бракує — руки опускаються знесилено, розгублені очі кричать. Ані угода зі Стаською, ані надії на одужання Залусківського не перекреслюють жаху, який стався з нею тої ночі. Стаська відчуває це шкірою.

— Катю! Додому їдь! Тобі відпочити тре!

— А ви хіба не поїдете?

— Тарас тебе довезе, — і далі розпоряджається *НечуваноДєрзкая*. — А я залишаюся. Мені районну службу у справах дітей відвідати треба. Почекаю початку робочого дня.

Тарас мить дивиться на Стаську уважно.

— Залишуся з тобою, Анастасіє, — каже, переводить погляд на Катерину. — Катю! Сама доїдеш?

Катерина червоніє-знічується, ніби їй самій чотирнадцять. Від усвідомлення того ще більше знічується.

— Звичайно, доїду, — бурмотить поспіхом. — Перший автобус на Килимівку — о шостій двадцять.

— Гроші є? — питає Тарас.

— Є! У джинсах була двадцятка... — Катерина йде зеленим коридором до виходу, плутається у завеликій чужій футболці, наче у власних проблемах, лиш одне взнати хоче: коли ж їм кінець?..

Новина про замах на Залусківського захопила район зі швидкістю сарани, розділила його мешканців на два табори.

Одні бажали багатію одужання, бо працювали на якомусь із його підприємств і боялися втратити роботу. Інші перераховували ті самі підприємства і фірми Залусківського, обурювалися: увесь район під себе підім'яв, сволота! Хай би був згинув, іншим би стало легше дихати. Та всі погоджувалися з тим, що Іван Залусківський давно став районоутворюючою персоною: не тільки наплодив тут своїх підприємств-людей-впливів, а й десяток комп'ютерів сільській школі придбав, за свій кошт дев'ять кілометрів шляху від Килимівки до райцентру відремонтував, уже кілька років оплачує працю тренера з важкої атлетики, який із сільської пацанви чемпіонів успішно ліпить, подарунки школярам на Різдво дарує і навіть якось Полякову планував на свято Килимівки запросити, та щось не склалося, тож обійшлися караоке. Було ще дещо, про що простий люд і не здогадувався. Анонімно Іван Залусківський оплатив лікування за кордоном двом онкохворим діткам з району, а також із наполегливою регулярністю вже кілька років поспіль відправляв у зону АТО бусики з продуктами.

Та й без цього знання всі схилялися до думки, що замах на Залусківського кардинально вплине на особисте життя кожного мешканця, бо все у районі зміниться. А чи на краще? Та всім — і прибічникам, і ворогам — однаково сильно хотілося взнати головне: хто ж той зухвалець, який наважився стріляти у Залусківського?!

Версій не бракувало. Розібратися по суті доручили слідчому Артурові Волосянку. Дзвінок начальника районного управління поліції підняв слідчого з постелі о шостій, коли Залусківського лиш прооперували.

— Майора хочеш отримати? — спитав.

За десять хвилин слідчий уже виходив з дому до бусика, який чекав на нього біля під'їзду. У складі слідчо-оперативної групи їхав у бік Шанівки, відмітив пожвавлення руху: спочатку їх обігнав чорний «лексус» суддівської невістки, потім ще кілька автівок з категорії «важкий понт», серед яких уважне око Волосянка впізнало транспорт бізнес-партнерів Залусківського.

— Дерибан розпочався, — констатував із заздрістю.

Людмила дісталася килимівського офісу Залусківського о пів на сьому. Побачила прочинене вікно і світло у кабінеті Івана, вкотре здивувалася тваринній інтуїції судді Нечитайла. Не помилився старий козел! Знав, як буде!

Вночі, перш ніж атакувати лежачого конкурента у битві за владарювання у районі, обдзвонив впливових чиновників різних рівнів, зацікавив персональними вигодами, заручався підтримкою. Під ранок наказав невістці їхати у Килимівку. І не повертатися, поки не проконтролює, щоб усі справи рухалися у потрібному судді напрямку.

Людмила не сперечалася, але й покроково виконувати інструкції свекра не збиралася. Своя гра! Зробила гак, заїхала до районної лікарні: не мала сумніву, що перестріне тут молодшу сестру.

— Начувайся, зухвалице мала! Зараз я тебе до автівки вкину і тільки вдома викину! У твоїй кімнаті зачиню, і сидітимеш там, доки не навчишся старших поважати!

Та у порожньому коридорі лікарні побачила лиш суддівського помічника.

— Тарас, Катерина і ваша сестра вже поїхали, — повідомив. А куди — і гадки не мав.

— І який ти після цього помічник! — психонула Людмила.

Чимскоріш — на Килимівку! Мамі подзвонила: повернулася Стаська? Ні?.. Заспокоїла, як могла, біля офісу Залусківського «лексус» лишила, увійшла до Іванового кабінету, аж усміхнулася, бо побачила лиш розгубленого заклопотаного помічника Залусківського Василя: перебирав документи біля відкритого сейфу. «Не запізнилася, хвала Богові!» — подумала.

— Василю, дай вгадаю! — сказала. — Партнери пана Залусківського вже їдуть сюди по установчі і бухгалтерські документи. Хочуть його голим і босим залишити.

— І залякують, ніби я перед ними у чомусь винуватий! — признався засмучений Василь.

— А я не залякуватиму! Я тобі роботу пропоную. З цієї хвилини працюй на мене, Васю! І з грошима будеш, і в безпеці. А перспективи... Оті усі, хто навколо Президента крутяться, — відпочивають! Бо ти ж не дурний! Розумієш! Що нам їхнє листя-гілля, коли у нас — корінці!

— А що робити?

— Прямо зараз давай спробуємо з усього майна Залусківського приховати від його хижих партнерів усе, що встигнемо. У нас скільки часу є?

— Хвилин двадцять, — признався Василь.

Упоралися. Окремо відклали печатки і документи найбільш прибуткових і перспективних підприємств, у яких частка Залусківського домінувала. Сховали у багажнику Людмилиного «лексуса».

— Все, Васю, я поїхала! Ти лишаєшся тут і тримаєш удар. Про всяк випадок заблокуй доступ до електронних документів. І не бійся партнерів твого колишнього шефа.

— Я не їх боюся, Людмило Миколаївно! Краще скажіть: Залусківський точно не повернеться?

— Васю! Залусківського вже нема! — відповіла впевнено.

І хто б ту впевненість міг похитнути? Може, партнери Залусківського, що тільки під'їжджали до його офісу, коли Людмила вже скеровувала свій «лексус» до сільради.

— Пізно жили рвати, йолопи ви...

Зупинила автівку біля сільради, відмітила, що на парковці не лише транспорт голови Косюка, а й знайомий поліцейський «пріус». «Петіна тачка... була», — засумувала лиш на мить. Насторожилася, бо...

— Сергій що тут робить?

Без стуку відчинила двері кабінету Косюка, очам не повірила. Біля вікна голова догідливо потискав руки киянину Роману Шведу і поліцейському офіцеру громади Сергієві Гордієнку. Що за...

— Людмило Миколаївно! Радий бачити! — відреагував голова на появу колишньої підлеглої. — Така ви рання пташка.

— А коли спати? Чи ви новин не знаєте? — Людмила йому. — У вас тут такі *діла*, а ви, дивлюся, усміхаєтеся!

— Не можу ж я все відкласти, бо з паном Залусківським біда сталася! — голова їй.

— А! То ви тут важливіші проблеми вирішуєте! Певно, дуже конфіденційні. Вибачте, що так безцеремонно увійшла... — обережно відповіла Людмила.

— Ніяких секретів! — перервав Людмилу Роман Швед. Говорив ніби спокійно, та Людмила фізично відчувала напругу, якою віяло від київського аналітика. — Державні справи вимагають мого термінового повернення до Києва. Тому ми з паном Капеланом залишаємо тут свого представника, який займатиметься нашими земельними питаннями. Про це я і приїхав поінформувати шановного пана голову.

— Логічно... — мовила Людмила. Насторожилася: а представником київських панів хто стане? Невже Серьожка?

— Нашим представником тут буде Сергій Федорович Гордієнко, — підтвердив її здогадку Роман. — Ми вчора до ночі оформлювали довіреність у нотаріуса. Тому й ночувати у місті залишилися.

— Але й там нам не дали поспати! — втрутився Сергій. — Всю ніч смикали через замах на Залусківського, — скривився. — Думав, зараз відісплюся, так — ні! Доведеться у Шанівку їхати.

— А мені час — на Київ, — Роман знову потиснув руку голові. Повернувся до Людмили. — Георгію Івановичу привіт.

— Зачекайте! — сказала. — А як же Катя? Казали, ніби ви з нею...

Киянин ще більше напружився. Людмила бачила: не хоче про Катерину згадувати, та змушений і зараз складає у мізках нейтральну банальну відповідь.

— Я з Катериною, як з усіма. Мав рівні доброзичливі сусідські стосунки, не більше! — врешті відповів, а голос став крижаним. Швидко пішов до дверей. Так швидко, що змога поставити ще хоч одне запитання зникла за пару секунд.

Услід за Романом вийшов і Сергій. З лиця Косюка сповзла маска догідливості. Розхвилювався, подався до колишньої підлеглої.

— Людмило! Людмило! Це ж неймовірно! Шанівська відьма не збрехала про Залусківського!

— А я вам про що!

— Іван помре? Що вона каже? Людочко, мені точно треба знати!

Людмила насупилася. Уп'ялася колючим поглядом в очі Косюка.

— Пане голово! Все, що вам точно треба знати, вам повідомляю я! Наперед! Про Залусківського у тому числі! І працюю я за вас! Бо привезла проєкт рішення сесії, яку ви сьогодні ж терміново скличете.

— З приводу Залусківського?

— З приводу спадщини Алли Залусківської.

— Ніби все ясно. Земля — шанівській громаді. Перший крок для того, щоби відібрати землю у Залусківського, зроблено.

— Пане голово! Килимівській ОТГ не потрібна ані Шанівка, ані шанівська громада. Маємо переосмислити волю покійної дружини Залусківського.

— Тобто?

— Алла коли заповіт складала? Коли у нас ще не було об'єднаної територіальної громади і Шанівка сама по собі існувала. А тепер вона у складі Килимівської ОТГ! Тому й земля Аллина повинна перейти всій ОТГ, а не одній малій Шанівці. Бо, думаю, Шанівки скоро взагалі не залишиться.

Отак у своїх перспективних планах і запишіть! Нащо на ті залишки села хоч копійку витрачати?!

— А земля?

— Мені, моїм батькам і судді — дві третини. Вам, пане голово, третина. І давайте діяти, як зазвичай. Розбиваємо на невеликі ділянки, виділяємо через підставних осіб. Ми з суддею Нечитайлом юридичну підтримку на всіх рівнях організуємо. Домовилися?

Косюк засовався.

— Варіант перспективний. Але... краще на березі конкретно домовимося, кому які площі відійдуть, щоби потім... ніхто в мене не стріляв, як оце у Залусківського. Бо у спадщині його дружини є і рівні лани, і пагорби з лісосмугами.

Людмила роздратувалася: у неї ще справ купа, а голова викобелюється!

— А ви, бачу, пробробили питання! — процідила. — То кажіть уже прямо, на що око поклали, бо в мене нема часу ваші ребуси розгадувати. Мені ще у Шанівку тре!

Ніч жахів не завершилася обнадійливим ранком. Катерина дісталася Шанівки близько дев'ятої, та до обійстя не дійшла. На околиці села її перестрів Сергій Гордієнко. Після страшних подій чотирнадцятирічної давнини вперше близько перетнулися.

— А ти така стала... типу сексуальна, — вийшов з «пріуса», роздивлявся Катерину нахабно. — Тільки футболочку поміняти тре, і буде нормально. Якщо засумуєш — маякни. Підскочу.

— Не сумую, — прошепотіла.

— Так! Не наривайся! Ти ж хочеш дізнатися, на що я здатний у плані сексу. Так я тобі, ясновидиця ти довбана, на практиці продемонструю! Бо ти тоді помилилася, коли казала, що у мене член вже ніколи не встане!

— Не тільки тоді помилялася...

— Але тоді — фатально! — усміхнувся. — Нічого! Ми це виправимо. Мені Рома Швед дозвіл дав!

Що? Катерині здалося — не розчула. Напружилася, дивилася на Сергія зацьковано: ще не все? Може бути ще гірше?

— А ти не знала? — похвалився. — Я тепер — представник Романа з усіх питань! Він поїхав, а мені довіреність залишив! Про те, що я замість нього! Кажу йому: і з Катериною я замість тебе? А він сміється, каже: та не питання, брате!

Замовк. Око примружив, на Катерину оцінююче глянув. Відступила.

— Не підходь...

Роз'ярився.

— Ти, сучко, думаєш, що можеш поліції наказувати? А ти береги не поплутала?! В автівку сіла! Швидко! На тебе увесь ранок слідчі з ДБР чекають, бо всіх допитали! І Тараса з меншою донькою Поливанових у райцентрі знайшли, і з шанівцями побалакали! Тільки Катерина десь линдає, аж поліцейського офіцера громади поставили біля села її чатувати, щоби, бува, не оминула рідну хату.

— Не треба мене допитувати, — прошепотіла.

— Не треба... — зацьковано повторила слідчому з ДБР, коли за десять хвилин стояла посеред занедбаного дворика старої олійні Залусківського, де вже повним ходом відбувалися слідчі дії.

— Чому? — слідчий територіального управління ДБР Дідух, чоловік середніх років з розумними сумними очима, прибув на місце злочину раніше за місцевого колегу Волосянка, показав йому розпорядження про передачу справи до ДБР, та від допомоги не відмовився, доручив Волосянку знайти автівку жертви, встиг разом із криміналістами обслідувати територію старої олійні, поговорити з Артемом Поліщуком і Валентиною Шамрай і тепер уважно дивився на втомлену Катерину, намагаючись зрозуміти причину вселенської туги в її синіх очах.

— Нащо мене допитувати? Залусківський краще за всіх знає, що сталося, — сказала Катерина. — Отямиться — сам розкаже.

— А я тебе послухати хочу, — Дідух години зо дві розпитував дівчину про події вчорашнього вечора. Відповідала, ледь вустами ворушила, очі ніби скляні. Не здавався, знову питав. І тільки коли побачив, що хитається, зараз знепритомніє, змилостивився: продовжимо іншим разом.

— Дякую, — прошепотіла так, ніби Дідух не допит припинив, а життя їй подарував. Потиху пішла у бік села.

Врешті дійшла до літньої кухні, впала на тапчан. Думала: вмить засне. Очі заплющила, та відпочинку не знайшла. У голові — ані думок, ані бажань. Чорна байдужість і запитання важке, ніби камінь, давить: нащо жити?..

Перед очима — мама золота. І з неба почула, як доні зле.

— Пташко моя, викинь із голови дурне! Попереду — стільки світла!

— Мамо! Рідна... Так до тебе хочу! — побачила вихід. З тапчана сповзла.

— Все, досить. До мами, до мами... — повторювала.

Знайшла мотузку, скрутила петлю, заходилася шукати гак, щоби за нього мотузку зачепити. За тою справою і застала її Людмила.

— Ти що робиш?!

Кинулася до Катерини. Обхопила подругу обома руками, як здобич найдорогоціннішу, притисла до себе, розплакалася.

— Катю! Не знаю, що тебе гризе, та хай там що — хіба це вихід?! От скажи! Хіба вихід?! Мені треба знати! Спочатку признайся, а потім уже вішайся, якщо тобі так сильно припекло! Бо й досі втямити не можу, чому Петя зі мною так підло вчинив! Щось його засмутило, взяв і вкоротив собі віку! Залишив мене сам на сам... з усіма падлюками світу! Та як він міг?! А ти — як?! Нащо?!

— Людко... Відпусти... — прошепотіла Катерина.

— Не відпущу! Петю не встигла врятувати, хоч тебе врятую!

— Людко! Мені боляче...

Людмила розтиснула міцні обійми, відступила на крок, дивилася на подругу насторожено.

— Через Шведа вішатися зібралася? Бо бачила його сьогодні вранці у килимівського голови. Сказав: я тут ні з ким романів не крутив. Сука! Хай котиться у свій Київ! А ти — дурна, якщо через мужика так страждаєш! Хай вони за нами бігають-усцикаються! І Шведу цьому треба було сказати: «Та пішов ти, козел кінчений! Мені взагалі на тебе насрати!»

Людмила на мить замовкла, задумалася.

— Та не мордуйся ти даремно! Я замість тебе нині його обламала! — збрехала. — У Косюка спитай. Швед каже: не було тут у мене нічого ні з ким. А я йому: та ясно, Романе, що не було, бо Катя мені признавалася: її від тебе вернуло, ледь стримувалася і не показувала того, бо культурна людина.

Катерина глянула на подругу зболено.

— Людко... Ти нащо прийшла?

— Та як «нащо»? У вас тут такі *діла*! Я тобі з ночі дзвонила! І весь ранок! А ти не відповідаєш!

— Вчора увечері... мобільний вдома залишила.

— І про Стаську дізнатися хотіла. Не знаєш, де вона зараз? Бо вчора ця мала дурепа з дому втекла.

— З Тарасом Гордієнком. Не хвилюйся. Він — надійна людина. Не покине твою сестру. Додому довезе. — Катерина замовкла, додала: — І ти йди, Людо.

— Піду, коли сама захочу! А поки тут побуду. Почекаю...

— Кого?

— Кого треба! — ляпнула Людмила навмання, та Бог, певно, почув. За пів години біля Катерининого обійстя зупинився старий «жигуль» Степана, чоловіка вчительки Марусі.

Маруся приїхала не заради того, аби попліткувати про надзвичайну подію, яка сколихнула район. З учорашнього вечора мобільний Катерини не відповідав. І хоч від цікавих килимівців учителька знала, що Катерину вранці бачили живою-здоровою, вирішила на власні очі переконатися у тому, що з дівчиною все гаразд.

Людмилі не довелося шепотіти вчительці на вушко: мовляв, Катя ледь собі віку не вкоротила. Маруся побачила мотузку на підлозі біля старенького дивана, почорнілу Катерину, схвильовану Людмилу... Брови звела.

— Йди, Людо, не хвилюйся. Все буде добре, — сказала.

Людмила перехрестилася, вилетіла кулею, та вчасно, бо отримала дзвінок із прокуратури області.

— Людмила Поливанова слухає! — у слухавку вже з ґанку Катерининої літньої кухні.

Сухий чоловічий голос повідомив: від завтра Людмилу на тиждень направляють на навчання до прокуратури області.

— І щоби без запізнень та відмовок!

— Ніколи не запізнювалася! — відрізала. Дзвінок вимкнула, аж матюкнулася: як же невчасно!

— Катю! Маріє Іванівно! Я поїхала! — гукнула вже від хвіртки.

А в літній кухні Катерина лежала на тапчані, біля неї сиділа Маруся, слухала дівчину уважно.

— І от Людка... — слабким голосом шепотіла Катерина. — Вона мене з такої бездонної чорноти висмикнула. Та так просто! Так упевнено. То чому ж мені здається, що вона свого Петра вбила? Я це бачу і це є правда? Чи мене заполонили примарні неправдиві фантазії і я просто божеволію, втрачаю здоровий глузд? Як же я заплуталася, Маріє Іванівно. Про себе нічого не розумію. Та й як зрозуміти, коли знаки в один бік манять, а серце — в інший. І я думаю... Думаю, що я сліпа і мені вже ніщо не допоможе прозріти, щоби побачити... де те щастя. Як знайти?.. Думаю... — все тихіше, тихіше. Очі заплющила, поринула у хвилі підсвідомих реалій.

— Стьопо, вона заснула, — прошепотіла Маруся чоловікові, який зазирнув до літньої кухні.

***

Стаська прислухалася до себе, намагалася відшукати здорову нахабну радість від того, що цього тривожного ранку поміж нею і відьмою Катериною Тарас обрав її, Анастасію! Та радість загубилася.

— Тільки би дізнатися, куди Улянку доправили! — вирвалося. Аж перелякалася. Може, й вона у подругу закохалася? Бо... тільки Улянка у голові. А те, що Залусківського хтось убивав, що Тарас поряд... Уже й неважливо?

— Чому ти зі мною залишився? — косує на хлопця.

Йдуть покоцаним тротуаром райцентру до адміністрації, де один кабінет займає служба у справах дітей. Співробітники служби, певно, тільки очі продерли, а Стаська з Тарасом уже стільки всього встигли.

Ліки для Залусківського купили, напилися кави, наїлися печива з автоматів, які знайшли у холі біля приймального відділення лікарні, потім хотіли передрімати з годину у Тарасовій «тойоті», бо до початку робочого дня адміністрації ще був час, та біля автівки на них уже чекав слідчий територіального управління ДБР Дідух. Усі кишки вимотав, бо все за рибу гроші: одне й те саме по сто разів, аж голова обертом.

— І сам хочу знати, хто вирішив малих у Валентини Шамрай забрати, — Тарас відповідає відсторонено, незворушно. А спокою у словах — катма й шукати. Дивний...

— Та ясно, що дізнаємося! Вони не мають права нам не розповісти, куди дітей відправили! Це ж не Латинська Америка, де людей посеред білого дня викрадають! — каже Стаська зухвало, аби приховати прикрість. Чому вона вирішила, що Тарас залишився через неї? Бо призналася йому в коханні? Краще про це не думати!

— Ви не маєте права! — кричить Стаська вже прямо у колобкувате рум'яне лице невисокої товстої жіночки у коридорі адміністрації поряд із кабінетом служби у справах дітей. — Кажіть, де Улянка!

— Йдіть собі, інакше зараз охорону викличу! — обурено відпльовується жіночка, червоніє від гніву, щільніше притискає до повних грудей теку з документами, намагається прорватися до кабінету, та — як?! Перед нею — Тарас.

— Не ускладнюйте все! — промовляє із прихованою погрозою. — Скажіть нам, де зараз перебувають діти Валентини Шамрай?!

— Та щоб я була здохла, якщо скажу! — жіночка заводиться. — Ви хто такі? Приходять якісь з вулиці, і признайся їм, де зараз діти? А може, ви збоченці чи торгівці людьми? Може, ви тим бідним діткам, яких ми з лап недобросовісної матері вирвали, зашкодити хочете?! Забирайтеся, кажу, бо вам же гірше буде!

Стаська губиться. Безпомічно спостерігає за Тарасом, ледь сльози стримує, так бісить її власна безпомічність. Тарас відпускає жіночку лише після того, як вибиває з неї адресу районного притулку для дітей і з'ясовує форму письмового запиту, який служба у справах дітей проігнорувати не має права.

— Нащо нам форма запиту? Ми з цими чинушами листуватимемося? — Стаська не розуміє.

— Робитимемо все, що допоможе малих повернути! — відповідає Тарас. Скеровує «тойоту» до дитячого притулку, що підпорядкований тій же районній службі у справах дітей.

— Ти теж хочеш їх повернути? — дивується Стаська.

— Не можна з людьми як із худобою. Завантажили, відвезли кудись, — зупиняє автівку у захаращеному провулку на околиці райцентру. Десь тут, у непрестижному районі, непрестижний хронічно недофінансований заклад для дітей із непростими долями.

Притулок уже готовий до зустрічі з настирливим АТОвцем і дивакуватою дівчинкою з копою рожево-фіолетового волосся. Двері зачиняються зсередини, цупкі портьєри відрізають від зовнішнього світу вікна-очі, які й без того укріплені ґратами. На перемовини з небажаними візитерами притулок відряджає свою головну зброю — бабцю-прибиральницю.

— Йдіть собі! Йдіть! — бурмоче агресивно. — Немає нікого!

— І дітей немає? — питає Тарас.

— Нікого немає! У нас ця... як її... дезінфекція! У зв'язку з коронавірусом!

— А куди дітей перевели на час дезінфекції? — Тарас не здається.

— Немає нікого! — бабцю важко збити з програми. — Йдіть собі!

— А Улянка у вас є?! — нахабно втручається Стаська.

— Улянка? — бабця супить брови. — Та ніби не було ніяких Улянок. Вероніка була така противна! Хрестик у мене поцупила. На шиї висів, на ланцюжку! А вона: ой, бабцю, ви мені мою бабусю нагадуєте, а я її так любила... І лізе до мене обніматися. А мені ж їх усіх шкода. Погладила її по голівці, а вона з мене ланцюжок із хрестиком зняла. Отакий у нас... контингент.

— Так і де він зараз, ваш контингент? — перепитує Тарас.

— Нікого немає! Дезінфекція! — бабця ставить хрест на Стасьчиній надії вже сьогодні побачити Улянку. Оперативно зникає за дверима притулку.

Важка портьєра ледь колихається. Діти тут! Стаська не має сумніву.

— Так і є, — погоджується Тарас. — Але з боями прориватися не станемо. Не вихід.

«Тойота» виїжджає з райцентру вже по обіді. Голодні, зморені і без результату Стаська з Тарасом повертаються додому.

— Тебе у Килимівці висадити? — питає хлопець.

Стаська тільки тепер згадує: вона ж з дому втекла!

— Мені у Шанівку, — бурмотить. — З тіткою Валею хочу поговорити. І велосипед мій десь біля олійні й досі валяється.

— Тобі поспати треба, Анастасіє, — каже Тарас.

— Геть не хочу! — хоробро бреше Стаська, бо «тойота» мчить-заколисує, очі злипаються, та Стаська вмовляє себе не відрубатися із солідарності з Тарасом: теж добу без сну, ще й автівкою керує.

Біля порожнього постаменту посеред безлюдної шанівської вулиці Стаська вилазить із «тойоти», суне на пагорб, до Улянчиної хати.

Валентина Шамрай допиває пляшку горілки, коли втомлена Стаська переступає поріг її захаращеної хати.

— Тьоть Валь! Дідько! Нащо ж ви бухаєте?! Вам же точно дітей не повернуть, якщо побачать! — кричить Стаська відчайдушно, сльози горохом. — Чому ви тут сидите?

— А що мені робити? — Шамраїха ледь ворушить язиком. — Дітей забрали... Суки!

— Протверезіти і їхати у район! Там є служба у справах дітей! Хоч дізнайтеся, куди малих запхали і як їх повернути!

Валька киває: мовляв, не проблема! Трусить уже порожньою пляшкою над склянкою. Стаська не витримує. Вириває порожню пляшку з Вальчиної руки, замахується нею на жінку.

— Я вас приб'ю! Ви мене почули?! Якщо не протверезієте і вже завтра не поїдете у район, я вас нахрін приб'ю отут!

— Стасю! От тобі хрест! Усе зроблю! — Шамраїха п'яно плаче, непевно хреститься.

— Вони вас люблять! — Стаська згадує найголовніший аргумент. — Діти вас дуже люблять, чуєте? Потім бухатимете! Рятуйте своїх малих!

— І я їх дуже люблю, — плаче Шамраїха. — Все татка хотіла їм завести. Щоби — повна сім'я.

— Їм би хоч мамку не втратити, — шепоче Стаська. Відчуває: от і все. Сили скінчилися. Впала би прямо посеред Улянчиної хати і заснула.

Катерина прокинулася від тихих голосів за вікном біля ґанку. Очі розплющила.

— Ромо... — прошепотіла, бо перша думка: Рома Швед до неї йде, в руці — паперовий стаканчик із гарячою кавою. Зупинився біля ґанку, розмовляє з кимось по мобільному.

За мить усе згадала: моторошну ніч, недвижного Залусківського і гарячі від ненависті очі Шведа. Так він любов з нею крутив, аби випитати все про вбивство тата?.. Сіла на тапчані і знову віддалася б чорним емоціям, та знадвору продзвенів обурений голосок Стаськи Поливанової:

— Ні! — вигукнула. — Я до них не повернуся!

Катерина підвелася, підійшла до прочиненого вікна. Визирнула. Біля ґанку стояли молодша Людчина сестра і вчителька Маруся.

— Настю, ти про батьків подумала? Вони ж там місця собі не знаходять! — вичитувала малу Маруся.

— Маріє Іванівно! Я додому не повернулася! Ми всі отримуємо те, на що заслужили!

— А! Забула: ти ж у нас крута й конкретна — все знаєш. Раз так, скажи, де ночуватимеш?

— А хоч би й під кущем! Хай це вас не турбує! Я сюди зайшла, бо вас побачила! І хотіла спитати: хіба школа може бути осторонь, коли одну ученицю силоміць кудись вивезли? Ви станете мовчати, Маріє Іванівно?

— Настю, я чула про візит соцслужб до Шамраїв. Порушу це питання...

— Маріє Іванівно! Дідько, не треба порушувати ніяких питань! Не треба їх так міцно ставити, щоб вони довго стояли! Просто робіть щось! Дзвоніть у ту службу дітей, вимагайте, щоби пояснили, яке мали право Улянку з братиками забирати. З людьми не можна, як з худобою!

— Добре! Подзвоню! І ще одну ідею маю: давай ти поки у мене поживеш. Разом станемо у ту службу стукати.

— Ні! — Стаська насупилася. Мотала головою: нізащо.

Катерина дивилася на дівчинку, та бачила себе чотирнадцять років тому, тільки набагато сміливішу, рішучішу. Чому ж вона не була такою?! А якби була, що би змінилося? Штовхонула новеньке пластикове вікно. Розчахнулося.

— Стасю, живи у мене! Поможу, чим зможу!

Стаська з викликом глянула на Катерину. Мить подумала. Кивнула. «Ще невідомо, хто кому більше допоможе», — подумала мудра Маруся. Усміхнулася.

— Гарно придумали, — сказала. — А я до вас навідуватимуся, якщо ви не проти.

Під вечір, коли Стаська міцно спала на тапчані, а Катерина діставала чисте простирадло, аби постелити собі на старенькому дивані, який тільки тому й не викидала, що був ще маминим і татовим, Маруся зі Степаном поверталися до Килимівки.

Одразу додому не поїхали. Спочатку до Поливанових. До хати не заходили. Біля хвіртки Маруся повідомила Стасьчиній матері місце перебування молодшої доньки, порадила деякий час не чіпати малу, дати їй можливість заспокоїтися.

— Краще допоможіть їй подругу знайти, — сказала.

— Улянку Шамрай? Та я скоріше все зроблю, щоби й духу її тут не було, — розплакалася Стасьчина мати. — Всі біди через ту Улянку! Вона нашу Стасю поганого навчила! Розбестила нашу дівчинку, збоченка мала! І оце все у вас на очах! Куди школа дивиться? Ще скажіть, що ви на їхньому боці!

Не вгамувалася. Коли вчителька пішла, зателефонувала Людмилі. Вихлюпнула новину і вже хотіла по ночі у Шанівку їхати.

— Мамо, не роби цього! Маруся права, — сказала Людмила, складаючи речі у велику валізу, яку планувала взяти з собою на навчання до обласного центру. — Дамо час, хай Стаську попустить. Головне, ми знаємо, де вона. Контролюватимемо здалеку. Я з Катериною триматиму зв'язок. Попрошу, щоби вона малу далеко від себе не відпускала. Катерина мені життям зобов'язана! Зробить усе, що я їй накажу!

— Людо! Краще зроби так, щоб Уляна Шамрай ніколи до Шанівки не повернулася! — спересердя попросила мати.

— Слово даю! Не повернеться! — відповіла Людмила.

Ніч загасила світло, увімкнула цвіркунів. Катерина і Стаська сиділи за столом одна навпроти одної. У цей час добу тому рвали жили, намагаючись увіпхнути ноші із Залусківським до Тарасової «тойоти», а тепер оце байдикують, наче справ у них нема. Остання моторошна доба переколотила звичний уклад: чи їли-спали, ледь оговталися, все ще наново проживали у думках моторошні події, а як ніч упала, не змогли заснути. Спочатку Стаська тихо встала з тапчана, сіла біля столу. Потім Катерина. Запалила свічку, поставила на середину столу.

Мовчали. Мовчання не напружувало — кожна у своєму всесвіті.

— Ти відьма? — врешті спитала Стаська.

Катерина: ні, ні!

— А кажуть...

— Хай кажуть! Про себе — геть нічого не знаю. Тільки те й роблю, що намагаюся з цим розібратися. А от ти — нечувано відважна! Шкода, що колись я не була такою!

— Зараз будь! — Стаська киває на мотузку з петлею, яка й досі валяється поряд із диваном. — Бо вішатися — не вихід. Я знаю!

— Звідки?

— Теж хотіла... А одна нормальна людина сказала: кожного на землі хтось один любить. І заради цього варто жити! — Стаська замовкає на мить, додає: — Мене люблять.

— Ясно...

— Тебе теж! Тарас! Та ти й сама знаєш!

— Він теж у моєму серці... — прошепотіла.

— Так навіщо ж ти з цим Шведом закрутила?! Хіба так можна?!

— Як відповісти? Для цього все своє життя переповісти треба!

— То розкажи!

Говорила-плела, нитку власної історії натягувала струною: мама золота, тато, Сашко із Сергієм, дядько Роман, Залусківський, Алла. І баба Ничипориха, і Килина, і Людка. Мертве тіло за балкою, втеча, сирітство, цілительство і довга самотність, Тарас і Рома Швед, як знак. І як кара...

— Так Тарас — син Залусківського? — щиро дивується Стаська.

— І як мені через це переступити?

— Та просто! Взяти і переступити! Хіба Тарас того не вартий? Я би раніше все віддала заради того, щоб його завоювати!

— Стасю, дитино! Тобі подобається Тарас?

Стаська супиться:

— Яка я тобі дитина?

— Не ображайся, я теж такою була. Думала: вже доросла, все можу! І любити... А тепер знаю: хотіла бути дорослою, та не була.

— А я колись думала, що полюбила Тараса на все життя. А потім зрозуміла: іншу людину люблю. Дівчинку.

— Дівчинку? — Катерина не може приховати здивування. — Улянку?

— А що з голосом? Шокована?

— Ні! Тобто... Так ти через неї з дому втекла?

— Втекла, бо зневажаю брехню і підлість! І через Улянку.

— Стасю! Ти впевнена, що любиш її?

— Мені по цимбалах, як це назвати. Ненавиджу тавра! Просто знаю, що є людина, яка мене ніколи не зрадить! Для якої я — найкраща, найкрутіша і найкрасивіша. І от її забрали, а для мене лиш все ясніше стало: що і вона для мене — найкраща! І що не хочу без неї жити! Бо мені з нею завжди цікаво і ми розуміємо одна одну без слів. Може, це і не любов, а дружба така чи просто емоція, для якої ще не вигадали назву. Пофіг! Я не зупинюся, поки не знайду Улянку. Всі погаласують трохи і забудуть. А я не забуду. Шукатиму її день у день доти, доки не знайду. Ніхто нас силою не розлучить! Бо ніхто не має права поводитися з людьми, як з худобою! Може, я знову помиляюся... Як з Тарасом, і колись ми з Улянкою самі підемо різними шляхами, але то буде наше рішення! — Стаська видихається, замовкає.

Катерина дивиться на дівчинку із захватом.

— Живеш, ніби світиш для багатьох, — шепоче. — Не міняйся, Стасю.

— А для мене хто ліхтар запалить?!

— У тебе все буде добре, повір! Ми знайдемо Улянку. Ти помиришся з батьками, Людою.

Стаська сумно усміхається.

— Думаєш, я — така ж відверта, як і ти? Думаєш, розповіла всі свої секрети? Така ти наївна, Катерино! У моїй шафі ще дофіга скелетів! Просто мені не вистачає сміливості розповісти про них! Бо по факту я не настільки нечувано *дєрзкая*...

Стаська підводиться: кінець розмові.

— У тебе є ліхтар? Піду до олійні, вєлік свій пошукаю.

— Він біля ґанку стоїть, — відповідає Катерина. — Староста приніс.

Артем Поліщук стукнув у двері Тарасової хати, коли вже місяць небом гуляв. І раніше друзями не були, і після несподіваного переїзду АТОвця до Шанівки ближчими не стали. Бо — Схід... Про що би не балакали, війна на Донбасі виникала незримо, безцеремонно втручалася у розмову. Обидва ту біду на власній шкурі відчули: Тарас — без ноги, Артем — без рідного дому. Повертатися у ті події не хотіли, обійти — не вміли, забути не могли. Тож і трималися відсторонено, у гості один до одного не бігали. Та увечері за добу після надзвичайної події на олійні Залусківського шанівський староста дочекався повернення Тараса до села, взяв пляшку горілки, пішов до нього.

— Правда, що Залусківський — твій батько? — у лоба.

Тарас усміхнувся: тільки вибрався з болота, знову в нього пірнати? Приїхав до Шанівки вже поночі, бо вдень висадив тут біля постаменту Стаську Поливанову і погнав на Килимівку. А все — мама! Дзвонила безперервно: треба поговорити, синку!

— Про що? Про те, що Іван Залусківський — мій батько? — сидів на дивані у затишній літній кухні материного дому у Килимівці, відчував: засинає. — Ма, я давно знаю. Мовчав, бо не хотів, щоби батя напружувався. Отож — нема про що говорити, — додав і заснув.

Прокинувся під вечір. Очі продер, бачить — уся сім'я в повному складі у вітальні тирлується. І мама Тамара, і тато Федір, і Серьожка у поліцейській формі.

— Що? Не відстане? — спитав. На Федора глянув. — Тату! Для мене питань немає: я — твій син!

— Тарасе, маму послухай! — буркнув Федір. — Мама поганого не скаже.

— Синку, багато років тому... — Тамара почала здалеку, майже урочисто. — Іван Залусківський... — замовкла, роздратувалася, бо не могла підібрати слів. — Короче, так сталося, що Залусківський... Ну, ти знаєш!

— А чому сталося, мамо?! — спитав Тарас жорстко.

— Так! Ти за язиком слідкуй! — набундючився Федір. — Не став матір у незручне становище!

— Тату, то Залусківський поставив маму у незручне становище! У результаті я з'явився! А ти цю подію все життя горілкою заливаєш! Так?

— Дідько, малий! Заглохни вже! — крикнув Сергій. — Ми тут зібралися за важливі речі побалакати, а ти — як з конопель ото!

— І що за важливі речі? Гроші Залусківського? — Тарас глянув на родичів прискіпливо.

— Ти ще скажи, що тобі грошей не треба! — гидливо усміхнувся Сергій. — Купиш врешті собі трактора, тракторист ти наш!

— Нам нічого не дістанеться! Геть нічого, якщо ми оце тут лише язиками плескатимемо, а не почнемо діяти вже зараз! — Тамара розхвилювалася, приземлилася поряд із Тарасом, який так і сидів на дивані, за руки його вхопила, в очі зазирає. — Синочку! Поки Залусківський живий, маєш терміново подати до суду позов про встановлення батьківства.

— Ма, він ледь дихає!

— От і хай ще трохи подихає, поки ми всім офіційно доведемо: ти — син Залусківського і єдиний спадкоємець усіх його багатств!

— Ключове слово: єдиний! — підгавкнув Сергій.

Тарас глянув на Федора: що скажеш, тату?

— Синку, мені грошей Залусківського — і копійки не треба. І мамі теж! Ми за тебе думаємо, — сказав Федір.

— А за кого нам ще думати? За чужих людей, які розтягнуть усе, що нам належить! Тобі, синку! — підключилася Тамара, Сергію киває. — Подай папери, Серьожо!

— Це ще що таке? — Тарас спостерігав за тим, як мати дістає з прозорої пластикової теки якісь папірці.

— Результати експертизи! Ось! Бачиш! Серйозна столична лабораторія підтверджує: Залусківський — твій батько на 99,9 %! Ми давно готові до суду йти! Просто я сподівалася, Залусківський сам захоче на старості рідній людині все віддати. Та хіба те падло має серце?!

Тамара замовкла. Дивилася на Тараса з надією. Син Залусківського усміхнувся досадливо.

— Мені його грошей не треба, — сказав. Спробував підвестися з дивана.

Тамара вхопила хлопця за руки.

— Тарасику, добре! Не треба, то й не треба! Сам собі хазяїн! А про маму подбаєш? Мама тебе просить: зроби це для мене, синку! Гидуєш грошима Залусківського, мамі їх віддай! Мама їх на добру справу пустить. Це ж краще, ніж чужі люди їх розтринькають!

Тарас руки з маминого полону вивільнив, підвівся важко.

— А то що? Відмовитеся від мене? — сказав, пішов до дверей.

Федір за ним.

— Тарасе! Та зачекай, синку!

Разом із хлопцем вийшов з вітальні. Сергій глянув на матір з досадою:

— А що я тобі казав, мамо? Тарасик у нас трохи пришелепкуватий!

— Нормальний у нас Тарасик! Просто йому мотивація потрібна для того, аби правильне рішення прийняти. — Тамара задумалася, глянула на Сергія. — Може, збрехати, що у мене рак, а грошей на лікування не вистачає, бо сотні тисяч доларів потрібні?

— Ма! Та це туфта! І не можна на себе намовляти. Ще наврочиш!

— Та біс із ним! Зате вас на все життя забезпечу! Бо ти, Серьожо, мене знаєш! Якщо грошики потраплять Тарасові до рук, я його змушу з тобою поділитися. Так що — помагай! Завтра скажеш: мама хвора, а тобі казати не схотіла.

— Ма, чи він дурний? Одразу здогадається! Давай за тиждень!

— А раптом Залусківський помре за тиждень?! Ми оце по волосині ходимо!

— По лезу!

— Хай по лезу! Не можна тиждень вичікувати! Давай за три дні, Серьожо! І молитимуся, щоби Залусківський ще не помер!

— Мамо! Може, ти краще не молитимешся, а сама позов до суду подаси! Від свого імені! І не треба буде через Тараса напружуватися.

— Серьоженько! Думаєш, я цей варіант не розглядала? Та я у першу чергу планувала так зробити. А Залусківський... Він шкірою такі речі відчуває. Перестрів мене якось і каже: Томо, ти ж не геть дурна, аби на мене до суду подавати. Бо тоді не те що моїх грошиків не отримаєш, а й своїх позбудешся! Так що виходу немає, Серьожо! Тільки Тараса маємо підключити.

Тарас і гадки не мав про плани матері і старшого брата. Стояв разом із Федором біля «тойоти», дивився на нього з ніжністю.

— Тату! Чуєш! І досі пам'ятаю, як ти мене по сраці лупасив, коли я Катю Кохан матюкав. Такий ти в мене завжди був — конкретний мужик! Недарма мама тебе покохала.

— Тепер тебе по сраці не лупанеш! Сам кого хочеш віддубасиш.

— Не ображайся! — Тарас обійняв Федора. — Нічого не можу з собою вдіяти, бо — весь у тебе! Ти ніколи на чужому горбі не виїжджав, і я не стану!

— Хай їм грець, тим грошам! — Федір йому. — Краще скажи, як Іван?

— Та як? Нещасний! Не відучора і не через те, що у нього стріляли. Взагалі, думаю. Вперше так зблизька його бачив, одразу зрозумів: нещасний, — сказав хлопець.

Федір заплакав. Хитав головою, змахував сльози рукавом, та вгамуватися не міг. Тарас захвилювався.

— Та годі, тату! Все буде гаразд! От побачиш: оклигає пан Залусківський, ще не один рік намагатиметься усім тут пістони вставляти!

— Не оклигає, синку! Бо лиш ти один йому здоров'я бажаєш, а всі інші тільки й чекають на те, щоби помер. А Бог чий голос скоріше почує? Одинокий чийсь чи цілий хор?..

Тарас скільки їхав у Шанівку, стільки думав над словами тата Федора.

— Артеме, ти теж бажаєш, щоби Залусківський помер? — спитав, коли почув запитання старости, поставив на стіл дві склянки, наливав горілку та все думав над словами Федора.

— Хто війну бачив, нікому смерті не бажає! Нікому! Та й про ваші родинні зв'язки не задля цікавості питаю! — відповів староста.

— А для чого?

— Думав, Залусківський тебе сюди заслав, щоби ти допоміг йому Шанівку знищити. А потім став сумніватися.

— Ясно! — Тарас підняв склянку з горілкою. — За що п'ємо?

— Щоби не стріляли!

— Щоби не стріляли! — кивнув Тарас.

Випили. Тарас склянку відсунув.

— Я коли до школи пішов, там з першого дня мене «байстрюком» і «вилупком Залусківського» стали дражнити, — сказав. — Довелося товкти мордяки. От і вся історія. Так що, Артеме, немає у мене з паном Залусківським ніяких зв'язків. У плани свої він мене не посвячує. Та й з якого дива? Ми навіть не знайомі.

Артем зиркнув на АТОвця приголомшено. Налив.

— Хай живе? — сказав.

— Хай виживе, — кивнув Тарас.

Випили.

— Може, коли очуняє, зрозуміє: його шанівці врятували! Шанівка! — сказав Артем.

— І не сподівайся!

— А я вірю! І набіги відморозків на село тепер точно припиняться, бо їх Залусківський сюди спрямовував.

Тарас на старосту глянув з докором:

— Думаєш, тільки Залусківський хотів село знищити?

— Так і є, Тарасе! — легковажно відповів староста. — Все скінчилося! Більше Шанівці ніхто не загрожує.

А ще з війни! Наче на власні очі не бачив, як близька дармова здобич перетворює вчорашніх друзів на найхижіших ворогів...

За тиждень узнав: тої ночі, коли випивав із сином Залусківського, у Килимівці голова ОТГ Косюк провів термінову закриту сесію сільради. Вирішили судитися за те, щоби землі зі спадщини Алли Залусківської передати не конкретно шанівцям, а об'єднаній громаді. Тоді ж, не очікуючи на неблизьке рішення суду, одразу й поділили гектари. Шанівці до числа щасливчиків не потрапили.

Новина про дерибан земель Залусківського не спантеличила об'єднану громаду. Що ж дивного? Немає різниці, хто заслабне і з яких причин — від ковіду, старості чи кулі — жадібна зграя не чекає останнього подиху, починає стягувати з хворого ковдру, коли той ще дихає. Людей більше цікавило, чи включили їх у число стерв'ятників, яким і дісталися ділянки. Задля цього навіть зібралися біля сільради, кликали голову: доповідай громаді! Та поміж себе більше балакали про інше:

— Чули? Кажуть, спочатку наші поліцейські взялися розслідувати замах на Залусківського. Потім з'явилися слідчі з ДБР, кажуть: наша справа! Не встигли розвернутися, як СБУ намалювалося: усі посуньтеся, ми цим займемося!

— Обоє рябоє! Однаково зроблять винуватим того, кого їм треба! А то ми не знаємо, як вони, дідько, розслідують! Іванові від того краще не стане. Кажуть, уже тиждень валяється, ніби мертвий. Без свідомості. І геть усі про нього забули. Ніхто не провідує.

— От і брехня! Тітка Ганя санітаркою у райлікарні працює! Каже: щодня Тарасик Тамарчин навідується.

— Безногий з АТО? Так він грошей батькових хоче! Усі ж знають, що того Тарасика Іван був колись зробив. Певно, хлопець тільки і мріє, щоби татко непутящий скоріше помер.

— Помре! Шанівська відьма, кажуть, ворожила, у карти глянула і каже: не виживе!

— Катька?! Та вона біситься от і меле дурне!

— Чого ж їй біситися?

— Хіба не знаєте? Її київський крутий мажор покинув! Обіцяв золоті гори, з села до столиці перевезти, свого домігся і дременув світ за очі на своїй модній тачці.

— А може, й не дременув! Онде шанівський староста! У нього тре спитати!

Кілька бабів скрутили шиї у бік Артема Поліщука: саме підходив до купки люду біля сільради.

— Якого його знову принесло? — сказала одна.

Того дня староста приїхав до Килимівки просити керівництво громади допомогти рятувати старих і малих. Бабу Аду і дітей Валентини Шамрай. Отут і дізнався: у шанівців не лишилося надій отримати землю. Про все забув. Увірвався до кабінету Косюка. Вхопив його за петельки:

— Ти не забереш у нас землю! Чи, думаєш, не знайдемо на тебе управу? — трусив щосили, і витрусив би з голови душу, та до кабінету вскочили кілька співробітників-чоловіків, відтягнули Артема. Тримали, виривався.

Голова отямився. Стрибав перед Артемом, плювався словами:

— А мені казали, що ви, донецькі, такі нахабні, наче ваш Янек і досі при владі! Не ті часи, Поліщуку! Ми об'єднану громаду не для того створювали, аби інтереси куцої купки донеччан ставити вище за інтереси мешканців усієї громади!

— Шанівці є у списку?! — кричав Артем. — Кажи! Шанівцям землю виділили?! Хоч сотку!

— Гоніть його! — наказав голова. Розпсихувався: — Що відбувається? Вриваються до керівництва громади, як до себе додому! Де наша поліція?!

У цей час поліцейський офіцер громади Сергій Гордієнко на кухні батьківської хати вів персональний поєдинок із молодшим братом. Перехопив Тараса, коли той повертався з районної лікарні, куди їздив щодня. Затягнув додому, аби врешті реалізувати материн план, бо дірку в голові прогризла: роби вже щось, Серьоженько!

Згідно з материними підрахунками, у результаті судового позову і правильної поведінки Тараса брати Гордієнки мали отримати пару мільйонів доларів, тому Сергій ретельно підготувався до розмови. Наказав собі не психувати, триматися у рамках, не звертати уваги на братові вибрики і виглядати реально стурбованим, наче мати і дійсно завтра сконає.

Тарас, зараза, поруйнував братові плани, перш ніж Сергій встиг усістися біля столу, з трагічною міною завести пісеньку про хвору маму.

— Чуєш, Сірий! — сказав. — Ти, кажуть, тісно спілкувався з Романом Шведом, який у Шанівці хату орендував.

— Нормальний чувак. Заплатив мені, щоби я тут контролював його справи.

— Так він реально здриснув? Бо щось його вже з тиждень не видно.

— Слухай, Тарасе! А що йому тут робити? Покрутився, тупу дівку трахнув і гайнув собі далі, — кинув Сергій, брови звів. — Воно тобі треба? У нас тут такі проблеми намалювалися...

— Та ні, зачекай! — мовив Тарас уперто. — І хто — «тупа дівка»? Катя?

— Дідько, кажу — проїхали! У нас тут...

— Та не проїхали! — Тарас підвівся, дивився на брата похмуро. — Ти базар фільтруй, офіцере! Бо язик вирву!

— Що?! — Сергій вухам не повірив, про плани забув, підскочив, бо гнів очі залив, на молодшого брата наскакує. — Ти що, суко, верзеш?! Тобі на Донбасі ногу відстрілили чи мізки?! Кого захищати пнешся? Оту шльондру, з якою вся Шанівка колись перетрахалася! І я — теж! А ти думав — що?! Чому й досі тиняється — нікому не потрібна! Бо тупа! Тупа й хвора на всю довбешку! І корчить із себе цілительку! І ще хоче...

Не договорив. Тарас розмахнувся та я-а-а-к вмаже братові у щелепу! Сергій впав. Підхопився. Кинувся на брата.

— Ти у мене сядеш! Сядеш, козел довбаний! Я тебе посаджу! — горлав, молотив кулаками, наштовхувався на Тарасові кулаки, та зупинитися не міг.

Коли Федір заскочив у кухню, знесилені сини вмивалися кривавою юшкою, та з останніх сил продовжували гамселити один одного.

— Хлопці! Та ви подуріли?! — Федір устряг поміж бійців, відштовхував їх у різні боки.

Тарас отямився першим. Важко піднявся з підлоги, на яку його вклав Сергій.

— Я тебе попередив... — видихнув, пішов із кухні.

Роздратований Сергій сидів на підлозі, витирав кров з мордяки.

— Щоби я помагав цьому вилупку багатим стати?! Не дочекається! — процідив.

— Сергію, та що сталося?! — спитав Федір.

— Шанівська відьма Тарасові голову заморочила! — відповів Сергій. — Може, ще ожениться з нею?! Оце буде сміху! Особливо ми з Людкою Поливаною посміємося! Бо ми про ту Катю багато чого знаємо!

Людмила не очікувала й краплі користі від семінару, на який мала витратити тиждень дорогоцінного часу.

— Дідько, от же *непруха*! Все пропущу! Вивчатиму питання організації роботи прокуратури в сфері запобігання та протидії корупції, коли вдома — такі *діла*! — психувала. Та й тривога гризла. Намагалася зрозуміти: чому серце не на місці? Ніби все проконтролювала перед від'їздом, проблеми розклала по поличках.

За Стаську не тривожилася. Добре, що мала товчеться у Катерини. Подружка втримає сестру біля себе, бо на такому гачку у Людмили висить — ніяк не зірветься. Перед від'їздом Людмила вкотре нагадала судді Нечитайлу, що суд у справі про вбивство громадянина Онищука варто відкласти до часу. Хай над Катериною ще повисить загроза стати звинуваченою у справі. Буде більш керованою. І стане ще більше керованою, коли Людмила повернеться і виставить себе Катерининою рятівницею. Після того і з молодшою сестрою розбереться врешті.

Через проблеми, пов'язані із замахом на Залусківського, теж хвилюватися не варто було. Активність Людмили у перший день після того, як Івана підстрелили, впевнено скерувала його бізнесові справи у потрібний їм із Нечитайлом бік.

Свекор подзвонив одразу після того, як Людмила «лексусом» виїхала на навчання. Розповів останні новини, і хоч дивувався тому, що справа про замах блискавично потрапила до СБУ, а ті хлопці навіть цілодобову охорону біля Іванової палати поставили, та особливої тривоги не виказував.

— Усе під контролем! — сказав, додав: — Ти там сама дивись — не підведи мене!

— Та як можу?

— Ти по-всякому можеш, невісточко! — суддя не особливо церемонився.

Хіба не козел? Після такої заяви Людмила навіть передумала селитися у готелі разом із іншими учасникам семінару, які з'їхалися з усієї України. А хотіла, бо знала: щовечора після геть необтяжливих занять, які більшість слухачів сприймали як неочікувану відпустку, семінаристи збиратимуться купками у номерах, бухатимуть до ранку, вестимуть несумні розмови, налагоджуючи неформальні зв'язки, і добре, якщо паралельно з тим лише пісень горлатимуть...

Аби вже так сильно не почуватися скутою по руках і ногах, орендувала собі розкішні апартаменти у клубному будинку поряд із юридичним факультетом університету, де й проходив семінар. А щоб не виглядати білою вороною, збрехала полковнику Олегу Орєхову, який курирував захід з боку Генеральної прокуратури, — інтелігентному на вигляд молодому мужчині років тридцяти п'яти у цивільному і з бородою-лопатою, — що зупинилася у родички.

Лиш кивнув: гаразд. Та після закінчення лекцій Людмила знову перетнулася з ним у холі.

— Так ви невістка Георгія Івановича Нечитайла? — спитав приязно.

Людмила виматюкалася подумки: суддя — сука, всюди дістане. Кивнула.

— А чому ви Поливанова? Не захотіли брати прізвище чоловіка? — продовжував випитувати молодий полковник.

— Не захотіла будувати кар'єру за рахунок його прізвища! — відповіла. Не втрималася. — Як узнали, що я — невістка судді? Невже дзвонив вам?

— Дивно, що не чоловік турбується, а свекор, — підтвердив.

— Чоловік загинув. Він був поліцейським...

Знітився. Вибачався. Хотів знати, що сталося, та не мав часу слухати.

— Дозвольте увечері зайти до родички, у якої ви зупинилися, Людмило. Розкажете про чоловіка.

Отакий несподіваний поворот із геть непрогнозованими перспективами. Хтозна, що від такого візиту чекати? Може, звичайної бесіди. А що, як це — суддівська перевірка? Замислилася. Та що ближче підступав вечір, то швидше мінялися жінчині плани. Спочатку було задумала замовити до орендованої хати делікатесів, хлібосольно пригостити гостя. Потім запанікувала, бо не могла вигадати життєздатну версію про родичів, які нібито жили у люксових апартаментах, та нині кудись здиміли, аби Людмила тут спокійно похазяйнувала. Потім вирішила, що зустріне полковника біля будинку і запропонує прогулятися містом чи випити кави. Та в останній момент плюнула на всі плани і полізла під душ. Вимилася, парфумами облилася, знайшла у валізі пакет із нижньою білизною. Де тут найсексуальніший мереживний комплект? Глянула на себе у дзеркало.

— Дідько, як же давно у мене сексу не було... — прошепотіла, бо суддя не береться до уваги.

Засмутилася. Прикрила мереживну білизну по-діловому стриманою світлою сукнею із застібкою-блискавкою через усю спину.

— І не скоро буде...

Відчинила двері полковнику. Не здивувалася пляшці вина: нормально.

— Які родичі? — призналася після першої. — Вирішила поселитися окремо, аби не псувати колегам настрій. Не повинні ж інші сумувати через те, що у мене траур.

— Ви — делікатна. Відкрита і водночас делікатна. Рідкісне поєднання, — мовив.

— А ви, пане Олеже... — сказала після третьої, на мужчину очима стрільнула і раптом зрозуміла, що ніколи не цілувала бородання. Це ж, певно, дарує якісь додаткові емоції. Тим більш, якщо бородань молодий, і в його вусах-бороді ховаються молоді вуста, і при всьому тому він уже полковник, та ще й з Генеральної прокуратури. — Ви — такий молодий... полковник! — ляпнула.

Усміхнувся.

— З вами, Людо, хочеться бути відвертим.

— Так давайте! Зі мною — безпечно!

— На відміну від вас, не гребую використовувати батьківське прізвище.

— Ви — син того самого генерала Орєхова, який...

— Того самого.

Зітхнула. На очі сльоза набігла.

— Співчуваю... — мовила щиро.

Здивувався:

— Інші заздрять.

— Хіба вони розуміють, що таке жити в тіні впливового родича, який уже давно все вирішив за тебе, бо забув, що ти — особистість!

Глянув на жінку із вдячністю.

— І вас наздогнала ця доля?

Кивнула.

— Навіть після смерті чоловіка свекор не просто хоче все вирішувати за мене! Він розпоряджається мною, наче я — його власність. Контролює кожен крок. От і вам дзвонив.

Згадала старого Нечитайла: в'ялі обвислі щоки, тьмяні очі. Схлипнула.

— Людо! Ну, ну... — молодий полковник підсів до жінки ближче, обійняв за плечі. Зазирнув в очі. — Заспокойтеся! Ми ж не здалися. Так?

Людмила прочитала в очах мужчини більше, ніж той вимовив. Збудилася: хвала Богові, хтось вирішив, що прокурорським треба повчитися боротися з корупцією! Подумки плюнула судді у мордяку: та хоч лусни, падло! Міцно обійняла генеральського сина і врешті дорвалася до вуст посеред густої бороди і вусів. Застібка-блискавка на спині зойкнула і розповзлася сама.

Коли ошелешений полковник ще купався у післясмаку відчуттів, які подарувала йому енергійна суддівська невістка, хмільна від довгоочікуваного сексу Людмила сказала цілком тверезо і далекоглядно:

— Олеже, ти правий! Я — людина відкрита і делікатна! Але відкрита тільки для тебе! І делікатна, бо нічого за це не хочу і нікому про це не скажу!

— Людо... Я завтра теж прийду.

— А я чекатиму. Бо відчуваю: ти — дуже порядна і мені душевно рідна людина. І такий крутий коханець, що у це просто повірити неможливо! — прибрехала теж цілком далекоглядно.

І назавтра прийшов, і післязавтра прибіг, увесь тиждень від суддівської невістки не відривався. За цей час багато чого розповів: і про себе, і про колег, і про розстановку сил у верхівці установи. Вперше після смерті Петра щоночі Людмила засинала в обіймах молодого мужчини. Навколо смуток кружляв, каламутив простір, приносив спогади. Гнала їх геть, бо мама ж казала: лиш уперед дивися, доню.

За тиждень усвідомила: попереду неминуче повернення під бік судді! Засмутилася.

— Як же швидко промайнув цей прекрасний незабутній час! — щиро зізналася на банкеті, який прокурорським влаштували по закінченні їхнього навчання.

Перед від'їздом, в орендованих апартаментах під час останнього прощального сексу Олег Орєхов лоскотав вигадливу енергійну коханку вусами-бородою, говорив:

— Людо, я слів не вітер не кидаю. Захочеш здихатися суддівського контролю, поможу. Знайду тобі місце у Генеральній прокуратурі, переїдеш до Києва.

— Олеже, а я тобі нічим помогти не зможу!

— Ти сама і є мені — найбільша поміч! Знаходитиму приводи, аби ми й надалі бачилися. Ти ж не проти?

— Тільки гукни! Боса побіжу.

Поверталася додому, згадувала Орєхова, усміхалася: вже не сама! У серці не порожньо. Цілий генеральський син там оселився. Якщо не поспішати і вдумливо використовувати його у своїх цілях, — усе для Людмили зробить, бо у душі такий же лантух, як і Петро покійний. От же щастить їй на таких!

Перед очі — суддя! Уївся у невістку недовірливим поглядом: як навчання?

— Дідько, помітить! — допетрала. — Що очі мої сяють! Що розслабилася і врешті отримала кайф! А якщо помітить, знищить, сука! Усе зробить, щоби ніколи не оговталася!

Брови звела, задумалася. Тре знову спробувати підпоїти суддю Катерининою травичкою. Може, сконає.

— Бо довго я так не протримаюся... — призналася собі.

Катерина не оговталася. Вже тиждень після карколомної ночі на олійні Залусківського існувала так, наче забула зняти петлю з шиї. Копирсалася у власних думках: відповідей не знаходила, а запитань ставало все більше. Щоб остаточно не потонути у чорноті, трудила руки, віддавала час людям, які приходили лікуватися, дівчинці з рожево-фіолетовим волоссям. Та думки про власне життя поверталися, згадувала себе чотирнадцять років тому. Їй би зараз згодився той незбагнений внутрішній спокій, яким наповнилося все її єство, коли повернулася на шанівське згарище. Та спокою нема. З петлею на шиї стоїть на хиткій табуретці, що робити з тим усім — і гадки не має! Лиш одне знає: померти не можна!

— Стаську підведу, — шепоче.

Стаська — уважна і мудра. Читає мордування Катерини по очах. Смикає безперервно: то виправ їй помилки в електронних листах (зі свого ноута відправляє їх у всі інстанції, які мають хоч якийсь вплив на долю Улянки і її братиків), то навчи вареники ліпити. А то сама пнеться навчити Катерину робити морозиво.

— Ми з Улянкою раз цілу миску наморозили, а потім всім у класі продавали!

— Продавали? — Катерина дивується.

— Звісно! Це ж наша праця! І витрати на молоко, цукор, малину. Хоча брешу! За малину не платили. Улянка сусідську обірвала.

Улянка виникає під час кожної розмови, коли пізно ввечері втомлена Стаська повертається до Катерининої хати після боїв за подружку. За тиждень усіх на вуха поставила: і шанівського старосту Поліщука, і Вальку Шамрай, і сільраду, і школу, і районний відділ освіти, і службу у справах дітей, і поліцію. Одне на язиці:

— Де Улянка?!

Розворушила вулик, результату — нуль! Дорослі зустічали настирну дівчинку із відвертим роздратуванням:

— Чого ти ходиш сюди і відволікаєш людей від важливих справ! Ти дивись, яка нахаба! Дорослі знають, що роблять! — казали Стасьці у сільраді, у райвідділі освіти, у службі у справах дітей, у поліції.

Поверталася — очі щоразу все більш тьмяні, наче дорослі люди висмоктали з них світло.

І тільки шанівський староста Поліщук, килимівська вчителька Маруся та Катерина з Тарасом врятували всіх дорослих від повної Стасьчиної зневаги. Писали, дзвонили, сіпали чиновників. Та першу за тиждень реальну новину несподівано приніс Тарас. По обіді повернувся з райцентру, куди їздив щодня провідувати Залусківського, зупинив «тойоту» біля Катерининого обійстя.

Вони побачили хлопця одночасно: Катерина з літньої кухні, Стаська з двору, де сиділа від вишнею з ноутом. Кожна подумала: він же до мене. Заспішили до хвіртки: Катерина з літньої кухні, Стаська — від вишні. Стаська — швидша. Катерина лиш вийшла на ґанок, коли побачила: Стаська вже стоїть поряд із Тарасом біля автівки на вулиці, слухає його уважно. Хлопець не розпатякував — кинув кілька коротких фраз. Стаська зашарілася, усміхнулася, обхопила Тараса за шию, цьомнула у щоку: дякую, дякую...

Катерина знітилася, сховалася на кухні, як та миша. Там Стаська її і знайшла.

— До тьоть Валі комісія з району приїде! — вихлюпнула схвильовано. — Перевірятимуть на місці умови проживання. Тарас каже: наступного тижня їх слід чекати. Якщо зауважень не буде, дітей повернуть.

— А де зараз діти, не призналися?

— Відморозилися.

— Нічого, зате справа зрушилася з мертвої точки.

Катерина хотіла додати: ми всією Шанівкою Валентинину хату вичистимо-видраїмо. Блищатиме, як нова копійка, всі скажуть: тут дітям можна жити, повернуть їх до матері. Та несподівано задзвонив мобільний Стаськи.

Дівчинка глянула на екран: номер невідомий. Відхилила дзвінок.

— Чому не відповіла, Стасю? — спитала Катерина.

— Це мама або Люся. Вони зі своїх телефонів дзвонили, а я їм сказала: не хочу з вами розмовляти, не сіпайте мене! Так вони стали з чужих номерів мене бомбити! Вони що думають: що я дурна?..

Мобільний задзвонив знову. Катерина насторожилася.

— А раптом щось сталося?

— Тоді би зі своїх дзвонили! Чи приїхали б!

— Давай я з ними поговорю! — Катерина не стала чекати на Стасьчину відповідь. Взяла її мобільний, прийняла дзвінок. — Алло! — мить слухала уважно, на лиці — здивування. — Улянка?! — перепитала.

Стаська зірвалася, вихопила у Катерини мобільний.

— Улько, дідько! Ти де?

У чистенькій свіжопофарбованій туалетній кімнаті притулку районної служби у справах дітей, де знайшлося місце і душовим кабінкам, і умивальникам, і туалетам, Улянка у чужій одежині забилася у кут з дешевеньким мобільним.

— Ми з малими у притулку, Стасю! — шепотіла. — Я тебе бачила у вікно, коли ти приїжджала!

— Улько, я знала, що ти там! Чуєш?! Так скучила за тобою!

— Я теж...

— Ти мені вже дзвонила?

— Ні! Вперше змогла... Дівчинку нову привезли. Любу. Вона свій телефон так сховала, що не знайшли, коли обшукували. Дала мені подзвонити, — Улянка замовкла, насторожено зиркнула у бік дверей.

Біля них чатувала худорлява вертка чорнява дівчинка років дванадцяти: визирнула у коридор.

— Улько, я не забула про тебе! — чула голос Стаськи. — І я тут нікому дихати не дам, поки тебе з малими додому не поверну!

— Стасю, мені страшно. Ми взнали, що завтра по обіді нас перевезуть у якесь інше місце. Люба каже: треба...

Улянка не встигла договорити, бо чорнява Люба раптом відсахнулася від дверей.

— Атас! — уже бігла до Улянки, вихопила з її рук мобільний, вимкнула дзвінок, вкинула апарат за пазуху, впала поряд із Улянкою прямо на кахляну підлогу.

Завмерли, з дверей очей не зводять. За мить розчахнулися. До туалетної кімнати зайшла бабця-прибиральниця. В одній руці відро. У другій — звичайна дерев'яна швабра з вологою ганчіркою.

— Знову вони посеред гімна тирлуються! — забубоніла. — Ви що тут робите? Капості якісь задумали? Ану геть!

Стаська змінилася на очах. Коротка розмова з Улянкою піднесла їй коктейль із тривоги, натхнення і невтримної жаги робити щось просто зараз. Напилася, заметушилася:

— Треба їхати до притулку!

— Стасю, куди? Охолонь і подумай! — Катерина намагалася достукатися до здорового глузду дівчинки. — Зараз уже шоста вечора, попереду ніч. Приїдемо — і що? Ніхто не дозволить тобі побачити Улянку вже сьогодні.

— Вони нам брехали! Що Улька з братами не у них!

— І знову збрешуть! Хіба це зараз головне? Маємо Валентину підтримати, допомогти їй хату до ладу привести, щоб у комісії ніяких претензій не було. Адже комісія долю дітей вирішить!

— Аби ж... — Стаська на мить завмерла. Дивилася на Катерину, наче гарячково вирішувала: чи варто бути з нею до кінця відвертою, діставати з шафи свої скелети?

— Звісно, комісія, — Катерина не помітила сумнівів. Намагалася заспокоїти дівчинку. Мовляв, усе ж добре, Стасю, а якщо вже й їхати до Улянки, то завтра зранку. Адже так?

Стаська мовчала.

— Катю! — сказала раптом. — Купи мій ноут! Мені дуже гроші потрібні.

Катерина розгубилася.

— Скільки? Я тобі так дам.

— Не хочу «так». Купи. Тобі ж треба ноут? Треба! Хоч тисяч п'ять дай. Чи в тебе немає стільки готівки?

— Стась, у мене банківської картки немає. А люди, які по трави приходять, завжди живі гроші дають, — Катерину не жерли сумніви, чи варто бути з дівчинкою такою вже відвертою: викладала все, як на духу. — А нащо тобі стільки? — спитала.

— Треба, — ухилилася. Не хотіла більше розмов, ніби для себе вже все вирішила. Пішла надвір, присіла біля велосипеда навпочіпки: підкачала колеса, підкрутила спиці, протерла раму.

— Зібралася кудись? — настороженo спитала Катерина, коли Стаська повернулася до літньої кухні.

— Та ні. Думаю, може, і вєлік продати, — на Катерину вперто глянула. — Так ноут купиш, Катю?

— Давай зранку поговоримо, — відповіла Катерина. Додала. — У тебе ж, сподіваюся, на ніч немає ніяких планів, крім виспатися?..

...Коли прокинулася вранці, не знайшла ані Стаськи, ані велосипеда, ані грошей, які лежали у металевій коробці з-під печива в одному з ящиків звичайної тумби.

Боялася цього. Звечора вмовляла себе не спати, приглянути за Стаською, щоби дівчинка, бува, не наважилася на відчайдушний вчинок. Та Стаська так солодко сопіла на тапчані, що Катерина незчулася, як і сама міцно заснула.

Набрала Стасьчин номер: поза зоною. Глянула на годинник: сьома... Зібралася за хвилину: джинси-футболка, вкинула до рюкзака документи-яблука-воду, перевдягнутися. Побігла до шанівського обійстя Гордієнків, яке Тарас день у день повертав до життя. Побачила «тойоту» біля двору, видихнула: встигла!

Хлопець саме збирався виїжджати. Складав порожні ящики до салону автівки. Побачив схвильовану Катерину — швидко йшла до нього вкритою вранішнім туманом вулицею. Від того, що туман тулився до землі, здавалося, дівчина спускається з хмаринки, і сама — легка, як хмаринка.

Перетнулися поглядами. Аж зупинилася: знітилася, розгубилася. Ще б мить — розвернулася, подалася в інший бік.

Не став чекати. Пішов назустріч. Наблизився, раптом обійняв Катерину, притулив до себе і так завмер, наче вже ніколи не відпустить. Ні за яких умов.

Не сподівалася. Тобто сподівалася, бо бачила у снах. Але — щоби так несподівано, посеред хай і порожньої вулиці... Тілом прокотилася незнайома, не відчута раніше ніколи хвиля бурхливої радості й енергії. Що це? Пливла, задихалася від щастя чути стукіт свого серця. І Тарасового.

Ледь ворухнулася, намагаючись вивільнитися. Не стримував. Розтиснув обійми.

— Стаська втекла... — прошепотіла.

Лиш мить думав.

— Знайдемо, — сказав, кивнув на «тойоту». — Сідай.

— Зараз! Треба до Валентини збігати! Сказати про комісію!

— Вже знає.

— Ще скажу! Вона думає, що я — відьма, слова мого боїться. Може, хоч це поможе, щоб завелася і лад у хаті навела.

За п'ять хвилин виїжджали з Шанівки. Мовчали.

— Може статися, за один день не впораємося, — врешті сказав Тарас. — Заїдемо до Килимівки, добре? Треба прихопити із собою дещо.

Килимівка вже прокинулася. Поралася у дворах, виглядала з-за парканів. А мати сестер Поливанових того ранку не втрималася і вирішила навідатися до Шанівки, аби врешті побачити блудну Стаську і в очі спитати: «Ти що твориш, безсовісна дитино?! Мати через тебе ночами не спить, переживає, а тобі й горя мало?! А все — через що? Через те, що ми з Людою про тебе турбуємося і щастя тобі бажаємо?! Так ти нас зненавиділа через це? Якась неблагополучна Улянка тобі дорожча за рідну сім'ю стала?! І хіба ти — добра дитина після цього?! Тиждень рідних не бачила, на дзвінки не відповідаєш! Нічого! Недовго тобі залишилося викаблучуватися! Хвала Богові, Люда вчора увечері зі своїх курсів повернулася! Тепер усе інакше стане! Вона тебе поверне до порядку!»

Осідлала велосипед і вже скерувала його до Шанівки, коли побачила на вулиці неподалік обійстя підприємиці Тамари Гордієнко «тойоту» її молодшого сина. Придивилася: біля воріт сама Тамарка говорить із Тарасом про щось, певно, дуже неприємне, бо супиться, жестикулює емоційно. А за кілька метрів від них коло «тойоти» стоїть... Катерина.

Поливанова-старша — на гальма. До дівчини:

— Катю! Чого це ти тут? А Стаська моя — де? Сама у твоїй хаті сидить?

— Стаська... втекла, — Катерина подалася до жінки, намагалася заспокоїти. — Тарас братові вже повідомив. Сергієві! Він же — наша поліція. І ми їдемо шукати. Не хвилюйтеся, прошу.

— Як «не хвилюйтеся»?! — Стасьчина мати — у сльози, номер Людмили набирає, одночасно волає: — Де твій сором, Катю? Тебе Люда, як нормальну людину, попросила за Стаською приглянути! Та тобі, мабуть, не до Стаськи було, раз вона від тебе світ за очі дременула! І де нам її тепер шукати? — та у слухавку. — Людо! Людо, доню, біда! Стася від Катерини втекла!

Тарас до Катерини підійшов, плеча торкнувся: їдьмо, поки все село не збіглося. «Тойота» зірвалася з місця, помчала у бік райцентру. На розбурхану матір сестер Поливанових від своїх воріт дивилася Тамара. З двору визирнув Сергій.

— Тарас поїхав? — спитав.

— Поїхав... — видушила Тамара недобре. — З цією... Будь вона проклята! Немає нам від неї спокою! — до старшого сина обернулася. — А ти — чого? Тепер до кінця життя від брата ховатимешся?

— Не хочу його бачити! — плюнув Сергій.

— Сергію! Сергію! — почули голос Стасьчиної матері. — Чого ж ти ще вдома? Людина пропала! Роби щось!

Новина про зникнення Стаськи стала для Людмили рятівною, бо напередодні повернулася з семінару, щосили намагалася приховати молоду нахабну радість, яка й досі вирувала у душі після тісного спілкування з полковником Орєховим, та, мабуть, не дуже виходило, бо відчувала на собі підозрілий погляд судді. Приперся до невістки тої ж ночі. Хапав за груди! Ліз у труси, сука! Погрожував:

— Дивись мені, невісточко! Якщо відчую, що на моїй лисині роги ростуть, не пожалію!

Ледь відкараскалася:

— Георгію Івановичу! Що ви таке кажете? Краще дайте нормально виспатися! Бо втомилася, як проклята! А я ж для вас завжди свіжою хочу бути!

Вранці дізналася, що Стаська новий фокус викинула, дійсно розтривожилася. Давай усіх на вуха ставити. Перш за все поїхала до притулку, де мала би бути Улянка. Раптом придуркувата сестрина подружка щось знає!

У притулку на Людмилу чекав черговий сюрприз.

— Людмило Миколаївно, вибачте! Це — наша провина. Ми все виправимо! — благала товста жіночка зі служби у справах дітей, яку встигли викликати до притулку.

— А що сталося?!

Зі знервованої розповіді чиновниці дізналася: перед світанком до притулку постукала дівчинка.

— Сказала, що заблукала, попросила води й хліба. Прибиральниця їй відчинила.

— Чому прибиральниця?! — здивувалася Людмила.

— Бо вона на пів ставки ще й за сторожа. А вихователька спала. Прибиральниця залишила дівчинку біля відчинених дверей, пішла до харчоблоку, щоби винести дитині поїсти. Повертається — дівчинки немає! А разом із нею ще двох дівчаток із нашого контингенту не дорахувалися. Отієї Улянки, на яку ви нам вчасно вказали. І циганки Люби. З нашого притулку ще ніколи діти не тікали! Ніколи! Ми ж до них із добром!

Людмила не втрималася, виматюкалася. Знайшла у мобільному фото Стаськи.

— Вона хліба просила? — спитала у прибиральниці.

Засмучена прибиральниця лиш кивнула. Жіночка зі служби у справах дітей і собі на фото глянула.

— Знову ця ненормальна! — вигукнула. — Така вже погань! Усіх дістала!

— Моя сестра, до речі! — жорстко обірвала її Людмила.

— Справді? Вибачте, не знала, — жіночка перелякалася. Заклякла, язика прикусила.

Та Людмилі було не до того, аби влаштовувати розбірки з чиновницею. Ще встигне.

— Несіть усю інформацію, що є по тій циганці, яка з дівчатами втекла. І кажіть усе, що ще не встигли! — звеліла.

Жіночка забелькотіла: Людмила — не перша, кого зацікавили втікачки. Вже приїжджали хлопець із дівчиною на напіввантажній «тойоті». Коли взнали про втечу, теж питали, де шукати родичів циганки Люби. А ті родичі на околиці обласного центру живуть. І жіночка вже зв'язалася зі своїми колегами з області, а вони у супроводі поліції вже навідалися до Любиних батьків. Та тільки дівчинка там не з'являлася.

— Бо волоцюжка! Вже не перший раз у нас була, — додала. — Де її тільки не знаходили, ту Любу.

Людмила заклякла, бо тільки тепер усвідомила: сестра з подружкою — у реальній небезпеці.

— Матір Божа... — прошепотіла приголомшено.

За годину фотографії Стаськи, Улянки і Люби вже надійшли до поліції.

До полудня друковані плакати з їхніми фотками благали про допомогу у розшуку зі стовпів, зупинок громадського транспорту і дерев. Після обіду Людмила отримала дозвіл на відслідковування телефона Стаськи, і тут на неї чекав черговий удар.

— З дев'ятої ранку номер відключений, відслідкувати неможливо.

Жахнулася. Що відбувається?..

— Мала зараза ти! Куди тебе занесло?.. Я ж не переживу, якщо з тобою щось станеться!

Зачинилася у «лексусі», ридала хвилин десять, бо тільки на десять хвилин і дозволила дати волю емоціям. Потім сльози витерла, видихнула. Висушила лице серветкою і, перш ніж рухатися далі, зателефонувала матері. Спокійним й упевненим голосом завірила: все під контролем, шукають, скоро знайдуть. Пізніше перетелефонує! Завела двигун, зірвала «лексуса» з місця. До ночі кружляла районом, як божевільна. Вдивлялася у постаті підлітків, намагалася зрозуміти, куди би пішла сама, зупиняла автівку біля покинутих будівель, обмацувала поглядом пасажирів на автостанціях, зв'язалася з Катериною, взнала, що вони разом із Тарасом теж шукають, скинула на їхні телефони фотографії втікачок, домовилися бути на зв'язку.

До файної хати у райцентрі повернулася, коли впала чорна ніч. І сама — чорна, у серці дірка. Забрала синів від свекрухи, повкладала. Сиділа біля їхніх ліжечок, гладила малих по головах.

— Засинайте, хлоп'ята. Хай вам насниться радість. А як вона десь заблукає, то мама її для вас і з-під землі викопає! Бо мама вас любить, синочки.

Вгамувала малих, посунула старого задовольняти. Вже чекав. Сидів у кріслі — набундючений, роздратований. Стала у дверях, дивилася на суддю зацьковано: що скаже?

— Де цілий день вешталася, невісточко? Кажуть, до прокуратури не доїхала, аби попрацювати на благо країни! Ти що собі думаєш? Що у тебе там бронь? Захотіла — вийшла на роботу! Не захотіла — не вийшла. Чи я твою сраку повинен весь час прикривати?!

— Малу шукала, — прошепотіла Людмила. Замовкла. Додала: — Не знайшла.

— Є кому її шукати! Теж мені проблема! А чому кисла, наче лимонів наїлася?

— Так кажу ж...

— Знаю, що тобі настрій підніме! Давай, Людочко! Ходи вже до мене! Влаштуємо секс для розігріву! Скучила за моїми ласками?

— Для якого розігріву? — не зрозуміла.

— Ще скажи, що ти після сексу спати завалишся? За вчорашню ніч не відіспалася? Час уже нашими справами займатися! Тебе й так тиждень не було! А хто контролюватиме перехід майна Залусківського до наших засік? — суддя замовк. Роздратовано дивився на закляклу невістку. — Людмило, ти мене чула?!

— Так... Зараз! Все буде, Георгію Івановичу! — схаменулася, взяла себе в руки. — Зараз зробимо! І секс, і діла наші. Тільки Катерині подзвоню. Спитаю: Стаська моя жива чи ні? Катерина все бачить, вона знає.

За перший день напружених безрезультатних пошуків Тарас із Катериною побували у притулку, звідти рвонули до обласного центру. Години зо дві не давали спокою численній родині ромів, намагаючись взнати у них номер мобільного Люби, маршрути її міграції регіоном, бо упевнилися: мала ромка поведе Стаську з Улянкою за собою, допоможе сховатися від переслідувань. Цигани морозилися: не знаємо нічого!

Закінчили день у Вінницькій області, бо поки Тарас сперечався з ромами, Катерина телефоном достукалася до Валентини, дізналася: не такі Шамраї й безрідні. На Вінниччині у невеличкому селі Іванівка неподалік Погребищ і досі живе мама Валентини. Може, дівчатка вирішили знайти прихисток в Улянчиної бабусі?

Мчали навмання, надія гнала. Тарас зосереджено керував автівкою.

— Катю, придивляйся до дівчат, які узбіччям ідуть.

Не зводила очей з людей, що сунули вздовж траси, та бачила себе чотирнадцять років тому: малу, наївну, у рожевому скляному пальті. Ридала подумки: вулиця — не місце для дівчаток-підлітків. Не існує жодної причини їх туди викидати... Відганяла страшний спомин. На його місце приходив інший, не менш приголомшливий.

То сталося вранці, коли «тойота» вже від'їжджала від обійстя Гордієнків. Катерина кивнула Тарасовій матері: мовляв, на все добре. Тамара не відповіла. Лиш зиркнула Катерині в очі з такою ненавистю — й на відстані випікала.

— Твоя мама тривожиться через те, що я поряд з тобою, — сказала хлопцю, коли пізнім вечором, так і не доїхавши до Іванівки, зупинилися на ночівлю у мотелі при АЗС.

— Тривожиться, — відповів стримано. Віддав дівчині ключ від двомісного номера з туалетом і душем. — На добраніч, Катю.

— А ти?

— У «тойоті» спатиму.

Стояла біля вікна. З-за штори спостерігала за тим, як Тарас розкладає сидіння в автівці, дістає з багажника ковдру, невеличку подушку.

— Ти у моєму серці. Ще з весни... — прошепотіла.

Підняла очі вище — до неба, до мами золотої, до баби Килини: поможіть дівчаток знайти! Просіть що завгодно, тільки поможіть!

Згадала, як легко і логічно наповнив її чудодійний дар, коли повернулася після страшних мандрів на шанівське згарище. Варто було лиш подумати про людину, уявити її, як уже все про неї знала.

Відійшла від вікна. Всілася на ліжку, зосередилася, намагаючись уявити, де зараз можуть бути Стаська з Улянкою, та знову побачила лише недобрі очі Тарасової матері.

— Не треба. Заберіть вашу ненависть. Вона так заважає мені, — пошепки.

У відповідь — телефонний дзвінок.

— Катю, — почула Людчин голос. — Кажи! Стаська жива?

— Жива. Я знайду її, — несподівано упевненим рівним голосом відповіла Катерина, і тільки потім, коли вже вимкнула дзвінок, усвідомила, що саме пообіцяла подрузі.

Пів ночі не спала. «Хто говорив моїми вустами? — мордувалася. — Я?.. Зі мною все гаразд чи вже ні?.. Може, дар нині так проявляється, а я просто ще не усвідомила цього?.. Бо я ж не просто збрехала!» Знову і знову намагалася уявити Стаську з Улянкою, натомість знову з'являлася Тарасова мати.

— Не бійтеся... — прошепотіла їй. — Не тішу себе сподіваннями, що стану частиною Тарасового життя.

Ранок зустріла з упевненістю. Підганяла хлопця: швидше до Іванівки, бо шкірою відчуває — дівчата вже там! Та старенька хата на околиці невеличкого села виявилася покинутою. Хазяйка померла рік тому, дівчаток у селі ніхто не бачив. Розгубилася: тепер — куди?

— Не повернуся додому, поки Стаську з Улянкою не знайду, — мовила вголос, наче сама собі заприсяглася.

— Треба шукати малих волоцюжок, які з циганкою Любою контактували, — вирішив Тарас. — Ця Люба поки — єдина ниточка...

Кілька днів поспіль не їли, не спали — з рання до ночі обслідували підвали і покинуті будівлі обласного центру, шукали дівчаток у халабудах бомжів, посеред парків, біля звалищ, пунктів прийому склотари і благодійних їдалень. Мобільні безкінечно миготіли — дзвонили всі, хто займався пошуками: Людмила, поліція, шанівці, килимівці. Кожен дзвінок змушував напружуватися: раптом знайшли?!

— Хоч би живими... — шепотіла Катерина.

Та дні минали, а дівчатка наче під воду пішли. Катерина вже не випромінювала оптимізму. Ледь трималася на ногах, зацьковано відповідала Людці, яка дзвонила щогодини.

— Де моя сестра?! Ти її бачиш чи ні?! — спитала подруга у слухавку, коли впав вечір п'ятої доби безкінечних пошуків.

— Не бачу, — призналася Катерина врешті.

— Тобто? Геть не бачиш? На землі її не бачиш? Стаськи... нема?

— Людко, не знаю! Думала — побачу, де вони є, але не бачу. Пробач...

— Ні! Не пробачу! — раптом жорстко відповіла подруга. Кинула слухавку.

Катерина зітхнула гірко. Без сил опустилася на обмальовану бетонну лавку поряд із «тойотою»: вони з Тарасом і досі обслідували місця ймовірного схову, хлопець пішов на розвідку до розкраденої недобудованої висотки, посеред кістяків-стін якої на різних поверхах тирлувалися підлітки. Катерина залишилася біля автівки.

— Не вірю, що Стаська з Улянкою тут, — прошепотіла.

— Все ж перевірю, — Тарас пішов. І тільки після розмови з Людкою Катерина раптом усвідомила: хлопця немає вже досить довго. З годину. Чи більше.

Захвилювалася. Думки дурні: з Тарасом сталася біда, а мати те передбачила, тому й проводжала Катерину нищівним поглядом. І звинувачуватиме у всьому лише дівчину.

— Тарасе... — важко підвелася з бетонної лави, втямити не може: чи біля автівки лишатися, чи до недобудови бігти.

Вже дістала з джинсів мобільний, аби зателефонувати хлопцеві, та раптом наштовхнулася поглядом на дівчину років двадцяти: їхала дорогою повз припарковану «тойоту» на звичайнісінькому велосипеді. Та Катерина впізнала би його серед тисяч інших.

— Стасьчин велосипед!

Забула про все. Зірвалася, побігла за дівчиною, де й сили взялися.

— Стійте! Зупиніться! — гукала щосили, та голос танув у гуркоті автівок: заполонили околичну трасу міста, перемовлялися клаксонами, виском гальм, буркотінням двигунів.

Та в Бога матір! Зціпила зуби, вже не витрачала сили на крик, відчайдушно мчала за велосипедисткою, здавалося б, вічність. Дівчина на велосипеді раптом вивернула з проїжджої частини на тротуар, поїхала у бік п'ятиповерхівок.

— Стійте! — Катерина кинулася дівчині навперейми. Штовхнула її у бік, бо іншого варіанта не бачила: велосипедистка стрімко мчала повз неї на своїй хвилі — у вухах навушники.

Тарас дістався місця пригоди, коли навколо пошкодженого велосипеда, розлюченої велосипедистки з розпухлим ліктем та збудженої Катерини зібрався натовп місцевих жителів. Велосипедистка волала, щоби викликали поліцію і «швидку», а Катерина ніби збожеволіла. Хапала дівчину за руки.

— Де ти взяла цей велосипед?! Де?! — повторювала, як заведена. — Хто тобі його продав? Де ти його взяла?

— У ломбарді купила! А хто його туди здав — і гадки не маю! — дівчина відштовхнула Катерину, взяла гроші, які Тарас запропонував їй як відшкодування моральних збитків, потягла велосипед до багатоповерхівок.

— Ломбард де?! — гукнув Тарас їй услід.

— За рогом!

...Ох ті шляхи безнадії! Тягнуть у закутки, змушують по сто разів повертатися на одні й ті самі маршрути, шукати там, де навіть голі стіни сміються з шукачів, чи довіряти випадковим знакам.

Тарас із Катериною нізащо не заглибилися б у скупчення сірих п'ятиповерхівок на околиці міста: були вже тут раніше, обслідували кожен підвал.

— Тільки до ломбарду зайдемо... — вирішив хлопець.

— Певно, вже зачинений... Майже дев'ята вечора, — зауважила Катерина.

— Контори, де крадене беруть, зазвичай допізна працюють.

Повернули за ріг, не ступили й десяти кроків, коли побачили попереду, на першому поверсі панельної п'ятиповерхівки пафосну вивіску ломбарду «Печера Аладдіна». Поряд стояла групка жіночок, та Катерина одразу звернула увагу на невисоку худорляву чорняву дівчинку років одинадцяти-дванадцяти: крутилася за кілька метрів від них. Присіла, робила вигляд, що зав'язує шнурки на кросівках, але косувала на сумку однієї з жіночок із явним наміром щось поцупити. Люба? Перед очі — фото у телефоні.

— Люба... — затремтіла. Ледь не знепритомніла від хвилювання.

Стрімко йшла до дівчинки, дихати забула — голова обертом. Люба пізно зорієнтувалася: побачила Катерину, коли та вже підійшла, вхопила її за руку.

— Любо... Любо, — повторювала, не помічала — по щоках течуть сльози. — Де наші дівчатка? Де?

Люба заверещала так, що від облуплених стін будинків почала відвалюватися штукатурка. Виривалася, намагалася вкусити Катерину. Била ногами Тараса, який уже підійшов.

— Мамо! Мамо, мене зараз вб'ють! — горлала щосили. — Люди! Поможіть!

Катерина не чула. Сильніше обхопила дівчинку, притискала до себе.

— Де наші дівчатка?! Де, Любо?!

Жіночки, що стояли біля ломбарду, відсахнулися перелякано. З «Печери Аладдіна» вискочила циганка, явно молодша за Катерину. За нею ще дві старших. Заґелґотіли, заверещали: матюкалися, лаялися, бігли до Люби.

Тарас відсторонив Катерину, перехопив контроль над дівчинкою. Притиснув до себе так жорстко, аж зойкнула.

— Ай! Боляче!

Катерина геть знесилилася. Похитувалася за метр від них, як на фільм жахів, дивилася на трьох циганок — оточили Тараса, кричали: відпусти, відпусти!

— Хай скаже, де дівчатка, з якими вона з притулку втекла!

— Не знаю! — кричала Люба. — Здалися вони мені!

Молода циганка раптом дістала з рясної спідниці ніж.

— Відпусти мою дочку! — пішла на Тараса.

— Поліція! — закричала одна з жіночок, що так і спостерігали за несподіваною прикрою пригодою. — Вже їде! Я викликала!

Циганки зорієнтувалися миттєво: молода сховала ніж, підскочила до Люби.

— Кажи їм усе!

— Що казати? Разом утекли з того смердючого притулку. Улянка і та друга віддали мені вєлік і чкурнули кудись. Я покаталася трохи, потім поїхала додому, — замовкла, додала: — Вєлік — фуфло! Ми його продали! От і все!

Катерина не втрималася: розридалася.

— Зачекай! Зачекай, Любо, не все! — шепотіла крізь сльози. — Куди дівчата пішли?

— Не знаю!

— А що казали? Куди збиралися? Чому тобі велосипед віддали?

— Так їх же — двоє! А вєлік — один!

Втрутилася молода циганка. Смикнула Тараса.

— Відпускай вже мою доньку! Розказала все, що знає!

— Ми ж у вас були того дня, коли дівчата з притулку втекли, — хлопець дивився молодій циганці в очі. — Ви казали: нічого не знаємо!

— Не знали! — втрутилася старша. — Люба додому повернулася вже поночі.

— Я вам не вірю! — вибухнула Катерина. — Ви щось знаєте! Бачу по ваших очах! Знаєте! І не хочете помогти знайти наших дівчаток. Де ж ваше милосердя? Вони — ще геть малі! Їм і чотирнадцяти немає!

— Малі? — молода циганка раптом розреготалася. — Я у тринадцять вже заміж вийшла. А у чотирнадцять — Любу народила!

Зміряла зневажливим поглядом Катерину, Тараса. Обернулася до жіночок, які так і стовбичили на безпечній відстані.

— Щось твоя поліція довго їде! — гукнула їм.

— Йдіть собі! Нікого я не викликала! А ще раз із ножичком гулятимеш, точно викличу! Шастають вони тут, як у себе вдома! — обурено крикнула жіночка у відповідь.

Молода циганка плюнула у бік жіночки, обійняла Любу за плечі, посунули геть. Дві старші йшли за ними услід, забираючи з собою останні крихти надії. Нитка обірвалася. Катерина без сил опустилася на сходинки, що вели до ломбарду «Печера Аладдіна». Спустошено дивилася у землю. Тарас важко присів поряд.

— Мені страшно... — прошепотіла.

До ночі новину про те, що Тарас із Катериною знайшли циганку Любу, знали всі, кого хвилювала доля дівчаток. Килимівку, Шанівку накрила чорна туга: говорили тихіше, косували на обійстя Поливанових, співчутливо питали Вальку Шамраїху:

— А з хлопчиками твоїми все гаразд?

Хлопчиків повернули. На третій день після зникнення дівчат їх привіз Сергій Гордієнко. Без пояснень по черзі витягнув з «пріуса», поставив перед матір'ю зарюмсану малечу.

— *Корочє!* — сказав. — Якщо хочеш своїх малих і надалі бачити, краще ти з ними в іншому районі щастя пошукай!

— Без Улянки? — перелякалася Валька.

— Я за твоєю малою шльондрою бігати найнявся чи що? Сама втекла, сама колись і повернеться! — відповів поліцейський офіцер громади. — І постався серйозно до того, що кажу! Починай підшукувати варіанти, якщо хочеш, щоби тобі помогли з переїздом. І язиком не патякай зайвого! Зрозуміла?

Валька зрозуміла одне: її залякують. Захисту наважилася просити у колишньої сільрадівської юристки. Людмила саме привезла матері у Килимівку ліки від тиску, бо жінку підкосила звістка про те, що циганський слід не виведе на Стаську з Улянкою.

Шамраїха підійшла до «лексуса», стукнула у вікно.

— Людмило Миколаївно! Можете юридичну пораду дати? Поліцейський офіцер мене з Шанівки гонить, а хіба я можу без Улянки поїхати? Мені ж треба доньку тут дочекатися, бо інакше де вона мене потім шукатиме? Маю я на це право?

Людмила не зуміла приховати здивування: ти диви, які події відбуваються, а вона — ні сном, ні духом! Відкараскалася від Шамраїхи загальним фразами — гайда до райцентру. Спершу планувала дочекатися суддю у файній своїй райцентрівській хаті, та у сраку припікало. Скерувала «лексус» до районного суду. Покинула автівку прямо перед входом. Як криголам — до кабінету судді. Тільки й відмітила, що приймальня повна непростого люду. «Залусківського вже поховали! — подумала. — Прибігли Нечитайлові кланятися!»

— Я у терміновій справі! — кинула секретарці.

Суддя почув шум, відірвався від документа, який уважно читав, уп'явся роздратованим поглядом у невістку: увійшла, причинила двері, дихала нерівно, бо пашіла від гніву.

— Георгію Івановичу! Що відбувається?! — спитала тихо, але хижо. — Нашими справами тепер Сергій Гордієнко займатиметься?!

Суддя відсунув крісло, підвівся — руки у кишені.

— А ти що думала, невісточко? Що ти — незамінна? Витрачатимеш час на якісь дурні пошуки, а всі на тебе чекатимуть?!

Людмила відчула: трон, на який з таким зусиллям видерлася, хитається.

— Моя сестра вже тиждень як зникла! — нагадала.

— І що з того? Справи відмінити?! Ти, дивлюся, за нею побиваєшся більше, ніж за Петром моїм!

— Навіщо ви так?

— А як хотіла?! Я тобі пояснив: поки Тарас Гордієнко і твоя подружка-відьма десь линдають, треба вичистити Шанівку від донецьких і неблагополучних! Не буде шанівської громади — скоріше на селі хрест поставимо, і вже ніхто не зможе у нас землю Залусківського відібрати! Хіба не важлива справа?

— Важлива...

— Ти хоч щось зробила?!

— Почала... Планувала з вами спершу обговорити.

— Справді? — суддя примружив вицвілі оченята, поліз руками до блискавки на штанях, почав розстібати. — Ну, то давай обговоримо.

— Що? Тут?

— Вперше чи що?! Ти ж прийшла, щоби реабілітуватися? То починай!

І почала би, та у двері передбачливо стукнула перелякана секретарка.

— Георгію Івановичу... Людмило Миколаївно! Така біда! З річки у районі колишнього військового аеродрому рибалки тіло дівчинки витягнули.

Катерина і Тарас дізналися про страшну знахідку за годину. Минав сьомий день пошуків. Повернулися до притулку у райцентрі, вкотре опитували жителів навколишніх будинків, коли побачили: із закладу вибігла бліда завідувачка, за нею поспішала бабця-прибиральниця. Благала начальницю: не звільняйте!

— Петрівно, і не просіть! Якщо знайшли дитину з нашого контингенту, муситиму когось покарати! Хіба не через вас вони втекли?

— Знайшли?! — Катерина подалася до завідувачки. — Дівчаток знайшли? Вони де? Ви — куди?

— У морг! На впізнання!

— Вони... мертві? — Катерина не чула власного голосу.

— Одна! У річці знайшли.

Катерина хитнулася. В очах — ніч. З ночі до неї цигани лізуть. Та злі! За одежу хапають, смикають, плюються, а одна стара баба на відстані метра стоїть і Катерину до себе рукою манить: ходи сюди! А як, коли інші роми Катерину на шмаття рвуть?

— Катю... Поїхали! — почула голос Тараса. Вже йшов до автівки, гукнув завідувачці:

— І ви сідайте. Довеземо, покажете, де тут морг.

...Біля моргу, який містився в окремій будівлі на території райлікарні, стояли Людмила, суддя Нечитайло і поліцейський офіцер громади Сергій Гордієнко. Зневажливо зиркнув на брата, демонстративно відвернувся.

— Катю! Там Стаська моя лежить? — гірко вигукнула Людмила.

— Не знаю... — одними вустами.

— Що вона взагалі знає?! — буркнув суддя.

Катерина глянула на Нечитайла: а біля судді й не Людка тупцює. Смерть суддівська: чорна-прозора, як бант у Людчиному волоссі. Катерина очі відвела, бо геть розгубилася. У Тарасову руку вчепилася. Стиснув її долоню.

— Можете увійти, — з моргу визирнула жіночка у білому халаті.

Всі раптом завмерли, наче погана прикмета — першим пхатися.

— Що я мамі скажу?.. — прошепотіла Людмила тьмяно, без сліз. Швидко зрушила, увійшла. Інші — за нею.

Катерина ніколи раніше не була у морзі. Крок за кроком, очі у підлогу. Схаменулася лише тоді, коли почула істеричний від нервів голос подруги:

— Хвала Богові! Хвала Богові!

Підвела очі, побачила на металевому столі... Любу. Навколо перешіптувалися, а Катерина не могла відвести очей від мертвої дівчинки. Перед очима — картинки спалахами: багате шатро — килими-подушки, східні наїдки на тарелях, золоті персні на пальцях багатих мужчин. Раптом перстень злітає, його підхоплює мала Люба, ковтає. Метушиться, шукає вихід із шатра, та його нема. Багатий мужчина хапає Любу за шкірку, трусить. Дівчинка пручається, дряпає мужчину, кусає. Він сатаніє. Б'є Любу. Вона падає. Її замотують у килим...

— А я, дурна, молилася, щоби Стаська була поряд із циганкою. Думала, так легше стане її вирахувати. А тепер язика би собі відкусила за ті молитви. Хвала Богові, Стаська десь сама по собі! — признається Людмила.

Морг порожніє. Ніхто нікого не чекає: розтікаються у різні боки. Суддя суне до лікарні.

— Без мене повертайся! — наказує Людмилі. — У мене тут справа є!

Людмила киває, підходить до Катерини.

— До Шанівки не їдеш?

— Ні... Шукатиму далі... — шепоче Катерина напружено, бо картинки з шатром усе ще сліплять очі.

За мить від'їжджає Людмилин «лексус», «пріус» Сергія.

— Поїхали? — питає Тарас Катерину.

— Любиним батькам слід повідомити...

— Без нас зроблять.

— Треба їх тут дочекатися.

— Чому?

— Не знаю... Треба! — зі своїх світів.

Два бусики з ромами влітають на територію райлікарні за годину. Люди висипають з транспорту горохом, біжать до моргу гуртом: старі, малі. Відсторонюють санітара, який вийшов покурити. Ввалюються лавиною — не зупинити.

Виходять за кілька хвилин: чорні, приголомшені. Жінки і діти падають у траву біля будівлі, голосно ридають, рвуть на собі яскраві блузки. Чоловіки збуджено перемовляються, емоційно-загрозливо жестикулюють.

Тарас торкається Катерининого плеча: тепер можемо їхати? Тре хоч перекусити, перш ніж рушити далі.

— А де бабця? — розгублено питає Катерина, здалеку розглядаючи ромів.

— Яка бабця?

— Не знаю. Мала приїхати стара бабця. Так... бачила, — Катерині не хочеться признаватися Тарасові у власних сумнівних видіннях, та брехати — ще складніше.

— Може, заслабла... — Тарас підтримує Катерину, як може.

Катерина не відповідає. Невідривно дивиться на молоду циганку, яка народила Любу у чотирнадцять. Та саме помітила Катерину. Підхопилася. Йде до дівчини: тремтяча-грізна-сильна.

— Знаю! Ти знаєш! — хрипить, виїдає Катерину поглядом.

Катерина не заперечує.

— Бачу, Люба вкрала щось... У чоловіка, — говорить швидко, впевнено, усвідомлює: мало контролює, що вимовляє. — Її впіймали. Вбивати не хотіли. Провчити лиш. Чоловік не розрахував силу. Ударив сильно. Як побачив, що накоїв, перелякався. Не сам тіло вивіз. Доручив комусь. Певно, багатий... — замовкає, зі співчуттям дивиться на Любину матір.

Циганка смикає Катерину.

— Чоловік який? Старий? Молодий? Який він?

— Тільки руки бачила. Руки. З перснями.

— Де це сталося? У якому місці вбивали?

— Повірте! І гадки не маю!

Суддя Нечитайло і сам не розумів, чому після відвідин моргу раптом відкараскався від невістки, вирішив врешті на власні очі побачити Івана Залусківського, який, сука, ніяк не помирав. Вже більше двох тижнів уперто балансував між життям і смертю, продовжуючи лишатися головним ньюсмейкером району, бо тільки лінивий тут не побився об заклад на дату смерті бізнесмена.

Звичайно, Георгій Іванович у деталях знав усе про стан Залусківського: суддівський помічник днював і ночував у лікарні. Не забув, що справою про замах на Івана несподівано для всіх зайнялася СБУ, що охорона біля палати Залусківського чатує цілодобово. Навіть лікарів не лишають з ним сам на сам у палаті. Не те що київського аналітика Романа Шведа. Кажуть, одразу після замаху дуже хотів Залусківського у лікарні провідати, наступного дня після операції навіть зумів пробратися до реанімації, та не встиг до Івана і наблизитися, бо охорона, як сніг на голову: вийдіть негайно! А що цей Швед собі думає? Що близькість до Президента будь-які двері перед ним відчинить? Бовдур наївний!

— А я пройду! — буркнув.

Йшов засадженим фруктовими деревами лікарняним двором, думав про те, як багато Іванового встигнув заграбастати за час після замаху. Іванові проєкти і впливи потроху переорієнтовувалися на Нечитайла, невдовзі земельку до своїх рук прибере. Все за планом, та суддю не покидало відчуття незрозумілої тривоги. Наче випустив з уваги якусь дуже значущу деталь, тільки ніяк не може зрозуміти, намацати, усвідомити, яку саме. І сьогодні, долаючи коротку відстань від моргу до корпусу лікарні, суддя раптом вирішив, що закриє цю прогалину: зуміє прочитати поміж рядків, якщо врешті просто побачить лежачого у прямому сенсі Залусківського.

Охорона не дрімала. Двоє кремезних озброєних парубків у чорних одностроях заступили судді шлях.

— Хлопці, Іван — мій найближчий друг. Усе життя один одному плече підставляли. Чому не можу побути поряд із другом хоч п'ять хвилин? Тим більш, у нього, крім мене, нікого немає: ані дружини, ані дітей.

— Тільки за нашої присутності! — один із охоронців залишився у коридорі, другий розчахнув двері палати, жестом запросив суддю зайти.

Нечитайло переступив поріг. У ніс вдарив запах ліків і сечі.

— Провітрювати палату теж заборонено? — спитав охоронця, який зайшов усередину разом із ним.

— Не моя компетенція. Запитання до лікарів, — незворушно відповів той. Завмер біля дверей. Спостерігав за суддею.

Нечитайло ще навіть не наблизився до ліжка, на якому в оточенні приладів життєзабезпечення, шлангів, трубочок і крапельниць лежав Залусківський, коли у голові промайнула дивна думка. «Це... моя палата, — подумав. — Оце все на мене чекає...» Смуток — зливою. Аж задихнувся. Тихо підійшов до ліжка. Глянув на змарніле, опухле, сіре недвижне лице Івана. І раптом заплакав. «Хіба це правильно, — мордувався подумки, — що людина ціле життя прожила, всіх змусила на себе молитися, а як їй помирати — нікого поряд...»

Охоронець відреагував. Підставив під суддівську сраку стілець, подав склянку води.

— Ще щось?

— Ні, дякую... — ковтнув води, глянув на охоронця. — Що лікарі кажуть? — спитав для годиться.

— Що дива трапляються.

Суддя насупився: куди й сльози поділися! Перевів погляд на Залусківського: вже без печалі дивився. Намагався зрозуміти причини власної глухої тривоги. «Може, переживаю, що оговтається?! Оцього мені геть не треба! — роздратувався, коліщатка у мізках закрутилися. — СБУ, СБУ... Краще б не охороняли напівмертве тіло, а стрільця скоріше знайшли! Менше би запитань для всіх залишилося...»

Торкнувся Іванової руки.

— Бувай, Ваню, — сказав. — Якщо чуєш мене, знай: я поряд... — додав із прихованою погрозою, і раптом ледь не обісцявся, бо здалося судді — Залусківський ледь розплющив очі, вколов його гострим ядучим поглядом і знову заплющив їх.

На вулицю вийшов, розпсихувався: нащо приперся? Помилка! Це — помилка! Ще й сльозу пустив! Чи не йолоп? Нема чого горювати! І житиме він ще довго! І кінець його буде іншим! Патетичнішим, урочистим! У всякому разі мордякою у пилюку сільської ґрунтівки не впаде після пострілів із темряви.

— А ти, Ваню, давай уже... Закінчуй свою пісеньку!

Тарас бачив: після бурхливого одкровення Катерина геть знесилилася. Сиділа у «тойоті», застиглим поглядом дивилася в одну точку, наче в інший, тільки їй одній видимий таємничий світ. Автівка й досі стояла біля райлікарні. Тарас і Залусківського встиг провідати, і приніс дівчині обід з кафе при лікарні, а Катерина все не поверталася зі свого дивного стану.

— Поїж...

— Дякую. Не хочу...

Цигани давно забрали тіло Люби: бусики зірвалися, поїхали. Вечір підкрадався, а вони й досі залишалися біля моргу, наче рухатися більше нема куди, та й запізно.

— Катю... Може, тебе на пару днів до Шанівки відвезти. Перепочинеш... — сказав Тарас.

Наче прокинулася. Обернулася до хлопця всім корпусом.

— До міста треба. До циган, — мовила твердо.

— Приїжджали цигани. Ти говорила з ними.

— Бабцю треба побачити. Її тут не було. Бабця поможе! — Заворушилася: пристебнула ремінь безпеки, відкинула назад хвилясте волосся. Тарас бачив: очі дівчини горять, наче у лихоманці.

— Катю, ти здорова?

— Їдьмо! Скоріше! Благаю...

Тарасові передалося дивне Катеринине збудження. Гнав автівку у ніч. Ще до півночі в'їхали у місто. Швидко знайшли обійстя ромів на околиці, а там — шум, гамір. Біля двору автівок зо два десятки. Одні люди входять у великий дім, інші виходять. Плач, шепіт.

— І що тепер? — спитав Тарас.

— Не знаю, — прошепотіла Катерина.

Не встигли вийти з автівки. Роми помітили чужу машину, з якої двоє чужаків уважно слідкують за ними. Жінки загомініли, до «тойоти» підскочило одразу кілька дужих чоловіків, витягли Тараса з Катериною.

— Вони у морзі були! — крикнула одна з жінок.

— Де Любина мати? Мені треба побачити Любину матір! — відчайдушно вигукнула Катерина у відповідь.

Роми притихли. Косували на поважного сивого чоловіка у чорному костюмі і широкополому капелюсі, який вийшов з двору на вулицю.

— Відведіть їх до Майки! — тихо вимовив сивий.

Всі почули. Вхопили Катерину з Тарасом, потягли у великий дім. Коридори-двері-люди, сходи, знову коридори-двері-люди. Врешті зупинилися перед дверима у кінці коридору на другому поверсі. Верткий молодий циган розчахнув двері, підштовхнув Катерину і Тараса до невеличкої кімнати. Тут в оточенні ікон на високому ліжку лежала слаба стара циганка. Поряд із нею у чорному одязі сиділа Любина мати Майка з тарілкою каші. Безбарвним голосом благала стару:

— Хоч трохи поїж, бабусю, щоби сили були! Не покидай нас сьогодні хоч ти!

Майка обернулася на шум. Побачила знайомих чужинців. Брови гнівно звела. Таріль відставила, підвелася.

— Навіщо ви тут?! Подивитися на наше горе прийшли?!

— Побачила... Місце! — видихнула Катерина.

— Кажи! — Майка напружилася, наче пантера перед стрибком.

— Хай усі вийдуть! — вібруючим від хвилювання голосом вимовила Катерина.

Майка жестом наказала вийти двом молодим ромам, які увійшли до кімнатки разом із непроханими гостями. Причинила за ними двері.

— Скажи, де наші дівчатка! — Катерина говорила і стукотіла зубами, наче у лихоманці.

— Не знаю! — недобре прошепотіла Майка. — І ти про місце збрехала?..

— Не збрехала... Привиділося шатро. Схід, килими, розкіш. Зрозуміла, де бачила раніше... Вивіска. «Печера Аладдіна». Там Любу вбили.

Майка загарчала, зірвалася вітром, рвучко розчахнула двері, кричала щось румунською збурено, тільки одне слово й зрозуміти — «ломбард». Побігла вниз, за нею — молоді цигани. Шум, гамір. Від двору почали від'їжджати автівки.

Катерина і Тарас тупцювати посеред невеличкої кімнати розгублено. Раптом стара бабця трохи піднялася на ліжку, поманила Катерину до себе.

— Вітя Сонце, — прошепотіла слабко. — Йому дівчаток продаємо.

Буває знання, яке відбирає останні сили. Краще не знати? Катерині здавалося: вона скінчилася. Як молоко у пляшці. Було і все вилилося, вже ніколи не стане повною.

Тарас відігнав «тойоту» на пару кварталів від обійстя ромів, зупинив автівку.

— Катю... Ти як? — дивився на знесилену дівчину нервово, збуджено. — Зберися! Нема у нас часу ридати! Ще справ сьогодні — повно!

— Добре... — на автоматі. — Ми куди?

— Тут неподалік один мій побратим живе. «Залізо». Може знати: хто то є — Вітя Сонце.

— Вітя Сонце? — у темному дворі багатоповерхівки перепитав Тараса кремезний дядько років сорока. — Куди ти лізеш, брате? Вітя Сонце — кінчений відморозок, який разом зі своєю бандою краденими автівками торгує, наркоту штовхає і повій багатим клієнтам поставляє. Ніби з дев'яностих виліз, падло! А як зупинити? Війна! Зброї у країні — повно. Певно, зброєю теж торгує...

— І як його знайти?

Коли перед світанком навіть ніч засліпла від чорноти, Тарас із Катериною з невисокого пагорба дивилися на оточене високим парканом заміське котеджне містечко з освітленою впорядкованою територією, пунктом пропуску і охороною біля входу. Тарас указав на крайній будинок — триповерховий, неоковирний від несмаку, обліплений баштами, терасами і балкончиками.

— Нам туди...

— Зараз?

Тарас хитнув головою заперечливо: ні, підготуватися треба. Дістав з бардачка автівки пістолет, перевірив, засунув собі за пояс.

— Коли їхали дівчат шукати, ти у Килимівку заїжджав по зброю? — спитала.

Кивнув:

— Шкода, немає ще одного ствола.

— Є... На олійні Залусківського. Там пістолет, з якого у твого батька стріляли, — само з язика зіскочило. От і все! Сказала те, чого раніше не наважувалася.

До олійні Залусківського добиралися ґрунтівками. Нічне небо вицвітало на очах, літні трав'яні пахощі заколисували потомлених людей. Не зважали. В інших реаліях: стояли на різних берегах бурхливої ріки, та не розуміли, що сталося — хиткий місток, який їх поєднував, розвалився чи міцнішим став? Аби те перевірити, мали ступити на міст відвертості. Вже не боялися. Самі рвалися на нього. Здавалося, тепер про все говорити легко.

Тарас першим почав. Крутив кермо, на дівчину не дивився.

— І хто у мого батька стріляв? — спитав хрипко. — Ти?..

— Роман Швед, — мовила. — Мстився... Твій батько вбив його тата.

Тарас усміхнувся зневажливо.

— А-а-а... Ще один Господь Бог! Усім суддя! Такі покидьки війни починають.

— Але ж спочатку загинув його тато. Хоча він теж тут біди накоїв.

— Спочатку? У злочинів — ані початку, ані кінця! Можна лише приєднатися чи навпаки — й не доторкнутися до них!

— Роман... інакше розмірковував.

— А ти? Ти теж перед Шведом завинила? Він же втік, а тебе з пораненим Залусківським на олійні залишив, так? Підставити хотів?

— Покарати.

— Каратель, мать його!

— Сказав: винувата у тому, що стільки років мовчала. Я ж тоді бачила на власні очі, як Залусківський... вбив Романового тата.

Замовкла. Додала:

— Тоді мені було дуже страшно.

— А зараз?

— Нічого не змінилося. Що би не сказала, все проти мене обернеться. Наче проклята...

— Може, благословенна? У тебе, кажуть, дар, — кинув на дівчину швидкий погляд. — Ти справді бачила місце, де Любу вбили?

Усміхнулася гірко, кивнула.

— Хто ж ляльковод? От узнати б, хто мене даром нагородив! І чому дар такий примхливий! То з'являється, то зникає. Роками спав, нині знову малює.

— Однаково людям помагаєш.

— А собі — ні! — захвилювалася, вихлюпувала швидко, нервово. — Я ж відчувала... Ще з весни знала: хтось нас зв'язав такою міцною ниткою — не розірвати. А життя стільки хибних знаків стало підкидати: що Роман тут з'явився не випадково...

— Так і є!

— Що він — мені, для мене. Бо Роман. І народилися в один день. І ніби врешті захист від Залусківського. А ти ж — його син. Значить, і від тебе.

— Он як!

— Вибач...

— Пусте.

— Хіба? Я зрадила, Тарасе! — замовкла, виснажилася. — Сама у себе щастя відібрала. Отака я...

Довго мовчав.

— Отака... — сказав врешті. — Мені підходить.

Катерина згадала очі Тарасової матері. Головою захитала: ні, ні...

— Краще забувай мене.

— Ще встигнемо посперечатися, — усміхнувся. — Нам би спершу дівчат знайти і самим живими залишитися.

Зупинив автівку неподалік олійні.

— Всередині пістолет сховала? — спитав.

Катерина згадала: ніч, Роман силоміць вкладає зброю в її тремтячу руку, йде геть і не боїться, що дівчина вистрілить йому у спину. Перелякалася, зброя впала. Підняла, не роздумуючи розмахнулася, навмання щосили жбуронула пістолет якнайдалі: впав на будку охорони, покотився з похилого даху. Із металевим брязкотом провалився у водостічну трубу. У ній і застряг.

Тарас лиш торкнувся іржавої труби: застогнала басом, розвалилася. Посеред іржавих шматків — пістолет. Підхопив.

— «Беретта», — сказав, сховав зброю за пояс. На Катерину глянув. — А тепер — спати, — додав.

— Що?..

— Спати, Катю. Ми котру ніч без сну? Треба хоч пару годин перепочити, інакше сил не вистачить і наблизитися до хором того Сонця!

Відігнав «тойоту» за курган, до напівзваленої мазанки, куди давно перестали люди ходити. Глухе місце — тут ніхто не помітить. Катерина глянула на годинник у мобільному:

— Шоста...

— О восьмій рушимо далі, — відповів Тарас, заплющив очі і провалився у сон.

Катерина усміхнулася: ось вона, прекрасна ідеальна мить. Тарас — поряд. Так близько, що паморочиться. Спить прямо на водійському сидінні. Дивитиметься на нього, цілуватиме поглядом щоки, очі, вуста... Прощатиметься, бо він ще не розуміє: їм не бути разом. Скоро повернуться до своїх обійсть, Катерина зробить усе, щоби через неї Тарас не став предметом дошкульних глузувань. Бо... бачила. Вони йдуть, а за спинами шепіт: «Катька —

шльондра! З киянином усе гралася, а коли він її покинув, на Тараса переключилася. І куди хлопець дивиться?! *Дешовку* використану підібрав і радіє! А може, і не радіє зовсім, просто вирватися з відьминих кігтів не може! Бо Катька лише прикидається доброю травницею, а насправді, кажуть, — страшна людина! Йде по життю, на шляху мертвяків лишає...»

— Тараса на свої язики не отримаєте, — прошепотіла і заснула.

Прокинулася від мірного погойдування. Розплющила очі: автівка тихо суне заміською трасою. На годинник: майже дев'ята.

— Чому не розбудив, Тарасе?

Зосереджено крутив кермо.

— Поспи. Ще є час...

— Уже досить, — глянула на хлопця уважно. — Чому так повільно їдемо?

— Думаю... — відповів. — Ми ж — не у кіні про відчайдухів, які вдвох урятували світ. Усе насправді.

— Ти мені не віриш? — Людмила зустрілася з Артемом Поліщуком у приймальні килимівського голови. Оперативно виклала фантастично щедру пропозицію: посада у виконкомі сільради, чотири гектари землі й оренда хати у Килимівці. Але з Шанівки треба виїхати за 24 години.

— Є сумніви, — відповів Поліщук.

— Можемо разом зайти до голови! Підтвердить: порожняк не гонимо, як казала одна людина з твоїх країв. Але спочатку прийми рішення!

— Чому всі так хочуть знищити Шанівку? — із прикрістю спитав Артем.

— Не всі! Лише люди з державницьким мисленням, які бачать справжні перспективи. Ти такий, сподіваюся. Тож вирішуй! Дубля не буде.

— Скільки маю часу?

— Зараз котра? — Людмила глянула на годинник. — Пів на десяту? Чекаю до десятої. Кави поки посьорбаю...

В обласному центрі рівно о десятій до кабінету бізнесмена, депутата обласної ради, місцевого ресторатора і неодмінного судді всіх регіональних конкурсів краси Миколи Свищука стрімко зайшов його бізнес-партнер Бекхан Садиков, якого Микола звав просто Ханом.

— Приїхали! А я тобі казав...

— Конкретніше, брате, — відрізав Свищук. — Не треба мені тут... вилами по кумису!

— Незаймані!

— Які проблеми з незайманими? Перевелися? Жодної на продаж не залишилося?

— А! То тобі — жарти, Миколо? Скажи, якого ми з бандюками зв'язалися? Нормально ж з одеситами працювали! Колія накатана, схема працює. Та й іноземці більше полюбляють в Одесі позбавляти наших дівок цноти, ніж деінде.

— Та що сталося, Хане?

— Таки сталося, брате! Зараз на ту хату, яку відморожений Вітя Сонце орендував у котеджному містечку, суне озброєний до зубів чувак. А на тій хаті — дві *целки*, за яких клієнт заплатив і вже чекає, коли ми їх йому доставимо! І що далі станеться? А я тобі скажу! Що би не сталося — ми у дупі! А все тому, що цей Вітя — дебіл! Він приволік на хату дівок, яких уся область розшукує, бо в одної з них родичка — із прокурорських. І суддя Нечитайло до них якимось боком.

— Суддю ображати не можна. Він і сам у нас колись незайманих замовляв.

— І що робити, Миколо?

Свищук задумався.

— Звідки знаєш, що на хаті Віті Сонця почнеться стрілянина? — спитав.

— АТОвець один маякнув. «Залізо». Ми з ним... Неважливо! Інформація перевірена. «Залізо» і зараз того відчайдуха притримати намагається.

— Яким чином?

— Хлопець шукав набої. «Залізо» пообіцяв. Мені сказав: до полудня його побратим піде від нього озброєним і небезпечним.

— Зараз котра? — Свищук глянув на годинник: 10:10. — Нормально. Встигнемо.

— Що встигнемо?

Свищук уже спішив до дверей.

— Хане! Ти ж сам сказав: бандюк — помилка! Так давай розрулимо проблему красиво!

— То ми зараз по красу поспішаємо? І куди?

— До поліції! Ми ж — не відморозки! У нас — усе за законом. І проблеми ми вирішуємо лише у законний спосіб — звертаємося до поліції.

Справжнє сонце залило день ясністю. Навіть до вузького віконця напівпідвального приміщення на цокольному поверсі неоковирної триповерхової хати зазирнуло, проштрикнуло тьмяний сірий простір яскравим променем.

Стаська не зважала. Повторювала, як заведена:

— Насрати... Ми виберемося!

І сама не змогла пояснити, чому настирливо каже «ми», не «я»... Не бачила Ульку відтоді, як разом перестрибнули через паркан притулку у райцентрі, відбігли за ріг, де у кущах Стаська сховала велосипед. Обнімалися, сміялися.

— Все вийшло, Улько! Ми вільні! — раділа Стаська.

— Малих моїх шкода, — сказала Улька. — Не можу їх забрати.

— Уль, ми змусимо Люсю повернути вас усіх назад, у Шанівку!

— До чого тут твоя Люся?

— Вона цей цирк влаштувала! — призналася Стаська.

Розмову перервала вертка Люба. Підбігла.

— Ти теж утекла? — здивувалася Улянка.

— Ну ви пришелепкуваті! Чого стоїте?! Біжіть за мною, бо зараз *заметуть*! — вигукнула Люба. Помчала ще порожньою світанковою вулицею до кіоску, за яким стояла велика, як сарай, іномарка.

Дівчата — за нею. Люба рвучко смикнула дверцята.

— Поїхали! Скоріше!

— А там хто? — Улянка вдивлялася у жінку, яка сиділа за кермом, бо тоноване скло не давало змоги роздивитися тих, хто міг би знаходитися на задніх сидіннях.

— Ма! Вони дурні! — крикнула Люба жінці.

Молода циганка швидко вийшла з автівки, підійшла до дівчат. Обмацувала поглядом.

— Мужчину вже пізнали? — спитала.

— Що?! — насупилася Стаська.

— Вона про секс питає, — сказала Улянка Стасьці.

— Не було у нас ніякого сексу! — із викликом кинула Стаська. — Ми не такі!

— От і добре! Ми помагаємо лише порядним дівчаткам! Чистим, незайманим. Сідайте скоріше! Відвезу вас у безпечне місце.

Улянка вже подалася було до автівки, та Стаська смикнула її: зачекай!

— Дякуємо! Ми, певно, самі... І вєлік мій у кущах лишився, треба забрати, — сказала.

— Дурні? — крикнула Люба. — Та вас обох у тому смердючому притулку закриють! Сідайте вже!

Стаська з Улянкою перезирнулися: страшно ж... Полізли до салону, а там на задньому сидінні дужий молодий циган сидить. Руку простягнув:

— Гоніть мобільні!

Стаська до дверей — уже заблоковані. В Улянку вчепилася: що відбувається? Циган вихопив у Стаськи з руки мобільний, швидко вимкнув. Молода циганка вже за кермо повернулася, двигун заводить.

— Любо! — гукнула у вікно. — Поїхали!

— Та вези вже їх звідси, мамо! А я побіжу по вєлік! — дзвінко вигукнула дівчинка у відповідь, рвонула до кущів.

— Куди ви нас везете? — закричала Стаська, коли автівка зірвалася з місця, помчала порожніми вулицями райцентру.

— Миро! Чого чекаєш?! — вигукнула водійка молодому цигану. — Мішки їм на голови! — кинула швидкий погляд на дівчат. — А ви не кудакайте! Цілішими лишитеся!

Щоб зрозуміти, що відбувається далі, Стасьці довелося довіритися тактильним і аудіовідчуттям, бо перед очима — чорна цупка тканина, темінь.

Відчувала боком теплий тремтячий Улянчин лікоть. Чула, як Улянка плаче.

— Куди ви нас везете?! — закричала.

— Оця, яка з рожевими патлами, галаслива, — почула голос молодого цигана.

— То заспокой! — відповіла йому водійка.

— Не треба! Не бийте Стасю! — почула переляканий Улянчин крик. — Вона більше не буде!

Бумс! Стаська почула, як Улянка зойкнула і замовкла. Закричала, потяглася до мішка на голові, аби зірвати. Кричала:

— Улько! Уль! Виродки! Я вас усіх порішу! Улько! Уль!

Бумс — удар по голові. Очі залило справжньою чорнотою.

Оговталася у бетонній нештукатуреній коробці з вузьким віконцем на рівні землі і тьмяною лампочкою на стіні. Валялася на високому ортопедичному матраці, який чиясь рука кинула просто на холодну підлогу. Подумала: треба підвестися, але й одним м’язом ворухнути не змогла. Так і валялася, бо разом з поверненням свідомості згадала й останні події. Перша думка: я тут сто років лежу...

«Ні... Ні! То все дурня! Треба зіпнутися на ноги! Ульку знайти!» — рятівна друга думка. Спробувала роззирнутися. Певно, подружка десь поряд. Сіла на матраці. Зацьковано обдивилася невеликий сірий простір. Ульки не було. Нікого не було. Посеред кімнатки — пляшка води, пачка звичайного печива, у куті — два відра: порожнє і повне води.

— Самі їжте ваше печиво! — підвелася. Посунула до дверей.

Грюкала кулаком, ногою — за дверима тиша. Пішла до вузького віконця, та, крім шматка доріжки з тротуарної плитки в оточенні високих розкидистих кущів, нічого не побачила.

— Хтось же з'явиться... — сиділа на матраці, не зводила очей із дверей.

Не рахувала, скільки годин чи діб спливло, коли прикінчила печиво, випила воду, використала порожнє відро як туалет, знову захотіла їсти і пити. Скрутилася на матраці, тремтіла, шепотіла відчайдушно:

— Насрати... Ми виберемося.

Двері розчахнулися несподівано. Стаська так напружилася, що відчула, як м'язи зводить судомами. Завмерла на матраці, зацьковано дивилася, як до кімнатки входить дебелий рудий дядько років п'ятдесяти: пузо гарбузом, червона пика у ластовинні, очі світлі, аж прозорі, одяг настільки звичайний, що зустрінь Стаська такого посеред вулиці, сказала б — тракторист.

— А де цигани? — ляпнула.

— До циган хочеш? — дядько відкрив рота, і з нього не вилетіла брудна лайка чи пекельні погрози. Спокійно спитав, навіть доброзичливо.

— Ні!

— От і добре.

— А вони де?

— Я тебе від них урятував.

— Дякую. А де Улька?

— І подружку твою врятував. Я — добрий, — сказав, і тільки тепер Стаська відчула страх.

— А ви хто? — прошепотіла.

— Вітя Сонце. Будеш мене слухатися, все у тебе буде добре. Я ж великі гроші заплатив, аби тебе врятувати. Маєш відпрацювати.

— Як?

— Як накажу, так і відпрацюєш! А станеш виламуватися, назад циганам віддам. Вони таких, як ти, на органи продають.

— А чому я повинна...

— Ти не почула?! — дядько підвищив голос. — Хочеш, щоб у тебе все було добре, слухайся мене. А я кажу: більше ніяких запитань!

— Чому?

— По качану! Ще одне «чому» — мізинець на нозі відрубаю. Ясно?

Мовчала.

— Бачу, дійшло, — сказав. — Тепер узяла відро зі своїми сцяками, покажу, куди виливати. Їжу тобі у кімнаті залишатимуть. Ні з ким не розмовляти, крім мене! Почула?

— Почула...

— Все! Ворушися!

До туалету темним порожнім коридором — сорок кроків. З двох боків — зачинені двері. Зверху, наче з неба, звуки фортепіано. Хтось бавиться, бо бренькає, як дитина. Стаська силкувалася зрозуміти, де вона, та реальність не допомагає. Порожнім простором сорок кроків назад до сірої кімнатки. Таріль з гречкою, сосискою і шматком хліба — просто на підлозі.

Скоро кинула вираховувати, скільки часу вже у полоні, бо здавалося — вічність. І... назавжди: тарілка, повне відро, винести, повернутися, знову все по колу.

Вітя Сонце щоразу з'являвся несподівано.

— Скоро покупці приїдуть. Відчуєш... смак життя, — раз сказав.

Ще хотів щось додати, та дзеленькнув його мобільний. Прийняв дзвінок. Ішов до дверей, говорив:

— Ого! Які люди! Хочете замовити чистий лист і розписатися на ньому, пане полковнику? Що? Добре! Хай заїжджають.

Двері — бах! Відвернулася до вікна: молилася на зелені кущі, щоби не бачити сірих стін. Довго не зводила очей із зелені.

— Насрати! — резюмувала врешті. — Ми виберемося!

Лиш вимовила, як знадвору пролунав різкий звук, схожий на тріск, і просто перед вузьким вікном Стасьчиної темниці на доріжку хтось звалився — ба-бах! Аж заплющила очі від несподіванки. Завмерла. Очі відкрила і задихнулася від страху, бо побачила: на доріжці мордою до віконця лежить мертвий Вітя Сонце. Дивиться на Стаську широко розплющеними прозорими мертвими очима.

Відскочила від вікна, наче — вона наступна. Забилася у кут, крутила головою — то на вікно, то на двері. Втямити не могла, звідки чекати нападу, бо чомусь упевнилася: цигани повернулися.

З коридору хтось уже біг до дверей. Ухопила таріль — бац ним об підлогу! Таріль у друзки. Вхопила гострий уламок....

— Поліція! Тут озброєна поліція! — почула чоловічий голос за дверима.

Витягнула шию: справді?..

Двері розчахнулися. До кімнатки швидко увійшли кілька чоловіків: чорні однострої, чорні рукавички, балаклави, зброя напоготові. Стаська й не намагалася рахувати, скільки їх. Опустилася на матрац з уламком у руці, розревілася.

— Дівчинко, все добре! Ми — поліція! Кинь скло! Чуєш? Треба поводитися тихо! Ти почула? — втовкмачував їй один.

— Чому? Ще не все? Ви хто? Ви — точно поліція? — бурмотіла, крізь сльози намагалася роздивитися, чи є на чорному одязі чоловіків якісь знаки приналежності. — А де Уля? Ви Улю знайшли?

— Ведіть другу сюди! Хай краще будуть в одному приміщенні. Ми ж не знаємо, що за покупці приїдуть!

За хвилину Стаська з Улькою притулилися одна до одної на матраці, намагалися стримувати ридання, щоби не заважати поліцейській операції, бо взнали: вони перебували у полоні кримінального авторитета Віті Сонця, якого давно підозрювали у торгівлі людьми. Аби їх урятувати, поліція захопила базу авторитета, банду його заарештували, а сам авторитет під час перестрілки отримав справедливу кулю, та операція не завершена.

— Зараз приїдуть покупці по вас! Маємо затримати покидьків! — пояснили дівчатам.

Стаська з Улянкою роти руками позакривали. Очі витріщили. Завмерли.

У будинку запанувала така тиша — Стаська чула, як стукає Ульчине серце. Крізь вузеньке віконце бачила: доріжкою, де півгодиною раніше лежав мертвий Вітя Сонце, рухається чоловік. Стаська бачила лише його ноги, та зловила себе на думці, що знає чоловіка. Надто знайомою була його хода.

«Так Тарас ходить... — подумала. — Через протез! Значить, покупець — теж із протезом?..»

Тиша раптом розірвалася воланням гучномовця, криками, пострілами:

— Поліція! Всім лежати! На підлогу! На підлогу, я сказав! Руки за голову! Кинь зброю!

Всі раптом зарухалися. Дівчат підхопили, потягли з кімнатки. Вони хапали ротами повітря, голова обертом. Озброєні поліцейські вивели їх із будинку. Всадили в один із бусиків, які стояли на подвір'ї, навіщось укрили пледами, наче без цього ніяк, залишили біля дівчат одного з поліцейських, щоб охороняв.

Притулилися одна до одної, тремтіли. Крізь вікно бусика приголомшено роздивлялися місце, де провели дев'ять страшних діб: величезний триповерховий будинок, охайні підстрижені галявини, клумби і дерева просторого двору. У глибині його під охороною тупцювали четверо чоловіків різного віку у кайданках.

— Хто ці люди? — спитала Стаська поліцейського, який їх охороняв.

— Банда Віті Сонця, — відповів. Кивнув у бік доріжки, яка вела з-за будинку до площадки перед ним. — А он і покупці... Чи, скоріш за все, представники покупця, які по вас приїхали. Вчасно ми з'явилися. Прибули б пізніше, вони би вже переправили вас у постіль якогось багатого старого збоченця.

Стаська аж шию скрутила, щоби побачити тварюк, які їх, як худобу, купити хотіли?! Хто такі?! Доріжкою поліцейські волочили ошелешених Тараса і Катерину. Тарас раптом плюнув у бік якогось цивільного: стояв посеред поліцейських.

— Ти не «Залізо»! Ти «Іржа»! — кинув зневажливо.

— Бовдур! Я тобі життя врятував! — відповів цивільний.

Новина про блискавичну поліцейську операцію застала суддю Георгія Івановича Нечитайла в обласному центрі за дуже делікатною справою. Ніхто, навіть невістка Людочка, не здогадувався: вже другий місяць поспіль суддя потай від усіх навідується до приватної клініки естетичної медицини, де ретельно готується до процедури кардинального омолодження власними стовбуровими клітинами. Вже аналізи поздавав, вже переніс під місцевою анестезією пункцію клубової кістки для отримання аспірату кісткового мозку і ліпоаспірацію. І ось врешті лікар призначив день процедури: чудодійний еліксир здоров'я і молодості, виготовлений із самого старого Нечитайла, мали закачати у того ж таки Нечитайла під час дуже повільної внутрішньовенної ін'єкції.

Георгій Іванович припхався у клініку заздалегідь. Героїчно витримав ін'єкцію тривалістю в одну годину, і коли лікар запропонував ще з годину полежати після процедури, погодився. Чому б не відпочити у спокої, не помріяти про те, як здивується невісточка, коли він, омолоджений, вразить її своїми новими сексуальними здібностями. Бо лікар божився: такий *стояк* з'явиться, жінки розум втрачатимуть.

Лиш уявив себе нового голим, як дзеленькнув мобільний. Помічник жваво доповів: невістчину молодшу сестру і її подругу знайшли на хаті Віті Сонця, дівчат звільнили, бандюка вбито під час перестрілки з поліцейськими.

Георгій Іванович за мить склав два плюс два. Знав він чудово, на кого працює рудий Вітя і які завдання виконує. Сам якось платив за таку родзинку: стати першим мужчиною незайманої дівчинки. Немало грошей запросили, до речі!

І ось тепер... Він дізнається, що його по факту родичка опиняється серед живого товару. І як це розуміти? Це попередження йому, судді Нечитайлу? Це — зневага і натяк на те, що суддю можна ігнорувати?

Плюнув на нову молодість: і без додаткового лежання розсмокчеться в організмі! Перш за все зателефонував невістці, повідомив радісну новину про знайдену сестру і без попередження поїхав до офісу бізнесмена і любителя судити жіночу красу Миколи Свищука.

Микола з Бекханом саме роздивлялися два різних на вигляд пістолети. Побачили суддю, зброю — обережно на стіл, давай бісер розкидати:

— Георгію Івановичу! Раді бачити.

Суддя без запрошення всівся у крісло хазяїна кабінету, взяв до рук один із пістолетів, вирячився на Миколу і Бекхана.

— Чекаю пояснень!

Партнери забелькотіли наввипередки: сталася прикра помилка! Коли вони зрозуміли, що до лап Віті Сонця потрапила родичка судді, негайно ж кинулися виправляти ситуацію! Бо для них повага до Георгія Івановича на першому місці! Вони — люди порядні! Зв'язалися із заступником обласного управління поліції, пояснили завдання: дівчат повернути додому неушкодженими, Вітю Сонця не жаліти, бо всі косяки, сука, через нього! А оскільки ситуація дещо вийшла з-під контролю і про існування специфічного їхнього бізнесу дізналися сторонні люди, довелося і їм роти прикрити.

— Що за люди? — спитав суддя.

— Хлопець, колишній АТОвець, з подругою. Шукали дівчаток, випадково вийшли на Вітю Сонце, — швидко відповів Микола Свищук. Напружено дивився на суддю.

— І як ви їм роти прикрили?

— Так усе красиво вийшло! Не підкопаєшся. Вітя — дохлий, дівчатка — вільні, а ці двоє типу — представники покупця, які приїхали живий товар оглянути. Копи їх уже затримали.

Суддя мовчав. Партнери перезирнулися.

— Георгію Івановичу! — сказав Хан. — Прийміть наші щирі вибачення.

Суддя глянув на бізнесменів прискіпливо. Підвівся з пістолетом у руці.

— Сам вирішу, що прийняти від вас як вибачення! Наприклад, відсоток у вашому делікатному бізнесі. Я ж про нього тепер так багато знаю!

— Можна розглянути таку ідею, — видушив із себе Свищук.

— Розгляньте! І не забудьте повідомити мене! Бо я ж можу не дочекатися, почати гортати ваші старі справи... — пішов до дверей з пістолетом у руці.

Вже у дверях зупинився, озирнувся.

— Це що за пістолет? — спитав, помахуючи стволом.

— «Беретта». Сувенір... з місця поліцейської операції.

— «Беретту» теж забираю! — Дверима — буц!

Настрій піднявся. Тривоги як не бувало. Поважають! Хазяїн, мать їх! Сховав халявний ствол, засів у ресторані того ж Свищука. Адміністраторка червоніла від хвилювання, пояснювала:

— Пандемія! Карантин! Вибачте, але заклад зачинений!

— Це він для інших зачинений! А для мене — завжди відчинений! Цілодобово!

Знову смикнув Людмилу, дізнався, що вже зв'язалася з поліцією, мчить до обласного центру по сестру.

— Чекаю на тебе у Миколиному ресторані! — відповів. — *Порішай* там усе і приїжджай. Пообідаємо разом.

Невістка дісталася ресторану — збуджена, розпатлана, чорний бант у рідкому волоссі перекосився. Впала поряд із суддею на диванчик, заторохтіла:

— Гарний день! Який же гарний день! Георгію Івановичу! Хвала Богові, дівчатка живі-здорові, ніяка падла їх своїми брудними лапами не встигла торкнутися! В управлінні їх нагодували, дали поспати. Потім опитають, і я Стаську заберу.

— А та друга?

— І з тою розберуся! — подалася до судді. — Георгію Івановичу! Певно, якщо б не ви, дівчаток би не знайшли.

— І сама не знаєш, наскільки ти права, Людмило! — суддя глянув на невістку прискіпливо. І чи від того, що у кейсі лежав справжній ствол, чи від того, що еліксир зі стовбурових клітин дістався мізків і нахабно брехав старому організмові, що він тепер — супермен, поклав долоню на міцне жіноче коліно, усміхнувся гордовито. — Тримайся мене, невісточко! Бо в цих краях лише один хазяїн — я!

— Так, Георгію Івановичу! Міцна ви людина. З характером!

— Відмітимо? Скажу, щоби найкраще шампанське принесли, — суддя блискавично заковтнув лестощі.

— За що п'ємо? — коли напружений офіціант приніс пляшку дорогого французького шампанського, розлив по келихах, Людмила першою підняла свій. — Давайте за ваші мудрі рішення, які завжди ведуть до успіху.

— І щоби близькі цінували мої рішення!

— Георгію Івановичу, ви собі й уявити не можете! Для мене кожен день поряд із вами — безцінний досвід. Вбираю і вбираю... Як ви з землею Залусківського все ловко викрутили.

— Хіба не правий? Не буде Шанівки — у нас проблем не залишиться.

— Її вже нема! Там житців: один-два...

Частина шоста

Стаська так злилася на себе — аж губи кусала — та нічого вдіяти не могла: з годину після того, як їх звільнили і відвезли до обласного управління поліції, вона, *НечуваноДєрзкая,* не могла вгамувати сльози: лилися й лилися. Улянка не плакала: притулилася до Стаськи, тримала її за руку, усміхалася знічено, а Стаська все витирала долонькою очі.

— Уль... Нам треба якесь місце... Де чекатимемо одна на одну, якщо нас раптом знову спробують розлучити, — врешті прошепотіла крізь сльози.

— Давай у Килимівці на даху старого елеватора, — сказала Улянка.

— Точно! Наша точка...

Оце й уся розмова. До кабінету, де сиділи на дивані, увійшла поліціянтка, повела їх умитися, нагодувала, знову відвела до кабінету з диваном.

— Поспіть, відпочиньте.

— Вдома відпочинемо... — сказала Стаська.

— Перш ніж додому їхатимете, вас опитають, — пояснила жінка.

— То хай зараз опитують! Бо ми не заснемо! Скажи ж, Улько! — Стаська вмостилася на шкіряному дивані з ногами, притулилася до Улянки.

І незчулася, як заснула.

Прокинулася від того, що хтось торкнувся її плеча, — відсахнулася, наїжачилася. Роззирається: біля столу вже Улянка сидить, один поліцейський її розпитує, а другий до Стаськи нахилився.

— Все нормально, не бійся! — сказав доброзичливо. — Ти — серед своїх.

Стасьці наказали всістися поряд з Улянкою. Посипалися запитання. Відповідала на автоматі: не роздумуючи, щиро. «Тільки би знову не розплакатися, наче я дурепка якась!» — напружувалася. Замість сліз назовні виривалися невтримні запитання:

— Чому рудого Вітю вбили?

— Загинув під час перестрілки.

— Не було перестрілки! Один постріл — і Вітя впав, — сказала Стаська.

Поліцейські перезирнулися.

— А чому Тараса з Катериною затримали? — продовжувала Стаська.

— От до речі, про АТОвця з подружкою. Які у тебе з ними стосунки?

— Нормальні. Залусківського разом рятували. Взагалі не розумію, як вони у тому кублі опинилися. Їх теж викрали?

— Може, досить запитань?

Кивнула.

— Їх уже відпустили? — навздогін.

Поліцейський не встиг відповісти: двері розчахнулися, стрімко ввійшла Людмила. Швидким чіпким поглядом оцінила ситуацію в кабінеті.

— Хлопці, серйозно?! Допитуєте неповнолітніх із порушенням законодавства? — обурилася.

— Людмило Миколаївно! Дівчатка тільки прокинулися, — відповів один із поліцейських.

— Бреше! Він нас уже допитав! — ляпнула Стаська.

— Звичайне спілкування... — відкараскався поліцейський.

Людмила на мить завмерла: дивилася на молодшу сестру, на її подружку. Вперше бачила їх відтоді, як Улянку забрали з дому, а Стаська втекла. «Що з малою? — втямити не могла. — Наче чужа. Не кинулася до мене, не сказала "Люсю, дякую, що врятувала". Бо якби я всіх на вуха не поставила, хіба би їх отак шукали?.. Може, не розуміє? Сидить-супиться...»

— Добре! — вимовила врешті. — Давайте вже починати, бо до ночі хотілося б додому потрапити.

Поліцейські заворушилися: Улянку — на вихід, Людмилу зі Стаською — за стіл. Стаська вирвалася, кинулася до Улянки — та вже стояла біля дверей, пронизливо дивилася на подружку. Вчепилися одна в одну.

— Ні! — кричала Стаська. — Не забирайте Улянку! Ми — разом! Допитуйте нас разом!

— Це неможливо, Стасю! — різко відповіла Людмила. — За законом неповнолітніх можна допитувати лише у присутності батьків. Улянчиній матері вже повідомили, вона скоро приїде. І от коли приїде, тільки тоді Улянку допитають, а поки Улянка почекає на матір у коридорі! А на твоєму допиті я замість батьків буду.

Стаська недовірливо глянула на старшу сестру.

— Хай Улька тут на маму чекає! Бо ти знову відправиш її до притулку!

Людмила почервоніла від гніву: так би і ляснула малу по щоці. Стрималася.

— Досить уже і твоїх дурниць, і твоїх домислів! Тут закон керує, а не Стася Поливанова! Уляна чекатиме за дверима!

Поліцейський вивів Улянку в коридор. І ввесь час, поки тривав допит, Стаська очей не зводила з дверей, наче ті двері геть прозорі і можна без проблем роздивитися, що за ними робить Улянка. Після закінчення допиту першою зірвалася, вискочила у коридор.

— Улько!

Подружка не щезла. Стояла при стіні. Лиш кинула насторожений погляд на Людмилу, яка виходила вслід за Стаською, напружилася, опустила очі.

— Уль, твоя мама ще не приїхала? — Стаська до неї.

— Не знаю. Не бачила.

— Ми тебе почекаємо! Потім разом додому поїдемо!

Людмила аж зубами скреготнула.

— Може, досить уже командувати? — кинула сестрі роздратовано. — Чи у нас справ немає? Батьки вдома всі очі виплакали, чекають на тебе. Я своїх малих маю від бабусі забрати, а замість того ми отут стоятимемо і чекатимемо, поки Улянку допитають! — Людмила перевела погляд на Улянку. — Хоч ти їй скажи, Уляно! Треба ж мати хоч трохи здорового глузду в голові!

— Стась, і справді. Їдь. Завтра вдома зустрінемося. Я до Килимівки приїду. На нашій точці чекатиму... — Улянка говорила безбарвно, спустошено. Очі наливалися вологою.

— Добре, — кивнула Стаська. Скривилася. — Шкода, що ми, як ті безхатьки, без мобільних. Мій цигани забрали.

— Мій вдома. У Шанівці. Коли нас від мамки забирали, я його за хатою біля груші сховала, — сказала Улянка. Дивилася на Стаську крізь сльози. — Стась, ти знайди його. Обов'язково. Обіцяєш?

— Уль! Та добре! Обіцяю! — відповіла Стаська.

Скільки їхала з міста до Килимівки у сестриному «лексусі», стільки думала: «Улька смішна! Мобільний її за хатою шукай! Сама повернеться і знайде!»

Зиркнула на старшу сестру.

— А Катерину з Тарасом теж відпустили чи ще допитують? — першою почала розмову.

— Не знаю.

— Ти? Не знаєш? Хіба таке може бути? Ти ж — крута! Ти ж усе знаєш і все можеш!

— От і пам'ятай про це, коли наступного разу тобі знову гімном мізки заліпить! Я тебе де завгодно знайду і до тями поверну!

— Ненавиджу тебе!

— Ще сто разів подякуєш, коли трохи розуму наберешся!

— Не діждешся!

— Чого? Що розумнішою станеш?

— Вже розумна! Ніколи не житиму за твоїми правилами, бо вони огидні! І ти сама стала огидною.

— Рота закрила, заразо мала! Шлялася вона десь, шукала пригод на свою сраку, а нам — розгрібай!

— Та пішла ти, Люсю! Чого морозишся? Скажи, де Тарас із Катериною?

Катерина скляними очима дивилася на слідчого: увійшов до кімнати для допитів, де дівчина сиділа вже кілька годин, ішов до столу, кивнув Катерині: добридень.

Впізнала! Перелякалася, бо побачила розумні кмітливі очі слідчого ДБР Дідуха — допитував її у справі про замах на Залусківського. Знала: пізніше справу передали СБУ, але ж інформацію про замах із голови Дідуха не витерли. І він — геть не дурень! Знає краще за інших: Катерина і Тарас були поряд із олійнею у ніч замаху на Залусківського. Якщо дізнається, що пізніше повернулися і забрали пістолет з місця злочину, а потім Тарас із цією зброєю пішов визволяти дівчаток з бандитського полону... «Тараса звинуватять у вбивстві Залусківського!» — заклякла. Все зникло. Ціль одна: врятувати хлопця.

І словом не обмовилася про поїздку до олійні. Знай товкла одне: Стася конфліктувала з батьками, жила у неї, потім втекла. Катерина відчувала відповідальність за долю дівчинки, тож і шукала її разом із Тарасом.

— Бо Тарас... Він з війни. Все навкруги бачить глибше за інших. І чистий. Чесний, — говорила, хвилювалася, з надією — до Дідуха: — Де Тарас? Прошу, скажіть.

— Та поряд. За стіною.

— Зможу його побачити?

— Не думаю. Давай спочатку зрозуміємо, що насправді відбулося, коли ви з Гордієнком потрапили до котеджного містечка.

Катерина і сама хотіла би знати: що насправді сталося, бо все відбулося геть не так, як вони передбачали.

До полудня Тарас мотався містом.

— Маю купити набої, гранати, димові шашки. Згодяться, бо поки навіть не уявляю, що на мене чекає.

— На нас, — сказала.

— Ні! Ні... Катю, ти — резерв! Я серйозно. Якщо мене раптом покладуть на подвір'ї тої бандохати, одразу дзвонитимеш до поліції.

— Тарасе! Я з тобою...

— Заважатимеш! Через тебе все може ускладнитися. Розумієш?

Мовчала. Дивилася на хлопця пронизливо. Він — розкіш. Усміхнувся, поцілував поглядом.

— Поїхали?.. — сказав.

До шлагбаума, який перегороджував в'їзд до містечка, під'їхали удвох на «тойоті».

— Нам до крайнього будинку, — сказав Тарас охоронцю.

— Проїжджайте, — байдуже відповів, підняв шлагбаум. Не спитав: хто такі, до кого конкретно, ціль візиту чи щось на кшталт того. Не вимагав документів.

Насторожилися. Припаркували «тойоту» перед воротами неоковирного триповерхового палацу, Тарас сховав за пояс «беретту» і ще один ствол, підхопив важку сумку, повну зброї, кинув швидкий погляд у бік охоронця: стояв біля шлагбаума, уважно спостерігав за парочкою.

— Доведеться разом вийти, — сказав Тарас. — Коли зайдемо у двір, залишишся біля воріт. Обіцяєш, Катю?

Хвіртку штовхонув — розчахнулася. Не замкнено?..

— Тарасе... Мені страшно! Тут так тихо. І порожньо. Може, побратим дав тобі неправильну адресу? — сказала Катерина, коли ввійшли на просторе подвір'я: доглянуте, квітуче, але мертве, наче все живе з нього висмоктали спеціальним пилосмоком. Навіть пташки не цвірінькали.

— Дім треба перевірити, — тихо відповів Тарас.

Першим пішов до вхідних дверей.

— Якщо відчинені — не заходь, Тарасе! Бо щось тут... не так, як мало би бути! — прошепотіла, та хлопець уже розчахнув двері, вже ввійшов. Подалася за ним услід. Не кинула би самого. І думки не промайнуло.

У просторому холі Тарас дістав «беретту», роззирнувся. Не встиг і кроку зробити, як — бамц: звідусіль раптом крики, шум, десятки людей у чорному. Оточили.

— Поліція! Всім лежати! На підлогу! На підлогу, я сказав! Руки за голову! Кинь зброю!

На вдиху — пил, перед очима — носаки грубих берців. Зверху голос:

— Що, покидьки?! Не очікували?

— Де дівчатка?! — вигукнула відчайдушно.

— У безпеці під охороною поліції! Тобі до них не дотягнутися, сволото!

Мізки виокремили головне. «Все скінчилося! — заколотилися думки. — Нарешті...» Спробувала повернути голову, побачити — де Тарас. Він лежав за кілька метрів від неї. Не зводив із дівчини очей, усміхався їй, незважаючи на те, що навколо скупчилися поліцейські, наставили на лежачого хлопця зброю. Тарас щось прошепотів одними вустами. Катерина прочитала.

— Все скінчилося, — сказав. — Нарешті...

...Дідух вислухав схвильовану розповідь дівчини. Спостерігав за нею уважно. Замовкла, глянула на слідчого — чисте озеро.

— Коли я Тараса побачу? Сьогодні? Ви ж нас сьогодні відпустите?..

365

***

Підприємиця Тамара дізналася про арешт молодшого сина за годину після того, як Тараса скрутили і доправили до обласного управління поліції. Спрацювала ветеранська спільнота. Хтось із поліціянтів, які брали участь у поліцейській спецоперації в котеджному містечку, впізнав побратима, маякнув у ветеранську організацію. Побратими відреагували миттєво: знайшли і негайно відправили до облуправління юристку Мар'яну Діброву. Дівчина провела на фронті більше двох років, захист воїнів вважала продовженням своєї війни вже тут, у, здавалося б, мирному тилу. Одразу ж зв'язалася із матір'ю Тараса, пообіцяла тримати у курсі, а от їхати до обласного центру не радила.

— Зараз вас однаково не пустять до Тараса. А от я спробую прорватися ще сьогодні.

— У чому його звинувачують, Мар'яно?!

— У причетності до торгівлі людьми.

— Мого Тарасика? Матір Божа! Вони там геть подуріли?! Тарас двох дівчаток шукав, щоби додому повернути! Яка торгівля?!

— Тримайтеся! Ми Тараса сам на сам з нашою правоохоронною системою не залишимо.

Тамара до часу замкнула серце і сльози, щелепи зціпила, помчала Сергія шукати.

Поліцейський офіцер громади саме обідав на халяву у ресторанчику біля килимівського базару. Мати впала на стілець поряд із сином.

— Серьожо, згортай уже свій обід скоріше. Біда, синку!

— Яка? — нахабно і геть не схвильовано спитав Сергій. — Тарасика нашого за дупу врешті вхопили? А хай не виламується! Бетмен, блін!

— Знав? І мені нічого не сказав? — Тамара від обурення почервоніла до скронь.

— Тільки-но взнав! Пообідав би і подзвонив! Куди спішити?

— Як «куди»?! Треба до міста їхати, синку! Я нічого не зможу зробити, а ти зможеш! Підеш до колег! Дізнаєшся все чисто: за що затримали, що можна зробити, щоби брата відпустили.

— З чим їхати, мамо?

— З відчайдушним бажанням допомогти братові, Серьожо!

— Ма, мої колеги — не сентиментальні. Вони більше грошовим знакам вірять, ніж емоціям.

— Скільки треба, синку?

— Не знаю. Дай пару тисяч баксів. Спробую розібратися, що до чого.

Не сперечалася. Мовчки дістала з сумки конверт, простягнула синові.

— Тут три. Їдь скоріше і дзвони мені, як тільки щось дізнаєшся.

— Таки доїм спочатку, — відповів. Та виделку зі шматком шніцеля до рота так і не доніс, бо телефон — дзень!

— Людко? Привіт! — у слухавку. Вислухав суддівську невістку. — Ясно...

Дзвінок вимкнув, глянув на матір.

— Людка Поливанова каже: разом із Тарасом Катерину заарештували. А дівчаток знайшли врешті. Живі-здорові.

— Багато для всіх гарних новин, — відповіла гірко. — А в нас — лиш одна погана. Тараса визволимо, тоді й за інших порадіємо. Ти вже їдь, Серьожо.

Проводжала би Тамара службовий «пріус» сина поглядом, побачила б: доїхав до кінця центральної вулиці, та повернув не праворуч — на райцентр і через нього до міста, а ліворуч — на околицю села, за яким за п'ять кілометрів від Килимівки животіла Шанівка.

Їхав, однією рукою крутив кермо, другою відкрив конверт, витягнув з нього бакси, сховав у кишеню, усміхнувся.

— Хоч якась від тебе користь, Тарасику...

У Шанівці — прямим ходом на пагорб. Біля обійстя Вальки Шамраїхи зупинив «пріус», з автівки виліз.

— Валентино! — гукнув.

Назустріч поліцейському офіцеру висипала малеча. За дітьми вслід вийшла жінка: у руках діряві дитячі шкарпетки, голка з нитками. Перелякалася.

— З Улянкою щось?

— Все нормально з твоєю Улянкою! Знайшлася, — сказав Сергій.

Засміялася. Шкарпетки покидала, до поліцейського: що, де, як, коли привезуть?..

— «Привезуть»?! Шамраїхо, це тобі — що? Торт на день народження з доставкою? Самій доведеться по дочку до міста поїхати.

— На кого ж я малих залишу?

— Не треба їх тут залишати. Збирайся! Дітей збери. Речі які-не-які, документи. Бо назад ти сюди не повернешся.

— Що?!

— А ти думала, я з тобою жартував, коли казав, щоби ти нове місце для життя собі шукала.

— Так я ще не підшукала...

— Нічого! Поки до міста тебе з малими везтиму, щось вибереш. Збирайся вже!

Валентина мить дивилася на Сергія ошелешено. Потім за голову схопилася, заплакала.

— Та що в біса за життя таке сране?! Якого мене з дітьми гнати, наче я проклята?! Що я вам поганого зробила, га?!

Сергій ухопив Шамраїху за шкірку, трусонув так, що зубами клацнула.

— Тобі ще пощастило, дурепа ти! Серйозні люди грошей виділили, щоби ти на новому місці влаштуватися нормально могла, дітей одягла-взула-нагодувала. Іншим просто дадуть підсрачника!

— Грошей скільки?

— Тисяч десять... Чи вісім.

— Доларів.

— Гривень, жінко! І досить запитань. Збирайся вже!

— Все через землю? А якщо я підпишуся, що не хочу землі!

— Пізно торгуватися! За годину стартуємо! До міста пиляти дві години, а в мене, крім тебе, і свої справи є.

Килимівка зустрічала Стаську, наче героїню. На вулиці біля обійстя Поливанових сусіди зібралися. Витягували шиї: всім хотілося якнайкраще роздивитися малу втікачку, яка, подейкували, встрягла у таку халепу — ледь не всю поліцію області довелося задіяти, щоби врятувати малу. Про другу дівчинку, Улянку, ніхто не згадував, наче її взагалі не було.

— Стасю! Ти як, дитино? Ми тут молилися за тебе! — гукнула якась із жінок, коли Стаська вийшла з сестриного «лексуса».

— Дякую... — стрімголов до хати, подалі від цікавих поглядів.

На змучених маму з татом глянула — захвилювалася, сльози під кадик. А голова — навпіл, бо з одного боку — шкода батьків, так шкода, аж захищати їх хочеться, і то нічого, що від самої себе, а з другого... «Вони ж такі самі, як Вітя Сонце! — промайнуло. — Чекають від мене того ж: щоби виконувала їхні вимоги, жила так, як вони разом із Люсею вирішили... І яка різниця, що саме за тебе вирішують? З людиною не можна, як з худобою!»

— Доню... Вечеряти? Наготувала всього, що любиш... — мати хвилювалася, не знала, що вже казати, аби мала знову з дому не дременула.

— Дякую. Спати хочу, — пробурмотіла знічено.

— А мені не подякуєш? Бо це я тебе з дупи витягнула! — ображено сказала старша сестра. — Мобільний новий тобі купила! Онде лежить на підвіконні! Велосипед новий приперла! Возилася сьогодні з тобою цілий день.

— Може, ще підрахуєш, скільки бензину витратила? — буркнула Стаська.

— Дідько, невдячна корова! — плюнула Людмила, поїхала до райцентру.

Стаська зачинилася у своїй кімнаті.

Завалилася на чисту постіль. Не спала. Дивувалася: як же незрозуміло одні й ті самі думки перетікають від одного твердження до протилежного. Коли з дому тікала, не мала сумніву: ніколи сюди не повернеться. Та от повернулася. І — нічого. Не померла. Навпаки. Навіть думає: певно, є інший варіант для того, аби й себе не зрадити, і батькам не дуже зашкодити. Єдина умова — не брехати одне одному.

— Завтра все стане ясно! — прошепотіла, бо план один: зранку зустрітися з Улянкою на даху старого елеватора. Якщо сестра не обманула — Улянка разом із мамою вже повернулася до Шанівки і завтра примчить на зустріч.

Наступного ранку з дому здиміла, коли ще тільки світало.

— Тату, я не тікаю! Чесно! У мене справи. Скоро повернуся, — сказала татові, бо почув шурхіт, підхопився: дивився на доню, в очах сльоза.

Залізла на дах елеватора, вдивлялася у вранішній туман, у якому розчинилася близька Шанівка.

— Улька прийде... — шепотіла.

Улянка не прийшла. Стаська просиділа на даху елеватора майже до полудня. Врешті спустилася на землю, побігла до Шанівки. За п’ять кілометрів шляху жодного разу не пригальмувала. Бігла і бігла, де й сили знайшлися.

Дісталася краю села. Зупинилася. Дивилася на знайому з дитинства Шанівку. Щось змінилося. Стаська не могла усвідомити, що саме, та відчувала невловимі трагічні зміни, які окупували село, як сарана, вже жерли його...

— А де люди?.. — тихо пішла порожньою вулицею.

Косувала на живі обійстя. Дійшла до Катерининого, вступила на подвір’я без страху.

— Катерино!

Тихо. Увійшла до літньої кухні. Побачила свій ноут на столі. Закинула до рюкзака. Здивувалася: невже Катерину ще не відпустили?..

Стала навпроти Тарасового двору.

— Тарасе! — закричала.

У відповідь на Стасьчин крик розчахнулася хвіртка обійстя пенсіонерів Козлових. Віра Козлова, статечна інтелігентна жінка за шістдесят, вийшла на вулицю.

— Крім нас, тут нікого не лишилося, — сказала ніби й неголосно. Стаська почула.

— Здрасьтє! — гукнула. Підійшла до Віри Козлової ближче. — А тут же ще донецькі жили. Вже не живуть?

— Артем Поліщук? Перебрався з сім'єю до Килимівки.

— А Катерина з Тарасом?

— Як поїхали вас з Улянкою шукати, ще не поверталися.

— А Улянка?.. Улянка з мамою повернулися?

Віра головою хитнула заперечливо, заплакала.

— Валя з хлопчиками вчора виїхали з Шанівки назавжди.

Стаська не повірила.

— Що ж ви брешете так безсовісно?! — вигукнула обурено.

На Стасьчин крик на вулицю вийшов Борис Козлов. Дивився на дівчинку сумно.

— Валя попрощатися вчора заходила. — Віра Козлова не образилася на Стаську, продовжувала крізь сльози: — Сказала: їдемо у місто по Улянку, а потім — на нове місце проживання.

— А куди? Не сказала?

— Вибач, дитино.

Стаська не відповіла. Подерлася на пагорб, до обійстя Шамраїв. Думки смикалися панічно: що робити, що?! Увійшла на подвір'я: по двору дитячі шкарпетки розкидані, наче люди тікали поспіхом. Чи їх звідси гнали...

Згадала вологі Улянчині очі. «Мій мобільний. Знайди його. Обов'язково. Обіцяєш?» — просила.

— За хатою... Біля груші! — пішла за хату. Обшукала все поряд із деревом, та Улянчиного мобільного не знайшла.

До Килимівки поверталася — ледь ноги волочила.

— Мамо... Набери Люсю зі свого мобільного, — сказала матері хрипко.

— Стасю, Люся тобі новий телефон подарувала, — нагадала мама. — Правда, номер старий зберегти не вдалося. Новий номер у тебе тепер.

— Не хочу його. Набери зі свого.

Мати набрала старшу доньку. Передала телефон молодшій.

— Люсю, хто вигнав із Шанівки Шамраїху з дітьми? — спитала Стаська втомлено і гірко. — Ти? Тільки чесно признайся! Не бреши.

— Може, отой курган, що біля Шанівки, теж я поруйнувала, а після того на олійні Залусківського пристрелила?! Га? Що би де не сталося — Люся всралася?! Та я тобі клянуся: й гадки не мала, що Шамраїха з села вшилася!

Старша сестра ще продовжувала фонтанувати обуренням. Стаська вже не слухала. Віддала матері гаджет, що галасував сестриним голосом, засіла у своїй кімнаті перед ноутом. Гортала фотки, знайшла ту, де вони з Улькою разом. Дивилася на світлину. Останні події безжально розмили всі шляхи, які Стаська бачила перед собою ще вчора і якими йшла разом з Улянкою. А тепер їй — що?

Обробила фотку у компі — відрізала себе, залишила тільки Улянку. Під фоткою — короткий текст. Просила всіх, хто побачить цю дівчинку, повідомити про її місцезнаходження. Закинула фотку з текстом до соціальних мереж. Хтось один обов'язково відгукнеться.

— Насрати! — прошепотіла затято. — Ми виберемося...

Тамара забула, що то є — сон-спокій. Як хоч одну хвилину не думала про Тараса, вже й картала себе за неї, бо цілодобово мала робити щось, аби сина скоріше звільнили. Смикала Сергія щодня: що?!

— Мамо, це на раз-два не вирішується! Люди бабки взяли. Пообіцяли зробити все, що зможуть, але потрібний час.

— Що за цей час із нашим Тарасом станеться?!

— Мамо, я був у нього. Він у нормі. Переказував, щоби ти не хвилювалася.

— Мар'яно! — захисниці Тараса мати теж дзвонила по кілька разів на день. — Як справи?

Юристка не приховувала: є всі об'єктивні чинники для того, аби відстоювати невинуватість Тараса, та у різних представників правоохоронних органів — дивні розбіжності з приводу цієї справи. Одні вбачають у діях Тараса героїзм, інші — цинічний злочинний розрахунок. Наче в одній справі зіткнулися інтереси різних груп і кланів, чи просто — чесних і продажних.

— Поки не зовсім розумію, як з цим працювати, — призналася. — І дівчину, яка з Тарасом була, ніхто не захищає. Шкода її. Спробую підшукати їй нормального адвоката, бо з державним захисником закриють надовго.

Щовечора Федір засмучено дивився на почорнілу дружину. Зітхав. Мовчки обнімав за плечі: ти ж тримайся. Коли від дня затримання Тараса і Катерини минуло три дні, сказав:

— Томо, може, сходи до Нечитайла? Те падло, кажуть, будь-кого відмазати може!

— Федю, знаєш, скільки він грошей запросить?!

— Та хай!

— Мені не шкода! Я би життя за дітей віддала! Та мене жаба душить! Чого ж платити за чесного сина, наче він якийсь бандюк чи покидьок! Хіба Тараса відмазувати треба? Він же ні в чому не винуватий! Одне діло — поліції дати, щоби швидше справу розслідували по справедливості. А судді — за що?!

— Томо, тобі стане легше, якщо невинуватого сина посадять?

Наступного дня зірвалася, поїхала у райцентр. Без попередження, запису на прийом увірвалася до приймальні районного суду.

— Мені до Георгія Івановича! У важливій справі!

А тут — і суддя. Що за галас?! До кабінету жінку запросив, двері причинив.

— Оце твій син натворив! — мовив Тамарі суворо. — Я вже стільки зусиль витратив, щоби переконати колег в області по-тихому спустити цю справу на гальмах. Бо якщо на всю країну рознесуть — торгівля людьми, нею займався колишній АТОвець! — то нам припишуть усіх зниклих, вбитих і зґвалтованих неповнолітніх дівчаток!

— Георгію Івановичу! Тарас мій — до чого?! Він — чиста душа! Лише добро людям робив! Хто ж його у цьому лайні виваляв?! За що?!

— Ти до районного суду приїхала, щоби мені запитання ставити?

— Ні!

— Тоді — чого?

Тамара — на суддю із благанням.

— Поможіть! Ви, кажуть, дуже справедлива людина! Тарас мій ногу на Донбасі залишив! Батьківщину захищав! Хіба можна, щоби у в'язниці гнив, коли немає на ньому вини?! Зробіть так, щоби Тараса звільнили!

Суддя око примружив, глянув на згорьовану жінку прискіпливо.

— Магазин свій перепишеш... на невістку мою.

— Добре...

— Зараз, Тамаро.

— Так у мене... при собі немає документів на бізнес.

— Паспорт є?

Кивнула.

— От і добре, — сказав суддя. — Зараз дам тобі візитівку одного нотаруіса. У нього офіс тут неподалік. Біля базару. Підеш до нього, він тобі пояснить, що далі робити.

— А... коли Тараса звільнять?

— Ти свою частину угоди виконай. А після того і я напружуся!

Йшла покоцаним тротуаром райцентру до офісу нотаріуса — нічого не помічала. У вухах шум. Крізь той шум вислухала дебелого, як біляш, нотаріуса. Вхопив жінчин паспорт, за хвилину оформив папірець про нібито борг Тамари Гордієнко перед суддівською невісткою, який Тамара обіцяла повернути власним бізнесом. Розписалася, наче вирок собі підписала. Вийшла. Боже, Боже... Що наробила?

Йшла базаром до парковки, де залишила автівку. Знай одне повторювала: Боже, Боже...

— От і все, — прошепотіла. — Немає у мене нічого.

Аж зупинилася. Стояла, дивилася в одну точку, намагалася розігнати чорноту, яка залила очі.

— Тамаро... — почула сиплий чоловічий голос.

Озирнулася — поряд дядько стоїть, мордяка синя. Бухає чи що? Наче знайомий.

— Не впізнала? — спитав. — Я ж — Володька! Коли раніше закуплялася у райцентрі, я твою автівку завантажував.

— Ну... І чого хочеш, Володько? Дати на чекушку?

— Тамаро, я би сам собі купив, коли б твій Серьожка мене не оббирав.

— Ти, Володько, з дуба рухнув чи від пиятики розум утратив? Ти що в біса несеш? — тихо і грізно сказала Тамара.

— Та Богом клянуся! Оце як твій Серьожка повернувся з міста до Килимівки, раз перестрів мене на базарі і каже: плати, сука, за неправильну інструкцію!

— Яку ще інструкцію?!

— Та цю ж! У мене й досі одна у кишені валяється! — чоловік дістав із кишені пожмаканий засмальцьований папірець, простягнув Тамарі. — Мене один зек тоді попросив їх продати кілька штук. Одну твій Серьожка купив.

Взяла з огидою. Лиш глянула на текст, який пропонував збільшити чоловічий пеніс за допомогою парафіну чи воску, як перед очима стали страшні події чотирнадцятирічної давнини.

— Сергій казав... дівчина інструкцію принесла... — прошепотіла.

— Де би взяла? Кажу ж: Серьожка твій купив, а тепер гроші з мене щомісяця вимагає. А в мене нема, Тамаро. Скажи йому — хай уже відчепиться!

— Скажу... — одними вустами.

Папірець зім'яла, у кишеню вкинула, пішла геть. Доля все підкидала і підкидала жінці нових бід зі старим корінням, та вони не могли затулили головну біду — затримання Тараса. На ходу дістала мобільний. Набрала Тарасову захисницю Діброву.

— Мар'яно, ви Катерині Кохан захисника знайшли?

— Не встигла.

— Може, самі згодитеся обох захищати — і Тараса, і дівчину? Вони ж разом намагалися дітей врятувати.

— Добре. Ще є запитання?

— Лиш одне! Дуже Тараса побачити хочу! Якщо старшому синові дозволили, мені теж можуть.

— Ви щось плутаєте, пані Тамаро, — сказала юристка. — Сергій не навідувався до брата!

Останнім часом Сергій Гордієнко почувався вкрай потрібним людям у найвигіднішому для себе сенсі. Мати баксами закидала, тільки врятуй їй Тараса, киянин Рома Швед дзвонив мало не щодня, перекидав на картку гроші, аби тільки Сергій добував йому достеменно точну інформацію щодо стану здоров'я Івана Залусківського, ще й Людка Поливанова забашляла. Сказала:

— Серьожо, давай вичистимо нашу малу батьківщину від усіляких неблагополучних. Святе ж діло!

— Святе — у смислі безплатне? — уточнив.

— Тисячу баксів тобі дам, якщо вмовиш Вальку Шамраїху з дітьми виїхати. А якщо візьмеш у цьому соціальному проєкті більш активну участь — підшукаєш їм нове місце для життя, організуєш швидкий переїзд — то ще пару тисяч отримаєш. І Вальці даси трохи грошей, щоби нормально облаштувалася подалі від Шанівки. Що скажеш? Згода?

— Хочу аванс і... про хату твою килимівську спитати збирався. Стоїть порожня. Може, здаси мені в оренду? Не хочу біля батьків тертися, — відповів.

— Заселяйся! — Людка погодилася одразу. Дала Сергієві ключі від будинку. Домовилися, що поліцейський офіцер користуватиметься кухнею, ванною кімнатою і вітальнею з гарним диваном, а до спальні і дитячих кімнат не потикатиметься.

— Така ти... конкретна! З дитинства поважав тебе за це! — признався Сергій.

Пару днів обживався на новому місці, складав докупи легкі гроші: так і сипалися на поліцейського офіцера. Одне дивувало: вже кілька днів не показувався у батьків, а трепетна мати жодного разу не зателефонувала, не спитала: ти як, синку? Чи здоровий, чи займаєшся Тарасовими проблемами? Мовчить. Може, реально захворіла?..

Перевіряти кинувся не одразу. При нагоді зазирнув до батьківської хати, аби свій одяг забрати, застав матір удома, придивився: наче не хвора. Сумна. Але рухається жваво.

— Ма, а чому не питаєш, де ночую? — сказав.

— Вже вся Килимівка знає — ти у Людки Поливанової собі базу влаштував, — відповіла мати наче й спокійно, та син насторожився.

— Мамо, чуєш! Я що сказати хотів! Люди в обласному управлінні, які погодилися нашого Тарасика з гімна витягнути, ще грошей вимагають. Кажуть: тисяч п'ять баксів треба, не менше.

Тамара гратися не стала. Глянула на старшого сина — поглядом із тим самим гімном змішала так відверто, аж відчув — ніби тхне від нього.

— А ти хіба хоч копійку на порятунок брата витратив, Серьожо? Ти ж усе по кишенях порозпихав! — мовила гірко. — Так я оце думаю: краще поверни мені гроші, бо вони мені нужні, та й мої вони! Не твої!

— Звідки візьму?! Давно людям віддав! — набундючився. — Таку дурню кажеш! «Не поміг братові», «не підмазав, кого треба». Всіх я підмазав! Справа того... рухається!

— Брешеш, як дихаєш! Як же я того раніше не помічала?! Ти ж, сученятко, своєю брехнею стільки доль занапастив! І мене... Мене змусив гріх на душу взяти! Бо я ж тоді тобі повірила! Дівчинку малу ледь не згубила, село на неї нацькувала й досі ненавиділа, бо простити не могла! А повинна була не прощати... тобі!

— Ма, ти здуріла? Що ти верзеш?

З кишені м'ятий папірець дістала. Як жбуроне синові у мордяку!

— А оце що?! Хто на базарі у райцентрі інструкцію для свого члена у Володьки купив? Ти, сволото! Сашка підбив, згубив хлопця, покинув його помирати, Катерину оббрехав. Як ти жив, Серьожо?! Як спав ночами? Не мордувався?

Сергій на матір вирячився з ненавистю.

— Вчити мене зібралася? Ти?! Та яке маєш право?! Сама яка? Шлялася бозна з ким, народила невідомо від кого, у пелені принесла, татові підкинула: виховуй моє байстря! — розійшовся, кричав. — Шльондра! Всі ви жінки — сучки драні! Все через вас!

Тамара розмахнулася — як лясне сина по щоці!

— Пішов геть!

Увечері, коли втомлений Федір повернувся з ланів після обробки їх хімікатами, глянула на чоловіка тьмяно.

— Нічого у нас не залишилося, Федю. Ані грошей, ані магазину, ані синів...

Суддя не забув, що втратив сина, та згадував Петра лише під час сексу з невісткою. Попервах Людмила думала: то є вид особливо цинічного знущання над нею. Потім — що таким чином старий пердун мордує себе, бо от розуміє:

не можна невістки торкатися, а вдіяти із собою нічого не може! Втратив голову від неперевершеної, звабливої, харизматичної Людочки.

Правда виявилася геть несподіваною і приголомшила Людмилу так сильно, що мішок гречки за годину перебрала би з нервів, якби завалявся у коморі мішок гречки. А сталося ось що. Одної ночі за тиждень після звільнення дівчаток суддя припхався до файної Людмилиної хати у райцентрі. Ґвалтував невістку з молодечим завзяттям, бурмотів:

— Отакий я тепер... оновлений! Значить, ще не скоро доведеться тайники відчиняти.

Людмила тих слів не пропустила. Після виснажливого сексу затиснула суддю в обіймах: що за тайники?.. Слово за слово — за годину розпитувань з окремих уривків суддівських одкровень склала картинку. Побоювався признаватися чужим людям у тому, що має купу награбованого добра. Влаштував кілька тайників-схронів, у яких сховав багатства. Користуватися ними збирався, коли стане геть немічним, аби оплачувати турботу і любов до себе. До останнього подиху, покидьок, мріяв трахатися за гроші, жерти ікру, пити віскі, хоч і через медичний зонд, натискати на педаль газу крутих тачок навіть паралізованою ногою. Міркував собі так: дружина сина разом із ним колись у майбутньому отримає доступ до тайників, а раз так, то вже зараз не варто витрачати гроші на чужих дівок і повій, коли можна безплатно, у будь-який час користуватися молодою Людою. Так і зробив. Коли ж сина не стало, лиш утвердився у думці, що правильно вчинив з точки зору економії, тож і продовжив мордувати невістку.

Суддя виговорився і заснув, а ошелешена жінка до ранку намагалася проаналізувати несподівану новину. Звичайно, знала: свекор — людина впливова і багата. Але — наскільки багата? Уявляла кілька рахунків у кількох банках, якийсь кейс із готівкою, може, коштовні годинники, камінці... Та виходило, суддя забив багатствами кілька тайників, а їх Людмила уявляла собі розміром хоч би з великий сейф.

— До великого сейфа скільки грошей влізе? Не один мільйон готівки! А якщо там золото?..

Дідько, розгубилася. Уява відмовлялася допомагати, фантазії збивали з пантелику, мрії малювали безкінечне золоте благополуччя.

— Це ж що?.. Хату мені купив у райцентрі за майже сотню тисяч баксів, автівку подарував... Дрібниці? Основні капітали — у схованках?! І де ті схованки?..

Так і не прилягла. Вранці хотіла було вудку закинути, та суддя підхопився, подався до своєї хати — вмитися-вдягнутися, поснідати: стара дружина готувала набагато смачніше, ніж молода невістка.

Людмила задумалася: що ж робити? Мрії не відпускали. До десятої ранку покрутилася на робочому місці у районній прокуратурі, потім тихо здиміла: типу вона десь тут є, просто вийшла ненадовго. І бігом до районного суду. Зайшла до кабінету Нечитайла.

Зиркнув на невістку. Око примружив.

— Що, невісточко? Мої багатства спокою не дають?

Опанувала себе: затримала дихання, бо разом із повітрям з грудей назовні рвалася хвиля ненависті.

— Взагалі-то я в іншій справі... Але якщо ви, Георгію Івановичу, наполягаєте, можемо і про ваші багатства побалакати...

Пішла на суддю. Сидів у кріслі, спостерігав за невісткою зверхньо. Підійшла. Всілася на Нечитайла — прямо на артрозні кістки, всохлі м’язи, кволі геніталії... В очі дивилася.

— А ви знайдіть собі іншу... Яка захоче, як я, віддатися вам повністю! Душу віддати, тіло, серце... Щоби, як я, відчувала всю вашу... непересічність! Яка мріяла би опинитися поряд із вами не заради грошей, а заради масштабу особистості! — фонтанувала.

— Ох ти... Аж пашить від тебе! — буркнув. Потягнувся рукою до невістчиних грудей.

Різко підвелася.

— Ви колись помрете! — мовила глухо. — Тоді книгу напишу. Про те, як це непросто — бути поряд із людиною, яка залишає слід в історії! І про те, як образили мене нині — теж напишу!

Рушила до дверей з таким виглядом, наче навіки йшла.

Суддя встиг. Ухопив невістку за руку. Обернулася. Випалювала поглядом вицвілі очиці Нечитайла.

— Один тайник у твоєму будинку, — признався. — У підвалі. Увечері спустимося, покажу, де саме, — усміхнувся, додав: — Мені аж самому цікаво, чи зможеш його секрети розгадати!

— Секретів — багато?

— А ти як думала? Один з них — слово, яким часто називаю тебе подумки. Тепер воно — код до сейфу.

Зацікавилася, аж усміхнулася. Напружилася — мізки вже закрутилися. Як суддя її називає? Спостерігав іронічно, ніби не мав сумніву: за жодних умов не відгадає. Неохоче відреагував на телефонний дзвінок.

— Чого тобі? — зневажливо спитав помічника.

— Іван Залусківський... — схвильовано і голосно вигукнув помічник. Навіть Людмила почула.

— Що? Помер врешті? — суддя йому.

— Ні! Отямився!

— Коли?

— Три дні тому в лікарні!

— Що?! Та мать вашу... Він отямився три дні тому, а я тільки зараз дізнаюся?!

— Георгію Івановичу! Його палату СБУшники охороняють! Перекрили всі канали витоку інформації. Ніхто не знав, що Залусківському полегшало! Лікарі мовчали! Я сьогодні випадково дізнався...

Помічник продовжував істерити, Нечитайло вже не слухав. Вимкнув дзвінок. Зиркнув на невістку.

— І що з того?! — сказала. — Хіба варто хвилюватися?

Суддя не встиг відповісти. Двері раптом рвучко розчахнулися. Як в американському бойовику, до суддівського кабінету увірвалася зграя спецпризначенців у балаклавах.

— Ані руш! Стояти!

Людмила очам не повірила: Матір Божа! Це — сон?..

— Суддівська недоторканність! Недоторканність! — заверещав суддя. — Пішли геть! Не маєте права!

Вслід за спецпризначенцями до кабінету увійшли двоє чоловіків у цивільному. Людмила чула уривки фраз: ДБР, НАБУ, спільна операція з СБУ, мають право затримати суддю за підозрою у скоєнні тяжкого кримінального злочину...

— Якого?! — горлав Нечитайло. — Якого злочину?!

— Вас підозрюють у тому, що ви є організатором і замовником замаху на Івана Залусківського, — сказав один із цивільних, разом з другим уже нишпорив кабінетом, заглядав у кожну дірку.

— Маячня! — кричав суддя. — Повна маячня! На мене хто вказав? Залусківський? Ви тому його охороняли, як національне надбання?! А де докази?

Чоловік у цивільному саме перевіряв шухляди письмового столу, дійшов до нижньої. Висунув, аж заціпенів на мить. Обережно дістав із шухляди пістолет.

— «Беретта»! — мовив, навіть не приховуючи здивування. — З такої у Залусківського стріляли. Ваш?..

— Ви мені його тільки-но підкинули! Я бачив! Людмила бачила! Свідчитиме! Брудно працюєте, суки! Я вас усіх... Бо мені нема за що вбивати Івана!

— Хіба? Адже це Іван Залусківський передав до СБУ ваш закривавлений одяг...

— Який одяг? — суддя зблід.

— У якому ви, пане суддя, навесні цього року п'яний вночі збили чоловіка! Він помер від отриманих травм!

Судді відібрало мову. Дивився крізь чоловіка у цивільному скляними очима. Про Людмилу забули чи свідомо не звертали на неї уваги. Заклякла, боялася поворухнутися.

Спостерігала за тим, як візитери ретельно обшукують кабінет, відчувала тільки одне: страшенно хоче до вбиральні. Сцяти, ригати — все одразу.

— Георгію Івановичу... — ляпнув жінчин язик. — Можна... вийду на хвилинку?

Здивувалися всі — суддя, візитери, сама.

— Йди! Займися головним! — зло відповів Нечитайло. — Щоби за п'ять хвилин тут мої адвокати були!

Одразу не пішла. Перевела погляд на чоловіка у цивільному, який здався Людмилі головним: можна? Кивнув: вільна... Суддя помітив.

Людмила вийшла з кабінету Нечитайла, вже у приймальні зрозуміла: все змінилося. Суддівська секретарка не зазирала у вічі догідливо, підлеглі Георгія Івановича — якогось біса скупчилися під його кабінетом — взагалі не звернули на Людмилу уваги, тихо, але бурхливо перемовлялися.

Напружилася, стрільнула очима навсібіч. Посунула до виходу, почувалася, ніби на мушці снайпера, який уже прицілився, лиш чекає наказу стріляти...

Вийшла з будівлі суду, скоріш — за кермо. Відчайдушно хотілося відразу ж мчати до тайника!

Опанувала себе, дочекалася, поки з будівлі суду виведуть Нечитайла у кайданках. Переконалася у тому, що суддю реально затримали — посадили у бусик, повезли геть. Тільки після того набрала номер суддівського помічника, бо не дурна ж, щоби миттєво мости спалювати.

— Терміново! Всіх адвокатів, яким Георгій Іванович довіряє, сповістити: суддю звинувачують у низці тяжких кримінальних злочинів! Він потребує професійного захисту. Хай негайно починають!

Не стала чекати на здивовану реакцію помічника. Їй би власне здивування опанувати і вже почати аналізувати несподіваний зигзаг долі.

— Встигну! — заспокоювала себе. — Спочатку тайник.

Ще б пак! Скерувала автівку до хати, поки їхала, подзвонила матері. Телеграфним текстом повідомила:

— Мамо, у мене зараз дуже важливий етап у житті починається! Від нього всі мої подальші перспективи чи складуться, чи ні! Так-от! Нічого не запитуй, просто слухай! Тільки-но затримали за злочини Петіного батька! У нас із ним ніколи ніяких спільних справ не було і бути не могло! Отак всім і кажи, якщо тебе раптом хтось спитає! Бо ми — люди чесні і порядні! Запам'ятала, які ми?

Вимкнула дзвінок, покинула автівку біля будинку, чимскоріш — до підвалу. Увімкнула всі лампи, вхопила ліхтарик, обдивлялася просторе напівпорожнє приміщення: полиці із закрутками, зимові шини, старий диван і коробки з поламаними дитячими іграшками, які все збиралася віддати на благодійність.

— І де ж тут тайник?

Биту годину обслідувала кожний сантиметр, поки не звернула увагу на дерев'яний напівпорожній стелаж, прикріплений до стіни. Поскидала з нього мотлох, смикнула на себе. Піддався, та не відірвався від стіни — разом із нею зрушився. І виявилося: стелаж разом із частиною стіни — це хитро задекоровані металеві двері. Важкі, конкретні, товщиною сантиметрів тридцять, не менше.

— Як у банку! — штовхала металеві двері, намагаючись розчахнути їх ширше, щоб увійти у невелике приміщення, яке вже можна було роздивитися за ними.

Фантазія малювала чарівну печеру, повну скарбів. Переступила поріг темної кімнатки, увімкнула ліхтарик... На полицях — десь із сотню пляшок вина. Це і є скарб свекра?..

— Ні, розумію. Кожна пляшка може коштувати... хай по десять тисяч баксів! Множимо на сто... Мільйон! Це у разі, якщо всі пляшки вдасться вигідно продати. А якщо ні? І це — скарб?.. Заради сотні пляшок вина влаштовувати сховок?

Не повірила! Заходилася обслідувати кімнатку, в якій зберігалося вино. Нічого! Роздратувалася. Лупонула кулаком по металевих дверях.

— Та що за фігня?!

Двері якось дивно відгукнулися. Насторожилася. Ще раз лупонула. Про всяк випадок вирішила обслідувати їх. Обмацувала руками, очима, поки не намацала на нижній горизонтальній поверхні дверного полотна якісь кнопки, надійно вмонтовані у метал.

— Матір Божа! — збудилася.

Лягла спиною на холодну брудну підлогу. Світила ліхтариком, скрутила шию, намагалася роздивитися, що ж за кнопки і для чого? На кожній кнопці знаки якісь. Букви? Цифри? Вже не мала сумніву: кнопки відчинять сейф, де б він не був, варто лише ввести код!

Зосередилася. Так, що маємо? Кнопок — два десятки. На кожній — літера кирилицею.

— Код — слово, яким суддя називає мене подумки! — згадала.

І як? Зайчик, киця, красуня, ягідка, сонечко, лапуся... Тицяла пальцем у кнопки — рибка, любка, королева, пташка, манюня...

— Та в біса! — вичерпалася швидко, так і не знайшла правильної комбінації.

— От же сука! — надіслала привіт судді.

Не полінилася: натиснула по черзі чотири кнопки, аби підтвердити гнів, — сука! Металеві двері рипнули... Почервоніла од прикрощів! Значить, Нечитайло її сукою подумки називав?

— Козел! — зіп’ялася на ноги.

Збуджено дивилася на диво-двері. Завширшки з метр, заввишки два метри, товщина — не менше тридцяти сантиметрів. То справжній сейф — двері? Почала шукати шпарину. Щось же рипнуло! Знайшла невеличкий важіль: стирчав нахабно поряд із язичками замка. Натиснула на важіль. Важкі металеві двері зітхнули і розчахнулися навпіл, як книга.

Не вірила очам: бакси і євро у банківських упаковках, золоті і платинові злитки, камінці у звичайних целофанових пакетиках, ювелірні прикраси і годинники у поважних брендових коробочках...

— Господи! Це ж скільки років поспіль треба було брати хабарі... — прошепотіла.

Реальність не дала й помилуватися. Смикала: а раптом і сюди з обшуком прийдуть у зв'язку із затриманням судді?!

— Дідько! — не втрималася. Вихопила з тайника коробочку з діамантовими сережками, обережно зачинила двері-сейф, повернула на місце разом із шматком цегляної стіни і стелажем.

Піднімалася з підвалу на нульовий рівень, подумала: а вона й справді може зараз різко «піднятися»! Варто лише все з розумом робити. Обережно відкараскатися від будь-яких зв'язків із суддею, крім родинних. Потопити врешті старого покидька, перебрати на себе всі його впливи. І не жлобитися! Поділитися з людьми, які у пригоді стануть. Не своє ж віддаватиме!

— Олеже! — першого набрала полковника Орєхова з Генеральної прокуратури, бо без міцного столичного даху — ніяк. — Можу на тебе покластися? — спитала. — Не пошкодуєш, якщо допоможеш! — додала. — Обіцянками годувати не стану. Одразу за поміч віддячити зможу! Сьогодні ж! Нині новий «лексус» Ель Ікс 570 скільки коштує? Приблизно 120 тисяч баксів? Так от рахуй — більш як десять «лексусів» зможеш купити. Наскільки більше? Ну, приміром, на п'ятнадцять тачок вистачить! Нормально? Тоді кажи, де перетнемося.

З Орєховим домовилася, кинулася до Косюка.

У Килимівці ще не знали про затримання судді, тож хитрий килимівський голова не встиг підготувати аргументи, аби добряче поторгуватися з суддівською невісткою.

— Як «затримали»?!.. — бовкнув ошелешено. — А як же... я?

— А ваша перспективна кар'єра, пане голово, тепер залежить конкретно від мене! — сказала. — Вірніше, від нашої плідної і взаємовигідної співпраці. Починаємо співпрацювати прямо зараз! Частку судді у спадку покійної Алли Залусківської ділимо навпіл: половину мені, половину вам.

— Та як? Кажуть, Залусківський отямився!

— І що з того? Бізнес його — вже давно не його, люди його — всі до мене перейшли. Залишилося землю забрати! Знав би — сам жити б передумав!

— Так із землею... проблеми! Шанівська громада по факту продовжує існувати, поки там є хоч одна жива душа.

— І скільки там живих душ залишилося?

— Двійко пенсіонерів з Донеччини. І Катерина з Тарасом же повернуться.

— Беріть на себе пенсіонерів, пане голово. А Катерина з Тарасом — моя турбота. Вони не повернуться. Сидітимуть за скоєні злочини.

Косюк кивнув. Зразу ж наказав секретарці викликати Артема Поліщука. Людмила вже виходила з кабінету, коли Поліщук поспішав до нового керівника.

— Артеме, я виконав усі обіцянки, які тобі давав! Живеш у гарному будинку, землю маєш, роботу. Дружині твоїй теж гарну роботу знайдемо. Тож і ти свою обіцянку виконуй! Бо я вже зачекався! — почула.

Усміхнулася: вони з Косюком завжди розуміли одне одного з пів слова. Шкода, так буде не з усіма. Переконалася в тому вже за годину, коли примчала до обласного центру. Тут планувала зустрітися з кількома колегами і партнерами Нечитайла, аби переорієнтувати їх вчасно.

— Я вас виводжу з-під удару! Бо зв'язки з Георгієм Івановичем стають токсичними! — у лоба.

І все — як по маслу! Спотикнулася на рідних правоохоронних органах! А Людмила ж на них найбільше сподівалася, бо ж — і покійний чоловік поліції кращі роки віддав, і сама до правоохоронної діяльності — не боком!

— Тобто як це — слідчі не бачать складу злочину у діях Катерини Кохан і Тараса Гордієнка? — вирячилася на бізнесмена Свищука, коли примчала до нього обговорити умови майбутньої співпраці. — Може, слідчим нагадати, що на Катерині Кохан і досі висить підозра у скоєнні вбивства громадянина Онищука? Суд просто випустив її під заставу! А АТОвець причетний до торгівлі людьми!

— Людмило Миколаївно! У поліції геть не всі... лояльні до наших прохань! — виправдовувався Свищук. — Вони й так на нас вовком дивилися, коли ми просили не чіпати Вітю Сонце і його банду. Тому, коли ми самі навели їх на Вітіну хату і сказали, що закриваємо очі на все, що вони робитимуть, вони зробили все, як треба! За законом! І слідство ведуть так само. Хоча ми й тут трохи втрутилися.

— Яким чином?

— Ми ж дали їм наводку? Дали! Тому попросили, щоби вони віддали нам зброю, яку під час поліцейської операції вилучили. Не всю. Кілька стволів. Один, до речі, Нечитайло забрав.

Людмила усміхнулася зневажливо.

— Дідько, ваша жадібність вас же і вб'є! Думаю... Може, мені інших партнерів пошукати?

Свищука і компанію вже повідомили: суддівська невістка не з доброго дива оце різко гоноритися стала. Кажуть, у столиці конкретні тузи на неї ставку зробили у зв'язку з тим, що старий мудак суддя загрався, став компрометувати і конкретно суддівський корпус, і всі правоохоронні органи загалом.

— Людмило Миколаївно! Дайте шанс! — видушив Свищук.

— Дам більше, ніж шанс! «Лексус» мій під своїм офісом бачите? Він — ваш! Залиште собі, подаруйте кому треба з поліції! Робіть, що завгодно, але Катерина Кохан і Тарас Гордієнко мають надовго залишитися за ґратами! Зрозуміли?

За десять хвилин підписала у нотаріуса довіреність про передачу старого суддівського «лексуса» пану Свищуку, перехрестилася. «Давно треба було цього лайна здихатися! —

подумала. — Зараз почнуть смикати: автівка — з ДТП, речдок... Поїжджу поки на таксі. А потім нову тачку куплю! Таку, як сама захочу!»

Додому, до файної хати з непростим підвалом, повернулася далеко за північ. Впала на ліжко, подумки перебрала справи, які встигла переробити за один лише день. Усміхнулася.

— Найкращий день мого життя! — прошепотіла. — Врешті вільна!

Катерина перестала їсти. Не супроводжувала те полум'яними промовами про свободу і власну невинуватість, не оголошувала голодування. Просто з кожним новим днем у чотирьох стінах із заґратованим віконцем під стелею відчувала все меншу потребу в їжі. Не могла змусити себе ковтати холодну гречку чи вівсянку, наче це неодмінно зашкодить їй!

За тиждень після затримання разом з апетитом остаточно згасла надія на те, що поліцейські помилилися, швидко те усвідомлять і відпустять їх із Тарасом на волю. Щоденні допити відбирали останні сили. Щоб остаточно не заплутатися і випадково не зашкодити Тарасові, заборонила собі взагалі говорити про зброю.

— Що у Тарасовій сумці було? Здається, у Тараса не було сумки, — казала.

Слідчий ДБР Дідух не приховував симпатії до дивної дівчини.

— Я намагаюся тобі допомогти, — казав. — Та як можу, коли ти всієї правди не говориш?!

Усміхалася знічено, знизувала плечима: мовляв, вибачте. Знову і знову розповідала про маршрути їхніх із Тарасом пошуків, про циганку Любу і стару бабцю, яка вказала їм на хату Віті Сонця.

— І ви до цієї хати без зброї пішли? — Дідух настирливо повертав Катерину до питання про зброю. Пояснював: — Катю, повір мені! Поки я не отримаю відповіді на всі свої запитання, ви звідси не вийдете! Бо можу довести вашу невинуватість, лише якщо отримаю відповіді на свої запитання.

«Закривалася», приречено дивилася повз слідчого. Коли наставала обідня година, розуміла: їсти не хочеться.

Поява адвокатки Мар'яни оптимізму не додала. Крім розмов по суті справи, розповідала, як почувається Тарас, та Катерина ловила себе на думці, що не уявляє Тараса за ґратами. І не хоче уявляти.

Коли залишалася сама, сідала на тапчан, заплющувала очі, намагалася побачити Тараса за кермом «тойоти», на шанівській вулиці чи на своєму подвір'ї. Та уява стала норовливою. Перед очима виникали інші картинки. Спочатку побачила багато людей, і ніби всі знайомі. Розділилися на два табори. В одному зібралися добрі люди. Та всі сумні, печальні. А в другому недобрі згуртувалися, весело у них: сміються, радіють. Намагалася розпізнати лиця: хто посеред добрих, а хто до недобрих прибився. Не бачила, наче немає зовсім облич у людей. Лякалася, бо люди з одного табору перебігали до другого, від страху розплющувала очі, гнала видіння:

— Не хочу знати...

Та час минав, видіння поверталися. Дивували, шокували поганими новинами. Стаську побачила на якомусь даху.

— Я тепер щодня тут, — призналася Катерині. А нащо?

Потім баба Ада з'явилася.

— Катю! Чуєш! Я померла! — гукнула.

— А чому?

— Від старості...

— У в'язниці?

— А де ж? — усміхнулася баба Ада. — Ти не мордуйся! Тут — нормально! Звикнеш...

— Не хочу!

— Доведеться! — сказала баба Ада і зникла.

Та найбільше Катерина злякалася, коли побачила Тарасову матір тітку Тамару. Затулила лице долонями, плакала так гірко, аж Катерині — сльози на очі.

— З Тарасом щось сталося... — прошепотіла.

Стукала у двері, просила покликати хоч кого — слідчого, адвокатку.

— З Тарасом щось сталося! — повторювала.

Бог, певно, випробовував підприємицю Тамару. Спочатку підкинув новину про затримання судді Нечитайла. Як дізналася, так відчайдушно ридала — сусіди подумали: хтось помер.

— Федю, мені наче хто руки пообрубував! — вихлюпувала чоловікові. — Та що ж це?! Ми ж магазин судді віддали! А він, замість Тараса від в'язниці рятувати, сам туди загримів! Як же ми тепер сина визволимо?! Ми ж — голі-босі залишилися! А без грошей — яка справедливість? Посадять хлопця!

Не здалася. Побігла до Поливанових. Плакала, благала Людмилиних батьків:

— Поговоріть із донькою! Магазин же на неї тепер записаний! Хай чи поможе нам, чи бізнес поверне.

— Томо, нащо ти нашу Люду у суддівські афери вплутуєш! — розсердилася Людчина мати. — Вона ні сном, ні духом про те, що Нечитайло кому обіцяв. Йди до судді і з нього питай!

— От же ви падли *жадні*! — Тамара поставила діагноз сусідам, подалася геть.

Поки вулицею крокувала, новий план народився: йти до голови сільради Косюка і вимагати, щоби втрутився і домігся звільнення Тараса й Катерини.

— Бо ж влада! От хай і користується владою, бо все зроблю, щоби його не переобрали!

Вже майже до сільради дійшла, коли перестріла знайому, Наталю, яка у райлікарні санітаркою підробляла.

— Томо, ти знала, що Іван Залусківський врешті отямився? Ще слабкий, але вже може ковтати, говорити пробує.

— Наталю! Бережи тебе Бог! — відповіла Тамара.

Вихором — додому. Скочила за кермо свого бусика. Скерувала його на райцентр. Домчала. Кинула бусик неподалік районної лікарні. Пішла до корпусу. А мізки вже почали працювати, не лише паніка бал правила.

— Що казати? — нервувала. — З чого почати? Зразу скажу, що Тарас його врятував. До лікарні довіз. А тепер сам у біді. Хай дає гроші і дзвонить усім! Хай усе робить, бо він — Тарасів батько!

Увійшла до лікарняного корпусу, розгубилася. Де саме Залусківський лежить? До санітарки підійшла, мовчки їй у кишеню сотню поклала. Санітарка купюру роздивилася, здивувалася.

— Так багато... — мовила.

— Нормально, — Тамара їй. — Покажіть, де Залусківський лежить.

Санітарка поманила Тамару: ходімо. Чорним ходом вивела до реанімації. Вказала на палату в кінці коридору.

— Бачиш крайні двері? Туди йди, поки охорона кудись поділася.

— А його й досі охороняють?

— Йди, бо повернуться! Такі суворі!

Тамара очі витріщила, серце калатає — побігла до палати. «Господи! Зроби так, щоби Залусківський Тарасові допоміг! Зроби, благаю!»

Тихо прочинила двері палати, прослизнула всередину... І побачила, як якийсь чоловік душить Івана Залусківського: накрив подушкою, зверху сам навалився. Залусківський мляво смикався під нападником, тихо хрипів.

— А-а-а-а! — заволала, як божевільна. Кинулася до незнайомця. Відштовхнула від немічного Тарасового батька. Впав. Навалилася зверху, вчепилася чоловікові у горло. Слова забула, знай кричала: — А-а-а-а!

За хвилину збіглися всі: і медперсонал, і охорона. Тамару відтягнули, нападника скрутили. Борсався, кричав:

— Все одно уб'ю його!

Підняла голову, вдивилася у ніби знайоме обличчя. «Рома Швед...» — констатувала ошелешено. Охорона вже виводила хлопця з палати, лікарі скупчилися навколо Залусківського, а Тамара так і сиділа на підлозі: змучена, приголомшена.

— Як Іван? — прошепотіла врешті.

І не сподівалася, що почують. Та у палаті на мить запанувала трагічна тиша. Лікарі відступили від ліжка, на якому лежав Залусківський.

— Помер... — почула.

Затулила обличчя долонями і заплакала.

Драматична смерть Залусківського від руки київського аналітика Роми Шведа так порадувала суддівську невістку — аж хильнула коньячку під час інтимно-ділової зустрічі із новим ліпшим другом Олегом Орєховим, хоча й повторювала собі подумки: «Людо, не час розслаблятися!»

Та й як не хильнути? Події, що стрімко розвивалися після арешту судді, красивим зигзагом оминали головну небезпеку, якої так боялася Людмила: суддю не звинувачували у корупції і хабарництві, лиш у вбивстві одного дядька під час п'яної ДТП і замовленні вбивства Залусківського — виконавець Рома Швед це й зробив під час відчайдушного дубля у лікарні. А значить — ніяких виявлень корупційних зв'язків і ланцюжків, ніяких пошуків схованих матеріальних підтверджень цієї корупційної діяльності.

Спостереження полковника Орєхова підтверджували сподівання Людмили.

— Суддівська спільнота віддасть Нечитайла на поталу закону, — сказав. — Так доречно вляпався! Колеги кажуть: давно втратив береги і обережність. Головне, Людо, щоби суддя тебе вслід за собою не потягнув.

О, так... Тому й коньяк воліла не пити. Мізкам — ясність. Не помилитися! Прослизнути поміж крапель так блискавично, щоб і суддя у зраді не запідозрив, і слідчі не побачили ніякого зв'язку між свекром і невісткою.

— Будь готова до дня Х, — сказав Орєхов.

День Х настав за добу після смерті Залусківського. Людмила вирішила не чекати, сама попхалася просити побачення із суддею.

— Він же — свекор мій, батько покійного чоловіка, стара людина... Можна хоч побачити Георгія Івановича?

Побачила — вразилася. Нечитайло погано виглядав. Геть погано! Посірів, навіть меншим став.

— Де була? — як батогом. — Помагала яму мені копати?

Пропустила повз вуха — своє на меті!

— Там була, де рішення ухвалюють! Благала...

Око примружив. Бачила: не вірить! А виходу ж немає! Не довіриться Людмилі — сам-один залишиться.

— І що кажуть?

— Та що... — прошепотіла, подалася до судді, в очі йому уп'ялася. — У мене стільки немає! — вимовила чітко, замовкла, додала обережно: — Навіть... у підвалі, у дверях стільки немає!

Зрозумів! Зиркнув на невістку ошелешено.

— Але ж у вас є й інші... точки, — сказала. — Якби я знала, де вони... Все би вирішилося швидше.

Надовго замовк: на невістку не дивився, думав про щось зосереджено.

— Бо ж... ситуація все більше ускладнюється, — продовжила. — Залусківський перед смертю вказав на вас як на замовника вбивства. А на Рому Шведа як на виконавця. А потім з'являється цей дурний Рома, який, до речі, не має жодного стосунку до Офісу Президента, і добиває Залусківського. З цим усім дуже складно працювати, маючи обмежений ресурс... Тим більш, коли все почалося з того, що ви у п'яному вигляді дядька насмерть збили і всю правду про те довірили саме Залусківському!

— Добре... — видушив суддя. — Давай розрулювати...

Вуха нагострила. Фантазія понесла... У судді, певно, ще з десяток схованок! Добре, хай п'ять! Навіть чотири. Три...

— Дві... — сказав. — У вас на кухні... У Петіній килимівській хаті... Під холодильником у підлозі — записничок...

— Записничок? — здивувалася.

Кивнув, насупився.

— Ти, Людмило, мізки десь погубила чи прикидаєшся дурепою? — розізлився.

— Георгію Івановичу! — заторохтіла. — От до речі! Ви, прошу, не дивуйтеся, якщо якісь мої відповіді зараз чи у майбутньому здадуться вам незрозумілими чи навіть провокативними! Іноді так треба! Ви просто знайте: я все роблю для вас! Все і більше! Тому ви теж — не підведіть мене! Ви ж, сподіваюся, розумієте?

Зиркнула у вицвілі очі судді, констатувала: ні фіга не зрозумів! Та в цьому не було жодної потреби. Вже налаштувалася мчати до Килимівки, розгадувати ребус про записничок, у якому, певно, були зафіксовані координати інших суддівських схованок, коли просто на виході її притримали слідчі ДБР.

— Кілька запитань!

— Звичайно! Допоможу всім, чим зможу! — спокійно переступила поріг кабінету, до якого запросив слідчий, і... знову побачила Нечитайла!

Та мать твою... У вухах зашуміло, ніби хто натиснув злив води в унітазі — лилася-булькала, не змовкала.

— Того вечора, коли сталося ДТП, Георгій Іванович поїхав від вас тверезим? — почула крізь шум, усвідомила: ось він, справжній час Х! Помилиться — ніякі схованки не допоможуть!

— Я тоді погано почувалася, у спальні прилягла, а коли Петя прийшов, то такий був... трохи нетверезий. А мій Петя ніколи сам не випивав. Взагалі не випивав! Лише з батьком! На знак поваги до нього...

— Ах ти ж сучка! — закричав суддя.

Слідчий притримав його, бо зірвався би, кинувся до невістки.

— А у вечір замаху на Івана Залусківського? Георгій Іванович стверджує, що був із вами: і весь вечір, і всю ніч...

Почервоніла.

— Таке скажете! І чим би займалися? У шашки грали?

Суддя втратив береги.

— Трахав я тебе! Трахав, сучко! — волав, як навіжений.

— Ви з глузду з'їхали, Георгію Івановичу! Хоч заради пам'яті про Петра не брешіть і не поливайте мене багнюкою! Що я вам поганого зробила? Правду сказала?! — трусилася від страху, цокотіла зубами.

Суддю потягнули до дверей.

— Сука! Сука! — волав.

Людмила відвернулася: ковтала воду зі склянки, руки не слухалися, вода проливалася, наче поливала впевненість, яка проростала всередині. «Здається, пронесло, — подумала. — Тепер до Килимівки треба мчати...»

Людмила переступила поріг хати, де прожила з чоловіком шість щасливих років. «Тільки Петя бачив у мені королеву... — подумала. — І навіть не доводилося для цього робити щось особливе, переконувати...»

Щемні думки перервала нервова розмова — лунала з кухні.

— Хто?! Що відбувається? — насторожилася, бо квартирант мав би бути на службі, а більше нема кому тут шастати. Може, вже хтось холодильник пересуває?..

Не встигла й кроку у напрямку кухні ступити, коли у коридор їй назустріч вискочила збуджена Стаська. Тремтіла.

— Я знала, що ти брешеш! — кинула сестрі з такою відчайдушною ненавистю, Людмилу наче льодом вкрило.

— Що знову не так? — Людмилі набридли Стасьчині вибрики. Одне діло — розбиратися з ними, коли все навкруги стабільно, геть інше — коли йдеш по лезу, аби вибороти перспективи у до дідька безперспективній системі.

— Ти Шамраїв із Шанівки вигнала! Сергій Федорович, поліцейський наш... сказав: ти наказала йому викинути Валентину з малими!

Людмила кинула швидкий погляд у бік кухні. Принюхалася: пахло горілкою.

— А він де... наш поліцейський?! Бухає?!

— Ну! Бухаю! І що? — крикнув із кухні Сергій.

Людмила штовхонула двері, зазирнула — картинка ще та: за столом сидів п'яний у мотлох Сергій, курив, збивав попіл у вазочку з горішками.

— Менше язиком своїм патякай, от що! — до Стаськи повернулася. — Кому ти віриш? Він же сам не розуміє, що верзе! Бреше...

— Про Катерину з Тарасом теж бреше? — Стаська їй. — Що ти «лексус» віддала за те, щоби їх за ґратами залишили!

Людмила розтривожилася не на жарт: через такі дурні плітки можна і репутацію втратити!

— Ясно, що бреше! — сказала Стасьці.

— Тоді де твій «лексус» і чому ти їздиш на чиїйсь чужій автівці? І чому Катерину з Тарасом і досі не відпустили?! У Килимівці всі кажуть: вони першими кинулися нас шукати і не зупинялися ввесь час, поки ми з Улянкою у полоні були! Чому вони не вдома?!

— А я звідки знаю! — психонула Людмила.

— Не вір їй! — устряг Сергій. — Людка все знає!

— Та ти заткнешся, мать твою?! — Людмила щосили штовхонула ногою двері. Зачинилися, відрізали п'яного поліцейського від розбурханих сестер.

Старша роздратовано глянула на молодшу.

— Поверни їх! — глухо наказала Стаська. — Шамраїв поверни! Катерину з Тарасом!

— А ти не зарано командувати почала?! У мене і без твоїх наказів справ вистачає! Петіного тата затримали, Іван Залусківський помер! Так ти ще тут...

— Я не відстану! Чуєш?! Накажи, щоб Улянчину сім'ю повернули у Шанівку! Щоби Тараса з Катериною відпустили!

— Пішла у дупу, дурепо мала! Вирости спочатку, потім поговоримо! І запам'ятай: дорослі розмови з порожніми руками не починають! Щоб отримати результат, спочатку приготуй залізобетонні аргументи! А зараз іди і краще матері поможи! Що ти взагалі у моїй хаті забула?!

Стаська кинула на старшу сестру презирливий нищівний погляд, рушила до дверей.

— Штани свої чорні забула... У яких ходила, коли за твоїми малими дивилася... Після того, як Петро... — закидала Людмилу спогадами, вийшла.

Людмила зітхнула. Розчахнула двері кухні — хотіла такого прочухана Сергієві Гордієнку дати, щоби, падло, аж протверезів. Не вийшло! Поки сестри сварилися у коридорі, Сергій сповз зі стільця, заснув на підлозі поряд із холодильником. Буцнула тушку ногою: мертві бджоли...

Виматюкалася, набрала Косюка.

— Пане голово, я зараз зроблю кілька дзвінків... Попрошу перевести поліцейського офіцера килимівської ОТГ Гордієнка на роботу у район. Хай там папірці перебирає. Чому? Та таке вже ненадійне, хай Бог милує! Бухає! Язик за зубами не тримає. Нащо воно нам треба? Краще подумайте, кого на його місце поставимо. Як вам Василь, помічник Залусківського? Наче керований.

Наказ віддала, від'єдналася. Обхопила обома руками холодильник, наче намагалася виграти звання «Найсильніша жінка світу». Ледь не наступила на сплячого поліцейського, врешті відсунула від стіни агрегат, дістала з-під нього невеличкий записничок. Мав дати відповіді на Людмилині запити.

— Що, старий козел? І тут загадки будуть? Чи заощадиш мій час? — гортала записничок. Спершу звернула увагу на перелік прізвищ, серед яких немало знайомих: знайшла у списку людей, які обіймали керівні посади як на обласному, так і на державному рівні. Навпроти кожного прізвища — комбінація літер і цифр.

— Може, номер теки з компроматом?..

Продовжила вивчати записничок. Посеред прізвищ — дивна фраза: «майбах», яма, 422, 423. Згадала, як суддя вперше привіз її до райцентру на оглядини нової хати. Водив розкішним будинком, великою доглянутою територією, яка межувала з його власним обійстям, потім відчинив гараж на два окремих бокси. В одному стояв суддівський «лексус», який Нечитайло тут же подарував невістці, другий — порожній.

— Тут твій «майбах» стоятиме! — сказав тоді суддя.

— І яма у тому боксі є... — переступила через Сергія, пішла до виходу.

Прекрасно почувалася: хоч і без радості, про яку давно забула, але ж дихалося легко, за спиною виростали крила. Ох і справ у неї! Зараз поїде до гаража, знайде тайники. А вона знайде! Шкода, поки не можна їх Стасьці показати. Тоді би мала точно втямила: старшу сестру є за що поважати і завжди треба слухатися, бо знає, що робить!

Дістала мобільний, набрала Косюка.

— Пане голово! Забула про шанівських спитати. Ви вже щось робите чи й досі тільки збираєтеся?

— Людмило Миколаївно... У вас чуйка! Їй-богу! — відповів Косюк. — Бо от прямо зараз ставимо крапку.

Стаська й уявити не могла, як багато гірких драматичних подій можуть із легкістю вміститися в один день. Так і не забрала зі старої сестриної хати чорні штани. Вилетіла кулею: тепер — куди? З даху елеватора Улянку зранку вже виглядала. Тепер — до Шанівки. А раптом подружка повернулася? Бо така... Прийде! Куди би її з мамою і малими Люсина зла воля не закинула, Улянка вирветься, примчить.

Йти спокійно — не Стасьчина історія. Новий велосипед — подарунок сестри — ігнорувала. Побігла до малого села, наче хотіла втекти від поганих думок. А вони не відступали. Мчала-мордувалася, ненавиділа себе за те, що безсила проти інтриг сестри. От узнала правду! Що змінилося? І раніше здогадувалася: Люся руку приклала до вигнання Шамраїв! Хіба легше стало? Тільки гірше, бо з'ясувала: Катерину з Тарасом теж Люся «закрила». Навіщо таким займається? Хоче, щоби всі, до кого Стаська серцем притулилася, щезли? Щоби Стаська тільки старшій сестрі у рота заглядала?

Добігла до околиць Шанівки, зупинилася на мить, аби відновити дихання і... очам не повірила. Ніби потрапила у весну, у непересічний день 20.03.2020, коли Шанівку накрило дивовижним невидимим покривалом, захистило від дощу. Тільки тепер — навпаки: все навколо села сяяло під чистим синім небом, лише над Шанівкою, наче над чорною дірою, здіймався стовп сірого пилу.

Що за... Насторожилася. Тихо пішла. Придивлялася. Побачила кілька бусів, молодиків — спортивні костюми, балаклави, палиці, металеві прути. Тітушки? Громили обійстя: залазили на дахи, пробивали їх битками, ногами, валили паркани, вибивали двері і вікна, витягували з хат старі меблі, розбивали ущент.

Сльози під кадик. Задихнулася. І раптом побачила біля крайньої хати шанівського старосту Артема Поліщука. Закам'янів, дивився на погром. Побігла до чоловіка. Уздрів дівчинку, розгубився.

— Що ти тут робиш? Забирайся! Хіба не бачиш, що відбувається?

— Та як забиратися? А пенсіонери? Ці відморозки їх уб'ють! — закричала Стаська.

— Козлови? Мали виїхати.

— Вони у хаті! Я бачила їх! — рвала горло.

— Коли? — Артем зблід.

— Учора! — вигукнула Стаська, побігла до хати Козлових.

Артем випередив. Щодуху біг до хати Козлових, кричав відморозкам:

— Зупиніться! Тут ще люди залишилися! Чуєте? Зупиніться!

Стаська добігла до хати донецьких пенсіонерів, коли Артем Поліщук і кілька відморозків уже встигли увірватися всередину. Переступила поріг. Здивувалася, бо й Артем, і хлопці у балаклавах стояли мовчки, наче не розуміли, що ж їм далі робити. Навшпиньки... Витягнула шию, з-за чоловічих голів визирнула: що там?..

Віра і Борис Козлови сиділи на стільцях біля столу. Руки опущені. З перерізаних зап'ястків кров стекла на дерев'яну підлогу, утворила червоні озера, і здавалося, стільці, на яких навіки завмерли двійко сивих людей, пливуть по поверхні дивовижного загадкового озера. А вздовж його берега розгублено ходив старий кіт Черчіль, якого Козлови вивезли з окупованої Горлівки.

— Тут записка! — один із відморозків підхопив зі столу аркуш паперу. Простягнув Артемові, наче головному.

— «Нам більше нема куди тікати. Тільки до Бога...» — побачила текст, написаний старанним майже дитячим почерком.

Запаморочилося. Вибігла з хати. На пагорб! До Улянчиного обійстя, куди ще не встигли дістатися тітушки. Скрутилася під грушею, ридала-скреготіла зубами, тихо вила від безсилля. Старих шкода, за що їх? І Ульці — куди тепер повертатися?.. Била кулачками по землі, по груші: що роблять ці покидьки?! Невже не розуміють? Їх же зараз проклинають усі янголи на небесах! І сам Бог!

Знесилилася, сперлася руками на грушевий корінь і раптом намацала під ним щось тверде. Дістала — Улянчин мобільний. Увімкнула — працює. Пішла на край пагорба, з якого вся Шанівка як на долоні. Онде тітушки продовжують руйнувати село, двоє дужих чоловіків виносять із хати тіла Козлових на їхніх же простирадлах, поряд Артем Поліщук — закрив обличчя руками, здригається...

Увімкнула камеру Улянчиного мобільного, знімала шанівську моторошну ніч посеред ясного дня.

— І люди вас проклянуть, коли побачать... — шепотіла затято.

Безсилля зникло. Реальність заливала гарячою силою: хто наважиться загасити?! Знімала пекло, поки не побачила відморозків, які сунули на пагорб важко, бо вже намахалися, потомилися... Сховала мобільний, городами-ярами — геть. Додому! У Килимівку. Терміново викласти у соціальні мережі відео з Шанівки!

— Ви заплатите, покидьки...

До батьківської хати лишалося пару кварталів, коли на вулиці, засадженій старими родючими абрикосами, Стасьці заступила шлях групка підлітків: раз уже змусили тікати. Усі тут: худий наркоша, жирний Гена, накачаний Помідор і Оля, що вона точно несповна розуму, бо хоч матюкайся при ній, хоч голий зад показуй — знай усміхається і знімає на телефон. От і зараз... із мобільним у руці.

Стаська зупинилася за пару метрів від компанії, підборіддя — вище, погляд зухвалий: що треба?.. Підлітки на мить завмерли.

— Поливанова, ти геть хвора?! — раптом вигукнула Оля. — Тікай! Бо хто за тебе зараз *підпишеться*? Тараса АТОвця — нема! Подружки твоєї шанівської Ульки — нема! Сама залишилася!

— А вас, дебілів, менше не стає... — пробурмотіла Стаська, з місця не зрушила.

— Що ти там шепочеш? — скривився Помідор.

— Кажу: що треба?!

— Мобільний гони і гуляй собі! — вигукнув Гена. Вказав на Улянчин телефон, який стирчав із кишені Стасьчиних джинсів.

— Ні! — лиш головою хитнула.

Оля зітхнула зі співчуттям: мовляв, сама винувата! Увімкнула камеру, спрямувала на Стаську. Хлопці перезирнулися, синхронно почали розходитися у різні боки, оточуючи зухвале дівчисько.

Стаська напружилася, хутко роззирнулася... Вхопилася за гілку старої розкидистої абрикоси, підтягнулася, полізла на дерево.

— Ах ти, коза! — Помідор підскакував під абрикосою, намагався дотягнутися до Стасьчиних ніг, ухопити. Била Помідора п'ятами по пальцях.

— Помилочка! — кричала. — Думали, якщо я не нападаю, то й не захищатимуся?! Помилочка! Люди не нападають! Тільки покидьки! Люди — захищаються! Дійшло?!

— Зараз до тебе дійде, сучко! — покидьки полізли на абрикосу одночасно, втрьох. З різних боків.

Запанікувала: ще мить — і стягнуть на землю. Зуби зціпила, подерлася на верхівку дерева, де тонкі гілки колихалися від вітру. «Не здамся!» — пульсувало у мізках.

Худий, Гена і Помідор одночасно залізли на стару абрикосу. Балансували на нижніх гілках, підскакували, намагалися дотягнутися до Стасьчиних ніг.

— Хтось... Ну хоч хтось... поможіть! — шепотіла.

Стара абрикоса затремтіла, наче згодилася. Хрусь... Гілки, на яких підскакувала трійця підлітків, не витримали ваги, одночасно зламалися. Полетіли долу.

З верхівки абрикоси Стаська дивилася, як лежали на землі посеред обламаних абрикосових гілок — забули про Стаську, стогнали, матюкалися, намагалися розкидати гілки, підвестися. Лаяли Олю, яка не помагає, а знай знімає відео.

— Кажете, за мене ніхто не *підпишеться*?! Та за мене — цілий Всесвіт! Земля, дерева, вода, повітря! — шепотіла, коли скалічена трійця разом з Олею плюнула на Стаську, подалася обробляти садна, а дівчинка покинула прихисток на абрикосі, прибрала обламані гілки, погладила потрісканий стовбур, побігла додому.

Скачала на ноут відео знищення Шанівки з Ульчиного мобільного. «Жило собі маленьке мальовниче село. Та одна сволота вирішила, що воно — зайве! Людей, які там жили, розігнала, повбивала, кинула за ґрати чи просто купила. А потім пригнала стадо покидьків... Щоб остаточно витоптали життя у тому селі. От і все. Села більше немає», — додала текст до відео. Закинула у мережу. Усе!

Сили вичерпалися. Скрутилася у кріслі з Улянчиним мобільним в руці, продивлялася подружчин телефон. Наштовхнулася на відео. На ньому Улянка. Усміхається. Начитує:

— Не знаю, це реп, просто вірші чи сильні емоції... Не можу тримати в собі... Квітка має цвісти! А любов — хіба ні? Вранці-вдень-уночі! Квітка має цвісти! Відчищати від серця корозію! Маю квітку еНДе! Бачу тільки еНДе! Деінде — де еНДе? Моя квітка Нечувано Дєрзкая!

Стаська задихнулася:

— Улько... Дідько, де ж ти?! Вже не витримую без тебе...

Передивлялася відео знову і знову. Сльози капали на екран мобільного. Хотіла змахнути, зачепила кілька кнопок. Відео зникло. На екрані — до жаху знайома фотографія: суддівський кабінет, біля столу суддя Нечитайло з голою дупою, під ним Людмила ноги розчепірила...

Ошелешено дивилася на фото, втямити не могла: як потрапило в Ульчин телефон? Виходить, у той день, коли Петро попросив Стаську навіки видалити фотографію, вона спочатку відіслала її Улянці?.. Чому не пам'ятала? Чому Улька ніколи про це не говорила?..

Задумалася. Підвелася, перекинула фото у ноут. Далі — що? Раптом усвідомила: руки вже не порожні...

Частина сьома

Килимівку накрила хмара карколомних новин: суддю Нечитайла несподівано для всіх заарештували, Залусківський таки помер, шанівську відьму разом із АТОвцем у торгівлі людьми звинувачують, а Тарасового брата Сергія перевели у район. Знову Килимівська ОТГ без поліцейського офіцера залишилася! А ще чиясь армія Шанівку поруйнувала вщент і вивезла до моргу тіла двох небіжчиків, яких знайшла під час свого шабашу. Килимівці махнули б рукою на новину про мале село поруч, бо люди руйнували його вже не раз. Та й за ким побиватися? За порожніми хатами? Бо, кажуть, людей у Шанівці не лишилося! Не дала забути Стаська Поливанова.

— От же падлюка неповнолітня! — ображалися на неї більшість килимівців. — На цілий світ зганьбила Килимівку! Ввесь інтернет заполонило відео про те, як Шанівку — під корінь! Користувачі тепер пишуть у коментах: у Килимівці відморозки живуть, бо не допомогли врятувати Шанівку. А які ми відморозки?! Якби ми були відморозками, то за такі «репортажі з місця подій» розірвали би малу на шматтям! Щоби не лізла куди не слід, а краще історію вивчала! Бо коли чотирнадцять років тому шанівці самі своє село випалили, то прихисток у Килимівці знайшли! Тут їм і дах над головою дали, і роботу, і перспективи які-не-які! Отакі ми, килимівці, насправді! А Поливанова мала тільки воду каламутить!

Кажуть, то вона підбила хлопців на стару абрикосу гуртом залізти! Покалічилися! Один навіть ногу зламав!

Остаточно змішати Стаську з брудом не давали вчителька Маруся разом з чоловіком Степаном, Тамара Гордієнко, що її всі так і продовжували звати підприємицею, хоч і знали, що втратила бізнес.

— Краще думайте, кому вигідна вся та вакханалія зі знищенням Шанівки! — дивилася у корінь. — Бо наступною Килимівка може стати. І хто захистить? Нова королева Людка Поливанова?!

Отут усі килимівці погоджувалися: Людка Поливанова щось надто швидко по кар'єрній драбині вверх полізла! Наче у дупу їй припікає! Та така гонорова стала, хай Бог милує! А чи думає за Килимівку — і гадки не мали. Давно її тут не бачили: все більше мати до неї у райцентр мотається.

Людмила з'явилася у Килимівці, коли ховали Залусківського. Так помпезно під'їхала до Іванового обійстя, що килимівці, які товклися на вулиці в очікуванні виносу труни, забули про мету зібрання: скрутили шиї, без сорому роздивлялися новий Людчин «мерседес», нову зачіску, новий одяг, нову сумку і нові сережки у вухах. Крута! Голова Косюк майже у ніжки їй кланяється. Ще з автівки не вийшла — вже сто претензій!

— Залусківський майже тиждень тому помер! Чому тільки зараз похорон? Поліція тіло не віддавала? — питає у простір.

— Забирати було нікому! — хтось із килимівців їй.

— І хто ж його забрав у результаті?

— Тамара моя забрала! — Федір каже. — Останні гроші з картки зняла, аби Івана поховати гідно. Отакий хепі-енд.

Людмила насупилася, дістала з автівки вінок, почимчикувала до двору, посеред якого стояла труна з тілом Залусківського. Поставила вінок при стіні, вклала Тамарі у долоню сто баксів.

— Ні, ні! Не відмовляйтеся! Всі нормальні люди так роблять, а я — нормальна! — сказала.

— Може, краще про магазин побалакаємо? — спитала Тамара.

— Я відкрита до обговорення будь-яких питань у слушний для цього час! А зараз — хіба така нагода? — тоном суворої учительки відповіла Людмила.

Хвилину біля труни потовклася, на вихід.

— Хай земля пухом чи як там кажуть!

— Не віддасть магазин, — сказала Тамара чоловікові. — Помремо, Федю, у злиднях.

Людмила не почула: за кермо і гайда! Та й без цього знала емоцію килимівців. Шкірою відчувала. «Бояться...» — констатувала задоволено.

— Бояться і так заздрять, що аж усцикаються, — прошепотіла, коли у батьківській хаті всілася у крісло, гукнула матір. — Мамо, налий, чи що...

Мати поставила на стіл дві стопки, пляшку горілки. Огірків, сиру, ковбаски.

— Залусківського пом'янемо?

— Ні, мамо! Мою перемогу святкуватимемо! — призналася, бо розпирало, так хотілося похвалитися.

— Над ким, доню?

Хильнула, усміхнулася гордовито.

— Над оцим, сука, всім... Бо отут лише два варіанти: чи ти серед тих, хто свої правила встановлює, чи тебе заганяють у натовп, який ті правила змушений виконувати. Так-от я... вже диктую правила!

— Ой, доню... Таке кажеш, мені аж страшно за тебе!

— Не бійся, мамо! Всі, хто мене гнобив, уже безсилі. Залусківський — мертвий, суддя з-за ґрат теж живим не вийде. Не дадуть йому вийти! Та й ресурс у мене такий з'явився: скоро червоні хідники стелитимуть, коли з автівки виходитиму. І зв'язки такі, що вже завтра з районом розпрощаюся. До обласної прокуратури мене беруть.

— Та ти що! Оце так новина! А ким, Людочко?

— Якесь там управління представництва інтересів держави у суді.

— Це ж що таке?

— А я знаю?!

— То як же ти...

— Мамо, я тим управлінням керуватиму, а не працюватиму там! Та й це — не головне! Суддя Нечитайло, хай йому за ґратами гикнеться, кумекав, куди рухатися треба.

— Куди?

— До суддівства. Він мої документи на суддю подав, коли мені лиш двадцять п'ять років виповнилося. Раніше — не можна було. Так-от — продовжу рухатися у цьому напрямку. Вже заручилася підтримкою потрібних людей.

— Станеш суддею?

— Така ціль! І хвала Богові, що свекор свого часу наполіг, щоби я Поливановою залишилася, а не стала Нечитайло! Пам'ятаєш, як я перед весіллям ридала, бо дуже хотіла взяти Петіне прізвище! А тепер — перехрестилася! Що менше людей знатиме, що я — невістка вбивці Нечитайла, то краще!

Мати ще налила. За Людочку, хай її Господь береже!

— Доню! Якщо такою впливовою стала, то може... Тамарці чимось допоможеш?

— Мамо, чим?! — аж розсердилася. — Магазин я у неї не забирала. Суддівські шахери-махери. Звідки я знаю, про що суддя з Тамаркою домовлявся? Я маю бути якомога далі від усього, що пов'язано із суддею! А магазин мені... згодиться! Так я вирішила!

— А Тарас і Катерина... Люди кажуть, безневинних за ґрати кинули. Вони ж нашу Стасю шукали, Людо!

Людмила глянула на матір прискіпливо: правду сказати, бо дуже вже хотілося, чи збрехати?

— Ма, їх не можна випускати. Просто не можна. Розумієш?

— Ні, доню.

— Вони ж обоє — з Шанівки. А Шанівки вже немає. Вони ж вийдуть і почнуть галасувати, а воно нам геть не треба!

— Людочко, і так галасу — повний інтернет. Стася наша постаралася.

— Ма, Стася — мала! Хто на її вереск зважає? А от якщо дорослі люди почнуть у всі двері стукати... Ні! Не на часі! Та й розібралися ми вже з Шанівкою! До речі, Стасьчині відоси в інтернеті теж помогли!

— Це ж як?

— Знайшлися конкретні люди. Подивилися Стасьчине відео і кажуть мені: «Людмило Миколаївно, а давайте на території колишнього села зорганізуємо парк екстремальних розваг!»

— Це щось взагалі — ні в які ворота!

— Нормально! Вважай — соціальний проєкт! Особливо враховуючи патріотизм і пандемію! Треба ж десь звільнятися від викидів адреналіну! Маємо ландшафт зі зруйнованим селом. У ньому можна влаштувати військово-патріотичний табір, навчання добровольців чи просто ігри для охочих! Всі ж мають знати, як воювати у межах зруйнованих населених пунктів. Косюк уже готує документи. Здамо територію Шанівки зацікавленій компанії. До речі, робочих місць для килимівців побільшає.

Людмила замовкла. Дивилася крізь матір, усміхалася. Згадувала погляди односельців: розглядали Людмилу біля обійстя Залусківського, не могли приховати приголомшення. Наче нова королева з'явилася на похороні старого короля.

— Цікаво, вони хоч здогадуються, скільки мої сережки коштують...

— Що, доню?

— Нічого, мамо. Кажу: наливай ще, вип'ємо за вас, бо ви тепер — теж у шоколаді!

— Давай за те, щоби ніяка зараза не зіпсувала твоїх планів!

— Та хто наважиться?! — тільки мовила, як отримала на вайбер повідомлення. Відкрила спокійно, бо ж така впевненість усередині — залізобетонна! Немає звідки чекати біди!

Вайбер сигналив про отримання фото. Глянула і на мить заклякла, бо побачила — суддівський кабінет, біля столу суддя Нечитайло зі спущеними штанями голою дупою світить, а під ним, розчепіривши міцні стегна, лежить вона... нова королева Людка.

Корона — ляп! Злетіла. Людмила підхопилася. Перед очима пливе — бо ж горілочки вже хильнула.

— Що там, доню? По роботі?

— По роботі... — роззирнулася. — А Стаська де?..

У своїй кімнатці Стаська сиділа перед відкритим ноутом. На ввесь екран — фотографія сексу сестри із суддею. Озирнулася на шум. Побачила Людмилу.

— Закрий! — загорлала старша, та пізно.

Услід уже входила мама... Глянула на екран.

— Матір Божа...

— Закриєш ти чи ні, сволото мала! — Людмила підскочила, як дасть по кришці ноута: впала, нема фото...

Запанувала важка тиша: давила на плечі, на серце. Ноги не тримали.

Мама без сил опустилася на диванчик, який слугував Стасьці за ліжко. Мовчала, очі у підлогу. Людмила стояла біля столу, виїдала Стаську недобрим поглядом. Ще мить — не втримається, як зацідить малій по щоці. Вже зібралася...

— Це не все... — хрипко вимовила Стаська.

Людмила ледь не впала: що?! Навіть мама підняла голову, дивилася на молодшу доньку приголомшено.

— Я з вулиці побачила... Як суддя і Люся прямо у кабінеті... — видушила Стаська. — Сфоткала і вирішила: уб'ю суддю!

— Доню... — мама приклала руку до серця.

— Уб'ю! Я ж не знала, що наша Люся — *дешовка*... Захистити її хотіла, і подумала: хай що буде, але я приб'ю суддю, бо він — тварюка! І вже наважилася.

— Господи... — мама пошепки.

— Він спав у Люсиній хаті. Я взяла молоток. Ніж... І вже підійшла до нього. А тут — Петро. Вхопив мене, поволік до гаража. А суддя так і не прокинувся.

— Ти там була... коли Петя повісився? — Людмила протверезіла. Ошелешено дивилася на Стаську.

— Він сказав: що ти робиш?! А я йому: твій тато Люсю ґвалтує! І показала фотку, бо не вірив!

— Петро бачив?! — Людмила загарчала. Кинулася до Стаськи, трусила, била кулаками: по голові, по плечах. — Сучка мала! Ненавиджу! Нащо ти взагалі народилася?!

Мати — до неї. Повисла на старшій доньці.

— Людо, що ти робиш?! Зупинися!

Стаська відскочила, тремтіла.

— Я — сучка?! А ти — хто?! — кричала-вихлюпувала. — Петро тебе любив, а ти... Заради чого ти під суддю підкладалася?!

— Що ти взагалі у дорослому житті розумієш, дурепо?! — загорлала Людмила. — Заради тебе, у тому числі, і підклалася!

— Людо... — мама гірко.

— Це ти Петра вбила! Ти! — кричала Стаська. — А я винувата лише у тому, що слова не дотримала і оце все тобі розповідаю! Бо Петро мене лиш про одне просив: щоби мовчала! Щоби ніколи не розповіла тобі — про фото, про все, що сталося того дня!

Стаська видихнулася. Дивилася на сестру знесилено:

— Я би не розповіла... Та ти тепер слів не чуєш! До тебе треба — «не з порожніми руками»! Так я — з аргументами! Це фото і вся правда про смерть Петра вже завтра інтернетом гулятимуть!

— Стасечко! Нащо ж ти це робиш, дитино?! — заплакала мама. — Люда ж тобі... і мопед була купила, і телефон новий, і велосипед... Ми ж — сім'я!

Людмила уп'ялася у Стаську важким моторошним поглядом.

— Чого ти хочеш? — процідила ворожо.

— Бабу Аду хай з в'язниці випустять! Шамраїв поверни!

— Куди?! Немає Шанівки! І це справа рук Залусківського. А він помер!

— Значить, хату їм у Килимівці купи! У тебе бабла вистачить! Поверни Улянку з мамою і малими, бабу Аду! І накажи, щоби Катерину і Тараса випустили, бо інакше — всі тебе справжню побачать!

Людмила проковтнула гнів. Брови звела.

— Тиждень дай, — видушила. — І тільки наважся за цей час утнути якусь дурню! Власними руками задушу!

— Згода... — прошепотіла Стаська.

За кілька днів після тої розмови в обласному центрі до камери ізолятора тимчасового тримання, де танула Катерина, зайшов слідчий ДБР Дідух.

— Знову нічого не їла? — спитав.

— Не хотіла...

— А чого хочеш?

— Тільки справедливості...

— Тоді ти безнадійна, Катерино, — сказав утомлено.

— Чому?

— Реальне життя не передбачає вимріяних понять. Тебе і звільняють не тому, що ти ні в чому не винувата, а тому що цього захотіли впливові люди.

— Нас звільняють?!

— Є таке! Твоя подружка Людмила Поливанова теж руку приклала. Змусила позакривати всі «хвости»: з тебе врешті знято підозри у причетності до смерті громадянина Онищука, слідство завершено, матеріали спрямовані до суду. Та й вашу з Тарасом появу на подвір'ї Віті Сонця тепер трактують інакше. Значить, недарма і я працював!

— Недарма! Ви нас відстояли, а не впливові люди... Справедливість таки можлива.

— Може, й так. Ти поїж...

— Уже вдома! Нас коли відпустять?

— Поїж кажу! Сьогодні вас до райцентру перевезуть. Рішення про ваше з Тарасом звільнення суд ухвалюватиме там.

— Чому так?

— Процесуальні моменти, на суть не вплине. Вір мені, — відповів Дідух, та Катерина раптом відчула: на неї насувається невідворотна темна хмара.

— А до того, що нас у райцентрі звільнятимуть, також Людмила руку приклала? — спитала.

Тої самої миті у невеличкій кімнатці молодшої сестри Людмила стояла навпроти Стаськи, недобре дивилася їй в очі.

— Справи такі! — вимовляла холодно. — Кажу, як є! Баба Аделаїда померла у в'язниці. Тараса з Катериною сьогодні перевезуть до райцентру, завтра звільнять прямо у залі суду. Зможеш власною персоною зустрічати їх! Усе!

— А Шамраї? — Стаська напружилася.

— Не знаю, де вони! Можеш не вірити, але я наказувала Сергієві Гордієнку, щоби знайшов їм нове місце для життя, гроші дала, щоби нормально влаштувалися, а цей... йолоп вивіз їх за шістсот кілометрів і викинув на трасі. Я намагалася з'ясувати, що з ними сталося, але поки результату немає. Та воно і зрозуміло! Хто ті Шамраї? Перекотиполе! Згодом продовжимо пошуки, якщо тобі... не перестане припікати у дупу!

Людмила замовкла, тицьнула пальцем у ноут.

— Знищуй фото! Давай! Бо мені коштувало немалих зусиль добитися звільнення Тараса і Катерини!

Стаська усміхнулася іронічно, натиснула кілька кнопок. На екрані ноута спочатку з'явилася клята фотографія, прямо на екрані почала тьмяніти і врешті зникла.

— Я могла би тобі збрехати, що — все, фотки немає. Але скажу, як є! — мовила. Натиснула ще кілька кнопок, на екрані знову з'явилася гола дупа судді, Людмилині стегна. — Лишу фотку там, де ніхто, крім мене, не зможе її відкрити. Хай повисить про всяк випадок! — знову пальцями по клаві: фотка зникла.

— Ти що витворяєш, заразо?

— Я тебе знаю, Людмило Миколаївно... — вперто мовила Стаська. — Ти не відступишся. Але і я не здамся! Тільки спробуй зашкодити Тарасові і Катерині! Чи Улянці! Одразу свій козир дістану!

Людмила втратила контроль над собою. Потягнулася було до Стаськи, та мала відскочила. Дивилася на старшу вовком.

— Запам'ятай, сволото: шантажисти завжди програють! Це я тобі як дипломована юристка кажу, — видушила Людмила. І раптом щосили плюнула Стасьці у лице.

Дверима — хрясь! Вискочила з батьківської хати. До автівки, повз матір, яка на подвір'ї очікувала результату розмови доньок.

— Людо! Помирилися?

— Ма, краще сама її прибий!

Скерувала автівку до міста, на ходу набирала номер на мобільному.

— Сергію! Хоч ти мене не підведи! — процідила у слухавку. — Вони вже сьогодні у вас там будуть...

Вимкнула дзвінок, поправила рідке волосся, наче корону.

— Ти ще побачиш, на що я здатна, дурепо неповнолітня! — відіслала привіт сестрі.

Під вечір того ж дня бліда знесилена Катерина входила до камери ізолятора тимчасового тримання при районному управлінні поліції, все озиралася.

— А де Тарас? Тараса теж сюди привезли? — питала, бо так і не побачила хлопця. По обіді, як і обіцяв Дідух, їй наказали бути готовою до переїзду, за кілька хвилин вивели у дворик, посадили до бусика, повезли у невідомому напрямку. Троє поліцейських супроводжували. Не хотіли спілкуватися, не відповідали на запитання. Чому так? Якщо вже всі знають, що вони з Тарасом невинуваті, то чому їх порізно етапують до райцентру, як злочинців? Чи... може, з Тарасом щось сталося?

— А де Тарас? — знай повторювала, коли дісталися до місця призначення.

Поліцейський наказав Катерині зайти до камери, відразу ж зачинив двері, і ставити запитання стало нікому.

Щось не так... Темна хмара, що нависла над дівчиною ще після візиту Дідуха, розрослася, стала важчою: опускалася все нижче, давила на голову, відмовлялася пояснювати причину незрозумілої тривоги. До ночі не присіла. Ходила з кута у кут, підходила до дверей, прислухалася і вже не мала сумніву: зараз станеться щось погане! От зараз...

Як не готувалася, та коли двері раптом розчахнулися і до камери зайшов... Сергій Гордієнко — відсахнулася, перелякалася.

— На вихід! — мовив хижо.

Вийшла у коридор, роззиралася. Де всі? Порожньо.

— Мене відпускають? Зараз? А де Тарас? Де всі? — кинула на Сергія настороженийпогляд.

— Хто «всі»?! — спитав ядучо. — Ти хоч мене одного спробуй задовольнити! — штовхнув у спину. — Вперед!

— Куди? — притулилася до холодної стіни. Дивилася на Сергія зацьковано.

— Куди скажу, туди й підеш! — ухопив за руку, тягнув коридором.

Протягнув метрів десять. Відштовхнув щосили.

— Стояти!

Вдарилася головою об стіну. В очах стало темно. По стіні сповзала на підлогу, крізь темряву бачила: Сергій підійшов до ближньої камери, розчахнув у дверях віконце, через яке арештованим тарілки передають, крикнув:

— Братику Тарасику! Ти де? Не хочеш подивитися, як я твою Катю зараз трахну?!

До віконця підійшов Тарас. Нахилився, визирнув. Потемнів, аж зубами заскрипів.

— Катю...

Побачила його: до серця — тепла хвиля. Живий... Чула, як Тарас зсередини камери щосили вдарив кулаком по дверях.

— Не роби цього! — глухо кинув Сергієві.

— Ще й як зроблю! Я навіть виставив хлопцям пляшку віскі, аби вони мені для такого траху на годину увесь ізолятор звільнили! А ти сподівався, хтось на поміч прийде? А ні! Тут тільки я, ти і Катька! І що ти зробиш? Нічого, братику! Дивитимешся у віконце, як я зараз...

Сергій розсміявся, обернувся до Катерини:

— О! Вже й лягла?..

Розстібнув ремінь, стягнув його. Не реагував на гнів Тараса, який бив кулаком у двері, взяв за один кінець ременя, щосили хльоснув у повітрі, як батогом. Уп'явся у дівчину зухвалим поглядом. За спиною — бух-бух!

Катерина не відвела очей. І без того бліде лице стало паперово-білим. Видихнула судомно, і раптом усі лампи в коридорі погасли. Лиш одна світила — над головою дівчини. Кидала у бік Сергія моторошні тіні. За спиною — тиша...

Сергій розгубився. Навіть озирнувся до Тараса, аби пересвідчитися, що брат тут, бо чомусь подумав: він тут один проти... відьми. Тарас не зводив із Катерини очей.

— Дивися! Зараз побачиш... — пробурмотів Сергій. Відкинув ремінь.

— Підійди... — почув.

Що?! На дівчину — зирк, ледь не обісцявся, бо здалося: сині очі її стали чорними, блискучими. Вуста наче... у крові?

— Підійди... — повторила глухим незнайомим голосом.

— А-а-а... Вже сама мене хочеш? — спробував віджартуватися зухвало, а з місця не зрушив. Ноги не слухалися: тупцював незграбно.

— Підійди, торкнися мене. Одразу помреш, — прошепотіла тихо, а Сергієві — грім у вуха.

— Дурна?

— Одразу...

— Та пішла ти!

— Ти йди. Все прямо. Нікуди не повертай... — прошепотіла і знепритомніла.

Сергій зиркнув на дівчину зацьковано, вже рота розкрив, аби не мовчки, та ноги повели коридором...

— Випусти мене! — закричав Тарас.

Сергій, як не при собі, зупинився, чужими механічними рухами відчинив двері Тарасової камери, пішов далі прямо до вікна, хвала Богові, що на першому поверсі, розчахнув його, виплигнув, навпростець — через клумбу до паркану, переліз, щез у темряві.

— Катю! Катю... — Тарас кинувся до дівчини, незграбно опустився на підлогу поряд, трохи підійняв Катерину, пригорнув.

Розплющила очі, роздивлялася хлопця зачудовано, наче вперше бачила.

— Вийдеш за мене? — мовив раптом. — Хочу бути твоїм чоловіком, Катю! Назавжди...

Тамара від самого ранку збиралася до райцентру зустріти синочка і Катерину. Нервувала, все з рук валилося, у голові — самі страхи. Раптом не відпустять?..

— Раптом не відпустять?! Що робитимемо, Федю?! — мордувалася, бо вчора прибігла Стаська Поливанова, сказала: завтра Тараса і Катерину виправдають повністю! А раптом мала щось поплутала? Тамара в які двері не стукала, аби уточнити інформацію, — ніхто нічого конкретного сказати не зміг.

Вже зібралися мчати по Тараса, як — стиць! Дзвонить чужа людина:

— Сергій Гордієнко — ваш син?

Тамарі серце впало. Що сталося?!

— Під ранок люди знайшли його непритомного за десять кілометрів від райцентру, — переповідала Федору, коли за хвилину на бусику вже летіли до старшого сина. — Кажуть, певно, вночі заблукав у лісі, не зміг захиститися від бродячих собак, яких тут повно. Бо ввесь покусаний. Люди викликали «швидку», Сергія переправили до райлікарні.

— Що він у лісі робив? — дивувався Федір.

— А я знаю?!

— Діти, діти... — прошепотів. — Хоч розірвися! Поки через одного кишки рвали, другий начудив.

У районній лікарні обмотаний бинтами Сергій лежав на єдиному на все терапевтичне відділення ортопедичному матраці, збуджено дивився на приголомшену Людмилу, яка стояла поряд із його ліжком.

— Що? — перепитала з недовірою. — Просто наказала і ти пішов?..

Сергій кивнув.

— Сам і досі повірити не можу. Бля, Людко, так страшно було! Катька каже: прямо йди, і я, як кінчений якийсь, — навпростець через вікно, паркани, бур'яни. Сунув, поки на будівлю районного суду не наштовхнувся.

— І що?

— Та що! Стою перед судом, думаю: може, Катька хоче, щоби я признався у тому, що Шамраїху зґвалтував.

Людмила напружилася.

— Ти Шамраїху зґвалтував? Яку? Вальку чи Улянку?

Сергій стрільнув очима:

— Хто ґвалтував? Я нікого не ґвалтував!

— Ти тільки-но ляпнув!

— Жартів не розумієш? Ти краще слухай, як було. Стою я перед судом, думаю: годі з мене прямих шляхів. Ну... І повернув ліворуч. Тільки крок ступив, а тут двійко псів! Таких самих, як у Катьки колись були! Таких самих, Людко!

— Катерина на тебе своїх чарівних псів нацькувала? Отих, яких ніхто вже сто років не бачив? Така вже маячня!

— Не віриш? А оце — що?! — показував покусані руки, ноги, тулуб. — До лісу гнали. Як живим залишився — не знаю.

— Файна казочка для виправдання!

— Людко, кінчай знущатися, добре?! Краще зроби так, щоби мене з району до міста перевели. Хочу подалі од відьми бути. І тобі згоджуся! Ти ж знаєш: за невеликі гроші можу великі діла поробити! А за Катьку не переймайся: сама скоро помре! Вона вже така слаба — ледве рухається.

— Подивимося, — буркнула, пішла до дверей. — Одужуй і менше язиком патякай.

І слову з Сергієвої розповіді не повірила. «Брехло і сцикло! — психувала. — Не зумів Катерину з Тарасом нагнути, от і викручується! А шкода, що не зумів! Хай би Стаська побачила, що буває з тими, хто... встрягає у мої плани!»

На лікарняному подвір'ї зіштовхнулася з переляканими Тамарою і Федором Гордієнками. Зупинилася. Дочекалася, поки підійдуть.

— До Серьожки? — спитала зухвало. — А до Тараса встигнете? Бо сьогодні вийде! І щоби ви розуміли: я добилася його звільнення!

— Дякуємо, Людмило, — відказав Федір стримано.

— Це я до того, що за магазин ми більше не балакатимемо! Ніколи! Магазин — мій! А спробуєте й далі мені з тим магазином голову морочити — без хати залишитеся! Ви ото краще не бізнесу, а синам своїм час віддавайте, бо бач, які вони у вас невгамовні! Що Серьожка! Що Тарасик... Завжди знайдуть пригоду на свою дупу!

Катерина геть заслабла. Після звільнення тільки у світлі нещадного серпневого сонця Тарас побачив, як змарніла. Не вагався. Підхопив на руки, поніс до материного бусика.

— Синку, може, до лікарні треба? — захвилювався Федір.

— Додому поїхали, тату, — відповів.

Метушився, як заведений: у материній хаті нагодував дівчину — подзьобала трохи, вклав на широкий диван у своїй кімнаті.

— Все погане позаду, Катю. Відпочивай. Тепер швидко відновишся... — поцілувати не наважився. Торкнувся дівочої долоньки.

Після моторошної ночі в ізоляторі тимчасового тримання Катерина спостерігала за подіями власного життя, наче сторонній свідок. Переполох у ізоляторі, суд, звільнення, Тарасова хата... Лежала у затишній, як кубельце, кімнатці, констатувала: темна хмара не зникла, і далі давить на голову, відбирає надію, Тараса, щастя кохати, жадану волю. Наче все те вже не для неї.

— Може, я помираю?.. — прошепотіла.

Страшно стало. Полишила диван. Посунула чужою хатою на звук голосів. Тільки би не лишатися одній.

У вітальні Тарас про щось тихо говорив з батьками. Катерина вчепилася в одвірок, прислухалася.

— Вчора який день був? — спитав хлопець.

— Двадцяте серпня, — відповів Федір. — Попереду — Незалежність, потім діти до школи побіжать, якщо вірус їм усе не перепаскудить. А чому питаєш, синку?

— Хочу запам'ятати день, коли Катю заміж покликав, — сказав Тарас. — Тепер розповідайте, як ви тут жили?

Що казати? Самі сльози! Як почали батьки погані новини перераховувати, аж з ліку збилися. І Шанівки вже нема, і Залусківський помер, і Серьожка у лікарні, і від одного дебелого нотаруіса папірець прийшов, щоби Тамара до нього наступного тижня приїхала документи дооформити...

— Які документи? — спитав Тарас.

— По магазину, синку.

— А що з магазином?

— Немає у нас більше магазину! — призналася. — Нічого немає. Так уже вийшло. Не можу тепер ані файне весілля тобі справити, ані хату купити, щоби ви з Катею жили окремо. Доведеться усім кагалом у нашій хаті тіснитися, бо останні гроші витратили на похорон Залусківського. Геть нікому виявився не потрібним. Всі забули.

Катерина захвилювалася. Переступила поріг. Тарас до неї: Катю...

Дивилася на Тамару.

— Ви не забули, — сказала. — І він не забув.

Знітилася: нащо встрягла? Глянула на Тараса і Тамару винувато.

— Вибачте... Хотіла спитати. Невже справді будемо всі разом в одній хаті жити? Мама, тато, діти... Як справжня родина. Яке ж то щастя!

Тарас обійняв дівчину, всадив біля столу:

— Вже краще, Катю?

Плечима знизала, до Тамари:

— Про Шанівку почула. Про Залусківського... А як Стаська, Улянка? Живі-здорові?..

Тамара зітхнула, давай далі про шанівські біди розповідати: Шамраїв немає, виїхали, а Стаська бігає собі. Певно, до школи готується: перше вересня ж на носі.

— Стася нас із Тарасом врятувала, — сказала Катерина.

— Як знаєш? — здивувався Федір.

— Не можу пояснити. Знаю...

— Помиляєшся, Катрусю! Людка вас з-за ґрат витягнула, — зауважив Федір. — Сама нам нині зізналася.

Не стала сперечатися. Брови звела, бо здалося: моторошна темна хмара хоч і давить на неї, та вбити намірилася не її. Стаську...

З даху старого елеватора Стаська проводжала рожеве, як персик, серпневе сонце — котилося вкладатися, крізь пухнасті хмари ще лоскотало промінчиками верхівки садів, дахи, соняхи, луки до обрію, а на обрії — ліс бровами.

— Ми з Улянкою мріялиназнімати відосів про наші розкоші, всіх у гості до Шанівки кликати. Екотуризм, таке інше, — сказала Катерині, яка сиділа поряд. — А тепер — ані Шанівки, ані Улянки...

— Якби не ти, ми би з Тарасом теж пропали, — мовила Катерина.

— Так ти мене шукала, аби подякувати?

— І подякувати. І тривожуся за тебе, — призналася. Тому й полізла непевною металевою драбиною на дах старого елеватора, хоча й була ще геть слаба. Сподівалася: розмова зі Стаською чи розвіє хмару, чи підтвердить тривоги.

— А я — за Улянку тривожуся! — сказала дівчинка. — Поможи, Катерино...

— Як, Стасю?

— Ти ж відьма!

— Та яка я відьма?!

— Відьма! Поворожи! Чи що ти там робиш, аби взнати, де є людина, бо від Улянки так давно — ніяких звісток.

Катерина вже зібралася обережно пояснити дівчинці: її норовливий дивний дар — не чарівна паличка, якою досить лише змахнути, аби бажання здійснилося, та раптом перед очима заплигали тьмяні сірі картинки. Важкі, брудні, наче у багнюці. Ось Улянка. Заклякла, ошелешена. Лежить на землі посеред сміття, а дивиться у небо. Поряд Валентина плаче, безсило б'є кулаками по землі, кричить. Чи то Улянка плаче і лупить кулаками, а Валентина лежить на землі посеред бруду. Не розібрати! Та що ж це?..

— Катерино! Вже ворожиш?.. — почула голос Стаськи.

— Помовч... — прошепотіла. Заплющила очі. Полетіла над землею, аби опинитися ближче до Улянки, роздивитися, зрозуміти: де вона, що сталося? Нічого не побачила. Раптом вітер піднявся — могутній, зустрічний. Запорошив очі, віджбурнув Катерину до даху елеватора, шепотів у вуха: досить...

Розплющила очі.

— Не бачу, де вони.

— І це все?

— Вибач, Стасю. Просто знай: думки матеріальні. Чого сильно бажаєш — отримаєш.

— Тоді Улька повернеться! Бо дуже сильно хочу!

— Як тільки дозволять обставини, прилетить до тебе! От побачиш! — вимовила загальне, непотрібне, зайве. Бо розгубилася: намагалася взнати, що Стасьці загрожує, натомість зрозуміла — Улянка теж у біді. Хіба можна на дівчинку такі новини вихлюпувати? Нізащо! Катерина знає, що то — у тринадцять залишитися наодинці з навалою бід.... Кинула на Стаську обережний погляд.

Стаська дивилася на почорнілі у вечорі верхівки дерев.

— Мені у вересні вже — чотирнадцять, — сказала. — Приходьте з Тарасом. Дуже виручите... Коли Люся дізнається, що я вас запросила, не припхається.

Катерина усміхнулася гірко.

— Ми з твоєю сестрою колись найліпшими подружками були. Ще коли у Шанівці жили, а до школи у Килимівку бігали.

— Ти зараз до Шанівки збігай, — по-дорослому втомлено відповіла Стаська. — Отримаєш порцію незабутніх емоцій...

Напіввантажна «тойота» з Тарасом і вчителькою Марусею на борті зупинилася на околиці Шанівки у День Незалежності. Катерина не поїхала, відмовилася дивитися на скривджене село. Маруся ж на власні очі хотіла пересвідчитися у тому, що люди не брешуть. От хлопець і прихопив пасажирку.

З невисокого зеленого пагорба Тарас дивився на село, в якому народився. У дитинстві обпікав тут голі п'яти у гарячій пилюці, нахабно обривав сусідські абрикоси, бо сусідські смачніші, хоч своїх повно! Тут у всі пори року повітря завжди по-різному смачне, на подвір'ях співали просто так, а вночі можна було тихо вислизнути з батьківської хати, тремтіти від страху і стукоту власного серця, городами і луками бігти до кургану, бо ж з нього під зірками — цілий світ! Чи й при дні зазирати до найглибшої сільської криниці, аби побачити зорі. Тут поняття «воля» формувалося на свіжому вітрі, фізичному загартуванні, повазі до землі і шануванні простої істини: людина — не худоба. І як без цього далі?..

— Нащо ж паркан?.. — не впізнав рідного села. Поруйновані обійстя, зарослі бур'янами городи, все село обнесено парканом з металопрофілю. Біля крайнього обійстя — будка охоронця. Зграя псів...

— Ходімо, Маріє Іванівно... — Тарас першим пішов до будки. Усміхнувся з досадою, бо ще здалеку прочитав текст на великому рекламному борді поряд із парканом. «Парк екстремальних розваг — ваш шанс отримати порцію незабутніх емоцій!» — переконував банально-тупуватий слоган.

— Ви до нас?! — із будки назустріч Тарасові й Марусі вилетіла стандартно-красива явно міська панянка зі слідами хірургічних корегувань. — Забронювали час?

— Жартуєте? — усміхнувся хлопець.

— Які жарти? Сьогодні ж — державне свято! День Незалежності! — жваво заторохтіла панянка. — У людей — вихідний, так що на сьогодні у нас все розписано! Жодної вільної хвилини! Скоро має під'їхати компанія з Вінниці! Але можу пошукати для вас віконце у найближчий тиждень! І раджу не зволікати, інакше доведеться довго чекати: наш парк так швидко став популярним! Вас що цікавить? Військово-патріотичні квести, романтичне побачення, пейнтбол, кримінальні розбірки посеред руїн, пошуки скарбів?.. У нас дуже різноманітна тематика!

— Я не розважатися! Я — по своє! — Тарас уже зібрався перетнути периметр, та пси загавкали, з будки вивалила чимала компанія чоловіків — один у цивільному з текою, інші у чорних одностроях із шевронами охоронної фірми.

— Хвилиночку! Ви — хто?! — цивільний уже спішив до них.

— А ви? — Тарас йому.

— Юрист фірми, яка орендувала землі цього колись населеного пункту на дев'яносто років. Ось усі дозвільні документи, рішення судів! — тицяв текою з документами Тарасові у лице.

— Вже й суди підтягли? Швидко ви!

— У нас — все по закону! І вашого тут уже нічого немає! Якщо ви стосовно компенсації за нерухомість, звертайтеся до голови вашої ОТГ.

— Не по компенсацію! По кіоск! — відповів Тарас, пішов шанівською вулицею прикинути, як краще материну торговельну точку до Килимівки переправити.

Ошелешена Маруся так і лишилася біля будки охоронців. З тугою дивилася на Шанівку.

— Нащо ж село на цирк перетворили? — спитала чоловіка у цивільному, який курив за метр від неї. Охоронці і панянка вже втратили інтерес до візитерів, сховалися у будці.

— А що було би краще? — відповів уїдливо. — Щоби просто заросло і поруйнувалося? Дорогенька, та ви нам дякувати маєте! Ми нове життя у вашу глуху діру вдихнули! Знаєте, скільки сіл уже зникло в Україні? Цікавилися колись? За останні років двадцять, певно, більше тисячі. За аналізом науковців, за сто років сіл узагалі не залишиться! Взагалі!

— Яка ж Україна без села? Це ж ніби людина без руки чи ноги.

— Жіночко! Українському селу поможе тільки диво! Ви умієте творити дива? Ні? Тоді сприймайте реальність адекватно!

— А в чому реальність? У тому, що держава нічого селу не дає, лише бере. І як нормальні люди мають на це реагувати? Мовчати? Погоджуватися? Та й зникають села з різних причин. Одна справа, коли люди з доброї волі покидають старі хати, переїжджають до нових, кращих. Інша — коли їх силою виганяють, щоби черговий місцевий князьок зміг на їхніх землях володарювати...

— От тільки не треба політики! Політика — це вибори у жовтні. Ото йдіть і обирайте того, хто вам у селі рай на землі влаштує. Тільки ж... ви отого чергового місцевого князька й оберете, бо звикли за копійчину продаватися! Якщо ні, ото й стане справжнім дивом!

...Тарас із Марусею від'їхали від околиці Шанівки — приголомшені, засмучені. Хлопець вів автівку, косував на вчительку.

— Маріє Іванівно... Відпустіть! — порадив.

— Як?! Просто взяти і відпустити?

— Не все, що нас непокоїть, вирішується тут і зараз. Для багатьох змін потрібен час. У світі стільки проблем! І стільки можливостей! Ми навіть уявити не можемо, як вони переплетуться — проблеми і можливості. І де у всьому тому опиниться Шанівка.

— Ох ти мудрий!

— Не мудрий! Просто обираю головне.

— А що головне?

— Для мене зараз? Катя.

— А взагалі? Ти ж воював, Тарасе! Ти ж маєш розуміти!

— Люди, Маріє Іванівно. Завжди і всюди лише люди — головне. Якщо когось і рятувати, то людей.

— А село — хіба не люди?

— Більше ніж люди. І тут теж усе залежить від наших щоденних маленьких кроків. От ви горюєте, що Шанівки більше немає. Та хто сказав, що це кінець? А раптом завтра вам захочеться вирощувати на вашому подвір'ї у Килимівці неймовірні жоржини! А потім усім їх захочеться, тих жоржин! І жити посеред тих жоржин. І всі дізнаються про Килимівку, поїдуть сюди. Тісно стане у Килимівці, люди відновлять Шанівку, бо оці «артисти» зі своїми квестами надовго тут не затримаються.

Вчителька мовчала.

— Маріє Іванівно...

— А я ж колись теж старалася, аби село згинуло! — сказала.

— Щось мені не віриться!

— Було! На уроках дітям казала: вчіться, ви ж не хочете у селі залишитися! Наче село — прокляття чи тут усі дурні! От і добалакалася! Скоро й у Килимівці школу закриють, бо ми малокомплектні: дітей мало, вчителів не вистачає.

— Катя з першого вересня вчителюватиме.

— Хай одужає спочатку.

— Щось її тривожить. Тому й відновлюється так повільно. І не признається.

— А ти і не лізь їй у душу. Розбереться зі своїми страхами, сама признається, — Маруся зітхнула, глянула на дорогу. — Ми хіба не у Килимівку?

— На шанівський цвинтар заїду на хвилину. Мама казала: Залусківського там поховали, — відповів.

Тамара йшла до нотаріуса, як на плаху.

— Федю, шкірою відчуваю: все це Людчині фокуси! Недарма вона нам погрожувала, — сказала чоловікові, який разом із дружиною поїхав до райцентру.

— Томо, ти документи на магазин не забула?

— Федю, я Людці цей магазин до кінця своїх днів не забуду! Вже, кажуть, до міста перебралася, в обласній прокуратурі дупу свою вмостила, на новому «мерсі» катається, а як було мурло, так і залишилося! Гребе все, що бачить! От всрався їй наш магазин?!

— Томо, ти хоч усе це на нотаріуса не вилий. Бо вони з Поливановою, певно, вась-вась, раз він після того, як суддю заарештували, взявся Людці помагати.

— Добрий день! Давненько я тут не була! Аж скучила! — Тамара з усіх сил намагалася тримати себе в руках, зайшла до офісу нотаріуса, обмацала дебелого дядька настороженим поглядом. — Як одержала ваш папірець, усі справи покидала! І до вас!

— Пані Тамаро! Пане Федоре! Прошу! Сідайте! Чай-кава? — нотаріус підхопився, як молодий. Тамарі стілець підсунув, Федору жестом запропонував присісти. — Може, коньячку?

Тамара брови звела. Не сіла. Стовбичила посеред кабінету. «Сідайте, бо не встою? І коньячку, щоби не так гірко було? А куди гірше?..» — плигали думки.

— Так, пане! — вимовила важко, хижо. — Кажи, якого ми тут, бо зараз як вмажу поміж очі, так правда з тебе і вискочить!

Федір зітхнув: отака у нього жінка! За те і любить її все життя!

— Залусківський вам усе своє майно заповів! — випалив нотаруіс. — І гроші!

— Що?! — Тамара подумала: почулося. — Кому це «вам»?

— Вам, тобто Тамарі Гордієнко! Вам одній, пані Тамаро. Все, що мав Іван Миколайович, тепер ваше! І ще лист написав! — нотаріус поліз до столу, дістав конверт, простягнув жінці. — Читайте! Думаю, покійний пояснює причину свого несподіваного для всіх вчинку.

Тамара взяла заклеєний конверт, відкрила, дістала складений учетверо звичайний аркуш зі шкільного зошита. «Прости мене, Томо, — читала слова, написані рукою Залусківського. — З тобою вчинив — найгірше. Боявся, що як стану до тебе добрішим, сина визнаю, Алла ніколи не пробачить. Навіть з того світу не пробачить. А заради Алли я би навіть Богові ноги повідривав. Прийми мої капітали! Ти — єдина людина на землі, якій можу довірити їх. Ти — мудра. Спрямуєш їх на добру справу. Тарасові перекажи, що пишаюся ним. А Феді скажи: знаю, що я мудак... Ваш Іван».

Тамара задихнулася, втримала сльози.

— І коли він заповіт склав? — спитала нотаріуса глухо.

— Наступного дня після похорону дружини. Ще тринадцять років тому. А нині, коли прийшов до тями після замаху, то покликав мене до лікарні й у присутності головного лікаря і офіцера СБУ підтвердив свою волю.

Тамара око примружила, глянула на нотаруіса прискіпливо.

— Так он чого ти цю волю без фокусів виконав! Бо СБУшник і головлікар у свідках!

— Дарма ви так...

— Ти хоч мені не тринди, що не мутиш! Ти, козел, змусив мене розписку про борг написати і задурно магазин віддати!

— Не я, а суддя!

— І хто у тебе тепер хазяїн замість нього? Людка?

— От, до речі, про Людмилу Миколаївну! Пропоную до наших справ повернутися, бо ще є про що побалакати!

— Ти диви, як заговорив! — Тамара усміхнулася агресивно.

— Томо, вгамуйся вже! Послухай чоловіка! — Федір їй.

Тамара язика прикусила, кивнула нотаріусу: кажи вже!

— Думаю, є сенс оперативно, професійно і конфіденційно скласти, так би мовити, перелік усього, що мав Іван Миколайович. Особливо радив би зосередитися на частках у підприємствах, боргах, бо якщо згаєте час, отримаєте половину того, що мали б отримати насправді.

— Он як... — Тамара задумалася.

— Можу з перевіреною командою професіоналів узяти на себе таку непросту місію, як фінансовий аудит. За певний відсоток.

Тамара глянула на нотаріуса прискіпливо.

— І хто вже до Іванового майна присмоктався?

— Серед найбільш небезпечних — Людмила Миколаївна.

Тамара налилася гнівом: і тут Людка?! Рішучо простягнула нотаріусу руку.

— Домовилися! Отримаєш відсоток, якщо допоможеш зберегти Іванові капітали! І магазин мій у Людки забереш!

Людмила втратила магазин у середині вересня, бо — упс! Несподівано з'ясувалося: нотаріус припустився помилки при оформленні боргового зобов'язання. Це стало приводом вважати його недійсним і повернути магазин колишній власниці Тамарі. Перший дзвіночок?..

Людмила би так уже не переймалася, якби на інших фронтах — суцільні перемоги. Та нове життя, у яке вскочила на хабарях із суддівського тайника, не передбачало й хвилини стабільності. Як нескінченний калейдоскоп, знай змінювало і змінювало розташування окремих елементів у все нові конфігурації. Хто — друг, хто — ворог? Чорт його знає! Тільки за одне думка: як утриматися посеред них, щоби й далі до суддівської посади рухатися. Лише тепер докумекала: одна справа, коли ти не просто співробітниця районної прокуратури, а ще й невістка голови райсуду, який видоює цю територію вже не один десяток років. Інша — коли ти родичка заарештованого судді-вбивці, якийсь перець із Києва посадив тебе в обласну прокуратуру, і ти гадки не маєш: хто тут є хто? Хто має честь, а хто дах. І тут тобі навіть не натякають, а прямим текстом:

— Повинні підтягнути знання законів, Людмило Миколаївно, бо атестація не за горами, і якщо провалите...

Та мать вашу! Коли закони вивчати, якщо має систематично втихомирювати Нечитайла, який намагається не тільки вирватися з-за ґрат, а й повернути невістку під свій контроль; змушена формувати команду, яка на виборах захопить владу у рідній Килимівській ОТГ і завершить відчуження земель на її користь напередодні земельної реформи, бо потім пізно буде! Земельні оборудки зараз тре встигнути зробити! І це не все! Одночасно через полковника Орєхова має вивчати і налагоджувати перспективні столичні зв'язки заради свого завтра, який-не-який час малим синам віддавати, хоч ті давно вже у Петрової матері отаборилися. А ще цілодобово переживати за те, щоби хтось не дізнався про суддівські тайники, не прийшов посеред ночі, не цюкнув по маківці... За цей час геть змордувалася! День і ніч ламала голову над тим, у яке надійне місце суддівські багатства переховати, бо ж Нечитайло — ще те падло! А раптом захоче невістці помститися, підішле відморозка, щоби тайник спустошив? Та як потім жити?! А ще київський дружбан

Орєхов час від часу не тільки трахає соратницю безкоштовно, а й усе нових і нових грошей вимагає, обіцяючи всунути провінційну подружку до суддівського корпусу, як тільки те стане можливим. А чи робить щось?..

Невдовзі дізналася: втрата магазину — лише початок проблем.

— Іван Залусківський моїй матері свої капітали залишив! — похвалився Сергій Гордієнко, який і досі був нібито на лікарняному. — Лише за пів року зможе багатствами розпоряджатися, а Косюк уже в рота їй заглядає! Колишній Іванів помічник Василь уже став її радником, помагає зорієнтуватися у бізнесовому хаосі покійного. Так я оце думаю: треба до матері підкотити, хай і мені кусень від пирога Залусківського відріже. І ти, Людко, налагоджуй з моєю матір'ю контакти. Щоби не сталося, як у Залусківського із суддею: доділили район до того, що один у в'язниці, а другий на цвинтарі!

— Нові контакти — то завжди корисно, — відповіла нейтрально. — Та спочатку тре хвости попідтягувати...

Пізнім вечором повернулася до файної хати у райцентрі, нашпигованої новітніми охоронними системами, сама-одна видудлила пів пляшки горілки. Конфігурація «друг-ворог» знову змінилася.

— Та-а-ак... Що робити?!

Ясно бачила: на кону не лише земля, а й вплив на все, що відбувається в ОТГ. З одного боку — вона, Людмила, з другого — Тамара. І не одна.

— Дідько... Якщо зчеплюся тут з ними, хто за суддівське крісло боротиметься? Та що за... — психувала, аж призналася: — Краще би все по-старому було! З живим Петром, незаплямованим суддею... І щоб мама знову була такою, як колись.

Отут і ховалася скіпка, яка колола серце. Відчувала б Людмила підтримку сім'ї, вона би не тільки гори на степ перетворила, а й новий Еверест поряд із Килимівкою звела. Та після того, як мама побачила кляте фото, у батьківській хаті її стали зустрічати з боязкою відстороненістю. Стаська заздалегідь зникала з дому, коли дізнавалася про візит старшої сестри, тато відводив очі, посилався на справи, теж ішов, і ввесь удар брала на себе мама: здавалося, дуже хоче втекти, але просто не наважується. Зацьковано дивиться на старшу дочку, намагається про щось говорити, та очі не брешуть — плачуть.

— Мамо... Ти боїшся мене? — раз спитала приголомшено.

— Та ні, доню... — обережно.

— Значить, засуджуєш? Чи, може, зневажаєш? Гидуєш?..

— З чого взяла?.. — мама зітхала гірко, ніби сама геть у всьому винувата. Остаточно замикалася. І вже не поскаржишся їй відверто на свої проблеми, не похвалишся, якою крутою й козирною стала. А якщо й похвалитися нема кому, то нащо воно взагалі?..

— Лузери невдячні! Зрадники! — виїжджала за поріг батьківської хати, зупиняла новенький «мерс» посеред луків за Килимівкою, била носаком по колесах, бо почувалася безкінечно самотньою сиротою. — Падли! Я ж усе роблю заради вас! Заради сім'ї! А ви мене зрадили! Зрадили!

Перед очима — Стаська з копою різнобарвного волосся на голові. Тремтить, показує Петрові фотографію у мобільному.

— Чого ж ти й досі не здохла... — прошепотіла.

Катерина не помирала, але й не одужувала. Після звільнення сплив майже місяць, а дівчина наче застигла у тривожній хворобливій непевності. Вчителювати не почала. Квола, бліда, пнулася й далі людей лікувати, наче знаходила у тому натхнення жити далі. Тарасові так і не дала відповіді: згодна йти заміж чи ні? Сама-одна спала на широкому дивані у його кімнаті: ніби й поряд ці двоє, та чи разом?..

Тарас не квапив події, відкараскувався від розпитувань батьків.

— Більше тривожуся через те, що сумна. Сама у біді бовтається, а якщо сама — звідки сил набратися?

Почула би, спитала: для чого сили? Не помирала, та ніби й не жила. Моторошна темна хмара стала частиною єства. Випивала сили, сіпала-нагадувала: завжди ти, Катерино, свідкою була, знову станеш. На власні очі побачиш, як зло розправиться з дівчинкою, яка пофарбувала волосся у веселку, наче від того і життя на веселку перетвориться.

— Коли?.. — шепотіла у хмару.

— Потерпи. Скоро... — відповідала хмара, обіцяла розтанути, як тільки Стаська отримає болючий удар.

— Хто біди їй хоче?

Тиша.

Підводила очі до неба. Мамо золота, бабо Килино, Сашку... Хто-небудь!

— Агов! Поможіть... Підкажіть, звідки Стасьці чекати біди? Бо, здається, коли не дізнаюся, сама згину!

— Не згинеш! Виживеш, якщо вона згине! Отакий нині розкла́д! — втручалася хмара, сильніше тиснула.

Катерина не здалася. Нетерпляче гортала вересневі дні — скоріше би всесильне осіннє рівнодення! Цього дня відчиняться небесні врата, могутні сили з інших світів почують голоси живих, відгукнуться на їхні прохання і мрії, дадуть відповіді на будь-які запитання. Катерина попросить лиш про одне: щоби ніхто не заподіяв Стасьці біди!

Не так сталося, як гадалося. Двадцять першого вересня, коли до рятівного рівнодення лишалася доба, до просторої літньої кухні на обійсті Гордієнків, де дівчина висушувала трави, увійшла Тамара.

— Не можу більше мовчати! — сказала. — Маємо поговорити, Катю.

Катерина притулилася до побіленої стіни.

— За Тараса хвилюєтеся? — спитала жінку.

— За тебе, Катю! Танеш на очах, а я місця собі не знаходжу, питаю себе: чому ж так? — замовкла, дивилася на дівчину винувато. — Я у всьому винувата! Через мене хворієш, дитино!

Катерина усміхнулася знічено.

— Дарма на себе намовляєте.

— Не дарма. Стільки років ненавиділа тебе, бажала тільки поганого! Хіба те могло минутися без втрат?!

— Знала, що ненавидите...

— Знаю, що знала. Тому й хочу крапки над «і» розставити. Прости! Якщо думаєш, що й досі зло на тебе тримаю, то це не так. День і ніч Бога прошу, щоби дав тобі сил і здоров'я, щоби у тебе з моїм Тарасом така сім'я народилася — як квітка!

— Куди ж ваша ненависть поділася, тітко Тамаро? Ви ж мене за щось незлюбили.

Зітхнула.

— Не знала, що насправді сталося чотирнадцять років тому. Коли Сашко помер, а Серьожа мій у лікарні опинився, то сказав: ти у всьому винувата! Сказав: ти підбила хлопців на ту дурню з парафіном! Знайшла ту кляту інструкцію, віддала Сашкові з Сергієм, наказала їм усе чисто за тією інструкцією зробити... І за те віддатися їм пообіцяла, — Тамара заплакала. — А я ж повірила! Я ж так розгнівалася — на шматки розірвати тебе мріяла! Село розколотила, всіх підняла! Якби правду знала, може, і Шанівка би вціліла, і батьки твої не загинули. І всі ми жили б інакше!

Катерина дивилася на жінку приголомшено.

— Тітко Тамаро... Чому ж ви йому повірили? Хіба ви вашого Серьожку не знали? Та він змалечку гонорився і прибрехати любив!

— Катю, я ж не йому одному повірила! Я ж до Людки Поливанової кинулася тоді, бо знала, що ви подружки. За шкірку її вхопила, питаю: Катя інструкцію хлопцям дала? Людка каже: Катька, хто ж іще! Вона все це замутила!

— Он як...

Тамара продовжувала говорити — що всі ці роки вірила у злі наміри дівчини, а нещодавно на базарі у райцентрі перестріла одного дядька з такою самою інструкцією, він їй очі і відкрив, а потім уже й Сергій признався.

Катерина не чула. Ошелешено дивилася на Тарасову матір, та бачила Людку. І не тільки її. Події чотирнадцятирічної давнини, як неймовірне карколомне полотно з людей-вчинків-думок-мрій виникло перед очима. І досі сіпали, не відходили у вічність, продовжували мордувати — наче для того, аби закрити гештальт і жити далі, треба було знати справжню роль кожного! Подумки роздивлялася учасників страшних подій: всім доля відмітину поставила. Всім! Крім Людки...

Серце заколотилося сильніше: неймовірне полотно перед очима заворушилося, перетворилося на темну хмару. Набрала людських обрисів — нахабні очі, рідке волосся, бант... Ясно стало.

Катерина глянула на Тарасову матір ошелешено.

— Тітко Тамаро! — прошепотіла. — Ви мене зцілили!

Коли увечері після виснажливого робочого дня у гаражі транспортного підприємства додому повернувся Тарас, то побачив матір на вулиці біля обійстя — розбурхану, приголомшену. Насторожився:

— Що з Катею?..

— Синку, я не винувата! Клянуся! Я їй лише правду розповіла! Вона мене вислухала, в одну мить зірвалася: нічого не пояснила, телефон залишила. Сказала: ви мене зцілили! І — гайда! А — куди? Вже вечір... Невже назавжди пішла?..

Двадцять другого вересня року 2020-го, наганяючи жаху на всіх забобонних, чотири двійки фатально поєднуються у непересічній даті осіннього рівнодення — таємничій, могутній.

Катерина знала: ніч напередодні рівнодення — найстрашніша. У цю пору темні сили набувають найбільшої моці, їхня влада може скувати волю найхоробрішого праведника, а перемога над злом пов'язана зі смертельним ризиком.

— А я встигну до ночі! — підтримувала себе. Не мордувалася через те, що Тарасова мати наважилася на відвертості саме двадцять першого вересня. Якби не вона, хіба б

Катерина побачила так ясно, хто загрожує Стасьці?.. Хто багато років тому оббрехав і її.

— Людко... Що ж ти...

Чекати не могла: нове знання розчистило обрії, вимагало негайних дій. План простий: доїхати до райцентру, знайти Людмилу, не дати їй зашкодити Стасьці. Тільки би встигнути!

А всі — проти! Небеса прорвалися, з них — голоси. Мама золота, тато, баба Килина...

— Куди, їй-бо?! Все ж правильно розтлумачила! — хором з небес. — Аби навіки загоїти стару рану, мала достеменно знати роль кожного у старій історії. Тобі лиш одного пазла не вистачало, бо не знала про зраду Людки! Тепер знаєш, Катю. Все склалося! Крапка! Тепер врешті зможеш щасливо жити! Тараса любити! Хмара зникне! Чуєш? Не тре нікуди мчати! Не тре Стаську виручати. Без тебе розберуться. Твої проблеми — позаду! Втрутишся куди не слід — такої біди собі накоїш...

Пручалася: відмахувалася, сердилася:

— Ні, досить! Не хочу більше бути свідкою! Свідок — омана про непричетність. Нащо собі брехати?! Свідок — завжди учасник події! Навіть коли мовчить, вже обирає одну зі сторін. І я колись обрала... Якби чотирнадцять років тому, коли Залусківський намірився вбити тата Роми Шведа, я хоча б закричала, можливо, Залусківський не вбив би... І все інше було би геть інакше! Тож досить із мене свідків! Свідки спостерігають не за подіями — за життям! Значить, самі не живуть! А я хочу вбити у собі свідка, щоби жити! Житиму...

Одразу до автостанції не побігла. Після розмови з тіткою Тамарою постукала до обійстя Поливанових. Раптом Стаська вдома?

— Немає. Де ходить — не знаю, — невиразно відповіла Стасьчина мати.

Отоді-то Катерина і подалася до автостанції. Купила квиток, чекала на рейсовий автобус, думала: може, Тарасові довіритися? Попросити, щоб у райцентр звозив?

— Ні, моя турбота, — зрозуміла. — Маю сама!

До Людмилиної файної хати дісталася, коли день став вечором. Стукала у ворота так гучно, аж сусіди на вулицю повиходили.

— До прокурорки? Вона у місті тепер працює. Повертається пізно. Десь о десятій вечора, а буває, й пізніше, — все знали.

За пів години до півночі, коли вечір став ніччю, хвіртка раптом розчахнулася. До Катерини, яка так і стояла біля воріт, вийшла суха старенька жінка.

— Ви до невістки? — спитала тихим згорьованим голосом. — Не ночуватиме сьогодні вдома. Повезла столичних колег у якийсь парк екстремальних розваг.

Останній рейсовий автобус давно поїхав. Катерина йшла трасою у бік Килимівки, махала рукою автівкам, які проносилися повз неї. От і почалися підступи фатальної ночі? Якщо ніхто не підвезе, до ранку ноги збиватиме, та однаково запізниться врятувати Стаську, бо відчувала серцем: саме зараз на дівчинку насувається біда. Саме зараз!

Іномарка з блакитними очима загальмувала поряд із Катериною, коли дівчина вже втратила надію, опустила руку, просто сунула вздовж траси.

— До Килимівки...

— Сідайте! — на Катерину зацікавлено дивився схожий на Білла Гейтса водій років сорока, в окулярах. Поряд із ним на пасажирському сидінні спав другий — точна копія першого. Двійнята?

Не відчула небезпеки. Тихо всілася на заднє сидіння, намагаючись не розбудити сплячого чоловіка. Хвилин двадцять їхали мовчки. Потім двійник водія солодко потягнувся, позіхнув.

— Як спалося, брате? — спитав його водій.

— Нормально. Тепер би — тьолку...

— Озирнися! — розсміявся водій.

Катерина закам'яніла. Притисла руки до грудей.

— Зупиніть! — вимовила хрипко.

— Як скажете! — ще голосніше розсміявся водій. На гальма!

Іномарка з'їхала з траси, зупинилася посеред луків. Водій увімкнув світло у салоні, його брат без сорому роздивлявся дівчину.

— Відчиніть, я хочу вийти! — смикала ручку зачинених дверцят.

Вони заторохтіли одночасно, удвох: про те, що не звірі і не збоченці, що навіть заплатять і після всього таки довезуть, куди дівчина скаже, що криза середнього віку вимагає пригод, і якщо дівчина погодиться одночасно з ними обома...

— Не змушуйте мене бути поганою... — раптом глухо прошепотіла.

Збудилися, наче отримали згоду. Водій розблокував дверцята, вискочили, один хутко стелив плед на траві, а Катерина вже бачила — з лук до них наближаються хижі жовті вогники. Чоловіки веселилися, один тягнув Катерину за руку — давай, виходь! — коли з нічної темряви одночасно на них накинулися двоє здоровенних кудлатих псів. Катерина впізнала би цих двох із тисяч псів — то були охоронці баби Килини. Не гавкали, не скавучали — мовчки атакували, намагалися вчепитися у людську плоть, та дівчина умить зрозуміла їхню ціль: відганяли чоловіків від автівки, гнали у луки, до лісу. А нащо — одна баба Килина на тім світі знає.

За хвилину вже й зникли. Біля автівки — тільки Катерина. Задихнулася, стримала ридання: потім по дурних людях поплаче. Зараз тре одну дівчинку рятувати.

Рушила далі. Навпростець, на далекі вогні, що блимали на пагорбі. Десь там — поруйнована Шанівка: вирядили рідне село у чужі шати, наказали посміхатися вибитими зубами. Десь там — Людка.

— Тільки би встигнути!

До третьої ночі Людмила встигла напитися-наїстися, розстріляти капсулами з фарбами і заручників, і Президента, і тих двох, що прапор охороняли, потім протверезіти, знову напитися, наколоти сраку колючками під час сексу з Орєховим на задньому дворі обійстя покійної тітки Раїси, де й розташувалася компанія, потім знову протверезіти, втомитися і навіть заностальгувати, бо раптом захтілося сцяти не у біотуалет, який фірма-орендатор у хаті встановила, а вийти собі надвір, сісти під кущ... Бо, дідько, вони ж у селі!

Ляпнула — утнула! Вийшла з Раїсиної хати, де компанія київських прокурорських продовжувала бухати, бачить — темна постать до неї суне. Вдивилася: Катерина. Змучена, ледь рухається.

— Катю?.. — аж сцяти перехотіла. — Оце ти вчасно! От прямо відчуваєш, коли мені твоя допомога потрібна! Підемо зараз до хати! Глянеш на одного чоловіка, бо він до мене ніби з добрими намірами, а я шкірою відчуваю — сука! Ходімо! Поможеш мені — одразу забезпечиш себе на пів року, бо гарно заплачу! Ми ж подружки...

— Про те, які ми подружки, я лиш сьогодні дізналася. Та не це пече. Скажи, що ти тут собі забезпечуєш, Людко? Алібі?

Людмила насупилася. Вирячилася на Катерину недобре.

— Ти про що, Катю?

Катерина тремтіла, та не від утоми: перед очима — страшні видіння.

— Дзвони зараз! Сергієві! — наказала хрипко. — Скажи: все відміняється! Стаську не чіпати!

— А звідки ти...

— Дзвони! Інакше — заллє! Вода прорветься і заллє!

— Що за маячня?! Хто заллє? Кого заллє?! Це ти зараз згадала, що — відьма, і лякати мене вирішила? І хочеш, щоби я повірила? Тоді хай зараз небо прорветься і дощ паде!

— Вже прорвало! Щоразу прориватиметься, коли погане проти Стаськи замислиш! Щоразу!

— Щось не спостерігаю! Небо чисте! Тому що немає нічого поганого у тому, щоби старша сестра молодшу провчила!

Катерина видихнула судомно, заплющила очі, раптом заговорила чужим глухим голосом:

— Так буде! Гнівалася, злилася, покарати сестру задумала... Наказала Сергієві знайти покидьків, які Стаську зґвалтують. Щоби відчула біль, наругу і приниження, які старша сестра пережила. Троє хлопців погодилися! І дівчинка з ними... Зніматиме все на відео. Вони... вже йдуть по Стаську. Зараз! Дзвони Сергієві, Людко! Хай усе зупинить, бо Стаська не змириться і не здасться. Битиметься до останнього: кусатиме їх, шкрябатиме! Вони озвіріють, забудуть про все! Повалять на землю і битимуть. Битимуть, поки... не уб'ють! — замовкла. Розплющила очі, дивилася на Людмилу. — Дзвони! Вони у Килимівці! Парк... Там усе станеться! Стаська ще жива! Дзвони!

— А де дощ?! — замість дзвонити уїдливо спитала Людка.

Катерина загарчала по-вовчому: хижо, дико. Скривдженою шанівською вулицею побігла у бік Килимівки.

— Сука придуркувата! — роздратовано прошепотіла Людмила їй услід.

Поправила рідке волосся, вже намірилася повертатися у компанію впливових столичних колег, та раптом задзвонив її мобільний. Хто?!

— Людо, — почула у слухавку голос старої свекрухи. — Поряд із твоїм будинком каналізацію і гарячу воду прорвало. Все до тебе у підвал ллється! Повністю заливає.

— Що? — як почула, так і всцялася. Матір Божа!

— Кажу, у підвал окріп впереміш із лайном ллються! Я вже подзвонила до аварійної служби. І сусіда-сантехніка розбудила. Зараз полізуть туди!

— Ні! — загорлала. — Нікого не пускайте до мого підвалу! Нікого! Чуєте?

— Це ти почуй! — раптом трагічно і твердо відповіла стара Петрова мати. — Кажу: час уже розгрібати ваше лайно! — відрубала дзвінок.

Людмила на мить заклякла. «Матінко моя...» — у голові.

— Бля... — уголос.

Зірвалася, побігла до новенького «мерседеса».

— Ні! Тільки не це... — за кермо. На газ. І п'янюча ж, хоч у мізках така нещадна трагічна ясність, хоч вий!

Завила! Тиснула на газ. Вперед! Скоріше додому — через Килимівку на райцентр! Вигнати всіх із підвалу! Ніхто не торкнеться її багатств! Ніхто про них не дізнається!

Світло яскравих фар вихоплювало з темряви ями на шляху, кущі на узбіччі. Вогні Килимівки вже було видно попереду, коли Людмила побачила на дорозі Катерину — відчайдушно бігла до килимівського парку, де зараз Стаська мала би боронитися від зграї покидьків.

Людмила — на гальма! Вискочила з автівки, вхопила Катерину за петельки.

— Відміни потоп! Хай у моєму підвалі стане сухо! Хай вода і лайно повз мій будинок ллються! Катю! Я заплачу! Відміни!

— Сама... відміни! Сергієві дзвони! — Катерина задихалася.

Людмила — до мобільного. Набрала Сергія.

— «Поза зоною...»

— Та мать твою! — кричала, тицяла Катерині мобільний. — Ось! Ти ж бачила! Я хотіла! А він — «поза зоною»! Відміни потоп! І краще будь на моєму боці! Ми разом — світ завоюємо!

— На твоєму боці немає переможців, Людко, хоч вас і багато! Ви весь час топите одне одного! А на нашому боці — всі виручити одне одного намагаються!

— Точно! Вірно говориш, Катю! Зупини потоп, бо я — на твоєму боці!

— Тоді поїхали до Килимівки! Треба Стаську врятувати!

— Не можу! Мені треба додому! У мене там... Давай відміняй усе швидко! — Людмила вхопила Катерину за руки. — Ворожи вже, сволото, бо приб'ю!

Катерина зиркнула, наче обпекла. Вирвала руки, побігла до Килимівки. Ось вона, вже поряд... Кілька хвилин бігу...

За спиною — заревів двигун «мерса». Катерина ясно усвідомила: автівка мчить на неї, відскочити не встигне...

Того вечора Тарас так і не зайшов до хати. Вислухав материні мордування, завів «тойоту», поїхав Катерину шукати. До третьої години ранку і у райцентрі побував, і всі навколишні села об'їздив, а до Шанівки не потикався, бо знав: не могла дівчина скривджене село бачити, не навідувалася туди. Виїхав на околицю Килимівки, фари вимкнув, задумався: далі де Катю шукати?

Коли побачив автівку, яка стрімко рухалася від Шанівки в бік Килимівки, не здивувався: тепер чи не щодня розбитою дорогою до парку екстремальних розваг люди навідувалися. Та ось автівка зупинилася посеред шляху, й у світлі фар Тарас побачив Людмилу і Катерину. Людмила шарпала Катерину, а та — ніби в іншому вимірі. Чого це вони? Завів двигун: під'їде, розборонить. «Тойота» не встигла й десятка метрів здолати, коли Катерина відштовхнула подружку, побігла до Килимівки, а Людмила скочила за кермо «мерседеса»... Тарас бачив: «мерс» мчить на Катерину. Крутнув кермом! В останню мить напіввантажна «тойота» буцнула «мерса» у бік: ану, тпру!

Тарас вискочив з автівки. До Катерини! Застигла посеред шляху, тремтіла.

Людмила швидко оговталася. На швидкість! Побитий «мерс» об'їхав місце пригоди, дзеленьчав і рипів, але поніс хазяйку до райцентру — до підвалу, повного окропу, лайна і багатств.

— Катю... Все добре! Катю! — Тарас шукав слова, знав — їй треба додому, у постіль! Зігрітися, відпочити, а потім врешті довіритися, розповісти про все, що мордує.

— Тарасе! Скоріше... У парк! — прошепотіла.

Ніжний вересневий світанок ще тільки збирався народжуватися, як дивна квітка. Спочатку означитися променемпаростком, змусити чорні небеса посірішати і усміхатися до рожевої радості...

Тарасова «тойота» зупинилася біля парку, коли обриси окремих предметів уже можна було роздивитися у темряві. Катерина першою побачила зграйку з трьох душ — двійко хлопців і дівчинка. Товклися на тротуарі біля новеньких паркових лавок.

— Де Стася? — бігла до них, кричала. — Що ви з нею зробили?! — вхопила одного з хлопців за барки, трусила.

— Е, ти! Що треба?! Відчепися, бо ми поліцейському поскаржимося! — закричав накачаний хлопець у спортивному костюмі.

Тарас відтягнув Катерину. Став навпроти підлітків.

— Чому ви тут? — спитав.

— Твій брат наказав! — відповів качок Помідор. — Сказав опівночі бути у парку, чекати, поки він прийде. І як його не послухати? Він же — поліція!

— Навіщо зібрав вас?

— Сказав: хочу доручити вам важливу справу! Якщо виконаєте, дам грошей! А ми — що? Ми можемо... Поліція ж поганого не запропонує! — сказав худий наркоман.

— Що за справа?

— Самим цікаво! Казав: отримаєте задоволення.

— Сам наказав, а сам не прийшов! — пожалілася дівчинка. — Гена не дочекався, пішов додому спати, а ми оце не знаємо, що робити...

— А що робити? Власним розумом жити, а не чужі накази виконувати, — відповів Тарас.

Паросток світанку розростався квіткою. Тарас і Катерина стояли на прохолодній свіжій вранішній килимівській вулиці, дивилися услід трійці підлітків, які сунули геть.

Хлопець перевів погляд на дівчину: про що думає? Наче в інші виміри заглядає. І як їй сказати, що реальне життя і є найбільш величною фантазією. Тут і творити... Нині закінчили одну битву, попереду — тисячі інших, щоденних. Добре, коли в них ти не сам.

Катерина й собі на хлопця глянула, бо побачила розмиту непевну картинку: ось Сергій у райцентрі, вже збирається їхати до Килимівки, бо пообіцяв Людці допомогти з молодшою сестрою розправитися, вже виходить на вулицю, а йому назустріч — декілька чоловіків. І вже плани Сергія змінюються, вже змушений відмінити розправу над Стаською, бо їде з чоловіками в іншому напрямку. Хто ж допоміг урятувати дівчинку? Відповідей нема, картинка зникає. І ось уже Тарас... Один. І що би хто йому не казав: він один. Сам-один...

Подалася до хлопця. Обійняла, наче пришила найміцнішими нитками.

— Хочу, щоби ти був моїм чоловіком, Тарасе. Назавжди...

Стаська Поливанова сиділа на даху старого елеватора, дивилася у вранішнє небо. Тут задумала зустріти могутній день осіннього рівнодення 22 вересня, щоби з першими променями сонця загадати одне бажання: хай Улька повернеться! Стасьці мало знати, що на всій землі її хтось один любить і заради того варто жити. Стаська втомилася бути сам на сам зі своїми страхами, думками і мріями. Стасьці треба, щоби поряд була та людина, яка її любить. І яку вона любить...

Не володіла даром передбачення, та коли помітила Тараса і Катерину, які йшли вулицею до обійстя Гордієнків, дуже ясно побачила, що станеться далі. Ось зараз вони увійдуть до кімнати з широким диваном. Тарас захоче щось сказати. А Катерина — щось відповісти. Та обоє вирішать, що краще без слів. Він стане таким ніжним і таким сильним, що від усвідомлення того вона втратить будь-які орієнтири, забуде про скутість, забобони і страхи, віддасть йому свої силу і ніжність, і лиш коли пристрасті сягнуть апогею, не втримається, шепотітиме:

— Я ж не знала, не знала...

Ніхто не знає... Треба прожити це, щоб усвідомити — відстань між найкращим сексом і близькістю, якою ворожить любов, нездоланно велика.

Стаська стріпнула різнобарвним волоссям, струшуючи чужі емоції. Усміхнулася: Тарас із Катериною неодмінно будуть щасливими...

Роззирнулася, й у рожевих фарбах світанку побачила... Улянку. Це ж вона? Стаська зіпнулася на ноги, вдивлялася: порожньою вулицею, спираючись на милиці, йшла худенька дівчинка з чорним кучерявим волоссям. Куці джинси, розтягнута футболка. Нога у гіпсі. Це ж Улька?!

Стаська так сильно повірила у диво, аж подумала: щоби скорше дістатися до Ульки, треба ступити лише один крок із даху їй назустріч. І диво станеться: тієї ж миті у Стаськи виростуть крила і вона полетить до Ульки. Приземлиться поряд із нею. Обніме.

Дівчинка на порожній вулиці раптом зупинилася. Вдивлялася у фігурку на даху елеватора.

— Ста-а-ась... — закричала щосили.

— Улька? Це Улька! — до дідька дурні дива і фантазії! Куди заведуть? Реальність — крутіша, у реальності сам ведеш! Стаська збивала коліна об іржаві сходинки непевної металевої драбини, спішила вниз.

— Улько...

Спираючись на старенькі дерев'яні милиці, Улянка скоріше зашкандибала назустріч. Як же багато всього їй треба розповісти Стасьці! Що коли після звільнення з полону Віті Сонця Улянка залишилася у поліцейському управлінні чекати на матір, то дочекалася не тільки на неї. Сергій Гордієнко приїхав! Разом із мамою і малими вивіз їх на Житомирщину, кинув посеред порожньої траси, а коли мама стала вимагати відправити їх назад, до Шанівки, позбиткувався над нею жорстоко, по-звірячому. Малі ревіли, Улянка намагалася захистити маму, та нічого з того не вийшло. Сергій ухопив шматок металевої труби, вдарив Улянку по нозі, щоби не заважала, знову взявся мучити маму. А потім поїхав геть. Вони залишилися обіч траси. І пропали би, бо мама підвестися не могла, Улянка зі зламаною ногою пластом лежала... Малі врятували. Стали посеред дороги, плакали, махали автівкам. Одна й зупинилася. Якими ж добрими і щирими можуть бути люди! Молода сімейна пара — Даринка і Льоня — забрали їх до свого села. Ох, те село! Всі по черзі ходили до Даринчиної і Льониної хати, аби на врятовану сім'ю подивитися, який-не-який гостинець принести: хто яйце, хто м'ясце, хто копійчину, хто одежину. А Льоня заяву до поліції написав. Мама не вірила, що у тому є сенс, та потім з'ясувалося: у тому місці, де Сергій Гордієнко розправлявся з сім'єю Шамраїхи, напередодні камери встановили. Отакий йому упс! Житомирські поліцейські стали обставини злочину з'ясовувати, і оце зараз малі залишилися з Даринкою і Льонею, а Улянка з мамою приїхали свідчити проти ґвалтівника Сергія Гордієнка. Його ще вчора увечері затримали, коли на якесь діло збирався...

Улянка зупинилася: дивилася на схвильовану Стаську, яка бігла до неї. Відкинула милиці. Закульгала назустріч.

— Стасю... — розкинула руки, обхопила тремтячу розбурхану Стаську.

— Улько...

От і всі слова. Обійнялися. Посеред рожевої від світанкового сонця сільської вулиці завмерли відчайдушно, зворушливо. Так зворушливо, що навіть Стасьчина мати, яка змучилася хвилюватися за доньку і вийшла на вулицю, аби глянути, чи не йде часом, і та замилувалася. Усміхнулася знічено, наче побачила справжнє життя, яке спромоглося відмитися від бруду, стереотипів і пліток.

— Дівчата! — гукнула. — Стасю! Улю! А ходімо до нас снідати, діти. А потім бажання загадуватимемо. Гарний день сьогодні, аби і собі, і всім добра загадати.

Дашвар Л.

Д21 Село не люди. Добити свідка : роман / Люко Дашвар. — Харків : Книжковий Клуб «Клуб Сімейного Дозвілля», 2022. — 448 с.

ISBN 978-617-12-9072-3 (дод. наклад)

Довгоочікуване продовження роману «Село не люди»!

Чотирнадцять років тому через інтриги і жадібність сільського магната Івана Залусківського згоріла Шанівка, постраждали селяни, та найбільше — Катерина, яка втратила всіх, кого любила. Чотирнадцять років Залусківський і Катерина не бачилися. Поки він багатів та міцнів, дівчина поступово втрачала свій особливий дар передбачення. І так би їхні дороги розійшлися назавжди. Якби одного дня на занедбаному шанівському обійсті школярка Стаська не знайшла... труп чоловіка. Катерина знає, хто жертва і хто вбивця. Тепер її життю знову загрожує небезпека...

УДК 821.161.2

ЛЮКО ДАШВАР
СЕЛО НЕ ЛЮДИ
КСД

ЛЮКО ДАШВАР
#ГАЛЯБЕЗГОЛОВИ

ЛЮКО ДАШВАР
НА ЗАПАХ М'ЯСА

ЛЮКО ДАШВАР
РАЙ.ЦЕНТР

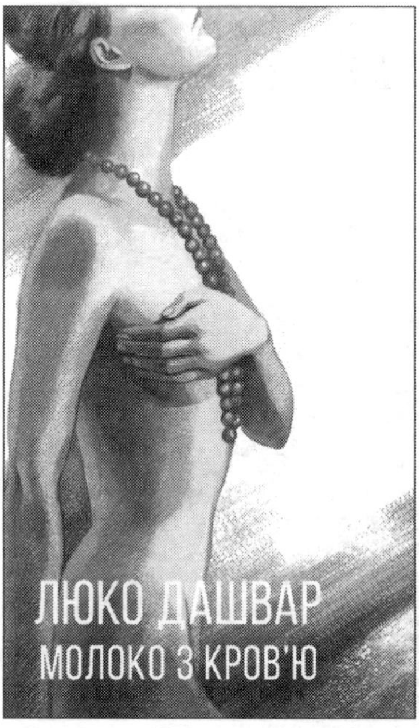
ЛЮКО ДАШВАР
МОЛОКО З КРОВ'Ю

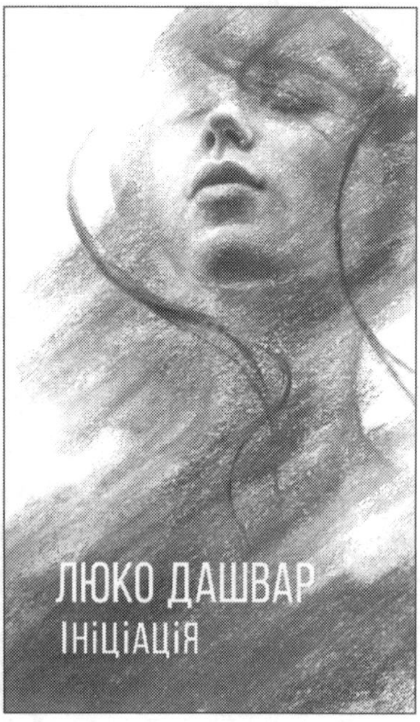
ЛЮКО ДАШВАР
ІНІЦІАЦІЯ